을유세계문학전집 · 132

서동시집

서동시집

WEST-ÖSTLICHER DIVAN

요한 볼프강 폰 괴테 지음 · 장희창 옮김

◈ 을유문화사

옮긴이 **장희창**

독일 문학 번역과 고전문학 연구에 종사하고 있다. 지은 책으로 『고전잡담』 『장희창의 고전 다시 읽기』 『춘향이는 그래도 운이 좋았다』가 있고, 번역한 책으로 괴테의 『파우스트』 『색채론』 『선택적 친화력』, 에커만의 『괴테와의 대화』, 니체의 『차라투스트라는 이렇게 말했다』, 귄터 그라스의 『양철북』 『게걸음으로』 『양파 껍질을 벗기며』 『암실 이야기』 『유한함에 관하여』, 후고 프리드리히의 『현대시의 구조』, 안나 제거스 『약자들의 힘』, 카타리나 하커의 『빈털터리들』, 베르너 융의 『미학사 입문』, 크빈트 부흐홀츠의 『책그림책』, 레마르크의 『개선문』 『사랑할 때와 죽을 때』 등이 있다.

을유세계문학전집 132
서동시집

발행일 · 2024년 3월 25일 초판 1쇄
지은이 · 요한 볼프강 폰 괴테 | 옮긴이 · 장희창
펴낸이 · 정무영, 정상준 | 펴낸곳 · (주)을유문화사
창립일 · 1945년 12월 1일 | 주소 · 서울시 마포구 서교동 469-48
전화 · 02 -733-8153 | FAX · 02 -732-9154 | 홈페이지 · www.eulyoo.co.kr
ISBN 978-89-324-0532-2 04850   978 -89 -324 -0330-4(세트)

차례

가인(歌人) 시편
MOGANNI NAMEH

지난 20년 세월[1] 동안
나는 내게 주어진 것을 누렸다.
바르멕 일족[2]의 시대처럼
완벽하게 아름다운 시간들을.

헤지르[3]

북쪽과 서쪽 그리고 남쪽이 산산이 분열되고
왕좌들은 파괴되고,[4] 왕국들은 떨고 있으니[5]
달아나라 그대여,[6] 순수한 동방에서
그 옛날 족장들의 숨결을 맛보라.

---

1 1786~1806. 나폴레옹의 침공(1806)으로 유럽이 전쟁에 휘말리기 전의 20년 동안을 말한다.

2 Barmekiden. 아랍의 옴미아드 왕조에서 786~803년 동안 3부자(父子)가 재상을 지낸 페르시아의 귀족 가문.

3 hégire. 622년 예언자 마호메트가 쿠라이시족의 박해를 피해 메카에서 야스리브(후일의 메디나)로 이주한 사건. 괴테가 아랍어의 '헤지라(hegira)'를 프랑스어 '헤지르'로 옮긴 것은 프랑스를 통한 아랍 문화의 유입 과정을 의도적으로 보여 주기 위해서였다.

4 예컨대 독일의 황제와 나폴리의 왕.

5 나폴레옹에 의해 파괴된 1806년경 유럽의 정치적 상황. 당시 스위스, 오스트리아, 스페인, 포르투갈, 덴마크, 프로이센 그리고 독일의 모든 소국들의 상황을 말한다.

6 화자(話者)가 자기 자신에게 하는 말.

사랑하고 술 마시고 노래하는 가운데
키저[7]의 샘물은 그대를 젊게 만들어 주리라.

그곳, 순수하고 정의로운 곳에서
나는 인류의 원천,[8]
그 깊은 곳으로 밀치고 들어가리라.
신이 내린 천상의 가르침을
골머리 썩이는 일 없이
지상의 언어로 받아들였던 그때로.

선조들을 지극정성으로 모시며,
모든 낯선 섬김을 거부했던 곳.
거기선 청춘이 견뎌야 할 제약조차도 나를 기쁘게 하리라.
믿음은 아득하고, 생각은 좁으니,
그곳에선 말씀이 얼마나 소중했던가.
선조들이 들려주신 말씀이었으니.

나는 목동들 사이에 섞여
오아시스에서 생기를 되찾으리라.
카라반과 함께 방랑하고

---

7   Chiser. 동방의 여러 문학에 등장하는, 생명의 샘을 보호해 준다는 전설의 인물. 언제나 녹색
    옷을 입고 있는데, 녹색은 봄의 색깔이다.
8   동방과 서방을 아우르는 인류 보편의 정서를 바탕으로 한 세계 문학의 영역.

숄과 커피와 사향(麝香)을 팔며,
사막으로 도시로
모든 길을 누비고 다니리라.

　험준한 절벽 길을 오르내리노라면
하피스여, 그대의 노래는 나의 위안.
나귀 등에 높이 앉은 대장(隊長)은
황홀한 노래로 별들을 잠에서 깨우고
도적들은 놀라게 하여 물리치지 않는가.

온천에서도 주막에서도
성스러운 하피스여, 그대를 나는 기억하리라.
아가씨가 면사포 살짝 쳐들고,
머리카락을 좌우로 흔들며 향기 풍길 때,
그래, 시인이 들려주는 사랑의 속삭임은
후리[9]들의 마음까지도 설레게 하리니.

이러한 시인을 시기하거나
심지어 꺼려 하는 자는
마땅히 알아야 한다. 시인의 말씀은
언제나 나직이 문을 두드리고

9　houri. 천국의 처녀들.

천국 문 앞을 떠돌며,
영원한 생명을 간청하지 않는가.

축복의 담보물들

홍옥수(紅玉髓)[10]에 문양을 새긴 **탈리스만**[11]은
믿는 이에게 행운과 복을 가져온다.
마노석(瑪瑙石)에 그것이 새겨져 있다면
정결한 입술로 거기에 입 맞추어라!
탈리스만은 모든 재앙을 몰아내고
그대를 지켜 주며 그대 있는 곳을 보호하리니.
돌에 새겨진 말씀은
알라신의 이름을 온전하게 전해 주어
그대를 사랑과 활동으로 불붙게 하리라.
특히 여인네들은
탈리스만에서 신앙심을 일으키리라.

종이에 적은 기호들도
또 다른 **부적들**이지만,

---

10 내성적인 사람들에게 어울리는 보석으로, 따뜻한 색의 돌은 용기를 북돋아 주어 대담하고 능
   숙하게 말하게 해 준다고 한다.
11 Talisman. 돌에 마술 기호를 새긴 부적.

보석에 촘촘히 새긴 것처럼
그렇게 조밀하지는 않다.
경건한 영혼들은
여기서 조금 더 긴 구절을
기꺼이 고를 수도 있으니.
남자들은 이 종이를 성의(聖衣)라도 되는 양
독실한 마음으로 목에 두른다.

묘비에 새긴 비문(碑文)은 글자 뒤에 숨긴 게 없으니.
그것은 그 자체이며, 그대에게 거기 있는 모든 것을
참으로 편안하게 말해 준다.
그대는 말하리라. 그게 바로 내 말이야! 내 말이라고!

그러나 내가 아브락사스¹²를 지니는 일은 거의 없으리라!
음침한 망상이 만들어 냈던 그 어떤 일그러진 것이,
여기서는 최고의 것으로 여겨졌다고 하지 않는가.
내가 말도 안 되는 소리를 한다면, 그대들은 생각하라.
내가 아브락사스를 지니고 있다고.

인장(印章) 반지의 좁디좁은 표면에

---

12 ABRAXAS의 일곱 문자는 일곱 개의 빛이나 365일을 의미하고, 2세기에 알렉산드리아에서 살
았던 성 그노시스파의 바실레이데스에 의하면, 이 우주는 365층의 하늘로 이루어졌는데 그
최하층 신이 아브락사스이다. 이 신은 지구나 인류를 창조하고 일곱 개의 속성으로 이 세상을
지배한다. 여기서는 보석이나 부적 또는 인장에 새긴 그노시스파의 주문(呪文)을 말한다.

드높은 뜻을 새겨 넣긴 어렵다.
그래도 그대는 여기서 참된 것을 얻으리라.
그대가 감히 생각하지도 못할 말씀이 새겨져 있으니까.

탁 트인 마음

말안장에 올라탄 나를 그대로 내버려두라!
그대들은 오두막에, 그대들의 천막에 그냥 머물게!
나는 즐거이 어느 곳으로든 말을 달리리라.
내 두건(頭巾) 위 별들만 총총한 곳으로.

———————

그분께서는 그대들에게 별자리들을 주시지 않았는가.
뭍에서나 바다에서나 길잡이로 삼으라고.
언제든 드높은 곳을 바라보며
그대들이 즐거워하라고.

탈리스만

동방도 신의 나라!

서방도 신의 나라!
북쪽과 남쪽의 대지도
그분의 두 손 안에서 평화롭도다.

———————

그분, 유일하게 정의로운 분[13]께서는
모두를 위해 정의를 베풀려 하신다.
그분의 수백 가지 이름 가운데
이것[14]을 드높이 찬양하라! 아멘.

———————

내가 이리저리 헤매어 다녀도
당신은 방랑하는 나를 건져 낼 수 있습니다.
내가 행동할 때도 시를 지을 때도
가야 할 바른길을 알려 주소서.

———————

내가 세상일을 생각하고 또 곰곰이 음미하는 것은

---

13 알라신을 가리킨다.
14 유일하게 정의로운 분이라는 이름.

더 높은 이득을 얻기 위함이라.
정신은 먼지 속에서도 흩어지지 않으니,
짓눌리고 짓눌려도 저 위로 솟구쳐 오른다.

숨쉬기에는 두 가지 은총이 있으니
공기를 들이마시고, 공기를 내쉬는 것이라.
들이마시면 답답해지고, 내쉬면 시원해진다.
생명이란 이토록 경이로운 혼합.
그대를 억눌러도 신께 감사하고,
그대를 다시 풀어 주어도 신께 감사하라.

네 가지 은총

아랍인들은 그들의 땅에서
머나먼 길을 즐거이 다닐 수 있으니,
알라신께서는 모두의 안녕을 위해
네 가지 은총을 내리셨다.

　　그중 첫 번째는 **터번**이니, 그것은
모든 황제의 왕관보다 더 멋진 장식.

그다음은 곧장 걷어 내고,
또 어디서나 쳐 놓고 살 수 있는 **천막**.

검(劍)은 바위나 높다란 성벽보다
더 든든하게 그들을 보호해 주고,
노래 한 가락은 귀 기울여 듣는
처녀들을 즐겁게 해 주고 또 그들에게 이롭기도 하다.

그러므로 나는 거침없이 노래하노라.
그녀가 두른 숄에 새겨진 꽃들의 무늬를.
자기에게 바치는 노래임을 알기에 그녀는
귀엽고 명랑하게 나를 맞아 주네.

내 그대들을 위해 꽃과 과일로
단아한 식탁을 차릴 것이다.
더불어 그대들이 삶의 도리 같은 것을 묻는다면
내 신선한 것들을 골라 바치겠노라.

고백

숨기기 어려운 건 무엇인가? 불이지!
낮에는 연기 때문에 드러나고

밤이면 불꽃으로 정체를 드러내는 것, 그건 괴물과도 같아.
또한 숨기기 어려운 것은
사랑. 가슴에 남몰래 품어도
두 눈은 너무도 쉽게 그것을 보여 주지.
그러나 감추기 가장 어려운 것은 한 편의 시.
시를 그릇[15]으로 덮어 둘 사람은 아무도 없어.
새로운 시를 읊조리며,
시인은 그 시에 흠뻑 젖어 들지.
우아한 글씨로 멋들어지게 적어 놓고
시인은 온 세상 사람이 좋아하길 바라지.
그리하여 누구에게나 흥겹게 큰 소리로 읽어 주지.
시가 우리를 괴롭히든 기쁘게 하든 상관도 않고.

시의 원소들

참된 노래라면, 얼마나 많은 원소들로부터
양분을 빨아들여야 하는가?
필부필부(匹夫匹婦)도 기꺼이 받아들이고
대가들도 흡족한 기분으로 듣게 하려면.

---

15 「마태오의 복음서」 5장 15절. "등불을 켜서 됫박으로 덮어 두는 사람은 없다. 누구나 등경 위
  에 얹어 둔다. 그래야 집 안에 있는 사람들을 다 밝게 비출 수 있지 않겠느냐?"

노래할 때는 무엇보다 사랑이
주제가 되어야 한다.
사랑으로 흠뻑 젖어 든다면
노랫가락 더욱 멋지게 울리지 않겠는가.

그다음엔 유리잔들도 쨍그랑 울리고
루비색 포도주도 반짝거려야겠지.
사랑하는 사람, 술 마시는 사람에겐
아름다운 꽃다발을 건네야 하는 거야.

무기 쩔렁거리는 소리도 있어야 하고,
나팔 소리 또한 드높이 울려 퍼져야 해.
행운이 불꽃처럼 타오른다면
승리를 거둔 영웅은 신이라도 된 기분이겠지.

마지막으로 빠질 수 없는 건,
시인이 증오하는 이런저런 것들.
참을 수 없고 미운 것들을
아름다운 것처럼 살려 둘 수는 없지 않은가.

어떤 가인(歌人)이 있어 이 네 가지,
강력한 소재들을 서로 뒤섞을 줄 안다면,
그는 하피스와 마찬가지로 만백성을

영원히 기쁘게 하고 힘 솟게 하리라.

창조와 생명 불어넣기

신이 인간을 빚었을 때
바보 아담은 그저 한 덩이 흙이었지.
어머니 대지의 품에서 나올 때만 해도
아직도 많은 것이 허술하기만 했어.

　엘로힘[16]이 아담의 코 안으로
최고의 정신을 불어넣자
그는 이제 한결 그럴듯해 보였어.
재채기도 시작할 정도였으니까.

뼈와 팔다리와 머리는 있었지만
아직도 반쯤은 흙덩이였지.
그래서 마침내 노아는 그 얼간이를 위해
진정한 것, 즉 커다란 술잔을 찾아냈던 것이다.

　우리의 멍청이는 목을 축이자마자

16　Elohim. 구약 성서의 야훼, 여호아. 신을 뜻하는 히브리어 '엘로아(Eloah)'의 복수형이다.

금세 활기를 느꼈어.
반죽이 발효되는 것처럼
부글거리기 시작했지.

그리하여, 하피스여, 그대의 사랑스러운 노래,
그대의 신성한 본보기는
우리를 이끌어 가노라, 술잔을 쨍그랑거리며
우리들 창조주의 신전으로.

현상

내리는 빗줄기에
포이보스[17]가 어우러지면
그 즉시 다채로운 빛을 지닌
무지개가 뜬다.

안개 속에도 똑같은 원이
그려져 있으니,
그 곡선은 하얀빛이긴 하나
천상의 곡선.

---

17 Phoibos. 태양의 신 아폴론의 다른 이름.

그러니 그대, 유쾌한 노인이여,[18]
슬퍼하지 말라.
머리가 어느새 하얗게 세더라도
그대 사랑할 수 있으니.

귀여운 것

하늘과 고지대를 연결하고 있는,
저 알록달록한 것들은 무엇인가?
아침 안개에 가려
내 예민한 시선에도 흐릿하게 보이는구나.

사랑하는 여인들을 위해 세워 준
베지르[19]의 천막일까?
가장 사랑하는 여인과의 혼례를 위한
축제의 양탄자일까?

붉은색과 흰색이 어우러져 아롱거리니,
저보다 더 아름다운 걸 어디서 볼 수 있으랴?

---

18 하피스와 자신을 동시에 가리킨다.
19 vezir. 튀르키예의 대신(大臣).

그러니, 하피스여, 그대의 고향 시라즈[20]가 어찌하여
북방의 쓸쓸한 지역으로 옮겨 올 수 있겠는가?

아, 그렇군, 그것들은 서로 이웃처럼 늘어선
알록달록한 양귀비꽃들이다.
전쟁의 신을 조롱이라도 하듯,
다정하게 줄지어 들판을 뒤덮고 있지 않은가.

현명한 자가 그렇게 꽃밭을 가꾼다면,
그건 언제나 유익한 일이지.
그러면 오늘처럼 한 줄기 햇살이
내 발길 닿는 길가의 꽃들을 환히 밝혀 주리라.

불화(不和)

시냇가의 왼편에서
큐피드가 피리를 부는데,
오른편의 전장에선
마보르스[21]가 전쟁 나팔을 울린다.

---

20 Shiraz. 페르시아만 근처에 있는 도시로 하피스가 태어난 곳이다. 과실과 포도주와 꽃으로 유
　명하다.

21 Mavors. 전쟁의 신 마르스.

귀는 냇가 쪽으로
친근하게 이끌리지만,
부드러운 면사포 같은 노래는
요란한 소리에 기만당하고 말아.
피리 소리 대기를 가득 채우지만,
전쟁의 굉음 가운데서
나는 미치고 환장할 것만 같아.
이런 게 기적이라고?
피리 소리 점점 커지고
나팔 소리 마구 울려 대니,
이내 몸은 어지러워 갈피를 못 잡는다.
이게 그냥 놀랄 일이란 말인가?

눈앞에 나타난 과거

장미와 백합은 아침 이슬 머금은 채
여기서 가까운 정원에서 피어나고,
그 뒤쪽으론 관목에 둘러싸인
바위가 정답게 솟아 있다.
높다란 숲은 우거지고,
기사(騎士)의 성이 왕관처럼 솟아 있는
산봉우리의 능선은 아래로 아래로 향하다

마침내 골짜기와 만난다.[22]

그곳은 예전과 다름없이 향기롭다.
그때 우리는 사랑에 괴로워했고,
나의 시편을 타던 현(弦)들은
아침 햇살과 서로 앞을 다투었지.
관목 숲에선 온화한 사냥 노래가
가득 울려 퍼졌으니,
그 노래는 우리의 가슴이 원하는 만큼
용기를 주고, 또 생기를 북돋워 주었지.

이제 숲들은 영원히 솟아올랐으니
그대들은 숲과 더불어 용기를 내라.
그대들이 자신만을 위해 즐겼던 것을
다른 이도 누리게 하라.
그러면 아무도 그대들을 나무라지 않으리.
혼자서만 즐거움을 누린다고.
이제 그대들은 인생의 모든 단계에서
즐길 수 있어야 한다.

---

22 바이마르에서 서쪽으로 멀지 않은 곳에 있는 아이제나흐 인근의 **바르트부르크성(城)** 일대의
    지형을 가리키는 것으로 보인다. 바르트부르크성은 루터가 성서를 독일어로 번역한 곳이기도
    하다.

그리하여 이런 노래와 어법을 지닌 채
우리가 다시 하피스 곁에 있지 않은가.
하루하루의 완성을 즐기는 자들과
더불어 즐기는 것은 멋지지 않은가.

노래와 형상[23]

그리스인은 흙으로
형상들을 빚었으니,
손수 만든 자식을 앞에 두고
황홀한 기쁨에 넘쳤으리라.[24]

그러나 우리의 커다란 희열은
유프라테스강 속으로 손을 뻗어,
흘러가는 원소를
이리저리 휘젓는 것.

그리하여 내가 영혼의 불을 식힌다면
나의 노래 울려 퍼지리라.

---

23 제목 자체가 그리스인과 동방인, 진흙과 물 그리고 조형 미술과 시의 대칭 관계를 암시한다.
24 피그말리온에 관한 오비디우스의 이야기를 암시한다. 피그말리온은 자신이 상아로 깎아 만든
    형상을 너무 사랑한 나머지 생명을 불어넣어 달라고 아프로디테에게 청하여 아내로 삼았다.

시인의 순결한 손이 길어 올린다면[25]
물조차도 둥글게 뭉쳐지리라.

담대함

건강해지려면 도대체
무엇이 중요한 걸까?
조화롭게 완성돼 울리는 소리는
누구든 즐겨 듣지 않는가.

그대의 걸음을 가로막는 것 모두 물리쳐라!
헛된 수고는 제발 그만!
노래를 시작하든 노래를 그치든
시인은 우선 온몸으로 살아야 한다.

그래야만 생명의 커다란 울림이
영혼 가득 윙윙거릴 것이니!
그리하여 시인의 아픈 마음도
저절로 낫게 되리라.

---

25 독일어 동사 쇠펜(schöpfen)에는 '물을 긷다'와 '창조하다'의 두 가지 뜻이 있다.

꿋꿋하고 힘차게

시 쓰기는 넘치는 용기,
아무도 나를 나무라지 말라!
그대들도 자신만만하게 따뜻한 피를 가져라.
나처럼 기뻐하며 자유를 누리라.

　순간순간의 고통이
내게 쓰디쓴 맛을 안긴다면,
나 또한 겸손해지리라.
그대들보다 한층 더.

겸손이란 섬세한 것이기에,
한창 꽃 피어나는 처녀도
부드럽게 청혼받기를 바라지 않는가.
거친 남자들은 멀리하지만.

겸손이란 좋은 것이라고
말하는 현명한 자, 그자는
시간과 영원에 관해
내게 가르침을 베풀 수 있다.

시 쓰기는 넘치는 용기!

기꺼이 혼자서 쓰도록 하라.
싱싱한 피를 가진 친구들이여, 여성들이여
이곳으로 들어오라!

승모(僧帽)도 승복(僧服)도 없는 땡중아,
헛소리 그만 지껄이게!
그대는 나를 지치게 할 순 있어도,
겸손하게 만들진 못해, 못하고말고!

그대의 공허한 상투어가
나를 몰아대지만,
그건 내가 마르고 닳도록
듣고 또 들은 소리.

시인의 물레방아가 일단 돌아가면
그것을 멈추게 하지 말라.
우리를 한 번 이해한 사람은
또한 우리를 용서도 해 줄 것이다.

만유의 생명

먼지는, 하피스여, 그대가

능숙하게 다루는 원소들 중 하나.
사랑하는 이를 기리기 위해,
멋진 노래 한 가락 부를 때면.

　　그녀의 문지방에 앉은 먼지는
양탄자보다 더욱 사랑받지 않는가.
마흐무드[26]의 총신들이 그 위에 무릎 꿇는,
황금빛 꽃무늬 새겨진 양탄자를 젖히고.

바람이 그녀의 현관문으로부터
먼지를 구름인 양 휘익 몰고 올 때,
그 내음은 용연향보다도
장미 기름보다도 향기롭도다.

언제나 옷을 두르고 있는 북방에서,
나는 먼지 없이 살아온 지 오래.
그러나 뜨거운 남방에선
먼지를 마음껏 누린다.

돌쩌귀에 달린 다정한 현관문들이
내게 침묵한 지도 오래!

26　Mahmud. 칼리프의 별칭, 가즈니(Ghazni)의 칼리프 마흐무드를 가리킨다.

폭우여, 나를 구해 다오.
풋풋한 풀 냄새를 맡게 해 다오!

이제 천둥이 사방에서 우르렁거리고
온 하늘이 번갯불로 번쩍이면,
바람이 몰고 온 거친 먼지는
젖은 채 땅으로 떨어지리라.

그러면 곧장 생명이 움트고,
신성하고 은밀한 기운이 넘실넘실,
흙이 있는 곳이면 어디든
풀 냄새와 더불어 온통 푸르러지리라.

황홀경의[27] 그리움

아무에게도 말하지 말라, 현자라면 모를까,
어중이떠중이들은 곧장 비웃기 마련.
나는 불꽃에 타 죽는 것을 그리워하는
살아 있는 존재를 찬양하노라.

---

27 독일어 '젤리히(selig)'는 괴테 시대에는 오늘날보다 종교적 함의가 훨씬 더 짙었다.

너를 잉태했고, 너 또한 생명을 만들었던
사랑의 밤들, 그 열기가 식고,
조용히 촛불이 타오를 때면,
알 수 없는 감정이 너를 엄습한다.

　너는 어둠의 그림자 속에
더 이상 갇혀 있지 않다.
더 높은 짝짓기를 향한
새로운 갈망이 너를 잡아챈다.

아무리 먼 거리도 네겐 힘들지 않아.
홀린 듯 날아와서는
빛을 갈망하며, 마침내
너는, 불나비는 타 버리고 말았다.

죽어서 되어라!
이것을 이루지 못한다면
너는 어두운 대지 위에서
한낱 흐릿한 객(客)에 지나지 않아.

————————

사탕수수가 솟아오르는 것도

세상을 달콤하게 하려는 게 아닌가!
그처럼 나의 갈대 펜 끝에서도
사랑스러운 시여, 흘러나와라!

하피스 시편
HAFIS NAMEH

언어가 신부라면
정신은 신랑.
하피스를 칭송하는 자라면
이 혼인을 이미 알고 있다.

별명

시인[1]
무함마드 샴스 알딘[2]이여, 말해 보시오,
당신의 자랑스러운 민족은 어찌하여
당신을 하피스라고 불렀던가요?

하피스[3]
존경의 마음으로,
그대의 질문에 답하겠소.

---

1   괴테 자신을 가리킨다.

2   Muhammad Shams al-Dīn. 하피스의 본명으로 '믿음의 태양'이란 뜻.

3   하피스는 원래 코란을 외우는 사람이란 뜻. 1326년 시라즈에서 태어나 1390년 그곳에서 죽었다.

나는 타고난 기억력 덕분에
코란의 말씀을
고스란히 간직하고 있고,
또 그에 따라 경건하게 산다오.
평범한 나날의 악덕은
감히 나를 범접하지 못하고,
또한 선지자들의 말씀과 그 씨앗을
소중히 지키는 사람들 가까이 가지도 못하지요.
그 때문에 그들은 내게 그런 이름을 주었다오.

　　　시인

그렇다면, 하피스여, 나도
당신과 크게 다른 것 같진 않소.
상대와 생각이 같다면
상대를 닮은 거지요.
그래요, 나는 당신을 꼭 닮았소.
나 또한 우리의 성서에서,
수건들 중의 수건에 새겨진
주님 얼굴과도 같은[4]
성스러운 모습을 접했기에
고요한 가슴에 생기가 돌았다오.

4　1420년 쾰른 출신의 화가가 그린 「그리스도의 땀수건을 든 성 베로니카」를 가리킨다.

부정과 방해와 강탈에도 불구하고[5]
믿음의 밝은 상(像)은 환히 빛난답니다.

고발[6]

너희들은 아느냐, 악마들이 황야에서,
바위와 성벽 사이에서 누구를 노리는지?
그들이 지옥으로 납치해 갈
순간을 어떻게 엿보고 있는지 아는가?
그들은 거짓말쟁이이며 악당들이라.

그런데 시인이라는 자, 그자는 왜
그따위 인간들과 어울리는 걸 꺼려 하지 않는가!

언제나 광기에 빠져 행동하는 그자는,
자기가 어떤 자들과 어울려 다니는지를 안단 말인가?
외곬 사랑에 빠져 한도 끝도 없이
황야로 쫓겨 다니는 그가
모래 위에 쓴 비탄의 시구는

---

5 괴테가 성서를 계몽주의적인 관점에서 해석하는 것에 대한 독단주의자들의 비난을 가리킨다.
6 이 시는 시인의 자유분방한 삶과 그 시에 대해 독실한 무슬림의 관점에서 판결을 내리고 있다.

곧장 바람에 날려 가 버리지 않는가.[7]
그자는 제가 한 말을 이해하지 못하며,
제가 한 말을 지키지도 않는다.

그래도 그의 노래가 퍼지도록 내버려두는 건
코란에 오히려 어긋나기 때문이라.
율법에 정통한 그대들,
지혜롭고 경건하며, 학식 높은 남자들이여,
충실한 무슬림의 굳건한 의무를 가르치도록 하라.

하피스란 자는 특히나 골칫덩어리고,
미르자[8]는 정신을 파괴하여 미지의 곳으로 날려 버린다.
말하라, 그대들은 무얼 해야 하고 무얼 하지 말아야 하는가?

페트바[9]

하피스의 시가 묘사하는 것은
지울 수 없는 명백한 진리.
하지만 가끔은 율법의 울타리를 벗어나

---

7 시인 존재에 대한 속인들의 비판.
8 Mirza. 페르시아의 보통 시인들을 가리킴.
9 Fetwa. 오스만 제국의 권위 있는 종교 재판 판결문. 앞의 시가 정통주의자들의 관점에서 시를
   비판한 것이라면, 이 시는 종교적 권위를 우선시한다.

하찮은 것들을 쓰기도 한다.

그러므로 안전하게 가려면 뱀독과 테리아카[10]를

구분할 줄 알아야 한다 –

고귀한 행동의 순수한 욕망에는

기뻐하며 대담하게 자신을 내맡기되,

영원의 고통만 따르는 그런 욕망 앞에서는

신중하게 자신을 지키라.

그것만이 실수를 피하는 최선의 방도.

이것은 가련한 에부수드[11]가 쓴 판결문이니

신께서는 그의 죄를 모두 용서해 주시기를.

독일 시인이 드리는 감사(感謝)

성스러운 에부수드여, 당신 말이 맞아요!

이 시인도 그렇게 성스러운 걸 원한다오.

율법의 테두리를 벗어난

그런 하찮은 것들이야말로

시인이 대담하게 용기 내어

근심 가운데서도 즐거이 다루는,

물려받은 유산이 아니겠소.

---

10 theriaca. 수십 종류의 약제를 벌꿀에 개어 만든 해독제의 일종.

11 Ebusuud. 16세기 콘스탄티노플에서 성직의 최고 직위를 지낸 사람.

뱀독도 테리아카도

시인에게는 그저 똑같을 뿐이오.

뱀독으로 죽는 것도 , 테리아카로 낫는 것도 아니니까요.[12]

참된 삶이란 자기 자신 이외에는

누구도 해치지 않는,

영원히 순진무구한 행동이라오.

그리하여 이 늙은 시인도,

천국의 후리들이 나를 승화(昇華)된 청춘으로

맞아 주기를 바라는 거라오.

성스러운 에부수드여, 당신 말이 맞아요!

페트바

무프티[13]가 미스리[14]의 시를

한 편 한 편 다 읽고는

깊이 생각에 잠겼다 모든 걸 불 속에 던져 버리니,

멋진 필체로 쓴 책, 그것은 사라지고 말았다.

높으신 재판관은 말씀하셨다.

---

12 숭고한 것도, 역겨운 것도 즐겁게 투시하는 시인의 정신.

13 Mufti. 이슬람 율법의 최고 재판관.

14 Misri. 이집트인 또는 카이로인을 가리키는 아랍어. 여기서는 이단의 의심을 받았던 17세기 튀르크예의 시인을 가리킴. 무프티는 시를 불태우는 상징적 행위를 통해 시의 내용을 거부하지만, 시인인 미스리에게만은 자기가 쓰고 싶은 것을 쓰게 한다.

"미스리처럼 말하고 생각하는 자라면
누구든 화형에 처하되 ― 미스리만은
불의 고통을 면하게 해 주라.
시인의 재능은 알라신께서 주신 것.
시인이 그 재능을 죄짓는 일에 잘못 쓰지 않도록,
명심하라, 신의 뜻에 따르도록 하라."

한계 없음

당신이 끝낼 수 없다는 것, 그것은 당신의 위대함.
당신이 결코 시작하지 않는다는 것, 그것은 당신의 운명.
당신의 노래는 별이 총총한 하늘처럼 돌고 돌아
처음과 끝이 언제나 한결같으니
그 한가운데 자리 잡고 있는 것은 분명
끝까지 남아 있으며 또 처음부터 있었던 것.

시인인 당신은 기쁨의 진정한 원천,
당신에게서 샘물은 끊임없이 흘러나옵니다.
당신은 언제든 입 맞출 준비가 된 입이요,
가슴에서 사랑스럽게 흘러나오는 노래입니다.
당신은 언제든 술 마실 준비가 된 목구멍이요,
스스로를 쏟아붓는 선량한 마음입니다.

온 세상이 가라앉을지라도
하피스여, 나는 당신과, 오로지 당신하고만
겨루겠어요! 고통과 기쁨은
쌍둥이인 우리에게 똑같이 주어진 게 아니겠소!
당신이 어떻게 노래하든 어떻게 술 마시든
그것은 나의 자랑, 나의 생명일 테지요.

그러니 이제, 스스로 불타오르는 노래를 불러요!
당신은 옛 시인이며 또한 새로운 시인입니다.

모방

당신의 운율을 따르는 나를 보고 싶다오.
반복[15]도 내 마음에 들 거요.
우선은 뜻을 찾고 다음에는 말을 고르겠소.
어떤 음도 결코 두 번 울려서는 안 되오.
음은, 누구보다 재능 있는 당신이 할 수 있듯이,[16]
자신만의 특별한 의미를 담아야 하니까요.

---

15 페르시아 시의 '가잘(ghazal)' 형식에서 나타나는 단어의 반복을 가리킴.
16 가잘 형식을 자유자재로 사용하는 하피스의 재능을 암시한다.

황제의 도시를 불타오르게 한 것도[17]
애초에는 하나의 불씨, 이윽고 넘실넘실 불길이 타오르면
스스로 바람을 불러일으키고, 그 바람에 다시 타오르다,
그 불씨 꺼지면 어느덧 별이 총총한 밤하늘로 사라지듯.
그렇게 영원한 불길은 당신으로부터 활활 번져 나와,
독일 시인의 마음을 새롭게 북돋워 준다오.[18]

―――――――

틀에 짜 맞춘 리듬들도 물론 매력적이긴 하다.[19]
그 안에서도 재능은 제법 빛을 발하니까.
하지만 그것들은 얼마나 빨리 지긋지긋해지는가.
피도 의미도 없는 공허한 가면일 뿐.
정신조차도 기뻐할 수 없을 것이다.
새로운 형식을 시도하며,
저 죽은 형식을 끝장내지 않는다면.

---

17 1812년 9월 모스크바에서 있었던 대화재를 암시.

18 하피스와 괴테의 만남. 대담하고 유쾌했던 시인 하피스 안에 있었던 것은 괴테 자신이었고, 지금 그 장면을 다시 보고 있는 것은 바로 괴테 안에 있는 하피스 그 사람이라는 말이다. 말하자면 신성이 발견된 이후로 시간은 전혀 흐르지 않았던 것이다.

19 페르시아의 고유한 시 형식을 있는 그대로 모방하는 것에 대한 비판.

공공연한 비밀

사람들은 당신을, 성스러운 하피스여,
신비로운 혀[20]라고 불렀지만,
문자깨나 배운 그들도
정작 그 말의 가치는 몰랐다오.

당신을 보고 신비롭다 말한 것은,
그들이 당신을 보고 멍청한 생각을 일으키고,
순수하지 못한 그들의 술을
당신의 이름으로 팔기 때문이지요.[21]

당신은 신비스럽고 순수하고,
그 때문에 그들은 당신을 이해하지 못하는 거지요.
독실(篤實)하지 않으면서도 신심 가득한 당신이여![22]
사람들은 그것을 인정하려 들지 않는다오.

---

20 이 시의 원래 제목이었다.
21 하피스의 시는 술과 사랑 등 세속의 일을 노래해도, 그것이 신성과 맞닿아 있지만, 사람들은
    그것을 알지 못한다.
22 신자로서의 의무에는 충실하나, 교회에는 그렇지 않은 것을 말한다.

윙크

나는 그들을 비난하지만 그래도 그들은 옳다.
한마디 말로 간단히 통할 수 없다는 건
너무도 당연하지 않은가.
말은 부채와도 같다! 부챗살 사이로
한 쌍의 아름다운 눈이 내다본다.
부채는 한갓 사랑스러운 베일.
부채가 얼굴은 가리지만
소녀를 숨길 순 없지.
그녀가 지닌 가장 아름다운 것,
그 눈이 내 눈과 번쩍 만나지 않는가.

하피스에게

모두가 원하는 것, 당신은 그것을 알고 있고,
또 잘 이해했다오.
그리움이란, 먼지부터 왕좌에 이르기까지
우리 모두를 단단한 끈으로 묶어 놓으니까요.

그토록 고통스럽다가도, 나중엔 또 평안을 얻으니,
누가 감히 그것에 맞설 수 있을까요?

어떤 이는 목숨을 걸고,
또 다른 이는 뻔뻔해지기도 하지요.

용서하시오, 스승이시여, 당신도 알다시피
이 몸도 가끔은 대담해진다오.
유유히 걸어 다니는 사이프러스[23]가
내 눈길을 확 끌어당길 때 말입니다.

살금살금 걷는 그녀의 발은 나무뿌리처럼
흙과 어우러지며 사랑놀이를 하지요.
그녀의 인사는 가벼운 구름처럼 녹아들고,
그녀의 송가는 동방의 애무와도 같지요.

이 모든 것이 가득한 예감으로 다가옵니다.
곱슬머리와 곱슬머리는 잔물결처럼 일렁이고,
갈색으로 돌돌 말려 부풀어 올랐다가,
마침내 바람에 살랑거립니다.

　훤히 드러난 이마는
당신 마음의 주름을 펴 주고,
즐겁고 진실한 노래 한 가락은,

23　하피스는 연인을 종종 실측백나무에 비유했다.

당신의 정신을 편히 쉬게 합니다.

노래하는 그녀의 입술이
너무도 귀엽게 움찔거리면,
당신은 순식간에 자유를 얻지만,
그것은 또한 당신을 옥죄는 사슬이라오.

숨결은 더 이상 자신에게로 돌아오려 하지 않고
영혼은 영혼을 향해 달립니다.
향기는 행복을 휘감아 돌며,
보이지 않게 구름처럼 지나갑니다.

그러다가 가슴의 불길이 차마 애틋하게 타오르면
당신은 술잔을 집어 듭니다.
술집 주인도 득달같이 달려와
한 잔, 또 한 잔을 따릅니다.

그의 눈은 빛나고, 그의 심장은 고동칩니다.
당신의 가르침을 고대하며,
술이 정신을 드높이는 그 순간에
당신이 전하는 고귀한 뜻을 들으려 합니다.

그에게 비로소 세상이라는 공간이 열리고

마음속으로 구원과 질서를 느낍니다.
가슴은 부풀어 오르고, 수염은 갈색으로 빛나니,
그는 젊은이가 된 것입니다.

가슴과 세상에 담긴 비밀,
그것이 더 이상 남아 있지 않게 되면,
당신은 생각에 잠긴 그에게 믿음직하고 다정한 눈짓을 보내
의미를 곱씹어 보게 합니다.

왕좌에서도 당신은 우리를 위해
보물을 아끼지 말라고,
왕에게 좋은 말씀 아뢰고,
총독에게도 그렇게 합니다.

이 모든 것을 아는 당신은 오늘도 노래하고,
내일도 노래할 것입니다.
그리하여 당신의 다정한 안내를 따라
우리는 때론 거칠고, 때론 온화한 삶의 길을 가는 것입니다.

사랑 시편
USCHK NAMEH

말해 주오,

내 마음은 무엇을 갈망하나요?

내 마음 언제나 그대 곁에 있으니

소중히 간직해 주오.

사랑의 모범들

듣고 깊이 새겨 두라,

　　여섯 쌍 연인의 이야기를.

그 이름만 듣고도 불 당겨져, 사랑이 불타오르네.

　　루스탄과 로다부.[1]

가까이 있으면서도 서로 모르는 척 지냈지.

　　유수프[2]와 줄라이카.

1　루스탄은 피르다우시(Firdausi)의 민족 서사시 『샤나메(*Shah-nameh*, 왕의 책)』에 나오는 주인
공. 아름다운 로다부와 영웅인 잘은 서로 이야기만 듣고도 사랑에 불타오른다. 괴테는 의도적
으로 잘의 아들인 루스탄을 여기에 등장시켜 이야기를 살짝 변형시킨다.

2　유수프는 구약 성서에 나오는 요셉의 이슬람식 이름. 요셉과 당시의 애굽 왕 바로의 친위대장
보디발의 아내 사이의 이야기가 동방에서 퍼져 나가며 여러 형태로 변형되었다. 보디발의 아
내 줄라이카는 꿈에서 요셉을 보고 사랑에 빠진다. 하지만 사랑이 이루어질 수 없음을 깨닫고
는 가슴에만 묻어 둔 채 신에 대한 사랑으로 승화시킨다. 그러고는 이슬람에 귀의한다. 원래
이 여인은 구약 성서에서는 요셉을 유혹하려다 뜻대로 되지 않자 그를 고발한다.

사랑했지만, 끝내 이루지 못했네.

　페르하드와 시린.[3]

오로지 그대를 위해서만 살았지.

　메쥐눈과 라일라.[4]

노령에도 사랑의 눈빛으로 바라보았네.

　제밀이 보타이나[5]를 향하여.

달콤한 사랑의 변덕,

　솔로몬과 갈색의 여왕![6]

이들을 잘 기억해 둔다면

　사랑할 때 힘이 되리라.

또 다른 한 쌍

그래, 사랑한다는 것은 하나의 커다란 공적(功績)!

누가 이보다 더 아름답고 유익한 것을 찾아내랴? –

3　조각가이자 건축가인 페르하드는 공주인 시린을 사랑했으나, 그녀는 사산 왕조의 코스루의
　아내가 된다. 그녀와 헤어져 있을 수밖에 없는 고통은, 누군가가 퍼뜨린 그녀가 죽었다는 악의
　적인 소문에 의해 더욱 심해져 페르하드는 죽음을 택하고, 그녀도 뒤를 이어 죽는다.

4　메쥐눈(아랍어로 광인이라는 뜻)과 라일라는 연인 사이였다. 라일라는 가족의 강요에 의해
　사랑하지 않는 남자와 결혼하고, 메쥐눈은 황야로 달아났다가 반미치광이가 된다. 그들은 잠
　시 만나지만 절망적인 이별을 하고, 둘은 차례대로 죽는다. 그리고 천국에서 다시 만난다.

5　제밀과 보타이나는 서로를 깊이 사랑해 소문이 자자하다. 칼리프가 그들을 불러서 보니 보타
　이나는 이미 검게 말라 있어 매력적이지 않았다. 그래도 둘은 서로 사랑을 지킨다.

6　솔로몬의 「아가(雅歌)」에 나오는, 유대의 왕 솔로몬과 시바의 여왕의 사랑 이야기. 그 둘 사이
　에 후투티가 전령 역할을 했다.

그대 권력 없어도, 부자 되지 못해도
가장 위대한 영웅들에 필적하리라.
사람들이 선지자 마호메트에 대해 말하는 것 못지않게,
바미크와 아스라[7]에 대한 이야기를 전하리라 –
굳이 이야기하지 않고, 이름만 부르더라도,
그 이름들은 누구나 다 알고 있지.
그들의 업적도, 그들의 행적도
아무도 몰라! 그래도 그들이 사랑했다는 것만은,
우리가 알지. 누군가 바미크와 아스라의
사연을 묻는다면, 그것만으로 충분한 답이 되리라.

사랑이라는 책

책 중에 가장 이상한 책은
사랑의 책이라.
내 그 책 꼼꼼히 읽어 보았더니
기쁨일랑 몇 쪽 안 되고,
책 전체가 고통이로다.
이별이 한 장(章)을 다 채우고
재회는 – 짤막하게 한 단락뿐인데,

---

7   바미크와 아스라는 마호메트 이전 시기, 고대 페르시아 문학에 등장하는 연인들의 이름. 종교
    적 불관용으로 이런 책들이 모두 폐기되었으나 두 사람의 이름만은 전해진다.

그것도 토막글! 몇 권에 걸쳐 이어지는
비탄의 장면은 구구절절한 설명으로
한도 끝도 없네.
오, 니자미[8]여! – 그래도 마침내
그대는 올바른 길을 찾았구나.
풀리지 않는 그것을, 누가 풀겠는가?
사랑하는 이들이 다시 만나 풀어야지.

———————

그래, 그 두 눈이었어, 그래, 그 입이었지,
나를 바라보고, 나에게 입 맞추었던 것은.
가느다란 허리, 풍만한 몸매는
낙원의 열락으로 이끄는 듯했지.
그녀가 거기 있었던가? 그녀는 어디로 간 걸까?
그래! 그녀였어, 그녀가 주고 갔어.
달아나면서 자기를 주고는,
내 삶을 송두리째 묶어 놓고 말았어.

———————

8   Nizami. 페르시아의 시인. 「서동시집」을 더 잘 이해하기 위한 주석과 해설」(이하 「주석과 해
    설」) 니자미 단원 참고.

경고

나 또한 곱슬머리[9]에
마구 빠져들고 싶었지요.
그리하여, 하피스여, 그대가 겪었던 일이
당신의 친구인 내게도 일어날 뻔했지요.

하지만 요즈음 여인네들은 긴 머리카락을
땋아서 틀어 올리고는,
투구라도 쓴 것처럼 싸울 듯이 대들어요,
그런 일을 우리는 겪고 있답니다.

하지만 분별 있는 자라면,
그렇게 굴복당하진 않지요.
무거운 쇠사슬[10]이야 두려운 것이지만,
가벼운 노끈[11]을 향해선 기꺼이 달려가니까요.

9　하피스의 시에 자주 등장하는 모티프. 괴테 자신도 크리스티아네, 카롤리네 울리히, 마리아네 폰 빌레머의 곱슬머리를 자주 언급하곤 했다.
10　포로를 결박하는 쇠사슬.
11　땋아 올린 곱슬머리를 가리킨다.

몰입

곱슬머리가 머리를 온통 둥그렇게 덮었구나! –
이렇게 풍성한 머릿결을 두 손 펼쳐
쓰다듬고 또 쓰다듬을 수 있다면,
내 가슴 저 밑바닥부터 싱싱해짐을 느낄 테지.
이마와 둥그런 눈썹, 눈과 입에 입을 맞춘다면,
싱싱하게 기운 나겠지만 다시 마음의 상처에 시달릴 테지.
빗살이 다섯 갈래인 이 빗[12] 어디서 멈추어야 하나?
그 빗 곱슬머리를 다시 쓸어내리네.
귀도 이런 놀이를 마다하지 않으니
이것은 살집도 아니고 살갗도 아니어서,
장난스레 어루만지기엔 너무도 부드럽고 사랑스러워!
자그마한 머리를 살며시 쓰다듬듯,
이렇게 풍성한 머릿결이라면
언제까지나 위로 아래로 사방으로 쓰다듬고 싶을 테지.
당신 또한, 하피스여, 그렇게 하지 않았던가요.
우리는 이제 시작이라오.

---

12 손을 가리킨다.

염려

그대의 손가락을 우아하게 장식한
에메랄드 애기를 해 볼까요?
가끔은 한마디 말도 필요하지만,
때론 침묵하는 게 더 낫다오.

내 이 말은 하리라. 그 색깔은
초록이며 눈을 시원하게 해 준다고!
하지만 이 말은 하지 않으리다. 반지 낀 자리가
아프고 상처 날까 두렵다고 말이오.

어쨌든 그대도 그것을 알고 있지 않소!
어찌하여 그대가 그런 힘을 내는지를!
"그대라는 존재는 위험하지만
또한 에메랄드처럼 생기를 준다오."

———————

아, 사랑이여! 순수한 천상의 나라에서
이리로 저리로 유쾌히 날아다녔던
자유로운 노래들이 이제는
딱딱한 책 안에 갇혀 버렸다오.

시간은 모든 걸 파괴하지만,
노래들만은 홀로 살아남는답니다!
그 모든 불멸의 시행(詩行)들은
사랑처럼 영원할 것입니다.

궁색한 위안

한밤중에 나는 흐느껴 울었네,
그대가 없기에.
그때 밤의 정령들이 찾아왔기에,
나는 부끄러웠다네.
내가 말했지. "정령들아,
너희들은 내가 흐느껴 우는 것을
보는구나. 이전에 너희들은
잠든 내 곁을 지나가지 않았던가.
지금은 내가 커다란 보물을 잃고 그리워하는 것이니,
나를 이전보다 못하다고 여기진 말아 다오.
이전에 그대들은 나를 두고 현자라 하지 않았던가.
그런데 이제 커다란 불행이 그 현자를 덮친 거란다!" –
그러자 밤의 정령들은
실망한 얼굴로 지나가 버렸네.
내가 현명한지 아니면 어리석은지

아랑곳하지도 않았어.

분수를 알게

"그 얼마나 헛된 망상인가,
그 처녀 사랑에 빠져 네 것 됐다는 생각은.
그런 일로 내가 기뻐한다면 웃기는 거야.
그녀는 그저 아양을 떠는 거라고."

시인

나는 만족하오, 그녀를 가졌으니까!
굳이 한마디 하자면,
사랑은 자발적 선물이고,
아양도 순종의 표시라오.

인사

오, 이 몸은 얼마나 행복했던가!
후투티가 길을 가로질러 날아가는
그 고장을 내가 거닐고 있다니.

태곳적 바다의 조개껍질들을,
그 화석들을 바윗돌 속에서 찾아보았지.
후투티 한 마리가
볏을 활짝 펼친 채 날아와서는,
익살스러운 몸짓으로
죽은 것을 조롱했지.
살아 있는 그 새는 으스댔다네.
"후투티야." 내가 말했지. "과연!
너는 아름답구나.
그런데, 좀 서둘러 주면 안 되겠니, 후투티야!
얼른, 내 사랑에게 전해 다오,
나는 언제까지나 그녀의 것이라고.
너는 그 옛날에도
솔로몬과
시바 여왕 사이에서
중매쟁이 노릇을 하지 않았더냐!"

헌신

"그대 사라져 가면서도 그토록 다정하구나,
제 몸을 불태우면서도 이처럼 아름답게 노래하는구나."

시인

내 사랑 이제 나를 외면하는구나!
그래, 있는 그대로 고백하리라,
노래는 불러도 마음은 무겁다고.
하지만 촛불들을 보라,
그것들은 사위어 가면서 빛을 발하지 않는가.

———————

사랑이 고통을 못 이겨 어딘가를 찾아 헤매었네.
황량하고도 쓸쓸한 곳을.
마침내 나의 고통은 나의 적막한 가슴을 찾아내고는,
텅 빈 그곳에 둥지를 틀었네.

피할 수 없는 것

누가 들판의 새들에게 조용하라고
명령할 수 있으랴?
누가 털을 깎이는 양들에게 버둥대지 말라고
강요할 수 있으랴?

내 털이 엉키어 감기길래 버둥대는데도
나를 두고 버릇없다 할 텐가?
천만에! 나의 그런 무례한 행동은
털을 깎는 가위가 강요한 것이야.

누가 막으려 하는가?
하늘을 향해 마음껏 노래 부르는 것을,
그녀가 얼마나 내 마음에 들었는지,
구름에 내 마음 털어놓는 것을?

은밀한 것

내 사랑의 귀여운 눈길과 마주치면
모든 이들 놀라며 멈춰 서지만,
속사정 아는 나는 오히려
그 눈길이 무얼 뜻하는지 잘 알아.

　그건 바로 이런 말이지, 난 이분을 사랑해요,
그쪽 분도 저쪽 분도 아니라고요.
그러니 순진한 그대들은 그만 거두시게,
그대들의 놀람과 그리움을!

그렇다네, 마력의 눈길로
주변을 둘러보는 듯하지만
그녀는 오직 내게만 알려 주는 거야,
다음번의 달콤한 밀회 시간을.

가장 은밀한 것[13]

"우리, 뒷담화하기 좋아하는 자들은
이거저거 염탐질하느라 바빠.
그대의 애인이 누군지,
그대에게 연적이 얼마나 많은지 말이야.

그대가 사랑에 빠져 있다는 걸 우리는 알고 있고,
또 둘이 잘되기를 바라.
하지만 그대의 애인도 못지않게 그대를 사랑하는지
그걸, 우리는 믿을 수 없네."

---

13 내가 이 시에 커다란 비밀을 숨겨 놓았던 것을 그대들은 모를 것이다, 라고 괴테는 말했지만,
이 시의 비밀은 괴테 사후 50년도 더 지난 1885년 하인리히 뒨처에 의해 밝혀졌다. 괴테는 마
리아 루도비코 오스트리아 황녀(1787~1816)와 카를스바트에서 4주간 만났던 적이 있었다.
루도비코 황녀는 당시 괴테가 이런 사실을 라인하르트 백작에게 고백했다는 이야기를 듣고
궁정 여관(女官)인 도넬 백작 부인을 통해 괴테에게 이렇게 전하라 했다고 한다. "여성은 종교
와 같다. 거기에 대해서는 말이 적을수록 얻는 것이 많다." 괴테는 그 약속을 지켰고, 나중에야
그 사실이 밝혀진 것이다.

신사 여러분, 눈치 볼 거 없이
그녀의 뒤를 캐 보시구려. 다만 명심하시오.
그녀가 살짝 멈춰 서면 당신들은 소스라쳐 놀랄 거고,
그녀가 떠나가면 눈부신 그 모습 눈앞에 아른거릴 거요.

당신들은 알고 있지 않소, 세합-에딘이
아라파트 산정에서 외투를 벗은 일을.[14]
누군가가 자신이 마음에 둔 일을 한다고 해서,
그자를 어리석다고 할 수는 없는 거요.

황제의 옥좌 앞에서든
너무나 사랑하는 이의 앞에서든
그대의 이름이 거명된다면
그것이야말로 그대에겐 최고의 보답이지요.

그러므로 그 옛날 메쥐눈이 숨을 거두며,
다시는 라일라 앞에서
자기 이름을 부르지 말라고 소원했을 때,
그건 참으로 크나큰 고통이 아니었던가요.

---

14 이슬람 신비주의자였던 셰합-에딘이 1231년 이라크 거주민들과 메카 순례를 마친 후 아라파
    트 산정에 올랐을 때의 신비 체험을 가리킨다. 셰합-에딘이 나는 신을 사랑하고 날마다 그분
    을 사랑했는데 그분도 나를 생각해 주실까, 라고 말하자 천사가 나타나 신성한 모습을 보였다
    는 전설.

명상 시편
TEFKIR NAMEH

칠현금이 울려 전하는 이 가르침에 귀를 기울이라.
그러나 그대 알아들을 수 있어야만 이 가르침도 도움 되리라.
듣는 자의 귀 비뚤어져 있다면,
가장 멋진 가르침도 비웃음 사고 말리라.

"칠현금은 무엇을 전하는가?" 또렷한 곡조로 칠현금은 답한다.
가장 아름답다고 해서 가장 좋은 신부(新婦)는 아니다.
그러나 그대가 우리와 어울리려 한다면,
가장 아름다운 것, 가장 좋은 것을 그대는 원해야만 한다.

다섯 가지

다섯 가지는 다섯 가지를 낳지 못하는 법이니,
그대, 이 가르침에 귀를 활짝 열라.
오만한 마음에선 우정이 태어나지 못하고,
무례함은 비천함의 동반자이며,

악한 자는 그 어떤 위대한 것에도 도달할 수 없다.
질투심 많은 자는 다른 이의 결점을 감싸 주지 못하며,
거짓말쟁이는 신실함과 믿음을 헛되이 바랄 뿐이다.
그대는 아무도 넘볼 수 없게 이 가르침을 명심하라.

또 다른 다섯 가지

시간을 단축시켜 주는 것은 무엇인가?
활동!
시간을 지루하게 늘리는 것은 무엇인가?
게으름!
빚을 지게 만드는 것은 무엇인가?
미적거리며 참기만 하는 것!
이익을 가져오는 것은 무엇인가?
너무 오래 망설이지 않는 것!
명예를 가져다주는 것은 무엇인가?
자신을 지키는 것!

사랑스러워라, 찡긋하는 소녀의 눈길,
또한 사랑스러워라, 술잔을 앞에 둔 술꾼의 눈길.

명령할 수 있는 군주가 건네는 인사도,
그대를 내리쬐었던 가을날 햇볕도 사랑스러워라.
그러나 이 모든 것보다 더 사랑스러운 것을
그대는 눈앞에서 늘 보지 않는가.
자그마한 선물을 향해 얌전하게 내미는 두 손,
그대가 전하는 선물을 감사히 받는 가난한 두 손.
그 눈길! 예의 바른 인사! 말하는 듯한 호소력!
이것들을 잘 보라, 그대 자꾸만 주어야 하리.

———————

충고의 시편[1]에 쓰인 것들은
그대의 가슴에서 우러나온 것.
그대가 선물을 안긴 모든 사람을,
그대는 마치 그대 자신인 듯 사랑하게 되리라.
한 푼이든 두 푼이든 기꺼이 내주어라.
황금의 유산을 결코 쌓지 말라.
기억보다는 현재를
어서 즐겁게 택하라.

———————

---

1   파리드 우드딘 아타르(Farīd ud-Dīn Attar)의 작품으로 프랑스의 동양학자인 실베스트르 드
    사시(Silvestre de Sacy, 1758~1838)가 번역한 것을 괴테가 읽었다.

말을 타고 대장간 앞을 지나가더라도 그대는 알 수 없네.
대장장이가 언제 그대의 말에 편자를 박아 줄지.
저기 들판에 오두막이 보여도 그대는 알 수 없네.
거기에 그대를 기다리는 사랑스러운 처녀가 있을지 없을지.
아름답고 용감한 청년을 만나더라도 그대는 알 수 없네.
장차 그가 그대를 이길지 아니면 그대가 그를 이길지.
그러나 포도나무에 대해서만은 그대 분명하게 말할 수 있네.
그대를 위해 좋은 결실을 맺어 줄 것이라고.
그대에게 세상이란 언제나 그런 것,
다른 일에 대해선 새삼스럽게 말하고 싶지도 않아.

———————

낯선 이의 인사를 존중하라!
오랜 친구의 인사만큼 값진 것이니.
몇 마디 나누지도 못하고 서로 헤어지지 않는가!
그대는 동쪽으로, 그 사람은 서쪽으로, 제각기 길을 떠나 –
오랜 세월 흐른 뒤 우연히 마주치면
그대는 반갑게 소리친다.
"바로 당신이군요! 그래요, 당신이었어요!"
뭍으로 바다로 다녔던 오랜 방랑의 길,
날이 가고 또 해가 무수히 지나갔어도, 그 세월 아무것도 아니
었다는 듯이.

그리하여 이제 물건과 물건을 교환하며 이득을 나눈다!
오래된 믿음이 이제 새로운 결속을 맺는 것이다 –
첫인사는 그토록 중요한 것이니,
인사 건네는 이에게는 언제나 다정하게 인사하라.

─────────

세상 사람들 이러쿵저러쿵
그대의 결점을 지껄여 대지만,
알고 보면, 그렇게 하면서
몇 갑절이나 더 자신들을 괴롭히는 거다.
차라리 다정하게 그대의 장점을
말해 주는 편이 더 나았을 것을.
사려 깊고 진실한 눈길로
보다 나은 것을 택할 수 있기를.
오, 부디! 내가 최상의 것을
알아보지 못하고 놓친 일이 없었기를.
최상의 것이란 외딴 오두막에 머무는
은자(隱者) 몇 사람에게만 속하는 것 아닌가.
이제 나도 학생으로 그곳에 가
가르침을 받도록 마침내 선택되었다.
그리하여 제대로 해내지 못하는 경우에는
참회만이 올바른 태도임을 배우는 것이다.

시장(市場)이 이 책 저 책 사 보라고 부추기지만,
지식이란 건 원래 부풀리기 마련.
차분히 주변을 둘러보면 알리라,
사랑만이 우리를 깨우쳐 준다는 것을.
그대는 많이 듣고 많이 배우려고,
밤이고 낮이고 애써 오지 않았는가.
이제 다른 문에 가만히 귀를 대고,
어떻게 배우는 게 마땅한지 알아보라.
올바른 것 그대 안에 싹트게 하려면,
신 안에 있는 올바른 것을 느끼도록 하라.
순수한 사랑에 불타오르는 자를
다정한 우리의 신은 알아보신다.

나는 정직한 편이었지만
그만큼 잘못 또한 저질러 왔지.   -
그러면서 오랜 세월
노심초사하며 살아왔지.
때로는 인정받고, 때로는 그러지 못했지만,
그게 도대체 무슨 소용?

하여 차라리 사기꾼이나 될까 하고,
이 궁리 저 궁리 해 보았지.
그러나 이 또한 말 안 되는 짓이라
내 가슴 갈가리 찢기는 것 같았지.
마침내 나는 결론지었어.
정직함만이 최상의 방책이라고.
다소 옹색하긴 했지만,
그래도 그게 가장 단단한 거야.

─────────

묻지 말게나, 그대 어떤 성문을 통해
신의 도시[2]에 당도했는지.
다만 그대가 이전에 자리 잡았던
조용한 곳에 머물게.

그러고는 주변을 둘러보며 현자들과
힘을 갖춘 강자[3]를 찾게.
현자들은 가르침을 주고,
강자는 그대의 실천력과 힘을 단련시켜 줄 것이네.

────────

2 이 세상을 가리킨다.
3 카를 아우구스트 대공.

그대 유용하고 태연자약한 인재가 되어
충심으로 나라에 봉사하게.
그러면! 누구도 그대를 미워하지 않고
많은 이들이 그대를 사랑하게 될 거네.

군주도 충심을 알아주며,
그 충심으로 그대의 행동 또한 활기를 얻으리라.
그리하면 오래된 것도 새로운 것도
나란히 손을 잡고 끊임없이 지속되리라.

――――――

나는 어디에서 왔는가? 이 또한 하나의 물음이긴 하지만
나를 여기로 데려온 길, 나는 거의 알지 못한다.
오늘 지금 여기 천상의 기쁨으로 보내는 나날에
고통과 쾌락은 친구라도 되는 듯 서로 만난다.
이 얼마나 달콤한 행복인가! 둘이 만나 하나가 되다니!
혼자만이라면,[4] 누가 웃고, 누가 울고 싶겠는가?[5]

――――――

4 고통 따로, 쾌락 따로인 경우를 말한다.
5 인간의 삶에서 웃음과 울음은 그 뿌리가 하나라는 의미.

한 사람 또 한 사람 차례로 저세상으로 가는구나.
어떤 이는 다른 사람보다 훌쩍 앞서가기도 한다.
그러니 민첩하고 씩씩하고 대담하게
우리의 인생길을 가자.
곁눈질하며 이 꽃 저 꽃 주워 담다 보면
제자리에 머물고 말지.
하지만 그대가 저지른 거짓보다 더 지독하게
그대를 제자리에 묶어 두는 건 없으리라.

———————

여자들을 살금살금 다루게!
그들은 구부러진 갈비뼈로 만들어지지 않았던가.
신조차도 아주 곧게는 펼 수 없었지.
그러니 그대가 그걸 펴려 하면 이내 부러지고 말 거야.
그렇다고 그냥 내버려둔다면 점점 더 구부러질 테니
그대 착한 아담이여, 어느 쪽이 더 나쁜 선택일까? —
여자들을 살금살금 다루게.
그대의 갈비뼈가 부러지면 곤란하니까.

———————

인생이란 얄궂은 장난,

이 사람에겐 이것이, 저 사람에겐 저것이 없고,

이 사람은 바라는 게 적지 않은데, 저 사람은 바라는 게 너무
많아.

능력과 운수마저 끼어들고,

거기에 불행까지 덮치면

그 누구든 원치 않아도 짐을 짊어지는 거야.

그러다가 마침내 후손들은 거리낌도 없이

이 무능무욕(無能無慾) 씨를 저세상으로 실어 가고 마는 거란다.

─────────

인생이란 거위 주사위 놀이[6] 같은 것.

앞서서 빨리 가면 갈수록

더 빨리 종점에 도달하지 않는가.

그 누구도 가고 싶지 않은 그곳에.

사람들은 말한다. 거위들이 멍청하다고.

하지만 그런 자들의 말은 믿지 말게.

어떤 거위는 때로 뒤돌아보면서

나에게 되돌아가라고 말해 주기도 하니까.

───────────

6 괴테 당시 프랑스와 독일의 상류 사회에서 유행한 주사위 놀이. 주사위의 각 면에는 숫자가
   아니라 거위의 모습이 그려져 있었다. 예컨대 주사위를 던져 뒤를 바라보는 모습의 거위가 나
   오면 뒤로 돌아가거나 그 자리에 머물러야 하고, 죽은 거위가 나오면 게임은 끝난다.

하지만 인간 세상은 그와는 완전히 딴판.
모두들 밀고 밀치면서 앞으로만 나아간다.
한 사람이 비틀거리거나 쓰러진다 해도
아무도 뒤돌아보지 않아.

"세월이 그대에게서 많은 걸 앗아 갔노라고, 그대는 말한다.
감각의 유희가 주는 진한 쾌락도,
사랑스럽기 그지없는 여인과 수다 떨던 지난날의 추억도,
멀고 먼 나라로 돌아다녔던 여행도 이젠 소용없노라고.
군주가 고개 끄덕이며 내려 주었던 훈장도,
한때는 기쁨을 주었던 칭찬도 이젠 아무것도 아니라고.
이제 자신의 행동에서 더 이상 기쁨도 샘솟지 않으며,
대담무쌍한 용기도 사라졌노라고!
그렇다면 이제 그대에게 무슨 별다른 게 남아 있단 말인가?"

그래, 내겐 충분히 남아 있어! 이념[7]과 사랑이 그것이지!

지자(知者)를 뵙고 여쭈어 보는 것,
어떤 경우에든 그것이 안전해!
그대를 괴롭히는 게 무언지 그분은 금방 아니까.
그대는 또한 박수를 기대해도 좋아.
그대가 적중시킨 것을 그분은 알아보니까.

―――――

관대한 자는 속임을 당하고,
인색한 자는 착취당하고,
분별력 있는 자는 길을 잃고,
이성(理性)을 가진 자는 공허해지며,
강인한 자는 사람들이 피하고,
우직한 자는 포로가 된다는,
이 모든 거짓말을 걷어차 버려라.
속은 자여, 너도 속여라!

―――――

명령을 내릴 수 있는 자는 칭찬도 하고,
또 꾸짖기도 할 거다.
충직한 신하여, 그대는
이것도 저것도 다 받아들여야 한다.

그는 사소한 것을 칭찬하기도 하고,
칭찬해야 할 때 꾸짖기도 한다.
그러나 그대 웃음만 잃지 않는다면,
그대의 진가는 제대로 알려지리라.

그대 고귀한 자들이여,
미천한 자들이 그러듯 신을 섬기라.
형편 돌아가는 대로 행동하고 인내하되,
웃음만은 늘 잃지 않도록 하라.

제드샨 황제[8] 그리고 같은 신분의 고귀한 분[9]에게

트란스옥시아나 사람들[10] 의
요란하게 울리는 군악에 맞추어
우리의 노래도 대담하게
당신이 정복한 길을 따라갑니다!
우리는 아무것도 두렵지 않아요.
당신 안에서 우리는 살아 있어요.
황제 폐하 만만세!

---

8   Sedschan. 하피스가 주군으로 모셨던 페르시아의 황제.

9   카를 아우구스트 대공.

10 Transoxania. 아무다리야강 변에 살았던 주민들. 타악기와 현악기를 갖추고, 튀르키예 왕 친위
    대의 군악을 처음으로 연주했다고 한다.

조국이여, 영원하라!

최고의 은총(恩寵)

아직 철부지 시절에
나는 군주[11]를 모시게 되었고,
세월이 흘러 세상 물정 알게 된 뒤에는
다시 군주 비[12]를 모시게 되었지.
두 분이 시련을 겪는 동안에도
나의 충심은 변함없었어.
두 분은 보물이라도 발견한 듯
나를 보살펴 주셨지.
두 분을 모시면서 나만큼
행복했던 자는 없었을 거야.
군주와 군주 비 두 분도
나를 발견하신 걸 기뻐하셨네.
행운의 별은 나를 향해 반짝이고 있어.
나 또한 두 분을 발견했으니까.

———

11 카를 아우구스트 대공.
12 대공 부인 루이제를 말한다.

피르다우시[13]는 말한다

"오, 세상이여! 너는 참으로 뻔뻔하고 또 사악하다!

길러 주고 이끌어 주면서 또한 죽이기도 하는구나."

다만 알라의 은총을 입은 자만이

스스로 자라고 스스로 가르치며 풍성한 생명을 얻는다.

부(富)란 도대체 무엇인가? - 따스하게 해 주는 태양 같은 것.

걸인조차 우리와 마찬가지로 그것을 누리지 않는가?

부자들 중 그 누구도 걸인이 누리는 복된 즐거움을

제멋대로 불쾌하게 여겨서는 안 된다.

잘랄-에딘 루미[14]는 말한다

그대 세상에서 머뭇거리면, 세상은 꿈처럼 달아나고,

그대 여행을 떠나면, 운명이 그대의 있을 곳을 정해 준다.

그대는 더위도 추위도 붙들어 놓을 수 없으며,

그대에게서 꽃피는 것은 금방 시들고 말리라.

---

13 Firdawsi. 11세기 무렵의 페르시아 시인. 「주석과 해설」 참조.

14 Dschelâl-Eddîn Rūmi(1207~1273). 페르시아의 신비주의 시인. 꿈으로서의 인생이라는 모티 프는 페르시아 문학 그리고 유럽의 바로크 문학에도 자주 등장한다. 하지만 괴테는 꿈과 같은 무상함 대신 충만한 현재를 강조한다.

줄라이카는 말한다

거울이 내게 말해요. 나[15]는 아름답다고!

여러분은 말해요. 늙어 가는 것 또한 나의 운명이라고.

신 앞에서는 모든 것이 영원해야 하니,

내 안에 있는 그분을 사랑하세요, 바로 이 순간.

15 줄라이카를 가리킨다.

불만 시편
RENDSCH NAMEH

"이런 걸 어디서 가져왔지?
이런 게 어떻게 네게 올 수 있었지?
삶의 잡동사니 속에서 그대는 어떻게
이런 부싯돌을 구했는가?
마지막으로 타오르는 불꽃을
새로 되살려 보겠다는 건가?"[1]

그건 시시한 불꽃에 지나지 않는 거야, 라고
그대들 그렇게는 생각하지 마시게.
헤아릴 수 없이 머나먼 곳,
별들의 대양(大洋)에서도
나는 나를 잃어버리지 않았거든.
마치 새롭게 태어난 것 같았어.

---

1   『서동시집』을 '노인 문학'이라고 낮추어 보는 사람들에 대한 응수. 이어서 괴테는 시 쓰기는
    가차 없는 삶 속에서 자신을 상실하는 것이 아니라 청춘을 되찾는 것이며, 광활한 새로운 영
    역을 개척하는 것이라고 말한다.

언덕들은 파도라도 치는 듯
하얀 양 떼로 뒤덮이고,
성실한 양치기들은 양들을 세심하게 돌보았어.
기꺼운 마음으로 소박하게 나를 맞아 주는,
침착하고 사랑스러운 사람들,
이들 모두가 내 마음을 기쁘게 해 주었지.

전운 감도는
무시무시한 밤마다
낙타들의 끙끙대는 신음 소리
귓속으로, 영혼 속으로 파고들었지.
낙타를 이끄는 이들의
공상과 자만심까지도.

점점 더 앞으로,
점점 더 넓게 퍼지며 우리는 나아갔어.
그리하여 우리의 대열 전체는
영원한 도주와도 같았지.
사막과 대상(隊商) 뒤로는,
푸르게 빛나는 한 줄의 신기루 바다.

———————

자기를 최고 시인으로 여기지 않는
삼류 시인을 찾을 수 없고,
자작곡의 연주를 마다하는
거리의 악사도 찾아보기 어렵지.

그런데 그들을 나무랄 순 없었어.
다른 이에게 명예를 준다고,
우리 자신의 품위가 깎이는 걸까.
다른 이가 살아야 나도 사는 게 아닐까?

나는 어떤 제후의 접견실에서도
바로 그런 걸 느꼈어.
쥐똥과 코리앤더 향료도
구분할 줄 모르는 그런 곳이었지.

이미 있던 빗자루는
강력한 새 빗자루를 한사코 미워했고
새 빗자루는 지금껏 빗자루였던 것을
인정하려 들지 않았네.

떼를 지은 두 무리가 서로 경멸하며
갈라져 있는 곳에서는
둘 중 어느 쪽도 인정하지 않으려 하지.

실은 자기들이 똑같은 걸 구하고 있다는 것을.

자부심 같은 거라곤 없다며
사람들은 혹독하게 비난했지.
남들이 그런대로 인정받는 걸
조금도 못 견뎌 하면서 말이야.

———————

유쾌하고 선량한 사람이 보이면
이웃 사람은 곧바로 괴롭히려 들지.
유능한 이가 활기차게 행동하면
그를 돌로 쳐 죽이고 싶어 하지.
하지만 나중에 그가 죽고 나면
곧장 기부금을 거두고 또 거두어
죽은 이의 고난을 기리며,
기념비를 완성한다네.
하지만 그럴 때도 많은 이들이
자기 이득만 잽싸게 챙기기 마련.
그 선량한 사람을 영원히 잊는 편이
더 현명할 거야, 하고 머리를 굴린다네.

———————

그대들 이미 느끼고 있지 않은가,
힘센 자를 세상에서 추방할 수 없다는 걸.
나는 현명한 이들, 통치자들과
소통하는 게 더 좋아.

멍청하고 속 좁은 자들이
마구 날뛰고 또 날뛰고,
멍청이들, 모자란 자들이
앞장서서 우리를 억누르려고 하는 거야.

그래서 나는 바보들로부터도,
현명한 이들로부터도 자유를 선언했지.
현명한 이들은 아랑곳하지 않는데,
바보들은 마구 날뛰더군.

그들은 폭력을 통해서든 사랑 안에서든
우리가 결국은 하나 되어야 한다고 생각하지.
하지만 그들은 나의 태양을 흐리게 하고
나의 그늘을 뜨겁게 만들 뿐이야.

하피스도 울리히 폰 후텐[2]도

---

2   Ulrich von Hutten(1488~1523). 중세 독일의 인문주의이자 제국 기사. 루터의 종교 개혁을 지
    지하였으며, 1522년 기사의 반란에 동참하였다가 스위스로 망명함.

갈색 수도복과 푸른색 수도복[3]에 맞서기 위해
아주 단단히 무장해야 했어.
우리 나라의 기독교인들[4]도 다른 기독교인들과 마찬가지야.

"그렇다면 우리 적들의 이름이 누군지 말하라!"
그러나 아무도 적을 일일이 구분해선 안 돼.
나는 우리 교회 안에서도
그런 일로 충분히 시달리고 있으니까.

―――――――――

그대가 선(善)의 바탕에 서 있다면
내 어찌 나무라겠는가.
하물며 그대가 선을 실천하기까지 한다면
참으로, 그것은 그대를 고귀하게 만든다!
하지만 그대가 자신의 영역에
울타리를 둘러친다 해도,
나는 개의치 않고 자유롭게 살리라.
그렇다고 해서 기만(欺瞞)의 삶은 아니니까.

―――――――

3 갈색 수도복은 울리히 폰 후텐을 반박했던 수도승들을 가리킨다. 푸른색 수도복은 젊은 수도
   승들로 하피스도 거기에 속했으나, 너무 자유분방하게 산다고 그들로부터 비난을 받았다.
4 독일의 독선적인 기독교도들.

인간은 본디 선한 존재여서,
다른 사람이 하는 것을
졸졸 따라 하지 않더라도
더 나은 존재가 될 수 있다.
인간은 길 위의 존재이니, 내친김에
이 한마디 해도 아무도 싫어하진 않겠지.
우리가 가려는 데는 한곳이니,
자아! 함께 갑시다.

많은 일들이 이곳저곳에서
우리 앞길을 가로막겠지.
사랑에 빠졌을 땐 조언자도 친구도
결코 달갑지 않고,
돈과 명예라면 다짜고짜
혼자 다 차지하고 싶겠지.
충직한 친구인 술마저도
결국은 둘 사이를 갈라놓지 않는가.

그런 일들에 대해서는
하피스도 이미 말한 적 있지.
이런저런 어리석은 짓거리에 대해
나는 머리를 쥐어짜며 생각해 보았어.
하지만 세상 밖으로 달아난다 해도

아무 소용이 없어.
최악의 경우라도 닥치면,
그래 뭐 한바탕 싸움질이라도 하는 거지.

소리 없이 펼쳐지는 것에
어찌 감히 이름 붙이려 드는가![5]
아름다운 선을 나는 사랑하노라,
신으로부터 형성된 그대로를.

누군가를 사랑한다는 것, 그것은 필요한 일이다.
나는 그 누구도 미워하지 않아. 그래도 미워하라면
그럴 준비가 되어 있어.
당장에라도 한껏 미워하리라.

그들을 더 깊이 알려고 한다면
옳은 점도 보고, 그른 점도 보라.
사람들이 무조건 훌륭하다고 일컫는 것은
아마도 옳지 않을 거야.

---

5   저절로 생겨난 만상을 이분법과 인과적 사유로 구분하고 이름 붙이기 때문에 생동하는 현재
    를 있는 그대로 받아들이는 당찬 정신은 질식당하고 만다.

옳은 것을 손에 쥐려면
우선 철저히 살아야 한다.
이러쿵저러쿵 말만 늘어놓는 것은
얄팍한 노력으로밖엔 안 보여.

그렇다! 주름살 만들기 좋아하는 자는
찢기 좋아하는 자와 어울려 하나가 될 것이고,
그러다 보면 마구 부숴 버리는 자가
최고의 인물로 보이겠지!

언제나 스스로 새로워지고 또 새로워져야만
날마다 새로운 것을 들을 수 있으니,
심심풀이 오락 같은 건
모든 사람을 그 내면에서 황폐시킬 뿐이다.

스스로 황폐해지기를 우리 나라 사람들은 바라 마지않는구나.
자기를 독일 사람이라 쓰든 되일 사람이라 쓰든 상관없는 일.
그러면서도 남몰래 이 노래만은 찍찍 울리는구나.
"예전에도 그랬고, 앞으로도 그럴 거야."

———————

메쥐눈이라 불린다는 것 –

그게 바로 광인(狂人)을 가리킨다고 말하고 싶진 않아.
하지만 내가 스스로를 메쥐눈이라 자찬하더라도
그대들은 나를 비난하지 말아 다오.

내 가슴이, 터질 듯 벅찬 이 가슴이
그대들을 구원하려 분출하는데도[6]
그대들은 이렇게 소리치지 않는가. "그 사람 광인이야!
포승줄을 가져오라, 사슬을 마련하라!"

그리하여 마침내 보다 현명한 자들이
사슬에 묶여 고통 속에 죽어 갈 때,
그대들은 불쐐기에 쏘인 듯 몸을 그슬리면서도
그들의 모습을 헛되이 바라보고만 있지 않은가.

————

내 일찍이 전쟁을 어떻게 해야 할지
그대들에게 충고한 적 있었던가?
그대들이 평화 조약을 맺으려 했을 때
내가 그대들의 행동을 나무란 적 있었던가?

6   시 쓰기를 가리킨다.

어부가 그물을 던지는 모습도
나는 그렇게 말없이 바라보았고,
솜씨 좋은 목수에게 곱자 쓰는 법을
애써 엄하게 가르치지도 않았다.

그런데도 그대들은 나보다 그대들이 더 잘 안다고 하는구나.
자연이 나를 위해 힘껏 만들어 주었던 것,
그게 무엇인지 깊이 생각했던 내가
알고 있는 바로 그것[7]을 말이다.

그대들도 그런 강력한 힘을 느끼는가?
그렇다면 그대들의 일을 진척시켜라!
그러나 내 작품을 보거든,
우선 배우도록 하라. 그가 그렇게 만들려고 했다는 것을.

방랑자의 편안한 마음

비열한 자[8]를 두고
비탄에 잠기지 말라.

---

[7] 자연으로부터 소명받은 시인이 고통스럽게 창작한 시 작품들을 가리킨다.
[8] 도덕적으로 비열하다기보다는 선악을 넘어 정치적 목적을 위해 수단과 방법을 가리지 않는
마키아벨리적인 관점을 가리키는 것으로 보인다.

사람들이 무어라 하든
그 비열한 자가 힘센 자니까.

　그런 자는 악행 속에서도
커다란 이득을 취하고,
의로운 인물들까지 자기 뜻에 따라
좌지우지하지 않는가.

나그네여! - 그런 역경에
어찌 감히 맞서려 했던가?
회오리바람 부는 대로, 마른똥 흩날리는 대로
그냥 내버려두게.

———————

누가 세상으로부터 그 무엇을 바랄 수 있겠는가.
세상 사람들도 그것을 얻고자
아쉬워하고 꿈꾸고, 뒤도 돌아보고 곁눈질도 하며
허송세월 보내고 있지 않은가?
그들의 노고, 그들의 선한 의지는
재빨리 지나가는 인생을 절름발이 걸음으로 쫓아갈 뿐.
그대가 여러 해 전에 필요했던 것을
세상은 오늘에야 주지 않는가.

자화자찬은 잘못인데도,
선을 행하는 자 모두들 그렇게 한다.
그래도 말속에 교묘히 숨기는 것만 없다면
선은 그래도 언제나 선이다.

그대들 바보들이여, 그냥 내버려두어라,
스스로 지혜롭다 뻐기는 자를.
너희들과 마찬가지로 바보인 그 양반이
세상의 김빠진 감사나마 좀 누리면 어떤가.

———

그대는 믿는가. 입에서 귀로 가는 그것이
그 무슨 신통한 이득이라도 된단 말인가?
예로부터 구전되어 오는 것, 아 그대 바보여,
그 또한 꾸며 낸 망상에 지나지 않아!
무엇보다 중요한 것은 판단력.
분별력만이 그대를 신앙의 사슬에서
구원해 낼 수 있는 터에,
그대는 어느새 그것을 포기하고 말았구나.[9]

프랑스인이라고 뽐내든, 영국인이라고 뽐내든
이탈리아식으로 굴든, 독일식으로 굴든
누구나 한결같이 원하는 건
허영심의 요구에 지나지 않는 것.[10]

사람들도 하느님도
인정해 주지 않으니 괴로운 거지.
내가 내로라 보이고 싶은데도
백일하에 드러나지 않으면.

내일이면 의인(義人)을 알아주는
친구들이 있을 거야, 라고 사람들은 말하네.
다만 오늘은 악인이
득세하고 이득을 누리고 있긴 하지만.

3천 년 역사를
자신 있게 설명하지 못할 바엔
차라리 어둠 속에 아무것도 모른 채 있게 하라.

---

9 괴테의 계몽주의적 종교 비판에 대한 당대인들의 공격에 맞선 방어.
10 과도한 민족주의의 편협한 시선에서 벗어나 애국심을 허영심의 일종으로 여기는 괴테의 세계
    시민주의적 면모를 잘 보여 주는 구절.

하루하루 그냥 살아가거라.

이전에 신성한 코란을 인용할 때면
사람들은 그게 몇 장, 몇 행이라 언급했고,
모든 이슬람교도는 당연하게도
자신의 양심이 존중받음을 느끼며 편안해했지.
그런데 요즘 성직자들은 더 잘 알지도 못하면서
옛것을 지껄여 대고, 새로운 것을 덧붙이지 않는가.
그리하여 혼란은 나날이 커져만 간다.
오, 신성한 코란이여! 오, 영원한 안식이여!

예언자는 말한다
신께서 기쁜 마음으로 마호메트에게
보호와 행운을 내리셨다며 분통 터뜨리는 사람이 있거든,
그자는 자기 집 널따란 방의 튼튼한 대들보에
억센 동아줄을 단단히 매어라, 그리고 제 몸을 매달아라!
줄은 지탱하며 몸을 매달고 있으리니,

그자는 자신의 분노가 서서히 가라앉음을 느끼리라.[11]

티무르는 말한다

뭐라고? 넘치는 자신감[12]에서 불어오는 거센 폭풍을
그대들이 인정하지 않는다고? 이 위선자 땡중아!
알라께서 내게 벌레의 운명을 주셨다면,
애초부터 나를 벌레로 만들어 놓으셨을 테지.

---

11 천재를 비난하는 자들을 조롱하는 냉소적인 어법.
12 천재로서의 예언자의 자세.

잠언 시편
HIKMET NAMEH[1]

———————

책갈피 여기저기에 부적을 끼워 놓아야겠다.
그러면 균형을 잡을 수 있을 테지.[2]
그리고 믿음의 바늘[3]이 꽂힌 페이지는
어디서나 좋은 말씀으로 독자를 기쁘게 하리라.

———————

오늘 낮, 오늘 밤으로부터는
어제 낮과 어제 밤이 가져다준 것보다
더 많은 것을 요구하지 말라.

———————

아주 험악한 시절에 태어난 자에게

———————

1 Hikmet Nameh는 원래 지혜 시편에 더 가까우나, 괴테는 이것을 잠언 시편으로 옮겼다.
2 공격적인 어조의 '불만 시편'과 뒤의 '티무르 시편' 사이에서 균형을 잡겠다는 의도.
3 책갈피 사이에 끼워 넣어, 바늘이 꽂힌 자리에 쓰인 것을 신의 계시로 간주하였다.

그저 그런 정도의 험악한 세월은 오히려 안락할 뿐이다.

———————

어떤 일이 얼마나 쉬운지는
그 일을 고안하고 이루어 낸 사람만 안다.

———————

바다는 끊임없이 밀려오지만,
육지는 그것을 결코 담아내지 못한다.

———————

내 마음은 시시각각 왜 이리 불안한가?
인생은 짧은데 하루하루는 길다.
내 마음 언제나 저 먼 곳으로 떠나고 싶어 하네.
하늘을 향한 그리움인지는 잘 모르겠으나,
마음은 자꾸만 멀리 저 멀리로 가려 한다.
자기 자신으로부터 달아나려 한다.
사랑하는 이의 품에 안겨 날아가기라도 한다면,
하늘에서도 무념무상 편히 쉴 수 있으련만.
삶은 소용돌이치며 이것저것 휩쓸어 가지만,

마음은 언제나 한곳에 매달려 있으려 한다.
무엇을 바랐든, 무엇을 잃었든,
마음이란 결국 스스로 택한 바보일 뿐.

———————

운명이 그대를 시험한다면 이유가 있어 그러는 것이니,
그대는 절제를 하고, 묵묵히 따라라!

———————

아직 날이 저물지 않았으니, 사내라면 지금 움직여라.
아무도 일할 수 없는 밤이 오고 있지 않은가.

———————

그대는 세상에서 무얼 하려는가? 세상은 이미 만들어져 있는데.
창조의 주님은 모든 걸 다 곰곰이 생각해 놓으셨다.
그대의 운명은 정해졌으니, 그 방식을 좇아라.
길은 시작되었으니, 그 여행을 마치도록 하라.
근심도 걱정도 운명을 바꾸지는 못하지.
그대를 내동댕이쳐 영원히 균형을 잃게 할 뿐.

무겁게 짓눌린 자가 비탄에 빠져
도움도 희망도 소용없다고 할 때,
그래도 그를 치유해 주는 것은
친절한 한마디 말.

"행운이 집 안으로 찾아왔을 때
그대들은 얼마나 서투르게 처신했던가!"
그래도 행운의 처녀는 속상해하지 않고
이후에도 두세 번 더 다녀갔던 것이다.

내가 물려받은 재산은 얼마나 멋진가! 저 멀리 드넓게 뻗어
있다!
　시간은 나의 재산, 나의 경작지는 시간.

선한 일을 하되 순수하게 선을 사랑하는 마음으로 하라!

이것을 그대의 핏줄에게 전해 주어라.
자식에게 도움 되지 않더라도,
손자들은 복 받을 것이다.

———————

사내 중에서도 가장 뛰어난 사내,
마음은 깊고 머리는 뛰어난 지자(智者)인 엔베리는 말한다.
어느 곳 어디에서나 유익한 것은
솔직함과 판단력 그리고 붙임성이라고.

———————

적들에 대해 왜 불평한단 말인가?
그런 자들이 그대의 친구라도 될 수 있단 말인가?
바로 그대 같은 인물이 말은 않더라도
그들에겐 영원한 질책이지 않은가?

———————

멍청이들이 현자들에게 이런 말 하는데도
그냥 참는다면 그보다 더 멍청한 건 없어.
위대한 날들에 현자들은

겸손함을 보여야 한다고.

―――――――

내가 그런 것보다, 그대가 그런 것보다
만일 신이 더 나쁜 이웃이라면,
우리 둘은 명예라곤 얻지 못했을 거야. [4]
신은 모든 이를 생긴 그대로 놔두신다.

―――――――

인정하라! 동방의 시인들이
우리 서양의 시인들보다 더 위대하다는 것을.
하지만 우리와 비슷한 자들을 증오할 때는
우리도 완전히 그들의 수준에 도달해 있다는 것을.

―――――――

어디를 둘러봐도 누구나 정상(頂上)에 있으려 한다.
세상 돌아가는 형편이 그렇지 않은가.
누구든 거침없이 행세해도 좋지만

―――――――――

4 그래도 신이 과도하게 간섭하지 않았기에 인간을 이 정도나마 참을 수 있다는 역설적 표현.

그래도 자기가 아는 한도 내에서만 그래야겠지.

———————

신이여, 우리를 향한 당신의 분노를 거두소서!
굴뚝새들[5]이 득세하게 됩니다.

———————

질투심이 마구 날뛰려 하거든
그것이 그 굶주림 자체를 삼키게 하라.

———————

스스로 존엄을 지키려면
참으로 억세어야 한다.
길들인 매로 뭐든 사냥할 수 있지만
멧돼지만은 못 잡으니까.

———————

———————
5   소인배를 가리키는 말.

내 길을 가로막는 땡중들의 교단을
어찌하면 좋은가?
정면으로 봐서 알 수 없는 것은
비스듬히 봐도 알 수 없다.

———————

온몸으로 대담하게 투쟁한 자라면 누구든 기꺼이
영웅으로 찬양하고 그 이름을 불러 주리라.
그러나 열기와 추위의 고통을 스스로 겪지 못한 자라면
그 누구도 인간의 가치를 알아볼 수 없는 법이다.

———————

순수하게 선을 사랑하는 마음으로 좋은 일을 하더라도,
그 과보(果報)가 그대에게 돌아가는 것은 아니다.
그것이 그대에게 돌아간다면
네 자식들에겐 아무것도 남아 있지 않을 것이다.

———————

너무도 굴욕적으로 약탈당하지 않으려면
그대의 황금, 그대의 사라짐, 그대의 믿음을 감추어라.

어찌 된 일인가, 어디를 가더라도
좋은 말을, 어리석은 말을 수도 없이 듣지 않는가?
요즘 사람은 옛사람의 말을 그대로 반복하면서도
그것을 자기들 것이라고 생각한다.

억지 부리는 자에게는
단 한 순간도 말려들지 말라.
무지한 자와 다투면
현자라도 무지에 떨어지고 마니까.

"진실은 왜 그리 머나먼 곳에 있는가?
깊고 깊은 심연으로 숨어 버렸는가?"

제때에 아는 사람은 아무도 없는가! ―
제때에 알아보기만 한다면,
진실이란 가까운 곳에 널려 있는 것이며,
사랑스럽고 온화한 것이다.

자비심이 흘러가는 곳을
어찌하여 그대는 알려 하는가!
그대의 과자를 물속으로 던져 버려라.
누가 먹을지 누가 알겠는가.

언젠가 거미 한 마리를 죽였을 때
이런 생각이 들었다. 꼭 그래야만 했을까?
신은 거미에게도 나처럼
이 세월을 누릴 권리를 주지 않았던가!

"밤은 어두우나 신이 계신 곳은 밝다.
왜 그분은 이 세상을 그렇게 만들지 않으셨을까?"

모여 있는 사람들은 얼마나 다양한가!
신의 식탁[6]에는 친구도 원수도 나란히 앉아 있다.

———————

그대들은 나를 보고 인색한 남자라고 하는가.
우선 내가 탕진할 수 있을 만큼 줘 보게나.

———————

그대는 내게 주변을 두루 보여 달라고 하는데,
우선은 그대가 지붕 위로 일단 올라와야 하네.

———————

침묵하는 자는 걱정할 게 별로 없다.
인간은 혀 아래 숨겨져 있으니까.

———————

하인이 둘인 주인이
제대로 보살핌 받을 수 없지.
부인이 둘인 집안이
깨끗이 청소될 리는 없지.

———————

6   지상을 가리킨다

세상 사람들아, 계속 그렇게
같은 말만 되풀이하라. "그분께서 이렇게 말씀하셨다!"[7]라고.
그대들 남정네와 아낙네는, 아담과 하와라고도 했던가,
그리들 오래 무엇을 지껄이고 있는가?

─────────

내가 알라신께 참으로 감사드리는 건 무엇 때문일까?
그분이 고통과 앎을 분리시켰기 때문이라.
모든 환자가 의사만큼 병을 안다면
절망하고 말 거다.

─────────

모든 이가 다 자기 처지에 따라
자기만의 견해를 내세운다면, 그건 바보짓!
이슬람은 신에게 귀의함을 뜻하는 고로,
우리 모두는 이슬람 안에서 살고 죽는 것이다.

─────────

7   Autos epha. 피타고라스의 제자들이 논지를 전개하는 근거로 피타고라스의 말을 자주 인용하
    였다.

———————

세상에 태어난 자, 그는 새로운 집을 짓는다.
그는 사라지고 다음 사람에게 집을 넘겨준다.
넘겨받은 자는 그것을 달리 고칠 것이다.
그리하여 결국에는 그 누구도 집을 완성할 수 없는 거다.

———————

내 집에 들어오는 자, 그자는 내가 오랜 세월 지켜 왔던 것을
비방도 하고 험담도 할 수 있지.
그러나 내가 그를 받아들이려 하지 않는다면
문 앞에서 눈치나 보며 기다릴 수밖에.

———————

주여, 이 작은 집을 보시고
만족하시기를.
더 큰 집을 지을 수는 있지만,
그렇다고 해서 더 낫지는 않을 겁니다.

———————

그대는 영원히 안심해도 좋아.
그 누구도 그대에게서 다시 빼앗진 못하니까.
그건 근심을 모르는 두 친구,
술잔과 노래책.

"역겨운 자라고 구박받던 현자 로크만[8]이
만들어 내지 않은 게 있었던가!"
달콤함은 사탕수수 안에 있는 게 아니라,
설탕, 그것이 단것이다.

동방이 지중해를 건너
장엄하게 밀려든다.
하피스를 사랑하고 아는 자,
그자만이 또한 칼데론[9]이 부른 노래를 알 수 있다.

---

8   Lokman. 전설 속에 나오는 동방의 현자. 우화와 잠언 시인으로 꼽추의 모습이었다고 함. 코란
     에 그의 지혜를 칭송한 구절이 나온다.
9   칼데론 데라바르카(Calderón de la Barca, 1600~1681). 스페인의 희곡 작가로 독일에는 1803
     년 이후 아우구스트 빌헬름 폰 슐레겔에 의해 알려졌으며, 1815년 이후에는 J. D. 그리스가 본
     격적으로 소개하였다.

"그대는 무엇 때문에 한쪽 손에만
마땅한 것 이상으로 치장하는가?"
오른손이 왼손을 장식해 주지 않는다면
그 왼손으로 무얼 할 수 있단 말인가?[10]

―――――

그리스도의 당나귀를 메카로
몰고 간다고 해서
더 잘 훈련되는 건 아니다.
당나귀는 언제나 당나귀일 뿐이다.

―――――

진흙을 밟으면
펴지기는 하지만 단단해지지는 않아.

그러나 고정된 틀에 넣고 힘주어 두드리면,
그 흙은 형태를 갖게 되지.

―――――

10 모든 것은 관계와 영향에서 벗어날 수 없다는 말.

그대가 보게 될 그런 돌들을,
유럽인들은 연토(軟土)라고 부른다네.

우울해하지 말라, 선량한 사람들아!
잘못 없는 사람은 다른 사람들의 잘못을 잘 알아보지 않는가.
하지만 잘못 있는 사람만이 더 깊이 아는 법.
다른 이들이 어떻게 좋은 일을 했는지 분명히 알기 때문이지.

"그대는 이런저런 선행을 베풀어 준 많은 이들에게
감사를 표하지도 않는구나!"
이런 비난 받아도 나는 마음 상하지 않아.
그들의 선물이 내 마음속에 생생히 살아 있으니까.

좋은 평판을 얻고,
사리 판단을 잘하라.
그 이상 바라는 자는 스스로를 망칠 따름이다.

정열의 파도, 그것은 무덤덤한 육지를 향해
헛되이 몰아칠 뿐.
하지만 파도는 해변에 시의 진주들을 흩뿌린다.
그것만으로 이미 인생의 소득 아닌가.

막역한 친구
그대는 수많은 부탁을 잘도 들어주었네.
그것이 그대에게 해를 끼칠 때도.
그런데도 그 착한 남자는 바라는 게 거의 없었어.
그렇게 바란다고 해서 조금도 위험하지 않은데도.

대신(大臣)
그래, 그 착한 남자[11]는 바라는 게 거의 없었네.
그런데도 내가 곧장 그의 소원을 들어주었더라면
그는 당장에 망하고 말았을 거야.

---

11 대신(大臣) 자신을 가리키는 것으로 보인다.

흔히 있는 일이지만, 진리가
오류 쪽으로 기울어진다는 건 나쁜 일이야.
하지만 그건 진리도 이따금 바라는 일이니,
누가 그렇게 아름다운 여인에게 대들며 따지겠는가?
물론 오류 씨(氏)야 진리와 맺어지려 접근하지만
그건 진리 여사(女史)를 엄청 불쾌하게 만들 뿐이지.

———————

보라고, 너무도 마음에 안 들어,
그렇게 많은 자들이 노래도 부르고 이야기도 하다니!
누가 시 문학을 이 세상에서 몰아내는가?
        물론 시인들이지!

티무르 시편
TIMUR NAMEH

겨울과 티무르[1]

이제 분노에 찬 겨울이
그들을 포위하였다.
모든 병사들에게
혹한의 냉기를 흩뿌리고, 종잡을 수 없는 바람으로
그들을 거칠게 몰아대었다.
이렇게 겨울은 뼛속을 스미는 차가운 폭풍에게
드센 힘을 주어 병사들을 덮치게 하고는,
티무르의 야전 회의장으로 내려왔다.
그러고는 티무르를 향해 으르렁거리며 호통쳤다.
"불행한 자여, 조용히, 천천히 다닐 수는 없는가.
너 불의의 폭군아!
너의 불꽃에 백성들이

---

1   몽골이 패망한 후 칭기즈 칸 제국의 재건을 주창하며 페르시아는 물론 러시아와 아랍까지 무
     자비하게 정복하여 티무르 제국을 세웠던 티무르 렝(Timur Leng, 1336~1405)을 가리킨다.
     중국 원정에 나섰다가 69세에 죽었다. 괴테는 여기서 티무르를 나폴레옹의 출현에 비유하고
     있다. 그는 1807년 리머에게 이렇게 말했다. "나폴레옹과 같은 특별한 인간들은 도덕을 넘어
     선다네. 그들은 불이나 물같이 물리적 현상으로 작용하네."

앞으로도 더 그슬리고 불타야겠느냐?
네가 저주받은 영(靈)들 중 하나란 말이지,
그래 좋아! 나도 또 다른 영이다.
너도 백발노인, 나도 백발노인, 우리는
이렇게 대지도 인간들도 꽁꽁 얼어붙게 만든다.
넌 전쟁의 신 화성, 난 대지의 신 토성.
해롭게 작용하는 이 두 별이
하나로 합치면, 그야말로 가장 끔찍한 별들이 되지!
너는 인간들을 죽이고 주변 대기를 차갑게 만들지만,
내가 뿜어내는 바람은 너보다 더 차가워.
너의 야만적인 군대가 경건한 백성들을
온갖 만행으로 괴롭히지만,
보라, 내가 임하는 날엔, 신이여 허락하소서!
그들이 더 혹독하게 당할 것이다.
신에게 맹세코! 특히 네놈에겐 인정사정 안 둘 거다.
내가 네놈에게 내리는 벌은 신께서도 용납하실 거다.
그렇다, 신에게 맹세코! 오, 백발노인이여,
난로의 활활 타오르는 숯불도,
12월의 그 어떤 불꽃도
너를 죽음의 한기(寒氣) 앞에서 지켜 주진 못할 거다."

줄라이카에게

아름다운 향기로 간질이며
그대를 더 기쁘게 하려면
우선 수많은 장미꽃 봉오리들이
불길 속에서 스러져야 한다.

향기를 영원히 보존하는
자그마한 병 하나, 그대의 손가락 끝만큼이나
날씬한 병 하나를 얻는 데에도
하나의 세계가 바쳐져야 한다.

꾀꼬리[2]의 사랑을,
영혼을 뒤흔드는 그 노래를 예감하며,
한껏 솟구쳐 오르려는 소망 속에서 움터 나오는
생명의 세계 하나가 바쳐져야 한다.

우리의 즐거움을 더해 주는
이 꽃봉오리들의 고통 때문에 우리는 괴로워해야 하는가?
티무르의 통치는 수많은 목숨들을
희생시키지 않았던가?

---

2   장미에 대한 꾀꼬리의 사랑은 페르시아 문학에 널리 나오는 모티프이다.

줄라이카 시편[1]
SULEIKA NAMEH

밤에 나는 생각했지
잠결에 달을 보았다고.
그런데 깨어나서 보니
웬걸 해가 떠올라 있었네.

초대

이날을 피해 달아나선 안 되오.
그대가 황급히 뒤쫓아 가는 그날이란 것도
오늘보다 더 나은 건 아니니까요.
그러나 세상을 내게로 끌어오기 위해
세상을 멀리해 버린 이 자리에
그대가 기꺼이 머물러 준다면,
그대는 나와 더불어 곧장 평안을 얻을 것이오.
오늘은 오늘이고, 내일은 내일.
앞으로 닥쳐올 일도, 이미 지나간 일도

---

1 '줄라이카 시편'은 1814~1815년 사이에 괴테가 프랑크푸르트에서 사귄 마리아네 폰 빌레머
와의 사랑에서 태어난 시들이다.

한자리에 그냥 머물러 있지는 않아요.
그러니 사랑하는 이여, 내 곁에 있어 주오,
그대가 아니면 누가 이 모든 것을 가져다주겠소.

———————

줄라이카가 유수프에게 반한 것은
조금도 이상하지 않아요.
그는 젊었고, 젊음은 매혹적이니까요.
유수프는 아름답고, 줄라이카도 아름다웠지요,
그들은 서로 반했노라 고백하고, 서로를 행복하게 해 줄 수 있
었던 거라오.
내가 그토록 오래 사모했던 그대도 이제 내게
불타오르는 청춘의 눈길을 보내 주어,
지금 나를 사랑하고, 앞으로도 나를 행복하게 해 줄 것이니
나는 노래 불러 찬미하지 않을 수 없다오.
그대를 영원토록 줄라이카라고 부르리다.

———————

그대[2]가 이제 줄라이카라는 이름을 가졌으니

———————

2 마리아네 폰 빌레머를 가리킨다.

나도 이름이 있어야겠지요.

그대가 연인[3]을 칭송할 때는

하템! 이라 불러 주오.

사람들이 그 이름에서 나를 알아차린다 해도

내가 그렇게 오만 떠는 건 아니라고 생각하오.

스스로를 성 게오르크 기사[4]라고 부르는 사람도

자기가 성 게오르크와 같다고는 생각지 않으니까요.

나는 가난하기에, 모든 걸 선사하는 사람인

하템 타이가 될 수는 없소.

모든 시인들 중에서 가장 호사스럽게 살았던

하템 초그라이도 나는 되고 싶지 않다오.

하지만 이 두 사람을 염두에 둔다고 해서

그렇게 비난받을 일은 아니겠지요.

행운의 선물을 받는 것도 주는 것도

언제나 커다란 기쁨이니 말이오.

서로 사랑하며 즐거움을 나누는 것,

이것이 천국의 기쁨이라오.

하템[5]

---

3 괴테 자신을 가리킨다. 줄라이카의 연인은 원래 유수프였으나, 괴테는 여기서 하템(Hatem)이
   라고 바꾸어 부른다.

4 St. George. 십자군 원정 이래로 기사와 말을 수호하는 성자로 알려졌다.

5 괴테가 프랑크푸르트에 있는 마리아네의 집에 머물 때 쓴 것이다.

즉흥[6]이 도둑을 만드는 게 아니라
즉흥 자체가 커다란 도둑이라오.
즉흥이 내 마음에 남아 있던
사랑마저 훔쳐 가 버렸으니까요.

즉흥이 내 삶의 모든 보물을
그대에게 넘겨주었기에,
나는 이제 가난뱅이 되었고,
이내 목숨 오로지 그대에게 달려 있소.

그러나 그대의 홍옥(紅玉)빛 시선에서
나는 연민의 정을 느끼기에,
그대의 품에 나를 내맡긴 채
새로이 다가온 운명을 기뻐한다오.

줄라이카[7]
당신의 사랑 속에서 너무도 행복해
그 즉흥을 나무라고 싶진 않아요.
그것이 당신을 도둑이 되게 했다지만,

6　독일어 겔레겐하이트(Gelegenheit)는 즉흥, 기회의 뜻이다. '기회'는 부정적인 뉘앙스를 풍기
　　는 말이어서 여기서는 '즉흥'이라고 옮겼다. 사랑이 막 타올랐던 그 시간과 공간을 함축하는
　　의미이다. 즉흥의 뒤에 시를 의미하는 게디히트(Gedicht)가 붙으면 즉흥시가 된다.
7　이 시는 마리아네 폰 빌레머가 쓴 것으로 알려져 있다.

그 도둑질이 저는 얼마나 기쁜지 몰라요![8]

그런데 왜 도둑질이라 하시는 거죠?
당신을 자진해서 내주세요.
정말이지 저는 이렇게 믿고 싶어요 –
그래요, 당신을 훔친 건 나라고요.

그렇게 기꺼이 자신을 내주셨으니
당신은 멋지게 보답받을 거예요.
저의 평화, 저의 풍성한 삶을
기쁘게 드리니, 받아 주세요!

농담 말아요! 가난 같은 건 없어요!
사랑이 우리를 부자로 만들지 않나요?
당신을 두 팔로 안으면,
모든 행복이 저의 것이랍니다.

———————

사랑하는 사람은 길을 잃지 않아요.
사방이 아무리 흐릿해도요.

———————
8 마리아네는 유부녀였다.

라일라와 메쥐눈이 다시 살아난다면
그들에게 나는 사랑의 길을 말해 줄 거예요.

───────────

이것이 현실인가, 사랑하는 그대를 내가 어루만지고,
천상의 목소리 울리는 걸 내가 듣고 있다니!
장미는 여전히 멀리 있는 듯하고,
밤꾀꼬리 노래는 아득하기만 한데.

───────────

줄라이카
배를 타고 유프라테스강을 건너는데,
금반지가 손가락에서 벗겨지더니,
바닷속 깊이 가라앉고 말았어요.
얼마 전에 당신이 주신 그 반지 말예요.

그런데 그게 꿈이었어요. 아침놀이
나무 사이로 제 눈을 번쩍 비추었고요.
말해 주세요, 시인님, 예언자님!
이 꿈은 무엇을 말하는가요?

하템

내 기꺼이 해몽해 드리리다!

그대에게 가끔 얘기해 주지 않았던가요?

베네치아 총독이

바다와 혼인하는 이야기를.[9]

그대의 반지가 손가락에서 빠져나와

유프라테스강으로 떨어진 것도 같은 의미라오.

오, 이건 달콤한 꿈, 그대는

수많은 천국의 노래로 나를 열광케 하오!

새로운 카라반들과 함께

홍해로 가기 위해

인도에서 다마스쿠스까지

굽이굽이 달려온 나를 말이오.

이런 나를 그대는 그대의 강과

계단 모양의 강변 그리고 숲과 혼인시켜 준 거지요.

그런고로 여기서 마지막으로 입맞춤할 때까지

내 영혼을 온통 그대에게 바치리다.

---

9 베네치아 총독은 해마다 그리스도 승천제에 배를 타고 나가 반지를 빠뜨리는 행사를 함으로
써 바다와 베네치아의 혼인을 상징적으로 보여 주었다고 한다.

나는 남자들의 눈길을 잘 알아요.

어떤 이는 말하죠. "사랑하오, 괴로워요!

가지고 싶소, 절망이오!"

다른 눈길들도 어떤 건지 여자라면 알지요.

하지만 이 모든 게 내겐 아무 소용 없어요.

이 모든 것에도 나는 꼼짝하지 않아요.

하지만, 하템, 당신의 눈길이 비추어 주기에

비로소 하루하루가 빛난답니다.

당신의 눈길은 이렇게 말하거든요. "이 여성은

너무 마음에 들어. 이전에 이런 적은 한 번도 없었어.

정원을 화사하게 장식하는

장미도 보고, 백합도 보았지.

대지를 단장하라고 재촉받은 실측백도,

도금양도, 제비꽃도 보았건만,

치장한 그녀는 하나의 기적.

우리를 놀라움으로 사로잡고는,

기운 차리게 하고 치유해 주고 축복하며

우리를 건강하게 느끼도록 만들어.

정말이지 도로 병이 나고 싶을 정도로 건강하게."

그리하여 당신은

병을 앓는 듯 건강해지고,

건강한 듯 병을 앓으며,

세상을 향해서는 단 한 번도 보낸 적 없는

그런 미소로 줄라이카를 바라보시네요.
하여 줄라이카는 그 눈길의 영원한 의미를
알아차려요. "이 여성은 너무 마음에 들어.
이전에 이런 적은 한 번도 없었어."

은행잎

동방에서 건너와 내 정원에
자신을 맡긴 이 은행나무,
그 잎은 비밀의 의미를 맛보게 하니,
지자(智者)의 마음 즐겁지 않을 수 없다.

본래는 살아 있는 하나였는데,
그 안에서 둘로 나누어진 것일까?
아니면 원래 둘이었는데, 사람들이 하나로 보도록
그렇게 만들어 버린 것일까?

이런 물음을 궁금해하다
마침내 올바른 뜻을 알게 되었지.
그대는 나의 노래들에서 느끼지 않는가,
내가 하나이면서 또한 둘이라는 것을?

줄라이카

말씀해 보세요, 당신은 시를 많이 지어
여기저기 보내셨죠.
친필로 쓴 멋진 종이들을
화려하게 묶고 금박까지 두르셨죠.
게다가 구두점과 횡선까지 꼼꼼하게 마무리 지어
마음을 사로잡는 시집을 여러 권 보내셨잖아요?
당신의 시집을 받는 모든 이는
그것을 사랑의 담보물로 받아들였겠죠.

하템

그래요, 너무도 사랑스러운 눈길,
순식간에 사로잡는 황홀한 미소,
눈부시게 빛나는 치아,
둥그렇게 휘어진 눈썹, 굽이치는 곱슬머리,
매혹적인 목과 가슴,
그래요, 수천 번의 위험이 있었지요.
그러나 이제 생각해 보니, 그 오랜 세월은
줄라이카를 예언한 시대였을 뿐이오.

줄라이카

태양이 떠올라요! 장관(壯觀)이에요!
초승달이 태양을 껴안고 있고요.[10]
누가 이 둘을 결합시킬 수 있었을까요?
이 수수께끼, 어떻게 설명하죠? 어떻게?

하텀

술탄은 그렇게 할 수 있었지요.
그분이 지상 최고의 한 쌍을 혼인시켰다오.
충성스러운 부하들 중 가장 용감한 자들,
선택된 자들을 기리기 위해서지요.

또한 그게 우리 행복의 모습이 아니겠소!
나는 거기서 나와 그대를 다시 본다오.
사랑하는 이여, 그대는 나를 그대의 태양이라 불러 주오.
감미로운 달이여, 얼른 와서 나를 안아 주오.

얼른, 사랑하는 이여, 얼른 오시오! 와서 터번을 감아 주오!

---

10 마리아네 폰 빌레머는 1815년 가을 프랑크푸르트 뢰머 광장에서 남편과 함께 북적이는 박람
회장을 지나가다, 튀르키예 상인에게서 이 훈장을 사서 괴테에게 선사했는데, 거기에 반달이
커다란 별을 감싸고 있는 장식이 있었다고 함. 시인은 이 별을 태양으로 해석한다.

그대의 손으로 감아야 나의 터번은 아름답소.
이란의 가장 높은 곳에 자리한 압바스왕도
그대보다 더 우아하게 터번을 감는 여인을 못 보았을 거요.

알렉산드로스 대왕이 진군할 때 그의 머리에서
멋지게 흘러내렸던 띠가 바로 터번이었지요.
이후 뒤를 이은 지배자들도, 다른 사람들도 모두
그것을 왕의 장식으로 좋아하게 되었다오.

우리 황제를 장식하고 있는 것도 바로 터번이지요.
그걸 왕관이라고들 부르지만, 이름이야 무슨 소용이겠소.
보석과 진주! 이런 것들은 눈을 황홀케 하지요!
하지만 가장 아름다운 장식은 언제나 모슬린 천이라오.

은빛 줄무늬가 있는 더없이 순결한 이 천을
사랑하는 이여, 나의 머리에 둘러 주오.
군주란 무언가? 나는 그걸 잘 알아요!
그대가 나를 바라보기만 해도 나는 왕 못지않게 위대해진다오.

───────

내가 바라는 건 별로 없소.
모든 게 다 마음에 들고,

소망이 조금 있긴 하나,
그럭저럭 이 세상이 들어주었다오.

종종 주점으로 가 유쾌하게 앉아 있고
비좁은 집 안에서도 즐겁기만 하지요.
다만 그대가 생각날 때면
내 마음은 머나먼 정복의 길을 떠난다오.

티무르의 왕국들도 그대에게 순종하고,
그곳의 지엄한 군주도 그대의 말을 듣도록 하겠소.
바다크샨은 루비를,
카스피해(海)는 터키석을 그대에게 바칠 거요.

태양의 도시 보카라[11]는
꿀처럼 달콤한 건과(乾果)를,
사마르칸트는 수천 편의 아름다운 시를
비단 종이에 써 바칠 거요.

　내가 오르무스 시(市)[12]에 그대를 위해
무얼 주문해 놓았는지 기쁜 마음으로 읽어 봐 주시오.
오로지 그대만을 위해

11　Bochara. 곡물과 과일로 유명했던 오늘날의 우즈베키스탄 도시.
12　Ormus. 페르시아만 입구에 있는 상업 중심지.

상거래를 하고 있다오.

브라만의 나라[13]에서도 수천의 손가락이
열심히 움직이고 있어요.
오로지 그대만을 위해 인도의 온갖 화려함을
모직물과 비단에 짜 넣고 있다오.

그래요, 사랑하는 이를 드높여 주려고,
수멜푸르[14]의 계곡은 파헤쳐지고,
흙과 자갈, 돌멩이와 모래를 씻어
다이아몬드를 가려낸다오.

용감무쌍한 사내들인 잠수부들이
만(灣)에서 진주 보물을 캐 오면,
섬세한 재주를 가진 한 무리 전문가들이
그대를 위해 그것들을 실에 꿴다오.

그리고 마지막으로 바스라[15]에서는
카라반들이 약초와 향은 물론이고,
세상 사람을 매혹시키는 온갖 보물을

---

13 인도를 가리킴.
14 Soumelpour. 갠지스강 하류의 삼각지에 있는 다이아몬드 생산지.
15 Basra. 아랍의 상업 도시.

그대에게로 싣고 오지요.

하지만 황제를 위한 이런 보물은
결국엔 눈이나 어지럽힐 뿐,
진실로 사랑하는 사람들은
상대에게서 행복을 느낀다오.

———————

사랑하는 이여, 내가
발흐, 보카라, 사마르칸트 같은
현란하고 공허한 도시들을 그대에게 바치는 데
무슨 망설임이 있겠소?

그러나 황제에게 한번 물어보시오,
이 도시들을 그대에게 바칠 수 있는지?
황제는 나보다 더 위대하고 현명하지만
어떻게 사랑하는지는 모른다오.

황제여, 당신은 그런 선물을 할 수 있을 정도로
복을 받고 태어나지는 않았소!
이런 멋진 여인을 가지려면
나처럼 가난뱅이여야 하는 거요.

멋지게 써 내려가고
화려하게 금박을 한,
잘난 척 우쭐대는 시를
그대는 빙그레 미소 지으며 읽는구려.
그대의 사랑과, 그대를 통해 얻은 행복을
뽐내는 걸 용서해 주오.
애교스러운 자만심이라고 너그럽게 보아주오.

자만심이라! 질투하는 자들에겐 역겨울 테지,
하지만 친구들이나 나의 후각엔
향기롭기만 하다오!

살아 있음의 기쁨은 크지만,
살아 있는 것에 대한 기쁨은 더욱 크다오.
줄라이카여, 그대는
나를 한없이 기쁘게 해 준다오.
그대가 넘치는 열정을
공인 것처럼 내게 던지면
나는 기꺼이 그것을 받고,
이번에는 그대에게 바쳐진 나를
그대에게 되던지는 거지요.

하지만 그건 한순간일 뿐!
때로는 프랑크인[16]이, 때로는 아르메니아인이
그대에게서 날 떼어 놓는구려.

그러나 그대가 내게 아낌없이 준
수천 겹의 행복을
더욱 새롭게 하고,
그대가 수천 가닥으로 엮어 준 행복의 오색실을
오, 줄라이카여, 그대로부터 풀어내려면
몇 날이 걸릴지 몇 년이 걸릴지 모른다오.

  이제 그 보답으로
시(詩)의 진주를 바치오.
그대 열정의
거센 파도가
내 삶의 쓸쓸한 해변에다
던져 준 것이지요.
손끝으로
소중히 주워 담고
보석 박힌 금장식과
함께 꿰어

---

16 십자군 원정 이후 아랍에서 볼 수 있는 유럽 여행자나 상인들을 프랑크인 또는 아르메니아인
   이라고 불렀다. 여기서 시인은 여행자로 등장하고 있다.

그대의 목에
그대의 가슴에 걸어 주오.
자그마한 조개 속에서 자라난
알라의 빗방울이라오.

───────────

사랑에는 사랑으로, 시간에는 시간으로
말에는 말로, 눈길에는 눈길로.
입맞춤에는 입맞춤으로, 믿음 가득한 그 입,
숨결에는 숨결로, 행복에는 행복으로,
저녁에도 그렇게, 아침에도 그렇게!
그대는 나의 노래들에서
남모르는 근심을 알아차리는구려.
그대의 아름다움에 답할 수 있게
유수프의 매력을 빌려 오고 싶다오.[17]

───────────

줄라이카

백성도 하인도 극복(克復)한 자도

---

17 하이델베르크에서 마리아네와 헤어지기 전날에 쓴 시. 이때 헤어진 두 사람은 이후 다시 만나
   지 못하고 편지만 주고받는다.

늘 말해요. 이 세상 사람들의
최고 행복은 오로지
인격이라고요.

자기 자신을 잃어버리지만 않는다면
어떤 삶도 헤쳐 나갈 수 있대요.
다만 지금 상태로 그대로 머물면,
모든 걸 잃게 된대요.

하템
그럴지도 모르오! 그렇게들 말하지요.
하지만 나는 다른 길을 갈 거요.
지상의 모든 행복을 나는
줄라이카에게서만 발견하니까요.

그녀가 넘치는 사랑을 주기에
나는 비로소 소중한 내가 된다오.
그녀가 내게서 몸을 돌리면
그 순간 나는 자신을 잃어버린다오.

그러면 하템도 이제 끝장나는 거니까,
나는 다른 운명을 택할 수밖에요.
나는 그녀가 애무해 주는 애인으로

얼른 몸을 바꿀 거요.

물론 랍비만은 되고 싶지 않소.
그건 나한테 어울리지 않아요.
하지만 피르다우시나 모타나비,[18]
또는 황제라면 사양하진 않겠소.

하템
금은방 진열대에 늘어놓은
형형색색 매끈한 촛대들처럼
귀여운 아가씨들이
백발이 다 된 시인을 둘러싸고 있구나.

아가씨들
당신은 또 줄라이카를 노래하시네요!
그녀라면 이제 더 이상 못 참겠어요.
당신 때문이 아니라 – 당신의 노래 때문에
우린 그녀를 질투하고 질투할 수밖에 없어요.

---

18 10세기에 살았던 아랍어권의 유명한 시인들.

그녀의 모습이 역겨워도
당신은 그녀를 가장 아름다운 미녀로 만들잖아요.
우린 제밀과 보타이나의 얘기에서
그런 걸 꽤나 읽었다고요.

　　우리도 못지않게 예쁘니까
우리 모습도 멋지게 노래로 불러 주세요.
당신이 기꺼이 그렇게 해 주신다면
우리도 응분의 보답을 하겠어요.

하템
갈색 머리 아가씨, 이리 와요! 노래 한 곡 하리다.
땋은 머리를 크고 작은 빗들로
정말이지 곱게 단장하셨네.
둥근 지붕이 사원을 장식한 듯.

그대 금발 아가씨, 곱기도 하오.
요모조모 아무리 봐도 정말 곱구려.
아가씰 보는 사람은 그 즉시
사원의 첨탑을 떠올릴 거요.

저 뒤쪽 아가씨, 그대는 눈길이
짝짝이네요. 양쪽 눈이 제각각

마음 내키는 대로 보고 있구려.
그렇다고 해서 아가씨를 피해야 하나요.

눈동자를 둥글게 감싼,
한쪽 눈의 눈꺼풀을 살짝 찡그리면,
마치 악당 중의 악당 같은데,
다른 쪽 눈은 아주 단정히 바라보는구려.

한쪽 눈은 상처를 주며 낚아채는 듯하고
다른 쪽 눈은 치유하듯 새로이 힘을 주네요.
이런 이중의 눈길을 가진 아가씨가 아니라면
내가 그 누구를 더 신명 나서 노래하겠소.

이렇게 나는 모든 이를 찬미할 수 있고
이렇게 나는 모든 이를 사랑할 수 있다오.
이렇게 아가씨들을 치켜세우는 것도,
결국은 내 여주인을 노래하는 거니까요.

아가씨들
시인은 기꺼이 노예가 되길 바란다지요.
그래야 사랑의 지배를 받을 수 있으니까요.
하지만 사랑하는 이[19]가 몸소 노래 불러 줘야
시인도 제 대접 받는 게 아닐까요.

우리 입술이 마음껏 부르듯
그녀도 그렇게 노래할 줄 아는 거예요?
그녀는 내내 숨어 있기만 하니
도대체 믿을 수 없어요.

하템

좋소, 그녀의 마음이 어떤지 누가 알겠소!
그처럼 깊은 바닥을 알기나 하오?
스스로 느낀 노래가 솟구쳐 흐르고,
스스로 만든 노래가 입가에 맴돌지요.[20]

당신네 같은 시인들하고
그녀는 전혀 달라요.
그녀는 나를 기쁘게 하려고 노래하지만,
당신들은 자신을 위해서만 노래하며 사랑하잖소.

아가씨들

좋아요, 당신이 한 여인[21]을
후리들 중 하나로 꾸며 냈다는 걸 알겠어요!
그럴 수도 있겠죠! 하지만 이 세상에서

---

19 줄라이카를 가리킨다.
20 마리아네 자신이 몇 편의 시를 지었음을 암시하는 구절.
21 줄라이카를 가리킨다.

그렇게 아첨하는 이는 없을 거예요.

하템
곱슬머리 아가씨, 그대의 얼굴이
나를 사로잡는구려!
그대의 사랑스러운 갈색 뱀들[22] 앞에서
버틸 재간이 내겐 없다오.

참으로 이 마음만이 영원하며,
청춘의 싱싱한 꽃으로 피어오른다오.
눈과 안개가 덮고 있다 해도[23]
그대를 위해 에트나 화산처럼 솟구친다오.

그대는 아침놀처럼
저 산봉우리의 근엄한 암벽[24]조차 부끄럽게 하는구려.
그리하여 하템은 다시 한번
봄의 입김과 여름의 타오르는 불꽃을 느낀다오.

어서 따르게! 한 병 더!
이 잔은 그녀에게 바치리라!

---

22 곱슬머리를 가리킨다.
23 백발이 덮인 것을 말한다.
24 괴테 자신의 무뚝뚝한 마음 상태를 가리킨다.

한 줌의 재를 보면 그녀가 말하겠지요.
"그이가 나를 위해 타오르다 재가 되었구나."

줄라이카
당신을 절대로 잃고 싶지 않아요!
사랑은 사랑에 힘을 줍니다.
당신은 뜨거운 열정으로
나의 청춘을 장식해 주세요.

아아! 사람들이 나의 시인을 칭송할 때면
내 마음 얼마나 뿌듯해지는지 몰라요.
삶은 곧 사랑이고,
삶의 생명은 곧 정신이니까요.

———————

루비같이 달콤한 그대의 입으로
성가신 일이라고 불평하진 말아요.
사랑의 고통이 바라는 건
치유를 찾는 것 말고 또 뭐가 있겠소?

———————

당신은 동방과 서방이 떨어져 있듯이
사랑하는 이와 떨어져 있어요.
당신의 마음은 이리저리 황야를 헤매어 다니는군요.
하지만 길잡이는 어디에나 있는 법이니
사랑하는 사람에겐 바그다드도 멀지 않아요.[25]

———

당신 마음속 조각난 세계를
메우고 또 메우세요!
당신의 맑은 눈은 초롱초롱 빛나고,
당신의 심장은 나를 위해 뛰고 있잖아요!

———

아아, 감각이란 게 더 많으면 좋을 텐데!
감각은 혼란조차도 행복으로 바꿔 준다오.
그대를 바라보면 귀머거리가 되고 싶고,
그대의 목소리를 들으면 장님이 되고 싶다오.

———

25 바그다드는 뱀독의 해독제인 테리아카를 만드는 곳으로 유명한데, 이 시에서는 사랑하는 이
    와 다시 만나 사랑의 고통을 치유받는 장소로 그려져 있다.

멀리서도 저는 당신과 가까이 있어요!
그러나 불현듯 고통이 찾아옵니다.
이제 당신의 목소리를 다시 들으니,
당신은 문득 내 곁에 있군요!

———————

밝은 날과 빛으로부터 떨어져 있는데
내 어찌 명랑할 수 있겠소?
하지만 이제 나는 편지를 쓰리다.
술도 마시고 싶지 않으니까.[26]

그녀가 나를 곁으로 부를 땐
말도 필요하지 않았지.
그때는 말문이 막히더니
이제는 펜이 굳어 쓸 수가 없구려.

자, 어서! 아이[27]야,
가만히 잔을 채워 다오!
생각 좀 하고 있는 중이야! 이렇게 말하지만,

---

26 하이델베르크에서 마리아네와 헤어져 가던 중 괴테가 술집에 들러, 술은 안 마시고 편지를 쓰는 장면.
27 술집의 술 따르는 아이를 가리킨다.

자네는 벌써 알지. 내가 무얼 하려는지.

―――――――――

그대를 생각하고 있으면
술 따르는 아이가 대뜸 물어본다오.
"어르신, 왜 그리 말씀이 없으세요?
저, 사키[28]는 언제나
선생님의 가르침을 더 듣고 싶은데요."

실측백나무 아래
멍하니 앉아 있노라면
그 애는 날 그냥 내버려둔다오.
그래도 이 조용한 사람들 사이에서
난 솔로몬처럼
지혜롭고 현명한 사람이라오.

줄라이카 시편

다른 시편들과 마찬가지로 이 시편도

―――――――――

28 saki. 술 따르는 소년.

잘 마무리해 묶고 싶다.
하지만 사랑의 광기가 너를 아득한 곳으로 몰아가면
그 말과 쪽수를 어떻게 줄일 것인가?

———————

사랑하는 이여, 열매 가득 달린
저 가지들을 좀 보시오!
초록색 가시가 까칠까칠한
저 열매들을 말이오.

그 열매들 조용히 자신도 모르게
둥그렇게 부풀어 매달려 있고,
이리저리 출렁이는 가지 하나가
참을성 있게 열매들을 흔들어 대고 있소.

갈색의 씨는 안에서부터 익어
점점 부풀어 오르는군요.
대기를 들이마시고,
햇볕도 쪼이고 싶은가 봐요.

마침내 그 껍질이 터지면
알맹이가 즐거이 떨어져 내리듯,

나의 노래 또한 그렇게 떨어져 내려

그대 품 안에 쌓입니다.

줄라이카[29]

잔물결 살랑이는

즐거운 분수 곁에서

무엇이 나를 멈추게 했는지 미처 몰랐어요.

그런데 보니 거기 당신이 암호로 살짝 써 놓은,

제 이름이 있네요.[30]

당신을 그리워하며 그것을 내려다보았어요.

　여기, 수로(水路)가 끝나는 곳

가로수 줄지어 선 큰길 끝에서

다시 눈을 들어 위를 보니, 거기에도

제 이름이 멋지게 쓰여 있네요.

제 곁에 있어 주세요! 저를 사랑하며 곁에 머물러 주세요!

29　이 시는 빌레머 가족이 하이델베르크에 도착하기 전날인 1815년 9월 22일에 쓰인 것이다. 여기서 묘사되는 풍경들은 하이델베르크성 주변의 공원 모습을 담고 있다.

30　하이델베르크성의 분수에 괴테가 마리아네의 이름을 동방의 문자로 새겨 놓았다고 한다. 마리아네도 그 사실을 알고 있었고, 1818년에 하이델베르크를 다시 방문했을 때 그녀는 그 분수에 가 보았노라고 괴테에게 편지를 보낸다.

하템

물을 뿜어 올리고 출렁이게 하는 분수도,

그리고 실측백나무도 그대에게 말하지 않소.

나는 줄라이카로부터 와서

줄라이카에게로 간다는 것을.

줄라이카

당신을 다시 만나자마자

입맞춤과 노래로 당신을 기쁘게 해 드리는데,

당신은 가만히 생각에만 잠겨 계시니

무엇이 당신 마음을 옥죄고 짓누르며 괴롭히나요?

하템

아아, 줄라이카, 내가 그 말을 하란 말이오?

칭찬하기보다는 그대를 원망할 거요!

그대는 지금까지는 나의 노래들만을 불러 왔소.

언제나 새롭게, 언제나 거듭해서.

그런데 이 노래들도 칭찬할 만하지만

왠지 낯선 느낌이 드오.

그건 하피스의 것도, 니자미의 것도

사디의 것도, 자미의 것도 아니오.

선인들이 남긴 많은 시들을 나는 알고 있소.
한 음절 한 음절, 한 울림 한 울림을
내 빠짐없이 기억하는데,
지금 이것들은 새로 지어진 노래요.

그건 바로 어제 쓴 것들이군요.
말해 보시오! 새로 약속한 사람이라도 있는 거요?
그대 그리도 즐겁고 대담하게
낯선 숨결을 내게 보내는구려.

　그 숨결 내 것만큼이나 조화롭고
그대를 생기 넘치게 하고
사랑에 들뜨게 하여,
한 몸이 되고자 유혹하고 있지 않소?

줄라이카
하템께서 오랫동안 저를 떠나 있는 동안
이 소녀는 무언가를 배웠답니다.
이제 그분이 저를 그토록 칭찬하시는 걸 보니
이별이 헛되지는 않았네요.
그 노래들은 당신께 낯설지 않아요.

그것은 줄라이카의 노래들이고 당신의 노래들이라고요![31]

―――――――

운율은 베람구르왕[32]이 지어낸 거지요.
그가 황홀경에 빠져 순수한 영혼의 충동으로 말하자
그의 연인인 딜라람[33]이 재빨리 되받아
같은 말, 같은 울림으로 화답했다오.

그렇듯 사랑하는 이여, 이처럼 우아하고 즐겁게
운(韻)을 다루는 나의 짝으로 그대가 주어졌으니,
나는 사산가(家)의 베람구르도 부럽지 않소.
이제 나도 그와 같은 운명이 되었으니까요.

그대가 나를 일깨워 이 시편을 쓰게 했으니,
이 시편은 그대가 내게 준 거요. 내가 부푼 가슴으로
즐겁게 말한 것은 눈길이 눈길을, 운율이 운율을 따르듯이
당신의 아름다운 삶에 부딪혀 울려 나온 것입니다.

―――――

31 그 시들은 내가 썼지만 실은 당신과 내가 함께 쓴 시이다. 당신이 내게 시 쓰는 법을 가르쳐 주었다는 의미로 보인다.

32 Behramgur. 사산 왕조의 군주로 신페르시아 시 문학의 원조로 알려져 있다(420~438년 통치).

33 고대 페르시아의 전승에 따르면, 사산 왕조의 베람구르왕은 노예 여성 딜라람(Dilaram)을 사랑해 시로써 말을 건넸고, 그러면 그 여성도 동일한 리듬과 운율을 가진 말로 사랑에 응답했다고 한다.

이제 나의 노래 그대에게로 울려 퍼지고, 아득한 곳에 있는
그대에게 도달합니다. 그리고 그 곡조와 울림이 사라져도,
그것은 별빛 흩뿌려진 외투가 아닌가요?
사랑으로 드높이 승화된 우주가 아닌가요?

그대의 눈길에, 그대의 입술에,
그대의 가슴에 나를 온전히 맡기고,
그대의 목소리를 듣는 것이
나의 처음이자 마지막 즐거움이었소.

　아아, 그러나 그것도 어제[34]로 마지막이었고,
이제 내겐 빛도 불도 꺼져 버렸다오.
즐거웠던 희롱들 하나하나가
이제는 빚더미처럼 무겁고 또한 귀한 것이 되어 버렸소.

알라가 우리를 다시 맺어 주려고
마음 내기 전까지는,
해도 달도 이 세상도
나를 울게 할 핑곗거리에 지나지 않는다오.

---

34 마리아네와 헤어진 다음 날, 그러니까 1815년 9월의 어느 하루이다.

줄라이카[35]

이 일렁임은 무엇을 뜻하는 걸까?
동풍이 내게 기쁜 소식을 실어 오는 걸까?
살랑거리는 바람의 시원한 날갯짓이
가슴속 깊은 상처를 식혀 주는구나.

바람은 먼지를 어루만지며 놀다가
가벼운 구름 속으로 쫓아 버리고,
즐겁게 노는 곤충들을
안전한 포도 잎 아래로 몰아가는구나.

바람은 태양의 열기를 부드럽게 해 주고,
뜨거운 내 뺨도 식혀 주며,
들판에서 언덕에서 탐스럽게 자라나는
포도송이들에 입맞춤하는구나.

바람의 나지막한 속삭임은
그분이 보낸 수없는 인사를 실어 와,
이 언덕이 어두워지기 전에
수천 번의 입맞춤으로 내게 안부를 전하는구나.

---

35 원래 마리아네가 쓴 시였는데, 괴테가 약간 손질하여 실은 것이다.

바람아, 너는 계속 그렇게 불어 가렴!
친구들과 슬퍼하는 자들을 위로해 주렴.
저기, 높다란 성벽[36]이 빛나는 곳에서
나는 곧 사랑하는 그이를 만나리.

아아, 마음으로만 통하는 진정한 이야기,
사랑의 숨결, 싱싱한 삶은
그분의 입만이 내게 줄 수 있고,
그분의 숨결만이 내게 줄 수 있으리.

고귀한 모습

태양이, 그리스인들의 헬리오스가
당당하게 하늘의 궤도를 달립니다.
우주 만물을 손에 쥐려는 듯
주위를 둘러보고, 내려다보고, 쳐다봅니다.

그러다가 그는 가장 아름다운 여신,
구름의 딸이자, 천상의 딸[37]이 울고 있는 걸 봅니다.
그녀에겐 헬리오스만 빛나 보이나 봅니다.

---

36 괴테와 마리아네가 만나곤 했던 하이델베르크성을 가리키는 것으로 보인다.
37 무지개의 여신 이리스(Iris)를 말한다.

다른 밝은 공간들에는 눈도 돌리지 않아요.

헬리오스가 고통과 두려움에 빠질 때,
그녀는 하염없이 눈물을 쏟아 냅니다.
그러면 그는 슬퍼하는 그녀에게 기쁨을 전하며,
진주 방울방울[38]마다에 입맞춤합니다.

그녀는 그의 강력한 눈길을 깊이 느끼며
꼼짝도 하지 않은 채 위를 쳐다보지요.
진주 방울[39]들은 이제 자기 모습을 드러내려 합니다.
그 하나하나가 모두 헬리오스의 모습을 받아들였으니까요.[40]

마침내 일곱 빛깔 무지개 화환을 쓰고
그녀[41]의 얼굴은 환하게 빛납니다.
헬리오스는 그녀에게 이끌려 다가가지만,
아아! 그러나 그녀에게 닿지는 못합니다.[42]

그렇게, 운명의 가혹한 법칙에 따라
사랑하는 이여, 그대는 내게서 멀어져 갑니다.

---

38 빗방울을 가리킨다.
39 눈물의 비유.
40 무지개가 형성되는 과정을 비유적으로 말하고 있다.
41 이리스를 가리킨다.
42 태양과 무지개는 서로 그리워하지만 만날 수는 없다. 괴테와 마리아네의 관계도 마찬가지다.

그러니 내가 위대한 헬리오스가 된다 하더라도
수레의 옥좌가 무슨 소용이겠습니까?

여운(餘韻)

시인이 자신을 태양에 비유하고
또 황제에 비유하다니 얼마나 멋진가요.
하지만 어두운 밤 속을 조심조심 걸어갈 때
시인은 슬픈 얼굴을 감춘다오.

  줄무늬를 이룬 구름에 가리면서,
푸르디푸른 하늘이 밤 속으로 가라앉으면
야윈 내 뺨은 창백해지고
내 가슴속에선 잿빛 눈물이 흐른다오.

나를 밤과 고통 속에 내버려두지 마오.
그대 너무도 사랑스러운 이여, 나의 달덩이 같은 얼굴이여,
아아, 나의 샛별이여, 나의 촛불이여,
그대 나의 태양이여, 나의 빛이여!

———

줄라이카[43]

아아, 서풍이여, 너의 젖은 날개가,
정말 부럽구나.
헤어져 괴로워하는 이 마음을
너는 그분에게로 날아가 전해 줄 수 있지 않느냐.

너의 날개 퍼득이면
내 가슴속엔 말 없는 그리움 깨어나고,
네가 숨을 쉬면 꽃도 눈[眼]도 숲도 언덕도
모두 그렁그렁 눈물을 흘린다.

너는 부드럽고 온화하게 불어오면서
상처 입은 내 눈꺼풀을 식혀 주는구나.
아아, 하지만 그분을 다시 만날 희망이 없다면
괴로움 못 이겨 나는 스러져 버릴 거야.

서풍아, 내 사랑하는 이에게로 서둘러 가서,
그이의 가슴에 부드럽게 말해 다오.
그러나 그이를 슬프게 해선 안 되니까,
나의 괴로움은 감춰 다오.

---

43 마리아네가 괴테와 헤어져 하이델베르크를 떠난 날(1815년 9월 26일) 쓴 시를 괴테가 다시
    손질하여 수록한 것이다.

다만 조심스럽게 이 말만은 해 다오.
그분의 사랑이 나의 생명이고,
그분이 가까이 있어야
사랑의 기쁨도 생명의 기쁨도 느낄 수 있노라고.

재회[44]

이런 일이 있다니! 별 중의 별인,
그대를 다시 내 품에 꼭 안고 있다니!
아아, 그대와 멀리 헤어져 있던 밤은
깊은 지옥이고 고통이었지!
그래요, 바로 그대! 기쁨을 함께 나누는
귀엽고 사랑스러운 나의 짝은 바로 그대라오.
지난날의 고통을 떠올리며,
나는 이 순간의 행복에 온몸이 떨린다오.

세상이 깊고 깊은 심연,
신의 영원한 가슴속에 있었을 때,
신은 숭고한 창조의 기쁨으로
태초의 시간을 배열하고는

---

44 이 시는 마리아네가 하이델베르크에 도착한 다음 날인 1815년 9월 24일, 그녀를 만난 후에 괴테가 쓴 것이다.

말씀하셨지요. "되어라!"
그러자 아! 하며 고통에 찬 신음 소리 울려 퍼졌지요.
이 우주가 힘찬 동작으로 알을 깨고
현실로 모습을 드러내었을 때 말입니다.

그러고는 빛이 쏟아져 나왔지요!
어둠은 놀라 주춤 뒤로 물러섰고,
원소들은 그 즉시 사방으로
흩어지며 날아갔습니다.
빠르고 거칠고 험한 꿈속에서
그것들은 저마다 자신의 영역을 넓히려고 싸웠지요.
무한한 공간 속에서, 그리움도 울림도 없이
완강하게 말입니다.

모든 것이 말 없고 고요하고 황량하기만 해,
신은 처음으로 고독했지요!
그리하여 신은 아침놀을 만드셨고,
아침놀은 세계의 고통을 불쌍히 여겨
흐릿한 것에다 색깔을 주었던 것입니다.[45]
그러자 색채 유희가 사방으로 울려 퍼지게 된 것이지요.
그리하여 처음엔 헤어졌던 것들이

---

45 태양 빛이 흐릿한 매질을 통과하면 색채가 생겨난다는 괴테 '색채론'의 기본 원리.

이제 다시 서로 사랑할 수 있게 되었답니다.

    바삐 노력하면서
서로 어울리는 것들이 제 짝을 찾고,
감정과 눈길도
영원한 생명을 향하게 된 것이지요.
서로 붙든 채 유지할 수만 있다면
움켜쥐든 낚아채든 무엇이 문제일까요!
알라신은 더 이상 창조할 필요가 없답니다.
이제 우리가 그의 세계를 만들어 가니까요.

그리하여 아침놀의 붉은 날개를 타고
나는 그대의 입술에 끌려들고 맙니다.
밤은 별빛 찬란하게 천 개의 봉인으로
그 결합을 굳게 다져 줍니다.
이 지상에서 우리 두 사람은
기쁨과 고통의 본보기인 것이지요.
그러므로 "되어라!"라고 두 번째로 말씀하셔도
그 말씀이 우리를 다시는 갈라놓지 못합니다.

보름달 밤

마님, 말해 봐요, 그 속삭임이 무얼 말하는지?[46]
무엇 때문에 마님의 입술이 그렇게 가만히 달싹이는 거죠?
혼자서 중얼거리고 또 중얼거리는 모습이
포도주를 홀짝홀짝 마실 때보다 더 사랑스러워요!
마님의 입술 자매에다 또 다른 한 쌍을
데려오려 하시는 거 맞죠?

　　"입맞춤하고 싶어! 입맞춤! 나는 그렇게 말했어요."[47]

봐요! 수상한 어둠 속에서
가지들마다 불타오르듯 꽃이 피고,
별들도 낮은 곳으로 내려와 놀고 있어요.
관목 숲 사이론 수많은 홍옥(紅玉)[48]이
에메랄드빛으로 반짝이는데도,
마님[49]의 정신은 이 모든 곳을 떠나 있어요.

　　"입맞춤하고 싶어! 입맞춤! 나[50]는 그렇게 말했어요."

46　줄라이카의 하녀의 발언.
47　줄라이카의 발언.
48　반딧불이를 가리킨다.
49　줄라이카 또는 마리아네를 가리킨다.
50　줄라이카, 마리아네를 동시에 가리킨다.

마님의 연인도 저 멀리서 마찬가지로
쓰리면서도 달콤한 시련 맛보며,
불행과 행복을 더불어 느끼고 계실 거예요.
보름달 뜨는 날에 서로 안녕을 빌어 주기로
두 분은 신성한 약속을 하셨잖아요.
지금이 바로 그 순간이랍니다.

"입맞춤합시다! 입맞춤! 나[51]는 이렇게 말한다오."

암호 글자[52]

오, 외교관들이여!
마음을 단정히 하고
그대의 주군들을
정결하고 세심하게 보필하라![53]
비밀스러운 암호 메시지들 때문에
사람들은 이 생각 저 생각에 바쁘지 않은가.
마침내 모든 암호들이

---

51 하템 또는 괴테.

52 괴테와 마리아네는 암호로 된 편지를 주고받기도 했는데, 주로 하피스의 시집을 이용했다. 자
   신의 심경에 상응하는 구절을 하피스의 시집에서 찾아, 그것이 수록된 책의 권수와 쪽수, 시행
   의 숫자를 적어 보내는 식이었다.

53 괴테와 마리아네 사이에 주고받은 암호 편지를 말한다. 또한 당시 전 유럽의 관심을 끌었던
   빈 회의에서 외교관들이 주고받았던 통신에 대한 비유이기도 하다.

제대로 밝혀질 때까지.

내 손에도 여주인이 보낸
달콤한 암호가 들려 있으니,
그녀가 고안한 그 기술을
나는 어느새 즐기고 있다.
너무도 은밀한 영역을
사랑으로 가득 채우는 그것은,
나와 그녀 사이에만 있는
사랑스럽고 진실한 의지.

그것은 수천 개의 꽃으로 엮은
알록달록한 꽃다발,
천사 같은 마음을 지닌
사람들로 가득한 집 안.
하늘에는 형형색색 깃털이
온통 흩뿌려져 있고,
노랫소리 울려 퍼지는 바다는
향기도 그윽하다.

　화살이 화살을 맞히듯
삶의 골수를 꿰뚫는

비밀의 이중 문자[54]는
궁리에 궁리를 거듭한 노력의 산물.
내가 그대들에게 알려 주는 이것은
오래전부터 전해져 오는 경건한 관습.
그대들도 이제 그것을 알았다면
그만 입을 다물고 실제로 사용해 보시라.

반영(反影)

거울[55] 하나 내 것이 되었고,
그것을 들여다보노라면 무척이나 즐거워.
두 개의 형상[56]을 함께 담은
황제의 훈장을 내 목에 걸고 있는 것 같아.
내가 어디서나 나를 찾는 것은
자기만족 때문에 그런 것은 아니지.
나는 어울리기 좋아하는데,
이것이[57] 바로 그 경우라네.

조용한 홀아비의 집 안에서

---

54 암호의 겉모습과 그 내용이 다름을 가리킨다.
55 시인과 줄라이카의 관계를 그린 줄라이카의 시를 가리키는 것으로 보인다.
56 훈장에 보이는 해와 달을 가리킨다.
57 시인 혹은 괴테가 거울 속에서 줄라이카 또는 마리아네의 모습을 본다는 말.

거울 앞에 서면,[58]

내가 미처 알아보기도 전에

사랑하는 여인이 곧장 나를 바라본다.

내가 얼른 몸을 돌리면

내가 보았던 그녀는 다시 사라진다.

그리하여 내 노래를 들여다보면

그녀는 다시 거기 와 있네.

나는 그녀를 더욱더 아름답게 그린다.

더욱더 내 마음에 들도록.

헐뜯고 비웃는 이들 있지만,

그래도 그건 매일매일 거두는 나의 수확.

화려한 테두리에 싸인 그녀의 초상은

스스로 빛날 뿐이지.

황금빛 장미 넝쿨과

유약(油藥) 칠한 액자 속의 초상화.

줄라이카[59]

노래여, 마음 깊은 곳에서 즐겁게

---

58 마리아네의 시를 읽는 순간.
59 앞의 시에 대한 응답으로, 이 시의 일부는 마리아네가 쓴 것이다.

나는 너의 의미를 느낀다!
너는 사랑에 넘쳐 말하는 것 같구나.
내가 그분 곁에 있노라고.[60]

그분은 영원히 나를 생각하시고,
삶이 그분에게 선사한
사랑의 더없는 행복을
멀리 떨어져 있는 이 여인에게 보내 주신다고.

그래요! 내 마음, 그것은 거울입니다!
당신이 그 속을 들여다보는 친구입니다.
이 가슴을 당신은 수없는 입맞춤으로
봉인해 놓았어요.

감미로운 시 쓰기와 순수한 진실은
나와 당신을 하나로 묶어 줍니다!
맑고 맑은 사랑은 시의 옷을 입고
순수한 형체를 얻어요.

---

60 괴테를 향한 마리아네의 그리움을 고백하는 장면.

세계를 비추는 거울은 알렉산드로스 대왕에게나 주세요.
그 거울은 도대체 무엇을 보여 주나요? – 여기저기
평화롭게 살고 있는 민족들을 그는 마구 짓누르며
흔들고 또 흔들어 놓고 싶어 하잖아요.

당신! 더 이상 나아가지 말아요, 낯선 것을 좇지 말아요!
당신이 손수 지은 노래를 제게 불러 주세요.
제가 당신을 사랑하고, 당신을 위해 살아가며,
당신이 저를 그렇게 만들었다는 것을 생각하세요.

———————

세상은 어디를 보아도 사랑스러워요.
하지만 시인들의 세상이 가장 아름답네요.
환하게 또는 은빛으로 빛나는 알록달록한 들판에서는
밤이나 낮이나 모든 것이 광채를 발혜요.
오늘따라 모든 게 장엄해요. 언제까지나 이대로 머물러 준다면!
저는 오늘 사랑의 안경을 통해 세상을 본답니다.

———————

천 가지 모습으로 자신을 숨긴다 해도
더없이 사랑스러운 이여, 나는 그대를 금방 알아봅니다.

마법의 베일로 자신을 가린다 해도
모든 곳에 계신 이여, 나는 그대를 금방 알아봅니다.

실측백나무의 싱싱하게 뻗어 나가려는 기세를 볼 때면
더없이 아름답게 성숙한 이여, 나는 그대를 금방 알아봅니다.
수로를 따라 흐르는 맑은 물결 속에서도
더없이 상냥한 이여, 나는 그대를 금방 알아봅니다.

분수의 물줄기가 솟아올라 사방으로 떨어질 때면
더없이 장난스러운 이여, 나는 기뻐하며 그대를 알아봅니다.
구름이 이런저런 모습으로 자신을 바꿀 때면
천 가지 모습을 가진 이여, 거기서 나는 그대를 알아봅니다.

피어난 꽃들의 베일로 덮인 초원에서도
별빛 총총한 하늘 같은 이여, 나는 그대를 제대로 알아봅니다.
담쟁이가 천 개의 팔을 내뻗을 때면
아아, 만물을 포용하는 이여, 거기서 나는 그대를 알아봅니다.

아침 햇살이 산기슭을 불그레하게 물들일 때면
만물을 명랑하게 만드는 이여, 나는 그대에게 인사를 보냅니다.
이윽고 머리 위로 하늘이 맑고 둥글게 펼쳐지면
모든 이의 마음을 활짝 열어 주는 이여, 나는 그대를 숨 쉽니다.

내가 바깥의 감각과 내부의 감각으로 알고 있는 것,
만물을 가르쳐 주는 이여, 나는 그대를 통해 그것을 압니다.
그리하여 내가 백 가지 이름으로 알라신을 부를 때면
그 하나하나가 모두 그대를 위한 이름이 되어 울립니다.

술집 소년 시편
SAKI[1] NAMEH

그래, 나도 이 술집에 앉아 있었지.

다른 이의 잔에도 내 잔에도 술이 가득했어.

그들은 지껄여 대고 소리치고 오늘 일로 옥신각신했지.

그날 운수에 따라 즐거워하기도 하고 우울해하기도 하면서.

그러나 나는 마음 깊이 희열에 차 앉아 있었어.

　사랑하는 이를 생각하고 있었으니까 － 그녀를 사랑하다니
어찌 된 영문이냐고?

　나도 몰라. 내 마음 왜 이리 옥죄어 오는지!

　이 마음 시키는 대로 그녀를 사랑할 뿐이야.

　한 여인에게 충실하며 노예처럼 매달리고 있거든.

　이 모든 걸 기록해 놓은 양피지는, 펜은 어디 갔나?

　- 분명 그런 게 있었는데! 있었고말고!

1　술집이라는 뜻과 술 따르는 사람이라는 의미가 함께 들어 있다.

나 홀로 앉았으니
이보다 더 좋은 곳 어디 있겠나?
나의 포도주
나 홀로 마시노라.
아무도 나를 막지 못하니,
내 멋대로 마음껏 생각할 수 있다.

———————

대도(大盜) 물라이[2]는 잔뜩 취한 채,
멋지게 써 내려가지 않았던가.

———————

코란이 태초부터 있었던 것이냐고?
나는 그런 질문 따윈 하지 않아!
코란은 신이 만든 거냐고?
나는 그런 건 알지 못해!
코란이 책 중의 책이라는 것만을
나는 회교도의 의무로서 믿을 뿐이야.
하지만 술이 태초부터 있었다는 걸

———————

2   Muley. 괴테가 허구적 인물을 만들어 그 이름을 부르고 있다.

나는 믿어 의심치 않아.
그리고 술이 천사보다 먼저 만들어졌다는 말도 있는데
지어낸 말만은 아닐 거야.
어쨌거나 술 마시는 자는
신의 얼굴을 더욱 생생하게 본다네.

———————

우리 모두는 취해 있어야 하느니!
청춘이란 술 없이 취해 있음 아닌가.
늙은이도 술 마시면 도로 젊어지니,
이것이야말로 놀랍고 놀라운 술의 미덕 아닌가.
사랑에 넘치는 삶은 근심 걱정 있게 마련,
포도주는 이 근심 걱정을 깨어 버린다네.

———————

그건 새삼 알아볼 것도 없지![3]
술은 엄하게 금지돼 있지 않은가.
그럼에도 취하고 싶다면
좋은 술만 마시게.

———————

3   코란에서는 술을 마시는 게 금지되어 있다.

술집 소년 시편 **169**

떫은 포도주로 몸을 망치면,
그대는 이중으로 이단자가 되니까.

———————

정신 멀쩡할 때는
이런저런 나쁜 것도 좋게 보여.
하지만 술 마시고 나면
무엇이 올바른 건지 보이게 되지.
다만 과음한다면
그게 늘 탈이야.
아아, 하피스여, 가르쳐 주시오,
그대는 이것을 어떻게 극복하였는가!

이런 나의 생각은
과장된 게 아니야.
술 마실 줄 모르는 자는
사랑하지 말아야 한다.
하지만 너희 술꾼들도
잘난 척 말라.
사랑할 줄 모르면
술도 마시지 말아야 하니까.

줄라이카
당신은 왜 그리도 자주 무뚝뚝한가요?

하템
육체가 감옥이라는 걸 당신도 알지 않소,
영혼은 속아서 거기 갇혀 있는 거라,
그 안에선 팔꿈치도 제대로 펼 수 없다오.
이리저리 빠져나오려 몸부림해 보지만,
그럴수록 쇠사슬이 육체 자체를 더 칭칭 감아 버린다오.
그러면 사랑하는 사람은 곧으로 위험에 빠지지요.
영혼은 그렇듯 자주 기이하게 행동하는 거라오.

─────────

육체가 하나의 감옥이라면,
감옥은 왜 그리 목말라하는 걸까?
영혼은 그 안에서 편히 쉬며,
말짱한 상태에 만족할 수 있건만,
육체는 한 병 또 한 병
마구 요구하는구나.
영혼은 이제 더는 참을 수 없어
술병을 문짝에 쳐 산산조각 내고 싶은 것이다.

술집 종업원에게

이 무지막지한 녀석아, 술병을
코앞에다 마구 내려놓지 말아라!
술을 가져올 땐 상냥한 눈길로 나를 쳐다봐야지,
안 그러면 잔 속의 고급 포도주 흐려진단 말이다.

술 따르는 소년에게

귀여운 아이야, 이리 들어오너라,
문간에서 왜 그리 멈칫거리느냐?
앞으로는 너를 술 따르는 시동(侍童)으로 삼겠다.
한 잔 한 잔 다 맛나고 맑아질 테지.

———

술 따르는 소년이
　　말한다

이봐요, 저리 비켜, 노랑머리 곱슬머리,
약아빠진 아가씨야!
이제 내가 어르신께 감사의 술을 따라 올리면
그분은 내 이마에 입 맞춰 주실 거다.

그런데 아가씨는, 내 장담하지만,
입맞춤 정도가 뭐 대단하냐고 하겠지.
하지만 아가씨의 뺨도 아가씨의 가슴도[4]
내 친구인 어르신을 피곤하게 할 뿐이라고요.

아가씨가 수줍은 듯 물러난다 해서
내가 속을 줄 알아?
나는 문지방에 누워 있다가
아가씨가 몰래 들어오면 벌떡 일어날 거야.

───────────

사람들은 우리가 술에 취해 산다고
이런 말 저런 말로 비난하지.
우리가 술 마시는 걸 두고
아직도 할 말이 잔뜩 남은 모양이야.
대개는 술 취하면 날 샐 때까지
나자빠져 있게 마련 아닌가.
하지만 나는 술에 취하면
한밤중을 이리저리 헤매어 다닌다네.
그건 내가 사랑에 취해 있기 때문이고,

───────────

4   육체적 사랑을 암시하는 것으로 보인다.

그 사랑이 나를 몹시도 괴롭히기 때문이지.

낮에서 밤까지, 밤에서 낮까지

그 사랑 내 가슴속에서 가련히 떨고 있어.

내 가슴은 또한 노래에 취해

부풀어 오르고 용솟음치기도 하니,

그 어떤 술 없는 취함도

이와 견줄 순 없지.

밤이 오건 날이 새건

사랑에 취하고 노래에 취하고 술에 취하니,

이것이야말로 나를 황홀하게 하고 또 괴롭히기도 하는

가장 성스러운 취함 아닌가.

———

요 조그만 개구쟁이!

내가 취해도 정신은 말짱하다 그 말이지.

그래, 바로 그 점이 중요해.

그 덕에 내가 너와 함께 지내는

기쁨을 누리는 거 아니냐.

내가 취했을 때도

네놈은 너무나 사랑스럽구나.

———

오늘은 이른 새벽부터
술집이 난리법석이구나!
술집 주인과 아가씨들! 횃불 든 사람들!
싸움 벌어지고 욕설 오가고!
피리는 닐리리, 북소리는 두둥둥!
이게 바로 야단법석이라는 거지 –
그 현장이 너무 흥미롭고 너무 사랑스러워
나도 그 한가운데 같이 있었지.

예절 같은 거 모른다고
모두들 나를 비난하겠지,
하지만 학파와 강단의 언쟁에서
멀찌감치 떨어져 지내는 내가 현명한 거야.

————————

술 따르는 소년
무슨 일이에요, 어르신! 오늘은
이렇게 늦게 방에서 엉금엉금 기어 나오시다니요.
페르시아 사람들은 그걸 비다마그 부덴[5]이라고 해요.
독일 사람들은 카첸야머[6]라 하고요.

———

5 Bidamag buden. 과음한 다음 날의 우울하고 나쁜 기분을 가리키는 아랍어.
6 Katzenjammer. 과음 후의 두통을 가리키는 말. 교미기의 고양이 울음소리에 빗댄 말로 대학가

시인

사랑하는 아이야, 지금은 날 그냥 내버려두어라.
세상만사 모든 게 맘에 안 들어.
햇빛도 장미 향기도
밤꾀꼬리의 노래마저도.

술 따르는 소년

바로 그걸 제가 낫게 해 드릴게요.
제 치료법이 딱 들어맞을걸요.
자, 여기요! 싱싱한 편도(扁桃)를 드세요.
그럼 다시 술맛 날 거예요.

그러고 나서 어르신을 테라스로 모시고 가서
신선한 공기를 쐬도록 해 드릴게요.
그리고 제가 어르신 눈을 바라보면
시동(侍童)인 제게 입맞춤해 주세요.

보아요! 세상은 컴컴한 동굴이 아니라고요.
갓 깨어난 새끼들도 둥지들도 사방에 널려 있고,
장미 향기와 장미 기름도 마찬가지예요.
밤꾀꼬리도 어제와 마찬가지로 노래해요.

에서 생겨난 속어.

저 역겨운 할망구,
아양 떠는 할망구를,
사람들은 세상이라 부른다.
다른 사람 모두를 속이듯이
저 할망구 나를 계속 속였지.
내게서 믿음을 앗아 가더니
희망까지 훔쳐 갔어.
이제 사랑에마저 손대려 하기에
나는 얼른 달아났지.
간신히 구해 낸 보물을
영원히 안전하게 보존하려고
나는 현명하게도 그것을 둘로 나누어
줄라이카와 사키에게 주었지.
그 둘은 경쟁이라도 하듯
내게 더 높은 이자를 주려고
성의를 다한단 말이야.
그래서 나는 어느 때보다 부유해졌고,
믿음도 다시 찾았어!
그녀의 사랑에 대한 믿음을!
또한 소년은 술잔을 권하며
싱싱하게 살아 있다는 멋진 기분을 선사해 주지.

그러니 희망 같은 게 왜 필요하겠는가!

술 따르는 소년
오늘은 식사를 잘하셨네요.
그런데 술은 더 많이 드셨군요.
어르신이 손대지 않은 음식은
이 사발에 모아 놓았어요.

보아요, 우리가 작은 백조[7]라고 부르는
이 음식은 배불리 먹은 손님들도 탐내는 거라고요.
이것을 물 위에 떠 있는
저의 백조인 어르신께 드리겠어요.

하지만 백조가 노래 부르면
자신의 죽음을 알리는 것이라고들 하잖아요.
그러니 어르신의 마지막을 예고하는 것이라면
어떤 노래도 제게 들려주지 마세요.

술 따르는 소년

---

7 초대된 손님에게 종이에 싸서 선사하는 남은 음식.

어르신이 장터에 나타나시면
사람들은 당신을 위대한 시인이라고 해요.
어르신이 노래할 때 저는 즐겨 듣고,
어르신이 침묵할 때도 저는 귀 기울여요.

하지만 어르신이 기억에 남도록 입맞춤해 주신다면,
저는 그게 더 좋아요.
말은 사라져 버리지만
입맞춤은 마음에 남으니까요.

한 줄 한 줄 운을 맞추는 것도 의미 있지만
저는 많이 생각하는 게 더 좋아요.
다른 이에게는 노래 불러 주세요.
하지만 시동인 저에게는 침묵해 주세요.

———————

시인
아이야, 얼른! 한 잔 더 따라라!

술 따르는 소년
어르신, 이제 양껏 드셨어요.
사람들이 어르신을 거친 주정뱅이라고 해요!

시인
내가 취해 나가떨어진 걸 본 적 있느냐?

술 따르는 소년
마호메트께서 금지하시잖아요.

시인
　　　　　　요런 귀염둥이!
듣는 사람 아무도 없으니 내 한마디 하마.

술 따르는 소년
어르신께서 한 말씀 하시는데
저야 이 말 저 말 할 필요도 없죠.

시인
그럼 잘 들어라! 우리 회교도더러는
맨정신으로 머리 숙여 살라 하고,
마호메트는, 성스러운 열광 속에서
자기 혼자만 취해 살고 싶은 거란다.

————————

사키[8]

생각해 보아요, 어르신! 어르신이 취하면

주변에 불꽃이 번쩍번쩍 마구 튀어요!

수없는 불꽃이 타닥타닥 소리 내며 타올라요.

그 불티가 어디로 가 닿는지 어르신도 모르죠.

저쪽 구석에 땡중들이 있어요.

어르신이 식탁을 내려치면

그들은 점잖은 척 몸을 숨기죠.

어르신은 마음의 문을 활짝 열어 놓는데 말예요.

왜 그런 건지 말씀해 주세요.

어린 제가 결점도 많고, 덕이라고는

한참 모자라는데도

노인보다 더 현명하다니요.

　어르신은 하늘의 일도 땅의 일도

모두 다 알고 계세요.

그러기에 가슴에서 솟구치는

와글거리는 감정도 애써 감추지 않으세요.

8　독일어 셍케(Schenke, 술 따르는 소년) 대신 아랍어 Saki를 사용하였다.

하템

바로 그 때문에, 사랑하는 아이야,
너는 젊고 슬기롭게 살아야 한다.
시를 쓰는 일이 하늘의 선물이긴 하지만
지상의 삶에선 역시 망상에 지나지 않는 거란다.

처음엔 비경(祕境)에 노니는 것처럼 보이지만
머지않아 수다나 떨어 대기 마련이지!
시인은 비밀을 지키려 해도 소용없는 일,
시 쓴다는 것 자체가 이미 발설(發說)인 것을.

여름밤

시인

해는 이미 졌는데,
서쪽 하늘은 아직 빛나네.
내 알고 싶구나.
저 황금빛 노을 얼마나 더 오래갈까?

술 따르는 소년

어르신, 어르신이 원하신다면
제가 이 천막 밖에서 기다리겠어요.

그러다가 밤이 어스름을 몰아내고 주인이 되면
곧장 들어와 알려 드릴게요.

저는 알아요. 어르신은 저 높은 곳을,
저 무한한 공간을 바라보기 좋아하시잖아요.
푸르스름한 하늘에서 저 불덩어리들이
서로서로 찬양할 때 말예요.

가장 밝은 별은 이렇게 말하는 것 같아요.
나는 지금 내 자리에서 빛나지만,
신께서 그대들을 더 오래 살게 한다면
그대들도 나처럼 밝게 빛나리라.

　신 앞에서는 만물이 다 훌륭한데,
그건 신이 최고의 존재이기 때문이죠.
그래서 지금 새들도 모두
큰 둥지 작은 둥지 안에서 자고 있는 거예요.

한 마리쯤은 실측백나무 가지에
앉아 있을지도 몰라요.
훈훈한 바람에 흔들리며,
이슬이 촉촉이 맺힐 때까지요.

이런 것을 어르신은 제게 가르쳐 주셨어요.
그 밖에 비슷한 것들도요.
어르신이 한 번 하신 말씀은
제 가슴에서 달아나지 않아요.

저는 어르신을 위해 부엉이가 되어
이 테라스에 쭈그리고 앉아 있겠어요.
북쪽 하늘 쌍둥이별자리들[9]이
자리를 바꿀 때까지 지켜보겠어요.

그러다 보면 곧 자정이 되고,
어르신은 그때쯤이면 종종 너무 일찍 깨어나곤 하시지요.
그리하여 저와 더불어 이 우주를 찬탄하는 광경은
참으로 멋져요.

시인
향기 은은한 정원에서
밤꾀꼬리 밤새도록 우는구나.
하지만 밤이 그토록 많은 일을 하는 걸 보려면
너는 한참을 기다려야 할 거야.

---

9   큰곰자리와 작은곰자리를 말한다.

그리스 사람들이 말하듯이
이 플로라[10]의 계절에는
생과부인 오로라가 헤스페루스에 미쳐[11]
사랑을 불태우기 때문이지.

주위를 둘러봐! 오로라가 오고 있어! 쏜살같아!
꽃 만발한 들판을 가로질러!
여기서도 빛나고, 저기서도 빛나고,[12]
그래, 밤이 휘몰려 가는구나.

　가벼운 빨간 신을 신고,
해와 더불어 달아난 헤스페루스를 따라잡으려고
오로라는 미친 듯이 달려가는 거야.
저 사랑의 신음 소리 너는 느끼지 못하겠니?

그만 들어가 자거라, 사랑스러운 내 아들아,
집 안으로 깊숙이 들어가 문이란 문은 다 닫아라.
오로라가 잘생긴 너를 보고
헤스페루스인 줄 알고 데려가면 곤란하니까.

10　Flora. 꽃과 봄의 여신.
11　로마 신화에 의하면, 여명의 여신 아우로라는 티토노스를 사랑해, 제우스에게 그의 영생을 빌
　　어 소원을 이루었다. 하지만 영원한 청춘을 달라는 말을 잊어버려 티토노스는 늙고 힘없는 늙
　　은이가 되고 말아, 아우로라는 생과부 신세가 되었다고 한다. 헤스페루스에 대한 오로라의 사
　　랑 이야기는 고대의 것도, 동방의 것도 아니라 괴테 자신이 지어낸 이야기다.
12　동녘엔 저녁 별이 빛나고, 서녘엔 오로라가 빛나는 장면을 가리킨다.

술 따르는 소년(졸린 눈으로)

이제 어르신의 말씀 알아듣겠어요.

모든 것 속에 신이 계시다는 거잖아요.

어쩌면 그렇게 멋지게 가르쳐 주시나요!

하지만 가장 멋진 것은 어르신의 사랑이에요.

하템

참으로 달게 자는구나, 암 당연히 그래야지.

착한 아이! 내게 술 따라 주고,

강요도 없고 벌도 없는데 친구이자 스승인 이 늙은이의 생각을

어린 네가 잘도 알아듣는구나.

자, 이제 팔다리 속으로 건강함이 가득 흘러들어

너는 다시 힘이 솟아나겠지.

나는 술이나 더 마셔야겠다. 그러나 조용조용.

네가 잠에서 깨어나 나를 기쁘게 하면 곤란하니까.

비유 시편
MATHAL NAMEH

―――――――

하늘에서 물방울 하나 두려움에 떨며
거친 바다로 떨어지자 파도마저 무섭게 몰아쳤다.
그러나 신께서 그 겸허한 믿음의 용기를 가상히 여겨
물방울에 영원히 지속할 힘을 주셨다.
말 없는 조개 하나가 그 물방울을 품어 안았고,
영원한 명예와 보상을 받아 그것은 이제
사랑스럽고 부드러운 광채의 진주가 되어
황제의 왕관에서 빛을 발한다.

―――――――

밤꾀꼬리 노래, 소나기를 뚫고
알라신의 밝은 왕좌에 이르렀더니,
그분은 노래 잘 부른 상으로
밤꾀꼬리를 황금 새장에 가두셨지.
새장이란 곧 인간의 육신,
밤꾀꼬리는 갇혀 있어 답답하겠지만,

그래도 곰곰이 생각해 보면
그 작은 영혼은 언제까지나 다시 노래하지 않느냐.

믿음의 기적

언젠가 예쁜 접시 하나를 깨어 버려
나는 절망에 빠졌지.
나의 거침과 조급함을
악마에게 던져 주고 싶었어.
처음에는 마구 몸부림치며 울었고,
이윽고는 깨진 조각을 슬피 어루만지며 흐느껴 울었지.
그러자 신은 나를 불쌍히 여기시고
접시를 곧장 원래대로 온전하게 만들어 주셨다네.

조개껍질에서 빠져나온 진주,
너무나 아름답고 귀하게 태어난 진주가
선량한 남자인 보석 세공사에게
이렇게 말했어. "나는 이제 끝장이에요!
당신이 아름다운 내 몸에 구멍을 뚫으면
나는 그 즉시 망가지고 말아요.

다른 자매들과 나란히, 때로는 흉한 것들과도
함께 꿰어 있어야 하니까 말예요."

"나는 지금 돈벌이만 생각한단다.
용서해 다오.
내가 지금 잔인하게 굴지 않는다면
어떻게 진주가 줄에 꿰어지겠니?"

———————

놀랍고 기쁜 마음으로 나는 보았지.
코란의 책갈피에 끼워진 공작 깃털을.
신성한 자리에 온 것을 환영하노라,
지상의 형상들 중 최고의 보물이여!
하늘의 별들에게서처럼 너에게서도
작은 것 속에 깃든 신의 위대함을 배운다.
세상을 굽어보는 신께서
여기에 당신의 눈을 찍어 놓으셨구나.
가벼운 깃털마저 그렇게 장식해 주셨으니
어느 왕이 이 새의 화려한 모습을
흉내라도 내려 할 수 있겠는가.
겸허함으로 그대의 영광을 기뻐하라,
그러면 그대는 성전(聖殿)에 자리할 자격이 있다.

한 황제에게 두 명의 경리가 있었지.

한 명은 징수를, 다른 한 명은 지출을 담당했어.

지출관의 손에서는 돈이 마구 흘러 나갔고,

징수관은 어디서 돈을 걷어야 할지 몰랐지.

그러다가 지출관이 죽자 황제는 누구에게

그 자리를 맡겨야 할지 몰라 허둥대었어.

주변을 미처 둘러보기도 전에

징수관은 한없이 부유해지고 말았어.

단 하루만 지출하지 않는데도

쌓여진 금덩이를 어찌해야 할지 몰랐지.

황제는 그제야 분명히 알게 되었던 거야.

그 모든 재앙이 어디에서 오는가를.

이 우연한 사건을 제대로 평가할 줄 알았던 황제는

다시는 지출관의 자리를 채우지 않았어.

새 냄비가 솥한테 말했다.

"네 배는 왜 그리 시커먼 거야!"-

"우리 부엌에서는 원래 그래.

이리 와, 이리 와 보라고, 이 빤질빤질한 냄비야,

너의 자만심도 곧 기어들어 가고 말 거다.
네 손잡이 깨끗하다고
까불지 말고,
네 궁둥이나 보란 말이다."

———————

덩치가 크거나 작거나
모든 사람은 저마다 자신의 옷감을 곱게 짠다.
뾰족한 가위 끝을 이리저리 놀리며
방 한가운데 얌전히 앉아서 일한다.
그런데 그 안으로 빗자루 하나가
나타나 쓸어버리면[1] 그들은 말한다,
이럴 수 있나, 위대한 궁전을 파괴해 버리다니.

———————

하늘에서 내려오시면서 예수는
영원한 복음서를 가져오셨고,
그것을 제자들에게 밤낮으로 읽어 주셨다.
실제로도 영향을 주며 들어맞는 신의 말씀을.

---

1   천재의 등장에 대한 비유로 보인다.

비유 시편 191

그러고는 승천하시며 그걸 다시 가져가셨지.
그 말씀 잘 새겨들은 예수의 제자들은
각자가 써 내려갔어, 저마다 마음에 간직한 대로
하나씩 하나씩, 하지만 그것들은 서로 달랐지.
하지만 이런 건 중요하지 않아.
제자들의 능력은 똑같지 않았으니까.
어쨌거나 그리스도인들은 그것으로
최후의 심판 때까지 살아갈 수 있게 된 거지.

보기 좋구나[2]

천국의 달빛 아래
여호와께서는 깊이 잠든 아담을 보시고는
그 옆에 마찬가지로 잠든 하와를
살며시 내려놓으셨다.
그리하여 이 지상의 울타리 속에
신의 가장 사랑스러운 두 생각이 누워 있게 되었던 것이다. ―
"보기 좋구나!" 신은 자신의 걸작을 향해 이렇게 외치시고는
그 자리를 쉽게 떠나려 하지 않으셨다.

---

2 「창세기」 1장 10절의 "하느님께서 보시니 참 좋았다"라는 구절과 연관되었다.

눈과 눈이 서로를 선명하게 바라볼 때
우리가 넋을 잃는 것은 놀랍지 않다.
우리를 생각해 내신 분, 바로 그분 곁에
우리가 있는 것과 마찬가지 아닌가.
그분이 우리를 부르신다면, 좋아, 부르셔도 좋아!
다만 조건은 있어, 모두 두 사람씩 짝을 지어 주실 것.
신의 모든 생각 중에서 가장 사랑스러운 생각인 그대를
이 두 팔로 꼭 감싸안으리.

배화교도 시편
PARSI NAMEH

고대 페르시아 신앙의 유훈

형제들이여, 그대들은 어떤 유훈(遺訓)을 얻어야겠는가,
이승을 떠나려는, 가난하지만 신심 깊은 분으로부터?
그대들 손아랫사람들은 그분을 정성껏 공양하고,
마지막 나날을 돌봐 주며 공경하지 않았던가.

온몸과 주변을 온통 금으로 장식한 채
말 타고 가는 왕을 우리는 자주 보았지.
왕과 고관대작의 머리와 옷에는
보석이 우박 알갱이처럼 촘촘히 뿌려져 있었지.

그대들은 그런 왕을 부러워한 적 있었던가?
오히려 태양이 아침놀의 날개를 달고
다르나벤드[1]의 수많은 산봉우리 위로
둥근 아치를 그리며 솟아오를 때,

---

1 Darnawend. 이스파한 동남쪽에 있는 산맥. 페르시아인의 믿음에 의하면, 먼동이 틀 때 죽은 자의 영혼이 그곳으로 향한다.

그것을 더욱 기뻐하지 않았던가? 그 장관에서
누가 눈을 뗄 수 있었던가? 길고 긴 일생 동안
나는 수천 번이나 느끼고 또 느꼈지.
떠오르는 태양과 함께 나도 덩달아 떠오르지 않았던가.

마침내 권좌에 앉으신 신을 알아보고,
그분을 생명의 원천[2]인 주인이라 부르고,
그 장엄한 광경에 걸맞게 행동하며
그분의 빛 속에서 하염없이 거닐지 않았던가.

그러나 둥그런 불덩어리가 둥실 떠오르면
어둠 속에 있는 듯 눈앞이 캄캄해진 나는 멈춰 서서
가슴을 쳤고, 생기 얻은 사지(四肢)를
내던져 이마를 땅에 대고 엎드렸지.

   형제들의 뜻과 추억에 보답하려고
성스러운 유훈을 여기 남긴다.
하루하루, 고된 봉사의 의무를 지키라.
그것이 아니라면 어떤 계시도 필요 없다.

막 태어난 아기가 앙증맞은 손을 움직이면

---

2 태양이 생명의 원천이라는 것은 배화교의 근본 교리.

아기를 곧장 태양 쪽으로 돌려놓아,
몸과 정신을 불로 세례 받게 하라!
아기는 아침마다 은총을 느끼리라.

죽은 자들은 산 동물에게[3]에게 맡겨라.
동물들의 사체도 돌 더미와 흙더미로 덮어 주라.
그대들의 힘이 닿는 데까지
불결하다 생각되는 모든 것을 덮어 주라.

그대들의 논밭을 멋지고 단정하게 경작하라.
그러면 태양도 그 근면함을 비추어 주리라.
나무를 심을 때는 줄을 맞춰 심으라.
태양은 정돈된 것만을 번성케 해 주니까.

운하를 따라 흐르는 물도
흐름을 멈추게 하거나 불결하게 해서는 안 된다.
산악 지대에서 솟아 나온 센데루드의 강물은
사라질 때도 정결해야 한다.

강물이 방해 없이 부드럽게 흐르게 하려면
부지런히 도랑을 파 주어라.

---

3 배화교에는 시신을 탑에 안치하여 까마귀와 독수리들이 뜯어 먹게 하는 풍습이 있었다.

갈대와 골풀, 도롱뇽과 도마뱀
이런 장애물도 다 없애라!

흙과 물을 정결하게 해 두면
태양도 대기를 뚫고 기꺼이 빛나리라.
태양도 제대로 대접받는 그런 곳에서
생명은 꿈틀거리고, 축복과 유익함을 얻을 것이다.

노고에 노고가 겹쳐 고통받는 그대들,
이제는 만사가 정결해졌으니 위안받을 것이다.
이제 인간은 사제가 될 자격이 있으니
감히 돌을 부딪쳐 신의 비유인 불을 켤 수 있으리라.

    불꽃 타오르거든, 즐거이 깨달으라.
밤은 밝고 사지는 나긋나긋해지며,
아궁이에서 활활 타오르는 불의 힘으로
날것의 동물 즙도 날것의 식물 즙도 익어 갈 것이다.

땔감을 나를 때는 즐겁게 하라.
그것이야말로 대지에 있는 태양의 씨앗 아닌가.
목화를 딸 때는 다정하게 말하라.
그것은 심지가 되어 신성한 불꽃을 피울 테니까.

그대들이 모든 램프의 타오르는 불꽃에서
더 높은 빛의 반사(反射)를 경건한 마음으로 알아본다면
그 어떤 불행도 신의 권좌[4]에 바치는
그대들의 경배를 가로막진 못하리라.

거기에 우리의 존재를 보증하는 황제의 옥새가 있으니,
그것은 우리와 천사들을 위한 신의 정결한 거울.
오로지 지고한 분을 찬양하기 위해 더듬거리며 말한 것들은
겹겹이 원을 그리며 그곳에 모여 있다.

나는 센데루드강 변을 떠나
다르나벤드를 향해 날개 퍼득이며 날아가련다.[5]
태양이 떠오르면 기쁜 마음으로 맞이하고
그곳에서 영원히 그대들에게 축복을 내리리라.

———————

인간이 대지를 귀하게 여기는 것은
태양이 대지를 비추어 주고,
포도 넝쿨을 보며 즐거워하기 때문이라.
포도 넝쿨이 날카로운 칼날에 눈물 흘리는 것은

———————

4 태양을 가리킨다.
5 영혼이 하늘나라로 날아가는 것을 가리킨다.

잘 익은 자신의 즙이 세상을 즐겁게 해 주고,
많은 사람에게 원기를 북돋워 주지만,
때로는 많은 이들을 짓누른다는 걸 느끼기 때문이지. ―
물론 그 모든 것을 번성케 하는 것이
그 불덩어리 덕분임을 인간은 알지.
그리하여 취한 자는 흥얼거리며 비틀비틀 걸어가고,
적당히 마신 자는 노래 부르며 흥겨워하리라.

천국 시편
CHULD NAMEH

예감

진정한 이슬람교도는 천국에 대해,
마치 자기가 거기에 살았다는 듯이 말한다.
그는 코란이 약속한 것을 그대로 믿으니,
순수한 가르침은 여기에 바탕을 둔다.

하지만 그 책을 지은 예언자께서는
저 위에서도 우리의 모자람을 내려다보시며,
천둥의 저주에도 불구하고
우리가 의심으로 믿음을 쓰디쓰게 만드는 걸 보신다.

그리하여 그분은 영원한 공간들에
모든 것을 젊게 해 주는 청춘의 본보기를 보내 주시니,
그녀는 두둥실 떠돌며 다가와 망설임도 없이
사랑스럽기 그지없는 올가미로 내 목을 감는다.

내 품에, 내 가슴에 천상의 존재를 안고 있자니,

더 이상 아무것도 알고 싶지 않아.

이제 내가 천국을 굳게 믿는 것은,

그녀에게 영원토록 진심으로 입 맞추고 싶기 때문이야.

자격 있는 남자들

바드르의 전투[1] 후 별이 총총한 하늘 아래서

마호메트께서 말씀하신다

적(敵)은 그들의 전사자를 애도하리라.

그들은 돌아갈 데 없이 누워 있으니까.

그러나 너희는 우리 형제들을 위해 슬퍼하지 말라.

그들은 저 천공 위를 거닐고 있지 않느냐.

　행성들이 일곱 개의 금속 대문[2] 모두를

활짝 열어 놓았으니,

승천한 저 사랑스러운 이들이 어느새

천국 문들을 대담하게 두드리지 않느냐.

1　Battle of Badr. 624년 3월, 마호메트가 직접 지휘하여 메카의 이교도들과 맞서 싸운 전투.

2　중세의 연금술에 따르면 태양은 금, 달은 은, 토성은 납, 목성은 주석, 화성은 철, 금성은 구리, 수성은 수은으로 이루어져 있다.

기적의 말이 나를 태우고 순식간에
모든 하늘을 날아 지나갔을 때,[3]
내가 스치며 느꼈던 저 장엄한 것들,
그들도 뜻밖에 그것을 발견하고는 행복에 겨워하리라.

지혜의 나무들은 하나하나 측백나무처럼 치솟아
금빛 찬란한 사과들을 드높이 매달고,
생명의 나무들은 드넓은 그늘을 드리우며
꽃밭과 약초밭을 덮고 있다.

그때 동쪽에서 달콤한 바람이 불어와
천상의 처녀들을 거기로 데려다주니,
그대는 두 눈으로 즐기기 시작하고,
바라보는 것만으로도 흡족해한다.

처녀들은 멈춰 서서 알아내려 한다. 그대는 무슨 일을 하셨나요?
원대한 계획이라도 세웠었나요? 피비린내 나는 위험한 싸움
이었나요?
그녀들은 그대가 영웅인 건 알지. 그대가 천국에 와 있으니까.
하지만 그녀들은 네가 어떤 영웅인지를 알고 싶어 하는 거다.

---

3   코란에 따르면, 마호메트가 메카에서 예루살렘까지 일곱 하늘을 거쳐 하룻밤 사이에 날아갔
    다고 한다.

그리고 그대의 상처를 보고는 곧장 알아차리지.
상처 자체가 영광의 기념비니까.
행복도 고귀한 신분도 모두 사라졌지만,
믿음을 위한 상처만은 남아 있으니까.

그녀들은 그대를 오색찬란하게 빛나는
돌기둥의 왕국으로, 회랑과 정자로 이끌어 가서는,
신성한 포도의 귀한 즙을 마셔 보라고
홀짝홀짝 먼저 맛보며 그대를 다정히 초대한다.

젊은이여! 그대는 젊은이 이상으로 환영받는다!
처녀들은 너 나 할 것 없이 빛나고 맑으니,
그대가 한 처녀를 마음에 두면,
그녀는 그대 무리의 여주인이자 친구가 된다.

그러나 가장 뛰어난 여성은
화려한 겉치장 같은 것엔 아랑곳하지 않고,
명랑하고 질투심 없고 솔직하게
다른 처녀들의 여러 장점을 그대에게 알려 준다.

한 처녀가 나서서 모두가 정성껏 마련한
이 향연에서 저 향연으로 그대를 이끈다.
그대가 많은 여인을 얻어도 집안은 평화로우니,

그 위에서도 천국을 얻을 자격이 있기 때문 아닌가.

그러니 이런 평화를 잘 받아들이라.
이 평화를 다른 것과는 더 이상 바꿀 수 없으니.
그런 처녀들은 아무리 만나도 피곤하지 않고,
그런 포도주는 아무리 마셔도 취하지 않는다.

———————

복 받은 이슬람교도가 얼마나 뻐길 만한지,
이렇게 살짝 몇 마디만 알려 주노라.
이로써 남자들의 천국, 믿음의 영웅들을 위한
천국이 온전히 갖춰진 것이다.

선택받은 여인들[4]

여인들도 손해만 볼 순 없는 거지.
정절을 지킨 여인은 소망을 품어 마땅해.
그러나 우리는 이미 천국에 도착한
네 여인만 알고 있어.

————

4 이슬람의 천국에 입장이 허락된 네 여인, 즉 줄라이카, 예수의 어머니 마리아, 마호메트의 부
인과 딸 파티마.

우선 지상의 태양인 줄라이카는
유수프를 향한 열망으로 가득 찼었고,
이제 천국의 커다란 기쁨을 누리며,
체념의 화신(化身) 되어 빛을 발하지 않는가.

그다음은 가장 은혜받은 여인,[5]
이교도에게 구세주를 낳아 주셨던 분,
하지만 배신의 쓰라린 고통 속에서
아들이 십자가에 매달려 죽는 것을 보셨지.

이어서 마호메트의 부인[6]도 오셨는데,
그에게 행복과 영광을 가져다주었지.
일생 동안 오로지 한 분의 신(神)과 한 아내만을
사랑하라고 권하셨지.

뒤이어 우아한 여인 파티마가 도착한다.
마호메트의 따님이자, 완벽한 아내이며,
꿀 빛의 황금 육신 속에
천사 같은 지고지순의 영혼을 가진 분이었지.

---

5 성모 마리아를 가리킨다.
6 마호메트의 부인 하디자(Khadijah)를 가리킨다. 마호메트보다 열다섯 살 연상이었던 그녀는
   결혼 당시 부유한 상인의 미망인이었다.

우리는 그곳에서 이 여인들을 보게 되니,
이 여인들을 찬미하는 이는
그 영원의 장소에서 이들과 함께
즐거이 거니는 기쁨을 누려 마땅하리라.

입장 허락

후리
오늘은 내가 천국 문 앞을
지키고 있는데,
어떻게 해야 할지 모르겠어요.
당신이 아주 미심쩍어 보여요!

당신은 정말이지
우리 이슬람교도와 같은 부류인가요?
당신의 전투, 당신의 공적이
당신을 천국으로 보낸 게 맞나요?

당신은 저 영웅들 중 한 사람이라고 할 수 있나요?
그렇다면 당신의 영광을 말하는
상처를 보여 줘요.
그러면 당신을 안으로 맞이하겠어요.

시인

너무 까다롭게 대하진 말아 주시오!
그냥 나를 들어가게 해 주오.
나는 하나의 인간이었고,
그건 내가 투사(鬪士)였다는 말이라오.

　　그대의 밝은 눈길로 꿰뚫어 봐요!
바로 여기! – 이 가슴을 들여다보시오.
삶의 상처인 간계를 보라고요.
사랑의 상처인 욕망을 보라고요.

그래도 난 신심 깊게 노래 불렀다오.
사랑하는 연인은 내게 충실하고,
어떻게 돌아가든 세상이라는 건
사랑으로 가득하고 고맙다고 말이오.

나는 가장 뛰어난 이들과
함께 일했다오.
내 이름이 가장 아름다운 이들의 마음속에서
사랑의 불꽃에 휩싸여 빛날 때까지 말이오.

아니요! 그대가 보잘것없는 이를 선택한 것은 결코 아니오.
그대의 손을 이리 주오! 날이면 날마다

그대의 부드러운 손가락에서
영원을 헤아리고 싶다오.

울림

후리
내가 당신에게 처음으로
말을 건넸던 저 문밖에서
나는 종종 천국 문을 지켰어요.
율법에 따라서 말예요.
그때 신비롭게 살랑거리는 소리를 들었어요.
잔잔하게 물결치는 듯한 음향과 음절 소리가
문안으로 들어오려고 했어요.
하지만 아무도 보이지 않았고,
그 소리는 점점 더 작아지다 마침내 사라져 갔어요.
그래요, 이제 다시 생각나요.
그건 당신의 노랫소리처럼 울렸어요.

시인
영원한 연인이여! 그대는 너무도 다정하게
그대의 연인을 기억해 주는구려!
지상의 대기 속에서 지상의 방식으로

울려 퍼졌던 소리들은
모두 다 천상으로 올라가려 한다오.
하지만 많은 소리들이 저 아래서 대부분 사라지고,
정신의 비상(飛翔)과 약동을 가진 소리만,
예언자의 날개 달린 말[馬]처럼
창공으로 치솟아
천국 문 앞에서 울리는 것이라오.

그대의 동무들에게도 그런 일이 일어나면
친근하게 잘 새겨 놓으라고 하세요.
메아리를 더욱 사랑스럽게 키워서,
저 아래로 다시 내려보내야 하니까요.
시인이 오게 되면
어떤 경우에라도
그의 타고난 재능이 모든 이에게 도움 되도록
준비해 놓아야 하니까요.
그래야 양쪽 세계에 모두 이로울 테니까요.

그대의 동무들이 시인에게
다정하고 상냥하게 대해 주었으면 하오.
그대의 동무들이 그와 더불어 살아도 좋겠지요.
선량한 이들은 모두 만족해할 거요.

그러나 그대는 나의 짝으로 정해졌으니,
나는 그대를 이 영원한 안식에서 떠나보내지 않겠소.
그대는 문을 지키러 나가면 안 되오.
짝이 없는 다른 자매를 내보내시오.

시인

그대의 사랑, 그대의 입맞춤이 나를 황홀케 하오!
비밀을 캐묻고 싶진 않지만,
내게 말해 주오. 그대 이전에
지상에서 살지 않았나요?
자꾸 그런 생각이 들어요.
그대가 한때 줄라이카라고 불렸음을
나는 증명해 보이고 싶소.

후리

우리는 원소(元素)들로 만들어졌어요.
물과 불, 흙과 공기로
만들어진 거죠. 그러니 지상의 향기는
우리 같은 존재에겐 아주 거슬린답니다.
우리가 당신들에게로 내려가는 일은 결코 없어요.
그래도 당신들이 안식을 얻으러 우리에게로 올라오면

우린 할 일이 많아진답니다.

아시잖아요, 신심 깊은 분들은
예언자의 추천을 받아 이리로 와서,
천국에 자릴 잡아요.
그러면 우리는 예언자의 명에 따라,
천사들도 그렇게 하지 못할 정도로
그분들을 상냥하고 친절하게 대해 준답니다.

하지만 첫 번째, 두 번째 그리고 세 번째 신도는 모두
이전에 좋아하던 여인이 있었답니다.
우리에 비하면 보잘것없는 여인들인데도,
그들은 오히려 우리를 하찮게 여겼어요.
그래도 우린 매혹적이고 재치 있고 명랑하게 대해 주었어요.
하지만 이슬람교도들은 지상으로 내려가고 싶어 했답니다.

하늘에서 고귀하게 태어난 우리가 보기에
그런 태도는 아주 기분 나빴어요.
그래서 이리저리 의논한 끝에
일을 꾸미기로 했죠.
예언자께서 하늘을 두루 지나 달려가실 때
우린 그분의 행로를 눈여겨 보아 두었거든요.
돌아오시면서 그분은 우리를 지나치지 않았고,

그래서 날개 달린 말[馬]은 설 수밖에 없었답니다.

그때 우리는 그분을 에워쌌어요! –
우린 그분으로부터 예언자의 예법에 따라
다정하면서도 엄숙하게 짧은 가르침을 받았답니다.
하지만 우린 아주 불만이었어요.
우리가 아니라 그분의 목적을 위해
모든 것을 조정해야 했거든요.
당신들이 생각하는 대로 우린 생각해야 했고,
우린 당신들의 연인과 닮아야 했어요.

 우리의 자존감은 사라졌고,
우리 처녀들은 멋쩍어 머리를 긁적여야 했어요.
하지만 우린 생각했죠, 영원한 삶 속에서는
모든 걸 받아들여야 한다고 말예요.

그래서 모두들 이전에 보았던 것을 지금 보고,
이전에 일어났던 일을 지금 다시 겪는 거예요.
우린 금발이 되기도 하고, 갈색 머리가 되기도 하고,
때로는 우울해지고 때로는 변덕 부리기도 해요.
그래요, 때로는 이 핑계 저 핑계 대기도 하죠.
그러면 모두들 자기 집에 있는 것처럼 편안하게 느끼고,
또 으레 그런 거지 하고 생각하기 때문에

우리도 기운 나고 명랑해진답니다.

그런데 당신의 유머는 거침없으시네요.
내가 천국처럼 보인다니요.
나는 줄라이카가 아닌데도
나의 눈길과 나의 입맞춤을 귀하게 여겨 주시네요.
그녀가 너무도 사랑스러웠다고 하니,
머리카락 한 올까지 나와 닮았겠네요.

시인

그대는 청명한 하늘처럼 나를 눈부시게 하오.
그대의 말이 꾸민 것이든 진실이든
나는 그대를 누구보다도 찬탄하오.
그대의 의무를 게을리하지 않고,
나 같은 독일 남자의 마음에 들려고
후리인 그대가 크니텔 운율[7]로 말을 하다니 말이오.

후리

그래요, 당신도 지치지 않고 운율을 맞추시잖아요.
당신의 영혼에서 나오는 말 그대로 말예요!
우리 천국의 동무들은

---

7 Knittelvers. 강음 4개를 가진 8~9개의 음절로 이루어진 각운을 갖춘 시 형식.

순수한 그대로의 말과 행동에 끌린답니다.
순종적이고 충직하다면, 당신도 알다시피
동물들도 천국에서 제외되지 않아요.
무뚝뚝한 말 한마디 정도로는 후리를 언짢게 하지 못해요.
우리는 가슴에서 나오는 말을 느끼니까요.
맑은 샘에서 솟아 나오는 것이라면,
천국에서도 흐를 수 있어요.

————————

후리

당신은 다시 제 손가락 하나를 살며시 잡으시는군요!
우리가 얼마나 긴 영겁의 시간을
함께 살아왔는지, 당신은 알기나 하세요?

시인

모르오! - 알고 싶지도 않소, 모르오!
다채롭고 신선한 즐거움,
영원한 신부처럼 수줍은 입맞춤! -
순간순간이 나를 전율케 하는데
우리가 얼마나 오래 살아왔는지 물어 무엇 한단 말이오!

후리

당신은 다시 넋이 나가셨군요.

재거나 일일이 헤아리지 않아도 난 알 수 있답니다.

당신은 만유(萬有) 한가운데서도 두려워하지 않았고,

대담하게 신(神)의 심연에까지 도달하려 했죠.

이제는 가장 사랑하는 여인이 바로 당신 앞에 있어요!

당신이 부를 노래는 벌써 지어 놓으셨겠죠?

저 천국 문 앞에서 그 노래는 어떻게 울렸던가요?

지금은 어떻게 부르실 거예요? – 당신을 더 세차게 몰아붙이
고 싶진 않아요.

줄라이카에게 바친 노래들을 제게도 불러 주세요.

당신은 천국에서도 그보다 나은 노래를 부를 순 없을 테니까요.

은총받은 동물들

네 마리 동물도

천국에 들어오기로 약속받았으니,

거기서 그것들은 성자와 경건한 이들과 더불어

영원의 세월을 살아가리라.

맨 먼저 보이는 건 당나귀,

활기차게 걸어오는구나.

예수께서 그의 등에 올라타고

예언자의 도시로 들어가셨기 때문이지.

조금은 수줍어하며 뒤를 이어 오는 건 늑대,
마호메트께서 그에게 명하셨지.
"부자에게서 양을 뺏어
가난한 자에게 주라."

　이제 내내 꼬리를 흔들며, 즐겁고 용감하게
의젓한 주인과 함께 작은 개가 들어온다.
일곱의 잠든 성인과 함께
너무도 충직하게 잠들었던 그 개가 아닌가.

마지막으로 아부헤리라[8]의 고양이가
주인 곁에서 가르릉거리며 재롱을 떤다.
고양이는 언제나 성스러운 동물,
예언자께서 늘 쓰다듬어 주셨지.

더 귀한 것과 가장 귀한 것

이런 일들을 가르친다고

8　Abuherrira. 고양이를 사랑해서 고양이의 아버지라고 불리던 사람으로 마호메트의 친구.

우리를 벌하지는 마시라.
이 모든 것을 어떻게 설명할 것인지는
그대들 마음 깊은 곳에서 물어봐야 하리.

그러면 그대들은 알게 되리라.
자족(自足)할 줄 아는 이는
자신의 자아가 천상에서나 여기서나
구원받는 것을 보고 싶어 한다는 것을.

나의 사랑스러운 자아는
많은 종류의 안락과 즐거움을 목말라했고,
이곳 천국에서 들이마시는 이런 것들을
영원토록 소망하지 않았던가.

우리 모두의 마음에 들었던
아름다운 정원들, 꽃과 과일과 귀여운 아이들은
여기서도 우리 마음을 기쁘게 해 주며,
다시 젊어진 정신에게도 못지않게 마음에 들겠지.

그래서 나는 모든 친구를
젊었거나 늙었거나 한자리에 모아 놓고
천국의 말들을 독일어로 더듬거리며
기꺼이 말해 주고 싶은 거다.

사람들은 이제 인간과 천사가
서로 애무하듯 주고받는 방언에 귀를 기울이며,
감춰진 문법에 따라 어법이 변하는
양귀비와 장미의 대화에 귀를 기울인다.

또한 눈길과 눈길을 맞추며
은근하게 말을 주고받는지도 모르지.
그러면 울림도 음향도 없이
천상의 황홀경에 오를 테지.

물론 음향과 울림은 당연하게도
말[言語]에서 떨어져 나오니,
변용(變容)된 자는 더욱 분명하게
자신의 무한함을 느낀다.

그리하여 천상에는
다섯 개의 감각이 마련되어 있으나,
내가 이 모든 감각을 대신하여
하나의 감각을 얻을 것임은 분명하리라.

그러면 나는 그 어느 곳에서든
더욱 쉽게 영원의 영역 속으로 들어가리라.
순결하고 생생한 신의 말씀으로

가득 차 있는 영역 속으로.

뜨거운 열정으로 거침없이 나아가면
그 어떤 종말도 없을 것이다.
영원한 사랑을 직관하며
우리가 두둥실 떠돌며 사라질 때까지.

잠자는 일곱 성인

총애받던 궁정의 여섯 시동(侍童)
황제[9]의 노여움을 피해 달아났다네.
그 황제 신으로 섬김받고 싶었으나,
자신이 신(神)임을 입증하지 못했기 때문이었어.
황제가 맛있게 한 입 베어 먹으려는데,
파리 한 마리가 훼방 놓았던 거야.

시동들이 손을 내저으며 쫓아냈으나,
파리를 몰아내진 못했어.
파리는 황제 주위를 빙빙 돌고, 내려앉고 어지럽게 하며
식탁을 온통 엉망으로 만들었어.

---

9 로마 황제 데키우스가 서기 250년에 기독교도들을 탄압한 사건을 가리킨다.

심술궂은 파리 신(神)[10]의 사신(使臣)인 양
돌아오고 다시 돌아왔다네.

"이럴 수가!" 시동들이 서로 말했지.
"파리 새끼 한 마리가 신을 방해한다고?
신이라면서 우리들처럼
마시고 먹는다고? 아니야, 그 유일한 분,
해도 만들고, 달도 만들고
빛나는 별들을 우리 머리 위에 둥그렇게 놓아 주신
그 한 분이 우리의 신이야, 우리 달아나자!" –
얇은 신에, 얇은 옷 걸친 연약한 소년들을
어떤 양치기가 받아들여 바위 동굴에
숨겨 주고, 양치기 자신도 같이 숨었어.
양치기의 개도 물러나려 하지 않았네.
발을 구르며 위협하고 쫓아내려 했지만,
개는 자신의 주인에게 꼭 달라붙었지.
그리하여 개도 숨은 자들과 함께 남아
곤히 잠든 자들 틈에 끼어들었던 거라네.

시동들이 도망치자
배신감에 격노한 황제는 처벌을 궁리했지.

---

10 파리 신은 히브리어의 '바알세불'을 말 그대로 번역한 것이다.

칼로도 불로도 벌하지 않고,
벽돌과 석회로 동굴을 막아,
그들을 가두어 버렸네.

하지만 그들은 계속 잠을 잤고,
그들의 수호천사가
신의 옥좌 앞으로 나아가 보고했다네.
"한 번은 오른쪽으로, 또 한 번은 왼쪽으로
저는 그들을 계속해서 돌려 눕히고 있습니다.
곰팡이 냄새가 아름답고 젊은 팔다리를
상하지 않게 하려고요.
바위에다가는 틈을 내어
태양이 뜨고 지면서 젊은 뺨들을 비추어
싱싱하게 되살아나도록 해두었어요.
그래서 그들은 행복하게 잠들어 있답니다."
그 귀여운 개도 건강한 앞발 위에 웅크린 채로
달콤한 잠을 자고 있었다네.

세월이 흐르고 또 흘러
마침내 시동들은 깨어났다네.
그동안 낡고 낡아
썩어 버린 벽은 무너져 내렸지.
양치기가 두려움에 떨며 주저하자

아름다운 소년, 그들 중에 가장 교양 있는
얌블리카가 말했다네.
"내가 나가 볼게! 먹을 것을 가져올게.
내 목숨도 걸고 이 금덩이도 써 볼래!"

에페수스[11] 사람들은 벌써 오래전부터
예언자인 예수[12]의 가르침을
존경해 왔지. (그 선한 분에게 평화를!)

그러고는 소년이 달려 나갔다네.
성문도 망루도 탑도 모든 게 달라져 있었어.
그래도 가장 가까이 있는 빵집으로 달려가
급하게 빵을 집어 들려고 했지. ─
빵집 주인이 소리쳤다네. "이놈아!
어린 녀석이 보물을 주웠구나!
금덩이를 보면 다 아니까,
날 달래려면 절반을 내놓아라!"

그렇게 그들은 다투었고 ─ 왕 앞으로 나아가서도
옥신각신했지. 왕도 뒤질세라 빵집 주인처럼

---

11 소아시아의 항구 도시 에페수스의 언덕에 있는 공동묘지는 오늘날까지도 '잠자는 일곱 성자
의 동굴'이라 불린다.
12 소아시아 지방이 기독교화한 것을 이슬람의 시각으로 표현한 것이다.

금덩이를 나누어 가지려고 했지.

그러다가 수백 가지 징후들 때문에
기적이 일어났음이 알려지게 되었네.
얌블리카는 자신이 지었던 그 궁전에서
자신의 권리를 제대로 쓸 줄 알았던 거지.
그의 말대로 기둥을 하나 파냈더니
그것이 보물이 묻힌 자리와 정확히 일치했고,
친인척들이 곧장 모여들어
그들이 한 혈족임을 입증하였네.
피어오르는 청춘의 모습을 한 얌블리카는
할아버지의 할아버지로서 뽐내며 그 자리에 서 있었지.

그는 아들들과 손자들이 말하는 것을
마치 선조들이 얘기하는 것처럼 들었네.
한 무리의 용감한 남자들로 이루어진
증손자들이 그를 에워싸고는,
가장 어린 그를 경배하였지.
이런저런 징표가 연달아 나타나
그가 선조라는 사실은 증명되고도 남았네.
그는 자신과 그의 동반자들이
누구인가를 확인시켜 주었어.

그는 이제 다시 동굴로 돌아오고,

백성과 왕이 그를 호송하네. ―

그러나 선택받은 그자는 왕에게로도,

백성에게로도 가지 않아.

오랜 세월 세상과 등진

그 일곱을, 개와 함께 여덟을 ―

가브리엘 천사가

비밀스러운 능력을 발휘하여

천국으로 데려간 거야.

그건 신의 뜻이었어.

그리고 그 동굴은 다시 벽으로 막힌 듯 보였어.

잘 자요!

이제, 사랑스러운 노래들아,

내 이웃들의 가슴에 내려앉아라!

사향 연기 속에서 가브리엘 천사께서는

이 지친 사람[13]의 사지를

다정하게 보살펴 주시기를.

그가 언제나처럼 기쁜 마음으로

---

13 얌블리카와 시인 자신을 동시에 가리키는 것으로 보인다.

친구들과 즐겁게 어울릴 수 있게
활기차고 무탈하도록 해 주시고,
바위틈도 깰 수 있게 해 주소서.
그러면 그는 모든 시대의 영웅들과 더불어
드넓은 천국을 즐거운 마음으로
활보할 수 있을 테지.
그곳에선 아름다운 것, 언제나 새로운 것이
사방팔방으로 자라나고 있어
수많은 이들이 기뻐한다네.
그래, 그 충직한 강아지도
주인들을 뒤따라 천국으로 들어갔을 테지.

유고(遺稿) 중에서[1]

자신을 알고 타인을 아는 사람은
여기서도[2] 알게 되리라.
동방과 서방은
더 이상 떨어질 수 없다는 것을.

두 세계 사이에서 곰곰이
생각하고 재어 보는 것이 중요하다.
그러므로 동방과 서방 사이를
오가는 것이 가장 좋으리라!

———————

하피스여, 당신과 나를 견준다는 것은
　　그 얼마나 헛된 망상인가!
그래도 바다의 파도를 타고

———————

1 　괴테는 자신이 1819년과 1827년 사이에 발간한 전집에 '유고 중에서'에 실린 이 시들을 수록
　　하지 않았다. 에커만과 리머가 1836년 처음으로 괴테의 유고에 남겨진 시들의 일부를 발간하
　　였다.
2 　『서동시집』을 가리킨다.

배 한 척[3]이 쏴쏴거리며 재빨리 나타나,

돛이 한껏 부풀어 오른 돛을 느끼며,

대담하고 자랑스럽게 나아간다.

대양이 배를 산산조각 내려 하지만,

썩은 나무일지라도 배는 헤엄쳐 간다.

경쾌하고 빠른 노래처럼

당신에게서 차가운 물결이 일면,

불같은 파도가 끓어올라,

열정의 불덩이가 나를 삼킨다.

내게도 자부심 부풀어 올라

나는 더욱더 대담해진다.

나도 햇빛 찬란한 땅에서

살았고 또 사랑했노라!

―――――――

50년 세월 동안이나 그들은

나를 모방하고 변형하고 일그러뜨리려 했다.

그래도 나는 생각했지. 조국의 들판에서

네게 주어진 일이 무엇인지 알 수는 있지 않았는가.

한때는 거칠고 악마적이고 천재적인

―――――――

3   서방 시인이 동서양을 아우르며 쓴 『서동시집』을 가리키는 것으로 보인다.

젊은 무리와 마구 날뛰었지만,

세월이 지나면서 현자들과,

신처럼 온화한 이들과 점점 더 가까워지지 않았던가.

———————

나도 내 마음에 드는 대로

비유를 사용해야 하지 않을까?

신은 모기[4]를 통해서도

삶의 비유를 우리에게 주시지 않는가.

나도 내 마음에 드는 대로

비유를 사용해야 하지 않을까?

신은 사랑하는 이의 눈을 통해

자신을 비유로 보여 주시지 않는가.

———————

사랑하는 이여,

어떻게든 구할 수만 있다면,

내 사랑을 말해 주는 심지[5]로

———————

4 등불로 날아드는 모기는 세계 혼(世界魂)으로 되돌아가는 모나드(monad)의 비유.

5 램프의 심지를 가리킨다. 시의 소재는 아르메니아 출신의 기독교도인 시린을 사랑해서 결혼

진주 목걸이를 그대에게 남몰래 선물하고 싶었다오.

그런데 당신은 이제 내게 오며
무슨 증표 같은 걸 목에 걸었구려.
나는 아브락사스 같은
그 부적이 꼴도 보기 싫소.

요새 유행하는 이런 어리석은 물건을
내가 있는 시라즈로 가져오다니요!
막대기에 다른 막대기가 비스듬히 걸쳐져 있는
그 딱딱한 나무 십자가를 나더러 노래하란 말이오?

아브라함은 별들의 주인을
선조로 택했고,
모세는 거칠고 머나먼 광야에서
'단 한 분'을 통해 위대해졌다오.

　　다윗은 결함도 많았고
심지어는 범죄도 저질렀지만[6]
이렇게 말할 줄은 알았소.

한 코스루왕의 이야기다. 괴테는 폰 하머가 번역한 『보물 상자』에서 피르다우시의 『샤나메』 일부를 발견하고 읽었다.

6　다윗은 우리야를 전쟁터로 보내 죽게 만든 뒤에 그의 아내를 자기 아내로 삼았다. 솔로몬은 다윗과 우리야 사이에서 태어난 아들이다.

"나는 '단 한 분'의 뜻에 따라 행동했다."

예수[7]는 순수하게 느꼈고
한 분의 신만을 조용히 묵상하였지요.
그러니 예수를 신으로 받든 자는
그의 성스러운 뜻을 해쳤던 것이오.

정의는 모습을 드러내야만 하고,
마호메트는 그 일에 성공했지요.
오직 '한 분의 신'이라는 개념을 통해
온 세계를 정복한 거라오.

그런데도 그대가 이런 하찮은 물건[8]에
경배하라고 요구한다면,
그건 그대가 혼자서는 빛나지 못한다는
핑계일 뿐이오. ―

아니, 혼자서 잘도 빛나는군요! ―
솔로몬의 많은 여인들은 그를 개종시켰지요.
그 어리석은 여인들처럼 그도

---

7   이슬람교의 입장에서 보면 하나의 예언자일 뿐이다.
8   딱딱한 나무 십자가를 가리킨다.

여러 신들을 숭배하게 만든 거지요.[9]

솔로몬의 여인들이 이시스의 뿔[10]과 아누비스[11]의 입을
유대인의 자랑인 그에게 보여 주었듯이
그대는 나무에 새긴 그런 흉악한 상을
나더러 신으로 모시라는 거요!

나는 내가 원래 생긴 것보다
더 좋게 보이고 싶은 생각은 없소.
솔로몬은 단 한 분인 그의 신[12]을 거역했고,
나[13]는 나의 신[14]을 부인하였소.

그대의 입맞춤으로
변절자인 나의 고통을 덜어 주오.
그대 가슴의 부적은
비츨리푸츨리[15]나 마찬가지요.

---

9   솔로몬은 여러 외국 여인들을 후궁으로 삼았고, 그들이 하자는 대로 여러 신들에게 분향하고
     제를 지냈다.
10   이집트의 자연신 이시스(Isis)는 소의 머리를 가졌다.
11   이집트의 죽음의 신 아누비스(Anubis)는 개의 머리를 가졌다.
12   유일신.
13   하템을 가리킨다.
14   알라를 가리킨다.
15   Vitzliputzli. 18세기 유럽인의 눈에 흉물스럽게 보였던, 멕시코 인디언인 아즈텍 종족의 수호
     신을 가리킨다.

나를 울게 놓아두라! 밤에 둘러싸인

끝없는 광야에서.

낙타들은 쉬고 몰이꾼들도 쉬는데,

아르메니아인은 조용히 돈을 세며 깨어 있다.

하지만 나 하템은 그 곁에서

줄라이카와 나를 떼어 놓은 머나먼 거리와

길을 연장시키는 짜증 나는 굽이들을 거듭 헤아리고 있다.

나를 울게 놓아두라! 운다는 것은 수치가 아니다.

우는 남자들은 착한 법이다.

아킬레우스도 브리세이스[16] 때문에 울지 않았던가!

크세르크세스는 패하지 않는 군대 때문에 울었고,

알렉산드로스는 자신이 찔러 죽인

친구[17] 때문에 울었다.

나를 울게 놓아두라! 눈물은 먼지를 소생시킨다.

어느새 푸르러지지 않는가.

---

16 아폴론의 분노를 가라앉히려고 아가멤논왕과 옥신각신하던 아킬레우스는 상으로 받은 미인 브리세이스를 빼앗기고는 어머니인 여신 테티스에게 눈물로 억울함을 호소한다.

17 대왕이 총애했던 충신 클리투스를 가리킨다. 클리투스는 취중에 논쟁을 벌이며 알렉산드로스에게 대들다 대왕의 칼에 찔려 죽었다.

날이면 날마다 기다리는데
기마병 대장은
왜 전령을
보내지 않는 걸까?
그는 말[馬]도 있고,
글도 아는데.

그분[18]도 탈릭체[19]로 글을 쓰고,
나스히체[20]로도
비단 폭에
멋지게 쓸 줄 아시는데.
못 오신다면
편지라도 보내 주시지.

나,[21] 병든 여인은
달콤한 고통에서
낫고 싶지 않아요.
사랑하는 분[22]이 소식만 전해 주신다면
다시 나을 텐데.

---

18 하템을 가리킨다.
19 Taliq. 페르시아어의 글씨체 중 하나.
20 Naskhi. 페르시아어의 글씨체 중 하나.
21 줄라이카를 가리킨다.
22 하템을 가리킨다.

지금 나는 아파요.

———————————

나는 다시는 비단 폭에
대칭 운을 쓰지 않으리라,
금박의 덩굴무늬로
치장하지도 않으리.
먼지 위에, 살아 움직이는 먼지 위에 새겨 놓으면,
바람이 불어와 그것을 날려 버려도
그 기운만은 지구 중심에 이르기까지
꿋꿋이 남아 있으리라.
그러면 언젠가 방랑자가,
사랑하는 사람이 오리라.
그리하여 이곳을 밟는 순간
온몸으로 전율하리라.
"여기! 사랑에 빠진 자가 나보다 앞서 사랑하였구나.
그는 부드러운 영혼의 메쥐눈이었던가?
굳센 페르하드였던가? 변함없는 제밀이었던가?
아니면 행복하면서도 불행한
저 수천 명 중 하나였던가?
그는 사랑하였다! 나도 그처럼 사랑하노라,
그가 어렴풋이 느껴진다!"

유고(遺稿) 중에서 235

줄라이카여, 그러나 그대는
내가 그대를 위해 마련하고 장식한
부드러운 방석 위에서 쉬고 있구려.
그대도 소스라쳐 깨어나며 전율하리라.
"그분이야, 하템이 나를 부르는구나.
나도 당신을 부르겠어요, 아, 하템! 하템!"

『서동시집』을 더 잘 이해하기 위한
주석과 해설

> 시 창작을 이해하려는 이는
> 시의 나라로 갈 것이며,
> 시인을 알려고 하는 이는
> 시인의 나라로 가야 하리라.

들어가는 말

모든 것엔 때가 있기 마련![1] — 이 격언의 의미는 나이 들수록 점점 더 깊이 알게 된다. 이 격언에 따르면, 우리는 침묵해야 할 때도 있고 발언해야 할 때도 있다. 그리고 이번에 이 시인은 후자를 택하기로 했다. 젊은 시절엔 행동하고 영향을 미쳐야 마땅하고, 나이 들어서는 관찰하고 전달하는 것이 어울리기 때문이다.

나는 생애 초반에 쓴 글들을 아무 서두도 없이 세상에 내보내곤 했다. 무슨 의도로 그 글을 썼는지 조금도 암시하지 않고 말이다. 언젠가는 내가 쓴 글을 대중이 이해하고 활용하리라 믿었기 때문이다. 실제로 나의 글 중 일부는 곧바로 영향을 미쳤고,

---

1 구약 성서 「전도서」 3장 1절.

다른 글들은 이해하기도 쉽지 않고 절박하지도 않아 인정받기까지 여러 해가 걸렸다. 그런데 이제는 이런 세월도 지나갔다. 뒤이어 성장하는 제2세대, 제3세대가 내가 이전에 동시대인들로부터 받아야 했던 부당한 대접을 두 곱, 세 곱으로 보상해 주고 있으니까.

하지만 이제 나는 그 어떤 것도 이 작은 책의 좋은 첫인상을 해치지 않기를 바란다. 그래서 주석을 달고, 설명하고 입증하기로 결심했다. 그렇게 함으로써 동방에 대해 거의 알지 못하거나 전혀 알지 못하는 독자들이 쉽게 이해하도록 하기 위해서다. 반면에 아주 특이하기 짝이 없는 이 지역의 역사와 문학에 어느 정도 익숙한 분에게는 이 후기가 필요치 않을 것이다. 오히려 그런 분은 나의 꽃밭을 싱싱하게 적셔 주는 물의 원천과 개천들을 한눈에 알아차릴 것이다.

무엇보다 이 시집의 저자를 여행자로 여겨 주시기 바란다. 여행자가 이국의 풍속을 호의적으로 따르고, 언어를 배우려 애쓰고, 그곳 사고방식을 이해하고, 풍습을 받아들일 줄 안다면 칭송받아 마땅하지 않은가. 여행자가 그런 일을 배우는 데 한계를 보이고, 자기 모국어의 악센트라든지 어쩔 도리 없는 행동 방식 때문에 이방인임이 여실히 드러난다 하더라도 너그럽게 받아들여지기 마련이다. 그런 의미에서 이 작은 책자도 넉넉한 심경으로 봐주시기를! 전문가는 통찰력으로 용서해 주시고, 애호가는 이런저런 결함에도 개의치 않고 이 시들을 있는 그대로 받아들여 주시리라.

여행에서 가져온 온갖 물건들로 친지들을 보다 빨리 기쁘게 해 주려고 여행자는 무역 상인의 역할을 떠맡는다. 자기가 가져온 물건들을 보기 좋게 펼쳐 놓고는 이런저런 방식으로 마음을 끌기 위해 애를 쓴다. 그렇게 선전하고, 이런저런 설명을 덧붙이고, 심지어 찬양의 언사를 늘어놓더라도 사람들은 그를 나쁘게 보지는 않을 것이다.

따라서 무엇보다 다음의 사실을 밝혀 두고자 한다. 나는 도덕적이며 미학적인 내용을 알아듣기 쉽게 전달하는 것을 첫 번째 과제로 삼았고, 소박한 말을 사용하고, 아주 단순하면서도 이해하기 쉬운 운율을 쓰려고 노력했으며, 동방 사람들이 기교를 부리거나 온갖 수식어를 남발하여 환심을 사려 한 부분에 대해서는 멀찍이 거리를 두고 암시하는 정도로 그쳤다는 것이다.

하지만 피할 도리 없는 외국 말 때문에 이해하기 힘든 경우도 종종 있다. 이 외국 말들은 종교, 견해, 유래, 지어낸 이야기와 풍습 등 특정한 대상과 연관되어 있어서 그 뜻을 제대로 알기 어렵다. 그러므로 나의 두 번째 과제는 이러한 것들을 해설하는 것이며, 독일 청중과 독자가 던진 질문과 이의 제기를 통해 드러난 문제점들을 사려 깊게 고려하는 것이다. 첨부된 색인에는 불명료한 구절들이 나오는 페이지, 그리고 그런 구절들을 해설하는 페이지가 실려 있다. 무엇보다 나는 특정한 연관을 염두에 둔 채 이 해설을 작성했다. 그리하여 그것이 산만한 메모들이 아니라 독자적인 가치를 지니는 텍스트가 되도록 했다. 이 텍스트는 물론 피상적인 데가 있고 또 서로 느슨하게 연결되어 있긴 하지만, 독자 여러분은 그 어떤 전체적인 조망과 설명을 얻을 수 있기를 바라 마지않는다.

나의 이번 시도가 부디 독자 여러분의 마음에 들기를! 이미 우리의 언어가 동방으로부터 많은 것을 득직하게 받아들인 이 시대에, 그토록 위대하고 아름답고 선량한 것을 수천 년 이래로 우리에게 전해 주었고, 앞으로도 더 많은 것을 전해 주리라 기대되는 쪽으로 우리가 보다 적극적으로 관심을 기울이는 것은 의미 있는 일이 아니겠는가.

히브리인들

어느 나라에서든 최초의 문학은 소박한 문학이며, 이후에 올 모든 문학의 바탕을 이룬다. 이 문학이 싱싱하고 자연에 가까울수록 그 뒤에 등장하는 문학은 더욱더 행운을 누리며 발전한다.

동방 문학을 논하는 이 자리에서, 가장 오래된 시 모음집으로 성서를 떠올리는 것은 당연하다. 구약 성서의 많은 부분이 숭고한 신념과 열정으로 쓰였으며 문학의 영역에 속한다.

헤르더[2]와 아이히호른[3]이 이 주제에 대해 직접 우리를 계몽해

---

2   요한 고트프리트 헤르더(Johann Gottfried Herder, 1744~1803). 슈트라스부르크 시절부터 괴테와 구약 성서의 문학적 성격에 대해 자주 대화를 나누었다.

3   요한 고트프리트 아이히호른(Johann Gottfried Eichhorn, 1752~1827). 1788년까지는 예나 대학에서, 그 이후엔 괴팅겐에서 동방학 교수를 지냈으며, 구약 성서에 대한 최초의 근대적 입문서를 썼다. 괴테는 예나 시절에 그와 많은 대화를 나누었다.

주던 때를 기억해 보라. 동방의 순결한 일출에 비교할 만한 고상한 즐거움이 아니었던가. 구약에 등장하는 인물들이 우리에게 전해 주고 남겨 준 것들을 살짝 언급하는 정도로 그친 것을 용서해 주시기 바란다. 그 보물들을 지나가는 눈길로 얼핏 소개하고 말았으니 말이다.

예컨대「룻기」를 생각해 보자. 이스라엘의 한 왕을 품위 있고 흥미로운 조상(祖上)으로 만들려는 숭고한 목적 아래 쓰인 책이지만, 우리는 이것을 동시에 서사적이고 목가적으로 전승된, 아주 사랑스럽고 자그마한 하나의 문학 작품으로 볼 수 있는 것이다.

다음으로는「아가」에 대해 잠시 알아보자.「아가」는 우리에게 전승된 열정적이고 우아한 사랑 이야기 중에서 가장 섬세하고 가장 모방하기 어려운 것이다. 물론 우리는 단편적으로 끊긴 채 뒤죽박죽 섞여 있거나 겹쳐져 있는 이 시들이 순수하고 충만한 즐거움을 주지 못한다고 불평하기도 한다. 하지만「아가」를 지은 사람들이 살았던 시대 상황을 눈앞에 그려 볼 수 있다는 것은 우리를 황홀케 한다. 사랑스럽기 그지없는 가나안 땅 위로 부드러운 바람이 불어오고 또 불어오는 것을 느낀다. 정겨운 시골 풍경, 포도 재배, 원예 작물 재배, 향료 식물 재배, 답답한 도시 생활, 그러고는 그 배경에서 화려한 궁전[4]이 등장한다. 하지만 중심 테마는 어디까지나 이런저런 아주 단순한 상황에서 서

---

4   솔로몬왕의 궁전을 말한다.

로 찾고, 발견하고, 밀쳐 내고, 끌어당기는 청춘들의 뜨거운 애정 이야기다.

우리는 이 사랑스러운 혼돈으로부터 이것저것 끄집어내어 서로 연관 지어 볼 생각을 자주 해 왔다. 하지만 수수께끼처럼 풀리지 않는 이러한 요소들이 몇 쪽에 불과한 이야기에 우아함과 독특함을 부여하는 것이다. 질서를 사랑하고 사색을 좋아하는 사람들은 그 어떤 납득할 만한 연관성을 찾거나 부여하려는 유혹을 받곤 하지 않았던가. 그리고 후세 사람들도 그 일을 자기 일처럼 여겼다.

마찬가지로 「룻기」도 지적 호기심이 넘치는 사람들에게 저항할 수 없는 매력을 발산해 왔고, 그들 또한 뭐라 말할 수 없이 간략하게 묘사된 사건을 장황하게 해석함으로써 어느 정도 이해할 수 있으리라는 망상에 빠지곤 했다.

그리하여 책 중의 책을 해설한 책들이 연이어 나오게 되었다. 우리는 마치 또 다른 세계를 마주한 듯 이러한 해설서들을 읽으면서 이런저런 시도를 해 보고, 헤매기도 하고, 깨닫기도 하고, 교양을 쌓기도 하는 것이다.

아랍인들

동방 민족 중 하나인 아랍인들의 『모알라카트(Moallakat)』에서 우리는 멋진 보물들을 발견한다. 이것은 경연 대회에서 우승을 거둔 시인들의 시 모음집이다. 마호메트 이전 시대에 생겨난 이 시들은 금박 문자들로 쓰였으며, 메카 신전의 현관에 드높이 걸려 있다. 이 시들은 아랍인들이 많은 가축 떼와 더불어 떠도는 호전적 민족이며, 종족들 간의 전투로 인하여 내면적으로 불안에 시달리고 있음을 보여 준다. 이 시들에는 종족을 향한 유대감, 명예욕, 용맹함, 철저한 복수욕 등이 사랑의 슬픔이나 이웃 사랑, 희생정신을 통해 어느 정도 완화되어 있긴 하지만, 하나같이 너무도 치밀하게 그려져 있다. 이 작품들은 우리에게 쿠라이시족의 수준 높은 교양에 대해 충분히 알려 준다. 마호메트 자신도 이 종족 출신이지만, 그는 이 종족에게 어두컴컴한 종교의 베일을 덮어씌웠으며, 더 순수한 진보에 대한 모든 전망을 가려 버렸던 것이다.

일곱 편에 달하는 이 뛰어난 시들의 가치는 그 엄청난 다양성을 통해 더 높아진다. 이에 대해서는 통찰력 넘치는 존스[5] 씨가 이 시들의 특징을 언급한 것보다 더 간명하고 더 품위 있는 해설을 찾을 수는 없을 것이다.

"암랄카이(Amralkai)의 시는 부드럽고 명랑하고 반짝이며, 귀엽고 다채로우면서도 우아하다. 타라파(Tarafa)의 시는 대담하고 격정적이며, 솟구쳐 오르면서도 어느 정도 쾌활함을 유지한다. 조하이르(Zoheir)의 시는 날카롭고 진지하고 순결하며, 도덕적 계율과 엄숙한 격언들로 가득 차 있다. 레비드(Lebid)의

---

5   윌리엄 존스 경(Sir William Jones, 1746~1794). 영국의 산스크리트 학자. 1784년 '벵골 아시아 학회(Asiatic Society of Bengal)'를 창설하고 『아시아 연구지』를 발간하였다.

작품은 사랑에 빠져 있으면서도 경쾌하고, 우아하면서도 섬세하다. 이 시는 베르길리우스의 두 번째 목가를 연상시킨다. 연인의 오만함과 자만심에 대해 불평하지만, 이것이 오히려 자신의 장점들을 꼽아 보고, 자기 종족의 명예를 하늘 높이 들어 올리는 계기가 되기 때문이다. 이어서 안타라(Antara)의 노래는 오만하고 위협적이지만 정곡을 찌르고, 또 화려하기도 해서 표현과 이미지의 아름다움을 은근히 과시한다. 암루(Amru)의 시는 격정적이고 숭고하며 명예심으로 가득하다. 반면에 하레즈(Harez)의 시는 지혜와 예리함과 위엄으로 넘친다. 이 마지막두 시는 두 종족 간의 치명적인 증오심을 가라앉히기 위해 아랍인들이 회합을 가지기 전에 거행했던 시적·정치적 논쟁처럼 보인다."[6]

지금까지의 짤막한 설명으로 그 시들을 읽어 보도록, 혹은 다시 읽어 보도록 독자들에게 어느 정도 자극을 주었으리라 본다. 이제는 마호메트 시대에 생겨나고, 그 시대의 정신이 담긴 다른작품 하나를 소개하고자 한다. 이 시의 성격은 어둡다고, 아니칠흑 같다고 말할 수 있을 정도로 격정적이며 타오르는 복수심으로 가득하다.

1. 바위 절벽 아래 길가에
   살해당한 채 그분이 누워 있다.

---

6   윌리엄 존스 경, 『아시아 시 전집(*Poesios Asiaticae*)』(1782), 72쪽.

그분의 피에서는
이슬 한 방울조차 떨어지지 않는구나.

2. 그분은 내게 커다란 짐을 지운 채
저세상으로 가셨다.
내 기필코 이 짐을
짊어지리라.

3. "나의 복수를 맡아 줄 자는
내 누이의 아들.
그는 용맹하며,
타협 같은 건 모른다.

4. 말없이 그는 온몸에서 독을 뚝뚝 흘리지.
살무사가 침묵하고,
뱀이 독을 내뿜듯 하여,
어떤 마법도 이 독에 대적할 순 없어."

5. 우리 중 가장 강력한 용사가
쓰러졌다는 참담한 소식에
우리들 중 가장 꿋꿋한 자도
기가 질리고 말았다.

6. 운명은 이 다정한 분에게 상처를 입히고,
    내게서 그를 빼앗아 가고 말았다.
    그의 손님[7]은
    털끝 하나 다치지 않았건만.

7. 그분은 추운 겨울날엔
    따스한 태양이었으며,
    시리우스[8]가 불타오를 때면
    시원한 그늘이었지.

8. 그분의 엉덩이는
    땀이 밸 틈 없이 민첩했고,
    땀에 젖은 두 손은
    언제나 대담하고 억세었지.

9. 굳센 신념으로
    목표를 향해 내달렸던 분.
    이제 쉬게 되니[9]
    굳센 신념도 함께 쉬는구나.

---

7   죽은 이의 조카.
8   Sirius. 큰개자리의 별. 고대 이집트에서는 시리우스의 출현 시기를 보고 나일강이 범람하는
    때를 알아냈고, 1년의 길이도 정했다. 로마에서는 시리우스가 태양과 함께 뜨고 지는 뜨겁고
    건조한 시기를 '개의 날'이라고 불렀다.
9   저세상으로 갔다는 말.

10. 선물을 나눠 줄 땐
    퍼붓는 장대비 같았고,
    공격할 때면
    성난 사자 같았던 분.

11. 군중 앞에 설 땐
    검은 머리, 긴 옷에 당당했지.
    적을 향해 달릴 때면
    굶주린 늑대.

12. 그분은 두 가지 맛을 나누어 주었어,
    다디단 꿀과 쓰디쓴 약쑥의 맛을,
    그런 맛이 나는 음식을
    누구라도 좋아했지.

13. 무시무시한 모습으로 그분은 홀로 말을 달렸어,
    누구도 뒤따르지 않았지.
    끝이 톱날처럼 갈라진
    예멘의 검만 든 채.

14. 우리 젊은 용사들은 적개심에 불타
    정오에 진군을 시작했고,
    쉼 없이 떠도는 구름처럼

밤새도록 길을 달렸어.

15. 우리 모두는 허리에 칼을 찬
    하나의 창검이었으니,
    칼을 빼드는 순간 우리는
    한 줄기 빛나는 섬광.

16. 적들은 잠의 혼령을 들이마시며
    머리를 꾸벅이고 있었고,
    우린 그들을 단칼에 베어 버렸지.
    적들은 그렇게 사라져 갔어.

17. 우리의 복수는 완벽했지.
    두 종족 가운데
    살아남은 자는 아주 적었어.
    정말이지 몇 안 되었어.

18. 그분이 창으로 훗자일리테 병사들을
    마구 무찔렀기에,
    훗자일리테 병사 하나가 그분을 죽이려고
    그분의 창을 부러뜨렸던 거지.

19. 적들은 그분을

거친 곳에 눕혀 놓았어.
낙타들마저 발톱을 부러뜨릴
험준한 바위 절벽 위에.

20. 아침 햇살이 이 음산한 곳에
    살해당해 누워 있는 그분에게 인사하려 했을 때
    그분은 이미 도둑맞고 없었어.
    우리가 희생물을 빼돌렸으니까.

21. 홋자일리테족들은 내 손에 살해당했고,
    깊은 상처를 입었지.
    어떤 불운도 나를 지치게 하지 못하리니,
    불운 스스로가 지쳐 버리리라.

22. 내 창의 목마름은
    단 한 번의 들이켬으로 해소되었으나,
    내 창이 연거푸 들이켜는 걸
    막을 수는 없었지.

23. 이제 우리는 금지되었던
    포도주를 다시 마실 수 있게 되었어.
    혼신의 힘을 다해
    마침내 나는 허락을 얻어 내지 않았는가.

24. 나의 검과 나의 창,

　　나의 말[馬]을 걸고

　　이 은혜를 베푸는 것이니,

　　그대들은 이제 모두 포도주를 마음껏 들이켜라.

25. 그러니 오! 사바드 벤 암레여,

　　이 술잔을 동지들에게 건네게.

　　내 몸은 외숙부로 인해

　　상처투성이니까.

26. 우리는 훗자일리테족들에겐

　　죽음의 술잔을 건네지 않았던가.

　　그 술로 적들은 눈이 멀고,

　　비통함과 굴욕의 구렁텅이에 빠졌어.

27. 훗자일리테족들이 죽자

　　하이에나들이 웃었지.

　　그리고 그대는 늑대들의

　　얼굴이 빛나는 것도 보지 않았는가.

28. 위엄에 넘치는 독수리들도 날아와,

　　시체에서 시체로 발걸음을 옮겼어.

　　풍성하게 차려진 식탁 때문에

독수리들은 하늘로 날아오르지 못했지.

이 시에 대해 설명을 덧붙일 필요는 별로 없을 것이다. 인격의 위대함, 진지함, 정당성이 있는 잔인한 행동이 여기 이 시의 핵심이다. 첫 번째 두 연은 발단 부분으로 묘사가 선명하다. 3~4연은 죽은 자의 발언으로, 친척에게 자신의 죽음에 대한 복수를 당부하는 장면이다. 5~6연은 의미상으로 첫 두 연에 이어지며 서정적이다. 7~13연까지는 살해당한 자의 모습을 부각시킴으로써 그의 상실을 실감 나게 한다. 14~17연까지는 적을 공격하는 출정 장면을 서술한다. 18연은 다시 첫 번째 두 연과 연결된다. 19연과 20연은 첫 번째 두 연 바로 다음에 올 수 있을 것이다. 21연과 22연은 17연 다음에 놓을 수도 있을 것이다. 그러고는 승리의 기쁨과 성찬의 즐거움이 이어지며, 마지막 연은 쓰러진 적들이 하이에나와 독수리의 먹이가 되는 것을 눈앞에서 보는 섬뜩한 쾌감을 묘사한다.

이 시에서 특이한 점은, 산문적이기만 한 줄거리가 개별적 사건들을 배치시키는 동안 시적으로 바뀐다는 것이다. 그리고 겉치레로 꾸며 쓴 장면이 거의 없기 때문에 시의 진지함은 오히려 더해진다. 이 시에 푹 빠진 독자는 자신의 상상력 속에서 이 사건이 처음부터 끝까지 차례대로 전개되는 것을 생생하게 보게 될 것이다.

넘어가는 말

이제 우리는 평화를 사랑하는 윤리적 민족인 페르시아인들 얘기로 넘어가고자 한다. 원래 이 시집을 쓰게 된 동기도 그들의 문학이었던 만큼 그들의 초기 역사로 되돌아가지 않을 수 없고, 그래야만 그들의 최근 역사도 이해할 수 있기 때문이다. 역사 연구가가 언제나 특이하게 여기는 것은 어떤 나라가 적들에 의해 그렇게 자주 정복되고, 노예로 치욕당하고, 또는 멸망하기까지 하지만, 그래도 민족성의 어떤 핵심은 그대로 특성을 유지하고, 아무도 모르는 새에 오래된 그 특성이 다시 나타난다는 것이다.

그러므로 최초의 페르시아인들에 대해 이것저것 들어 보고, 이후 오늘날까지 페르시아가 걸어온 길을 더욱더 확실하게, 더욱더 자유롭게 대략적이나마 개관해 본다는 건 즐거운 일이 아닐 수 없다.

고대 페르시아인들

고대 배화교도들의 신에 대한 경배는 자연을 바라보는 것에 토대를 두었다. 그들은 창조주에게 예배드리면서, 장엄하기 그지없는 현상인 떠오르는 해를 향했던 것이다. 그 순간 그들은 천사들의 광채로 둘러싸인 신의 왕좌를 바라본다고 믿었다. 누구라도, 가장 미천한 자일지라도 마음을 고양시키는 이 예배의 영광을 날마다 누릴 수 있었다. 가난한 자는 오두막 밖으로, 전사는 천막 밖으로 나서기만 하면 가장 종교적인 임무가 완수되었던 것이다. 새로 태어난 아이에게는 그런 햇살 아래서 불의 세례를 주었다. 하루 종일, 한평생 내내, 배화교도는 자신의 모든 행위에 이 태고의 별이 함께한다고 보았다. 달과 별들도 마찬가지로 도달할 수 없는 곳에 있으며, 무한에 속하는 것으로서 어둠을 밝혀 주었다. 반면에 불은 그때그때의 형편에 따라 밝혀 주기도 하고 따뜻하게 데워 주기도 하며 그들 곁에 있었다. 이런 대리자[10]가 있는 데서 기도를 올리고, 무한하다고 느껴지는 것 앞에서 머리 수그리는 일은 즐겁고 경건한 의무였다. 맑은 날의 일출보다 더 정결한 것은 없고, 그들 또한 성스러워지고 태양과 비슷하게 되고, 또 변함없이 그러기 위해 그처럼 순수하게 불을 지피고 간직해야 했던 것이다.

조로아스터[11]는 고귀하고 순수한 자연 종교를 처음으로 절차가 복잡한 의식(儀式)으로 바꾸어 놓은 것 같다. 모든 종교에 들어 있거나 들어 있지 않은 정신적 기도는 신의 은총을 입은 소수의 사람에겐 평생 지속되지만, 대부분의 사람들에겐 한순간 타오르는 행복의 느낌으로만 나타난다. 그런 행복감이 사라지고 나면 그들은 즉시 자기 자신으로 되돌아가, 만족하지 못한 채 배회하며 끝없는 권태 속으로 되던져지는 것이다.

---

10 태양의 대리자인 모닥불 등을 가리킨다.
11 Zoroaster. 배화교의 창시자. 독일어 '차라투스트라'는 여기서 나왔다.

이러한 권태를 예배 의식들, 축성과 속죄, 다가서고 물러남, 머리 숙이고 허리 굽히기 등으로 세밀하게 메워 나가는 것은 사제들의 의무이자 권능이었으며, 이들은 여러 세기를 거치면서 자신의 업무를 한없이 작은 것들로 나누어 놓았다. 떠오르는 해를 보며 어린애처럼 기뻐하는 최초의 예배로부터 오늘날에도 인도에서 버젓이 벌어지고 있는 귀브[12]족의 광란의 행태에 이르기까지를 조감해 본다면, 전자에서는 잠에서 깨어나 첫 햇살을 맞으며 일어나는 생기 있는 민족을, 후자에서는 비천한 권태를 경건한 권태로 죽여 보려는 어둠침침한 민족이 보일지도 모른다.

하지만 고대 배화교도들이 불만 숭배한 것은 아니라는 점에 주목할 필요도 있다. 그들의 종교는 모든 자연적 원소들의 위엄에 바탕을 두는데, 그것은 그 원소들이 신의 현존과 힘을 알려 주기 때문이다. 따라서 물과 공기 그리고 흙의 오염을 피하는 것은 그들의 신성한 의무이다. 인간을 둘러싼 모든 자연적인 것에 대한 경외심은 시민의 미덕으로 연결된다. 주의력, 청결, 부지런함이 권장되고 길러지는데, 이 지역의 문화는 바로 여기에 바탕을 둔다. 어떤 강물도 더럽혀지지 않게 하고, 물을 아낄 수 있도록 세심하게 수로들을 파고 그것들을 깨끗이 유지했는데, 그 순조로운 순환 덕분에 땅의 생산성이 높아져, 당시 페르시아는 열 배 이상의 수확을 올릴 수 있었다. 태양이 미소를 던져 주

---

12 조로아스터 교도를 뜻하는 페르시아어 가브르(gabr)를 가리키는 프랑스어 레 게브르(les Guêbres)를 따른 것이다.

는 모든 것은 최고의 근면함으로 가꾸어졌으며, 무엇보다 태양의 가장 정통한 적자(嫡子)인 포도가 재배되었다.

죽은 자들을 매장하는 기묘한 방식[13] 역시 순수한 자연 원소들을 더럽히지 않으려는 과도한 원칙에서 나온 것이다. 도시의 경찰도 이런 원칙의 수호자였다. 거리를 청결하게 유지하는 것은 종교가 맡은 일이었다. 귀브족이 쫓겨나고 배척당하고 경멸받으며, 도시 외곽의 악명 높은 구역에서만 거처를 찾는 지금도, 이 신앙을 가진 자는 임종 시에 수도의 이런저런 거리가 지체 없이 완벽하게 청소되도록 어느 정도의 금액을 남겨 준다. 이처럼 생생하고 실천적인 신의 숭배를 통하여, 역사가 증언하는 저 믿기 어려운 민족이 존재하게 되었던 것이다.

신은 그가 만들어 낸 감각 세계 어디에서나 존재한다는 생각에 기반을 둔 그런 섬세한 종교가 풍속에도 고유한 영향을 미칠 것임은 분명하다. 주요 계명과 금령은 거짓말하지 말라, 빚지지 말라, 배은망덕하지 말라, 이다! 이 가르침들의 유익함은 어떤 윤리주의자나 금욕주의자도 쉽게 알아볼 것이다. 왜냐하면 첫 번째 금령이 실제로 다른 두 가지 금령을, 그리고 본디 거짓과 불충(不忠)에서 비롯되는 것일 뿐인 나머지 모든 금령을 포함하고 있기 때문이다. 그러므로 동방에서 악마란 영원한 거짓말쟁이와 연관되어 암시되는 것일지도 모른다.

이 종교는 정관(靜觀)적인 요소가 다분한 까닭에 유약하게 비

---

13 독수리의 밥으로 '침묵의 탑'에 시체를 던져 넣는 방식.

칠 우려도 있다. 이 종교의 길고 헐렁한 의복이 다소간 여성적인 무언가를 암시하는 것처럼 말이다. 하지만 그런 풍속과 제도에도 불구하고, 저항의 기백만큼은 늘 거셌다. 평화 시의 사교 생활에서도 그들은 무기를 들었고, 온갖 방식으로 무기를 사용하며 자신을 단련했다. 아주 능숙하고 격렬한 기마는 그들의 전통이었고, 널따란 경주로에서 공과 라켓을 사용해 벌이는 놀이들도 그들의 신체를 당당하고 힘차고 기민하게 만들어 주었다. 인정사정없이 징집되는 그들은 왕이 살짝 신호를 보내기만 해도 일사불란하게 영웅이 되었다.

그들은 신을 어떻게 생각했던가. 처음에는 공개적인 예배가 매우 적은 수의 불에 제한되어 그만큼 더 신성했다. 이후 고위 성직자들이 점차 늘어나면서 불의 숫자도 늘어났다. 아주 내밀하게 결속된 이 성직자 세력은 이따금 세속 권력에 반기를 들기도 했는데, 그것은 영원히 조화로울 수만은 없는 세상 형편 때문에 어쩔 수 없는 것이었다. 한때 왕국을 차지한 적이 있는 가짜 스메르디스는 주술사로서, 동료들에 의해 권좌에 올라 한동안 그 자리를 지키기도 했다. 그리고 그 이외에도 주술사들이 이따금씩 통치자의 지위를 위협하기도 했던 것이다.

알렉산드로스 대왕의 침공[14]에 사방으로 흩어지고, 그의 파르티아족[15] 후계자들 치하에서도 혜택을 누리지 못하다가, 사산 왕조에 의해 다시 두각을 드러내고 서로 힘을 합친 그들은 언제

---

14 알렉산드로스 대왕은 기원전 330년에 페르세폴리스를 불지르고 동페르시아를 점령했다.

15 Parthians. 고대 유목민 스키타이족이 파르티아(이란 북부)로 들어와 세운 제국의 민족.

나 굳건하게 자신들의 원칙을 지킨다는 것을 입증하였으며, 이 원칙을 거슬러 행동하는 통치자에게는 저항을 마다하지 않았다. 예컨대 그들은 배화교도인 코스루왕과 그리스도교 신자인 아름다운 시린의 결합을 막기 위해 온갖 방법으로 양쪽 편을 괴롭혔다.

마침내 그들은 아랍인들에 의해 영원히 추방되어 인도로 쫓겨 갔다. 그들 중 일부 그리고 그들과 정신적으로 가까운 이들 몇몇은 페르시아에 그대로 남았지만, 그들은 오늘에 이르기까지 경멸당하며 욕을 듣고 있다. 지배자의 변덕에 따라 굴욕을 견디고 박해를 받으면서도, 이 종교는 여기저기에서, 궁핍하기 짝이 없는 구석진 곳에서까지도 여전히 최초의 순수함을 간직한 채 이어지고 있다. 바로 그 점을 이 시인은 '고대 페르시아 신앙의 유훈'[16]을 통해 표현하려 했던 것이다.

그러므로 오랜 세월에 걸쳐 이 종교가 꽤 많은 기여를 했다는 것, 동방 세계의 서쪽 지역에서 널리 퍼진 고도의 문화가 이 종교로부터 나왔다는 것은 의심할 여지가 없을 것이다. 물론 이 문화가 어떻게 어디에서부터 퍼져 나오기 시작했는지 개관한다는 것은 아주 어려운 일이다. 생활의 거점으로서 많은 도시들이 여러 지역에 흩어져 있었으니까. 하지만 내가 보기에 너무도 감탄스러운 점은 인도의 우상 숭배와 치명적일 만큼 가까이 있었는데도 우상 숭배가 이 종교에 영향을 끼칠 수 없었다는 사실

---

16 『서동시집』의 '배화교도 시편'에 붙인 소제목.

이다.[17] 지금까지도 눈에 띄는 것은 발흐[18]와 바미안[19]이라는 두 도시가 그렇게 가까이 있는데도, 바미안에서는 어처구니없는 우상들이 거대한 크기로 만들어지고 경배된 반면, 발흐에서는 순결한 불의 사원들이 유지되고 이 종파의 커다란 수도원들이 생겨났으며 수많은 배화교 사제들이 모여들었다는 점이다. 그런 건축물들의 시설이 얼마나 장엄했던가 하는 것은 그곳에서 배출된 비범한 인물들이 증명한다. 그리하여 그토록 오랫동안 영향력 있는 국가의 봉사자로 빛을 발한 바르메크 일족이 거기서 출현했다. 그리고 그 일족은 우리 시대의 이와 비슷한 유의 가문[20]처럼 마침내 멸족되고 추방당하고 말았던 것이다.

통치

　철학자가 원리들로부터 자연법과 국제법 그리고 국법을 세운다면, 역사 애호가는 인간들 사이의 관계와 결합이 예로부터 어떠했는지를 탐구한다. 이를 통해 우리는 고대의 동방에서 모든

17　철학자 니체가 배화교의 이러한 사상에 영향을 받아 우상 파괴자로서의 조로아스터(=차라투스트라)를 자기 작품에 등장시킨 것이다. 괴테도 인도의 우상 숭배는 혐오하면서 자연 종교로서의 배화교를 칭송하곤 했다.

18　Balch. 현재 아프가니스탄 북부에 있는 도시.

19　Bamian. 아프가니스탄 중부의 바미안은 중앙아시아 불교 예술의 중심지로, 4~5세기경에 세운 수많은 암벽 동굴, 그중 특히 두 개의 거불(巨佛)로 유명하다. 최근에 회교 근본주의자들에 의해 파괴되었다.

20　달베르크(Dalberg) 가문을 가리킨다.

통치는 전쟁을 선포하는 권리로부터 생겨난다는 것을 알게 된다. 이러한 권리는 다른 모든 권리와 마찬가지로 처음에는 백성의 의지와 열정 속에 들어 있다. 동족의 한 사람이 상처를 입으면 요청하지 않아도 그 즉시 동족 전체가 모욕을 준 자에게 복수하기 위해 일어선다. 그러나 다수의 무리는 행동하고 영향을 미치기는 하지만 스스로를 인도하기는 어려우므로, 선거나 풍습 또는 관습을 통해 한 차례의 출정이든 여러 차례의 출정이든 단한 사람에게 전투의 지휘를 맡긴다. 그렇게 다수의 무리는 그 유능한 남자에게 평생에 걸쳐 위험한 직책을 맡기고, 그 후손들이 같은 직책을 이어받기도 한다. 그리하여 전쟁을 수행하는 능력을 통해 한 개인이 전쟁을 선포하는 권리까지 갖게 되는 것이다.

여기에서, 안 그래도 호전적이고 전투에 능하다고 할 수 있는 모든 국민을 전장으로 소환하고, 출정을 요구하고 강요하는 권한이 나온다. 이러한 징병은 예로부터 정당하고 효과적인 것으로 보이기 위해 가차 없어야만 했다. 다리우스 1세는 의심스러운 이웃 국가에 맞서 군비를 갖추었고, 수많은 백성이 징집 명령을 따랐다. 어떤 노인이 아들 셋을 내주며 막내만은 출정을 면제해 달라고 간청하자 왕은 그 소년을 토막 내어 돌려보냈다. 그러니까 여기에서 생사 여탈권은 공공연한 것이었다. 전투 자체에서는 그 어떤 질문도 용납되지 않는다. 어떤 지휘자가 이따금 병력을 제멋대로 서툴게 운용하여 전체가 희생되는 일이 있더라도 누가 그에게 해명을 요구한단 말인가?

호전적인 민족들에게는 이따금씩 짧은 평화가 있을 뿐 전시 상태가 계속된다. 왕 자신이 늘 전쟁의 소용돌이 한가운데에 있으므로 궁정에서는 그 누구의 생명도 보장되지 않는다. 세금도 마찬가지로 전쟁의 필요에 의해 오른다. 그 때문에 다리우스 코도마누스[21]도 자발적인 납부 대신 규칙적인 조세를 주도면밀하게 정립했다. 이러한 원칙, 이러한 국법에 따라 페르시아 군주국은 최고의 권력과 행복에 도달했다. 결국엔 이웃의, 여러 조각으로 나뉘어 있는 작은 민족[22]의 드높은 기상에 좌초하고 말았지만.

역사

비범한 군주들이 그들의 전투력을 하나로 모으고 집단의 탄력성을 최고조로 끌어올리자, 페르시아인들은 멀리 떨어져 있는 민족들에게조차 위협적으로 보였고, 가까이 있는 민족들에게는 더욱더 그러했다.

모든 민족들이 정복되었다. 그러나 그리스인들만은 내부적으로 하나가 되지 않으면서도 여러 차례 쳐들어온 수많은 적에 맞서 서로 단결하였고, 솔선수범의 희생이라는, 다른 모든 미덕을 포함하는 첫 번째이자 마지막 미덕을 발휘하였다. 그렇게 하여 그리스인들은 시간을 벌었고, 페르시아 세력이 내부적으로

---

21 Darius Codomanus. 페르시아의 마지막 왕으로, 알렉산드로스에 의해 정복당했다.
22 여러 개의 도시 국가로 형성되어 있던 그리스를 가리킨다.

붕괴되는 동안 마케도니아의 필리포스왕은 그만큼 더 그리스 통일의 기초를 놓을 수 있었다. 그는 다른 그리스인들을 주변에 모았고, 그들의 내적 자유를 박탈하는 대신 외부 침입자에 맞서 승리를 거둘 준비를 할 수 있게 했다. 그리하여 그의 아들[23]은 페르시아인들을 물리치고 제국을 얻었던 것이다.

페르시아인들은 그리스인들의 국가와 종교를 동시에 공격함으로써 자신에 대한 공포뿐 아니라 극단적인 증오심까지 불러일으켰다. 하늘의 별들, 불, 자연의 원소들을 신을 닮은 실체로 여기고 탁 트인 야외에서 숭배했던 그들이 보기에, 신들을 집 안에 가두고 지붕 밑에서 예배드리는 것은 지극히 비난받을 일이었다. 페르시아인들은 사원들을 불태우고 파괴함으로써 영원히 증오를 일으키는 기념비를 스스로 세웠던 것이다. 반면에 그리스인들은 지혜를 발휘하여, 폐허의 파편들을 복구하지 않고 방치함으로써 복수심을 미래에까지 연장시켰다. 마침내 그리스인들은 그들의 모욕당한 종교를 위해 복수하겠다는 신념을 페르시아 땅으로 함께 가져왔다. 사람들은 그리스인들이 저지른 잔인한 행동을 그런 식으로 설명하며, 페르세폴리스[24]를 불 지른 것도 그 때문이라고 변명하곤 한다.

초기의 단순함과 멀어지면서 사원과 수도원 건물을 원하던

---

23 알렉산드로스 대왕을 가리킨다.

24 Persepolis. 페르시아인들이 아테네의 아크로폴리스를 파괴한 데(기원전 480년) 대한 복수로 기원전 330년경 알렉산드로스 대왕이 파괴한 도시로, 현재 이란의 시라즈 북동쪽 80킬로미터에 있다. 1930년부터 유적지가 발굴되었는데 수많은 유적들이 페르시아 예술의 정점을 보여준다. 괴테는 『서동시집』 여러 곳에서 이 도시의 대화재를 언급하고 있다.

주술사들의 예배 의식도 중단되었고, 주술사들은 쫓겨나 사방으로 흩어졌다. 그래도 그 와중에 많은 주술사들이 은밀히 모여들었고, 더 나은 시대를 기약하며 신념과 예배 의식을 지켜 나갔다. 그 인내는 물론 커다란 시련에 부닥치곤 했을 것이다. 알렉산드로스 대왕의 죽음과 더불어 짧은 기간 동안의 독재 정치가 끝나고 제국이 붕괴되자, 파르티아족이 지금 우리가 특별히 주목하고 있는 지역을 차지했다. 그들은 그리스인들의 언어, 풍속, 종교를 토착화시켰다. 그렇게 하여 5백 년이라는 세월이 옛 사원과 제단들의 잿더미 위로 흘러갔지만, 그 아래에서는 여전히 신성한 불이 타오르며 간직되었고, 사산 왕조 사람들이 우리의 시간 계산에 따르자면 3세기 초에 옛 종교를 다시 신봉하며 이전의 예배를 재건했을 때, 그들은 인도 국경 부근이나 그 너머에서 은둔하며 자신과 자신의 신념을 지키고 있던 몇몇 주술사와 사제들을 즉시 찾아냈다. 고대 페르시아어가 재부상하면서 그리스어는 밀려났고, 고유한 민족성을 위한 토대가 다시 놓였다. 여기에서 우리는 4백 년이라는 시간 동안 페르시아에서 일어난 사건들의 신화적 전사(前史)가 시적·산문적 여운을 통해 어느 정도 보존되어 있음을 알게 된다. 그 영광스러운 여명은 우리를 언제까지나 기쁘게 하고, 다채로운 인물과 사건들은 우리의 커다란 관심을 불러일으킨다.

우리가 보는 이 시기의 조형 예술과 건축술은 화려함과 장엄함, 위대함과 광대함 그리고 볼품없는 형상을 단박에 뛰어넘는데, 어떻게 그러지 않을 수 있겠는가? 그들이 서방으로부터 받아들여야만 했던 예술은 서방에서조차 이미 심하게 품위를 잃어버린 상태가 아니었던가. 시인 자신[25]도 사포르 1세의 인장 반지[26] 하나를, 당시의 서방 예술가가 깎은 것이 분명하거나, 아니면 전쟁 포로가 깎았을지도 모르는 오닉스 하나를 가지고 있다. 생각 좀 해 보자. 어찌하여 정복자인 사산 왕조의 인장 반지 새기는 사람이, 피정복자인 발렌티안[27]의 인장 반지 새기는 사람보다 솜씨가 더 노련했단 말인가?[28] 유감스럽지만 당시의 동전들이 어떤 모습이었는지는 우리에게 너무도 잘 알려져 있다. 남아 있는 기념물들[29]의 시적이고 동화적인 요소가 전문가들의 노력에도 불구하고 이후 세월이 지나는 동안 차츰차츰 격조가 떨어지는 역사적인 산문으로 변형되었던 것이다. 이러한 예에서도 우리는, 한 민족이 도덕적·종교적으로 높은 단계에 있고 화려함과 호사스러움으로 둘러싸여 있을지라도, 예술의 영역에서는 여전히 야만적인 단계에 머물러 있음을 분명히 알 수 있다.

마찬가지로 우리는, 그다음 시기를 잇는 동방의 시 예술, 특히 페르시아의 시 예술을 정직하게 평가하고, 장차 자신에게 짜증을 내거나 부끄러워할 만큼 그것을 과대평가하지 않으려면, 저 시대의 진정으로 가치 있는 시 예술이 도대체 어디서 발견될 수

---

25 괴테를 가리킨다.
26 241~272년간 재위에 있던 페르시아 왕 사포르 1세의 반지는 괴테 수집품에 보관되어 있다.
27 발렌티안(Valentian)은 로마의 군인 황제 발레리아누스(Valerianus)를 잘못 표기한 것이다.
28 페르시아인의 솜씨가 로마인의 솜씨에 비해 탁월하다는 의미.
29 사산 왕조 동안 제작되었던 예술품들.

있겠는가를 신중하게 생각해 보아야 한다.

서방에서는 근동 지역에 별다른 관심이 없어 보이며, 우선적으로 인도를 염두에 둔다. 불과 자연의 원소들을 경배하는 사람들에게 저 미친 괴물과도 같은 종교는 받아들일 수 없고, 또 실제 생활에만 관심을 갖는 사람들에게도 저 혼란스러운 철학은 결코 수용될 수 없었기 때문에, 그곳에서는 모든 사람에게 언제나 변함없이 환영받는, 즉 세상살이의 지혜와 연관되는 문헌들이 받아들여졌다. 서방 사람들은 비드파이의 우화[30]에 최고의 가치를 두었고, 그럼으로써 이미 미래의 시를 가장 깊은 바탕에서부터 파괴하였던 것이다. 그와 동시에 동일한 원천[31]으로부터 체스도 받아들였는데, 그것은 세상살이의 지혜와 밀접한 연관을 가진 것으로, 모든 시인의 뜻에 최후의 일격을 가하는 데 완벽하게 맞아떨어지는 것이었다. 이런 것을 염두에 둔다면, 이후 페르시아 시인들이 적절한 계기에 불려 나오는 경우, 그들의 타고난 천성을 드높이 찬양하고, 그들이 그처럼 많은 적의를 물리치거나 비켜 나가거나 혹은 극복해 내는 방식을 보고는 감탄하게 될 것이다.

비잔틴과 인접한 위치, 서쪽 황제들을 상대로 치른 전쟁과 거기서 생겨난 상호 교차적인 관계들 때문에 마침내 그들은 서로 섞이게 되었고, 배화교 사제들과 그곳 골수 신자들의 저항에도

---

30 인도 우화 문학의 대표작. 거기에 등장하는 '현인 비드파이(Bidpai)'의 이름을 따라 '비드파이의 우화'라고 불린다.
31 인도를 가리킨다.

불구하고 그리스도교는 고대 배화교도들의 종교 사이로 스며들었다. 예컨대 뛰어난 군주인 코스루 파르비스를 덮친 이런저런 불쾌한 일, 커다란 불행 자체도 사랑스럽고 매력적인 시린이 그리스도교 신앙에 매달린 데 그 원인이 있었던 것이다.

얼핏 살펴보기만 해도, 우리는 사산 왕조 사람들의 원칙과 처리 방식이 온갖 칭송을 받고도 남음이 있음을 고백하지 않을 수 없다. 다만 그들은 적들에게 온통 둘러싸인 격동기의 상황에서 자신을 지킬 만큼 강력하지는 못했다. 페르시아인들은 꿋꿋하게 저항했지만, 결국에는 마호메트가 이룬 통일로 무시무시한 세력이 된 아랍인들에게 예속당하고 말았다.

마호메트

우리의 고찰은 시의 관점에서 출발하거나 그 관점으로 되돌아오기 때문에, 이미 거명된 비범한 인물에 대한 이야기부터 꺼내는 것이 우리의 목적에 맞을 듯싶다. 그는 힘주어 주장하고 또 단언한다. 그는 예언자이지 시인은 아니며,[32] 이 때문에 그의 코란도 신의 율법으로 보아야지 가르침과 오락을 위한 인간의 책으로 보아선 안 된다는 것이다. 시인과 예언자의 차이를 좀 더 세밀히 구분하자면 이렇게 말할 수 있을 것이다. 이 둘은

---

32 코란 69장 40절 이하 참조.

하나의 신에 사로잡혀 불붙여진 자들이다. 하지만 시인은 즐거움을 만들어 내고, 그렇게 만들어진 것을 통해 명예에 도달하기 위해 즐거움 속에서 그에게 주어진 재능을 쏟는다. 어쨌거나 시인의 삶은 안락하다. 시인은 나머지 다른 목적은 모두 내버려둔 채 다양한 존재이고자 하며, 생각에 있어서나 서술에 있어서나 모든 경계를 넘어 자신을 보여 주려고 한다. 반면에 예언자는 단 하나의 특정한 목적만을 염두에 두고, 그 목적에 도달하기 위해 가장 단순한 방법을 사용한다. 그는 어떤 가르침을 전하려 하며, 그 가르침이라는 깃발을 기준으로 깃발 주위에 민족들을 모으려 한다. 이때 필요한 것은 세상 사람의 믿음뿐이다. 그러므로 예언자는 단순해져야 하고 또 계속 단순하게 머물러야 한다. 왜냐하면 다양성은 믿음의 대상이 아니라 인식의 대상이기 때문이다.

요약하자면, 코란의 전체 내용은 제2수라[33]의 시작 부분에 다음과 같이 압축되어 있다.

"이 책에는 어떤 의심의 여지도 없다. 이것은 경건한 이들을 위한 가르침이다. 경건한 이들은 **믿음**의 비밀을 진실한 것으로 여기며, 정해진 **예배** 시간을 준수하고 그들이 받은 것을 **자선**으로 나누어 주며, 자신보다 앞서서 **예언자**들에게 내려진 계시를 믿으며, 미래의 삶을 확신하는 사람들이다. 이들은 주님의 인도를 받아 행복하고 또 최고로 행복한 사람들일 수밖에 없다. 불

---

33 sura. 이슬람 경전의 장(章)을 표시하는 말.

신자들로 말할 것 같으면, 그대가 그들에게 경고하든 말든 그들에게는 마찬가지다. 그들은 그래도 믿지 않을 테니까. 신이 그들의 가슴과 귀를 막아 버린 것이다. 어둠이 그들의 얼굴을 덮고 있으며, 그들은 무거운 벌을 받을 것이다."

이런 식으로 코란은 장과 장이 연이어 되풀이된다. 신자와 불신자는 위와 아래로 나뉘고, 천상과 지옥은 믿는 자와 불신자에게 각각 주어진다. 계명과 금기에 대한 세세한 규정, 유대교와 그리스도교의 우화적 역사들, 온갖 종류의 장황한 부연 설명들, 끝없는 동어 반복과 되풀이가 이 성스러운 책의 몸체를 이룬다. 우리는 다가갈 때마다 늘 새로운 혐오감을 느끼지만, 그다음에는 우리를 끌어당기고, 놀라움에 빠뜨리며, 마침내 존경하지 않을 수 없게 만든다.

그러므로 역사 연구가에게 가장 중요한 것이 무엇인지 알기 위해 한 뛰어난 사람[34]의 말을 빌려 보자.

"코란의 주요 의도는, 다양한 민족이 살던 아랍에서 당시 지배적이었던 세 개의 서로 다른 종교의 신자들을, 유일하고 영원하고 눈에 보이지 않으며, 지고의 지배자이고, 심판관이며, 모든 지배자들 중의 지배자를 인식하고 숭배하는 가운데 하나로 결합시키고, 그들 모두를 예언자이자 신의 사자(使者)인 마호메트에게 순종하도록 하는 것이다. 그들이 믿는 주님은 전지전능

---

34 야코부스 골리우스(Jakobus Golius, 1596~1667). 1656년에 토마스 에르페니우스(Thomas Erpenius)의 『아랍어 문법』 개정판을 새로 펴냈다. 그 부록에 코란 번역과 코란에 대한 글들이 실려 있어, 괴테는 그 번역을 여기에서 소개하고 있다.

함으로 모든 사물을 창조하였고, 그렇지 않은 경우에는 새로 창
조할 수 있었다. 주님에 대한 믿음은 특정 법률과 의식들을 통
한 외형적인 표지(標識)들에 의해 입증되었는데, 그러한 법률과
의식들은 일부는 이전 시대로부터 온 것이고, 일부는 새롭게 추
가된 것으로 당대의 관념과 아울러 영원한 보상과 형벌이라는
관념에 의해 매우 엄격하게 지켜졌다. 당시 아랍에서 살던, 여
러 종파의 신자들은 대개는 서로 섞여 그날그날 살아가며 목자
도 이정표도 없이 떠돌았다. 많은 이들이 우상 숭배자였으며 나
머지 사람들도 아주 혼란스럽고 이단적인 신앙을 가진 유대교
도 아니면 그리스도교도였다. 그런데 이제 마호메트가 등장하
여 이전 시대를 거듭 돌이켜 보고, 언약하고, 위협하고, 마침내
는 무기의 힘을 빌려 신의 진정한 종교를 지상에 전파하고 또 보
증하였던 것이다. 그리하여 마호메트는 종교의 영역에서는 고
위 성직자, 주교, 교황으로, 그리고 세속의 일에서는 최고의 왕
자로 인식되었다."

이런 견해를 잘 헤아려 본다면, 회교도가 마호메트 이전 시대
를 무지의 시대라 부르고 깨달음과 지혜가 이슬람교와 더불어
비로소 시작된다고 전적으로 확신하는 것을 나무랄 수는 없다.
코란의 문체는 그 내용과 목적에 맞게 엄격하고 웅장하고 무시
무시하며 구절구절이 참으로 고상하다. 그렇게 하나의 쐐기가
다른 쐐기를 찌르는 형세인 까닭에 코란의 커다란 영향은 의문
의 여지가 없다. 그런 이유로 진정한 숭배자들이 코란은 만들어
진 게 아니라, 신과 마찬가지로 영원한 것이라고 선언했던 것이

다. 물론 그럼에도 불구하고 이전 시대의 시 창작 방식과 서체가 더 나았음을 인정하고 또 주장하는 똑똑한 사람들도 있긴 있었다. 마호메트를 통해 갑작스레 자신의 뜻과 결정적인 율법이 계시되는 게 신의 마음에 들지 않았더라면, 아랍인은 저절로 그때의 단계와 보다 높은 단계를 올라가 순수한 언어로 더 순수한 개념들을 차츰차츰 개발시켰으리라는 것이다.

더 무모한 어떤 사람들은 마호메트가 그들의 언어와 문학을 다시는 회복하지 못할 정도로 망쳐 놓았다고 주장하기도 했다. 무모하기 짝이 없는, 어떤 재치 있는 시인은 대담하게도 마호메트가 말한 모든 것은 자기도 말했던 것이며 또 그보다 오히려 말을 더 잘했다고 확언했으며, 심지어는 약간의 추종자를 자기 주변에 모았다. 그래서 사람들은 조롱하듯 그를 모타나비(Motanabbi)라고 부르기도 했는데, 예언자 노릇을 하고 싶어 하는 사람을 가리키는 그 이름에서 우리는 그 사람의 정체를 알아볼 수 있는 것이다.

코란 자체에 대한 회교도의 비판에도 물론 생각할 거리는 있다. 이전에 같은 책에서 인용했던 구절이 지금은 더 이상 보이지 않는다든지, 서로 모순되거나 서로를 배제하는 구절들이 있다든지 등등 그와 비슷한 것들이 전승된 모든 문헌에서 피할 수 없는 결함으로 드러난 것이다. 하지만 그럼에도 불구하고 이 책은 영원히 그리고 지속적으로 최고의 영향을 미칠 것이다. 그것은 전적으로 실용적이고 한 민족의 필요에 따라 쓰였으며, 그 민족은 자신의 명성을 옛 전승에 뿌리를 두고 전통적인 윤리를 고수하기 때문이다.

마호메트는 시를 혐오했다. 그러다 보니 동화까지 모조리 금지해 버리는 매우 수미일관한 태도를 보인다. 현실적인 것에서부터 불가능한 것에 이르기까지 이리저리 떠돌며 개연성 없는 것을 진실한 것으로 또 의심할 바 없는 것으로 여기는 이 경박한 상상력의 유희들은 동방적인 관능과 부드러운 휴식과 안락한 게으름에 더없이 어울리는 것이었다. 진기한 바탕 위에서 떠도는 이러한 공중 신기루 같은 동화는 사산 왕조 시대에 무한히 증가했다. 느슨한 끈에 나란히 꿰인『천일 야화』가 그런 예들 중 하나이다. 동화의 본래적인 특성은 도덕적 목적을 가지고 있지 않으며, 따라서 인간을 자기 자신에게로 돌아가게 하는 것이 아니라 자신을 벗어나 제약 없는 자유의 영역으로 안내하고 데려간다는 것이다. 그런데 마호메트는 바로 그 반대 방향으로 영향력을 미치려 했다. 그가 구약의 전승들과 가부장적 가문들에서 일어난 사건들을 성담(聖譚)으로 변형시킨 방식을 주목하기 바란다. 이런 것들은 물론 신에 대한 무한한 믿음과 변함없는 순종 그리고 또한 이슬람에 근거하고 있다. 마호메트는 현명하면서도 상세하게 신에 대한 믿음, 신뢰와 순종에 대해 점점 더 많은 발언을 했고 또 엄격하게 가르칠 줄 알았다. 그러면서도 그는 언제나 자신의 목적을 위해서이긴 하지만 동화적인 것도 때로 허용하곤 했다. 이런 점에서 노아, 아브라함, 요셉의 사건들을 관찰하고 판단해 볼 때, 마호메트는 그야말로 감탄할 만한 인물이다.

칼리프들

우리의 원래 관심으로 다시 돌아가기 위해 되풀이하자면, 사산 왕조는 4백 년을 다스렸지만, 마지막에는 초기의 힘과 영광을 누리지 못했던 것 같다. 아랍인들의 세력이 어떤 오래된 제국도 맞설 수 없을 정도로 커지지 않았더라면 사산 왕조는 한동안 더 유지되었을지도 모른다. 하지만 마호메트의 뒤를 바로 이은 오마르의 통치하에 고대 페르시아의 종교를 지켜 왔고 희귀할 정도로 수준 높은 문화를 전파해 왔던 사산 왕조는 멸망하고 말았다.

아랍인들은 즉시 모든 서적을 향해 달려들었다. 그들이 보기에 그것들은 쓸데없고 해로울 뿐이었다. 그들은 아주 미미한 파편조차 우리에게 전달될 수 없을 정도로 모든 기념비적인 문학 작품을 철저히 파괴했다. 그리고 곧바로 도입된 아랍어[35]가 민족적이라 불릴 만한 것들의 재건을 송두리째 가로막았다. 그러나 여기서도 피정복자의 교양이 차츰차츰 정복자의 야만을 압도해 갔고, 회교도 승리자들은 피정복자의 사치벽과 안락한 풍습과 시적인 유산들에 빠져들었다. 그리하여 바르메크 왕조가 바그다드를 자신의 영향력 아래 두었던 때[36]는 여전히 가장 빛났던 시대로 잘 알려져 있는 것이다. 발흐에 뿌리를 두고 자신

---

35 칼리프들이 페르시아어를 금지시켜 헤지라 이후 3백여 년간 페르시아에서는 페르시아어가 공용어로 쓰이지 못했는데, 다음 장에 나오는 가즈니의 마흐무드왕이 복권시켰다.
36 『서동시집』 바로 서두에 모토로 실은 시는 이러한 배경을 가지고 있다.

이 성직자인 동시에 대수도원과 교육 기관의 후원자였던 이들은 시 예술과 웅변술의 신성한 불을 그들 내부에 간직하고 있었으며, 세속의 지혜와 위대한 인격으로 정치 영역에서도 높은 지위를 얻었다. 바르메크 왕조 시대가 지역적으로 한정되었음에도 불구하고 생생하게 살아 영향을 미친 시대였다고 말하는 것은 그 때문이다. 그것이 일단 지나가고 나면, 오랜 세월이 지난 후에야 비슷한 상황하의 낯선 곳에서 혹여라도 다시 피어나기를 희망할 수 있는 그런 시대 말이다.

하지만 칼리프의 통치 기간도 그리 길지 않았다. 거대한 제국은 4백 년도 지속되지 않았다. 멀리 떨어진 곳의 총독들은 서서히 점점 더 독립적이 되었다. 그들은 칼리프를 기껏해야 칭호와 성직을 부여하는 종교적 권세로만 여겼다.

부가 설명

인간의 모습과 육체적 특징이 이루어지는 데 물리적 환경과 기후가 미치는 영향은 누구도 부인하지 않을 것이다. 하지만 통치 형태 또한 사람들이 다양한 방식으로 스스로를 교육하는 도덕적 환경을 이룬다는 사실도 주목해야 한다. 물론 우리가 여기서 말하려는 대상은 일반 대중이 아니라, 눈에 띄는 탁월한 인물들이다.

공화정에서는 위대하고 행복하며, 침착하고 순수하게 활동하는 인물들이 출현한다. 공화정이 귀족 정치로 상승하면 품위 있고 일관되며 유능하고, 명령과 복종에 있어 경탄을 자아낼 만한 사람들이 나타난다. 그리고 어떤 국가가 무정부 상태에 빠지면 그 즉시 뻔뻔하고 노골적이며, 양식(良識)을 경멸하는 자들이 등장한다. 순식간에 폭력적인 영향을 미치고, 모든 절제의 가치를 추방하면서 사람들을 경악하게 한다. 반면에 전제 정치는 큰 인물들을 낳는다. 영민하고 차분한 전망, 단호한 행동, 굳건함, 결단력처럼 전제 군주에 봉사하는 데 필요한 그 모든 특성들이 유능하고 정신적인 인물들에게서 꽃을 피운다. 그들은 국가의 제일가는 지위에 오르며, 또 지배자로서 교육받는다. 알렉산드로스 대왕 아래에서 그런 유능한 인물들이 성장했고, 대왕의 때 이른 죽음 후 그의 장군들은 즉시 왕으로 등극했던 것이다. 칼리프들을 앞세워 제국이 형성되었지만 너무도 거대해진 나머지 총독들을 통하여 제국을 다스리게 할 수밖에 없었다. 그리고 최고 지배자들의 힘이 서서히 쇠퇴하면서 저절로 총독들의 세력과 독자성이 커 갔던 것이다. 이제 내가 소개하려는 것은 그와중에 나타난 한 탁월한 인물이다. 그는 자신의 나라를 세울 수 있었고 또 그럴 자격이 충분했으며, 근대 페르시아 시 문학의 토대와 그 의미심장한 발생 과정을 이해하는 데 꼭 필요한 인물이다.

가즈니의 마흐무드[37]

칼리프들이 유프라테스강의 평원에서 세력을 잃어 가는 동안 그 아버지가 인도 인근의 산악 지대에 강력한 나라를 세운 마흐무드는 전임자[38]의 활동을 이어받아 알렉산드로스 대왕이나 프리드리히 대제처럼 자신의 이름을 널리 알렸다. 그는 칼리프를 일종의 정신적 권력으로 인정받게 했는데, 그 정신적 권력이 자신에게도 어느 정도 유익하다고 판단했기 때문이었을 것이다. 무엇보다도 그는 자신의 제국을 사방으로 확장했고, 그다음엔 거대한 힘과 특별한 행운에 힘입어 인도로 밀고 들어갔다. 그는 열렬한 회교도로서 지치지도 않고 단호하게 자신의 신앙을 전파하고 우상 숭배를 파괴하며 자신의 권위를 입증했다. 유일신에 대한 신앙은 인간으로 하여금 자기 내면의 통일로 돌아가게 함으로써 언제나 정신을 고양시킨다. 그러나 현실에 보다 가까이 있는 것은 추종과 격식만을 요구하며 한 종교를 전파하기를 명령하는 민족의 예언자[39]다. 이 종교는 다른 보통의 종교와 마찬가지로 무한한 해석과 오해를 낳도록 종파적, 파당적 정신에 자리를 내주지만 그러면서도 언제나 동일한 종교로 머물러 있다.

이런 단순한 예배는 인도의 우상 숭배와 격렬한 모순을 이루

---

37 Mahmud. 999~1030년에 가즈니를 통치한 인물. 가즈니 왕궁은 오늘날 아프가니스탄 동부 힌두쿠시(페르시아어로 '인도산맥'이란 뜻)에 있다.

38 마흐무드의 아버지를 가리킨다.

39 마호메트를 가리킨다. 마흐무드는 이란인으로, 마호메트와 같은 민족이 아니다.

고, 반작용과 투쟁의 과정에서 유혈 낭자한 말살의 전쟁을 불러올 수밖에 없었다. 파괴하고 개종시키려는 열정은 무진장의 보물을 통해 더더욱 고무받았다. 회교도들은 기괴한 거상(巨像)들을, 그 빈 몸통이 황금과 보석으로 가득 차 있다고 상상하며 조각조각 두들겨 부수었고, 그것들을 사각형으로 만들어, 마호메트 성지의 여러 입구에 포석으로 깔았다. 순수한 감정을 가진 사람이라면 지금도 인도의 괴상들을 싫어하는 판에, 우상을 배격하는 마호메트교도들은 그런 것들을 얼마나 끔찍한 시선으로 바라보았겠는가!

여기서 이런 말을 하는 것이 아주 부적절하다고 보지는 않는다. 모든 종교의 본래적 가치는 여러 세기가 흐른 뒤에 그 결과를 보고 판단할 수 있으니 말이다. 유대교는 점점 더 그 어떤 경직된 고집을, 그리고 더불어 자유분방한 영리함과 생기 넘치는 활동을 전파하고 있다. 반면에 마호메트교는 그 신자들로 하여금 둔감한 편협성에서 벗어나지 못하게 한다. 무거운 의무를 강요하지는 않지만, 그들에게 종교 안에서 모든 소망할 만한 것을 부여하고 또한 내세에 대한 전망을 통해 용감함과 종교적 애국주의를 불어넣고 유지시킨다.

인도의 가르침은 본래부터 아무짝에도 쓸모가 없다. 지금도 수천 가지의 신들, 종속된 지위에 있는 게 아니라 모두가 동일하게 무제한의 위력을 가진 신들이 삶의 우연성을 더욱더 혼란의 소용돌이로 몰아가고, 모든 열정의 무의미함을 촉진하며, 악덕의 미친 짓을 성스러움과 행복의 최고 단계로서 장려한다.

그리스인들이나 로마인들의 보다 순수한 다신교조차도 마침내는 잘못된 길 위에서 신자와 스스로를 잃을 수밖에 없었다. 그러나 그리스도교는 최고의 찬사를 받아 마땅하며, 그 순수하고 고귀한 근원은 여전히 작용하고 있다. 몽매한 인간이 이 종교를 커다란 방황 속으로 끌고 들어가긴 했지만, 이후 언제부턴가 이 종교는 애초의 사랑스러운 특성 가운데 도덕적 인간의 욕구를 만족시켜 주면서 때로는 포교의 방식으로, 때로는 가족 공동체로, 혹은 형제애로 거듭 나타났던 것이다.

그리고 우리가 우상 파괴자로서 마흐무드의 열정을 인정한다면, 우리는 같은 시기에 획득한 무한의 보물을 그에게 주는 것이며, 무엇보다 페르시아 시 예술과 더 높은 문화의 창립자로서 그를 존경하게 되는 셈이다. 페르시아계 혈통인 그는 아랍인들의 편협함 같은 것에 빠져들지 않았다. 그는 종교의 가장 아름다운 바탕과 토양을 민족성에서 발견할 수 있다는 사실까지 파악하고 있었다. 민족성은 시에 바탕을 두는데, 시는 우리에게 가장 오래된 역사를 우화적인 형상들로 조금씩 전해 주다가 마침내 명료한 모습으로 그 역사를 보여 주며, 아무런 비약 없이 과거를 현재로 끌어오게 한다.

이런 성찰을 하는 가운데 우리는 어느새 우리의 시간 계산에 따라 10세기에 이른다. 일단은 배타적인 종교에도 불구하고 동방으로 연이어 밀려들어 왔던 더 높은 교양에 한번 주목해 보기 바란다. 이곳에서 대개는 거친 지배자들이나 유약한 지배자들의 뜻을 거스르며 그리스와 로마가 쌓아 올린 공적(功績)들의 잔재가 집결되었다. 그리고 이슬람처럼 유일신을 지향해야 했기 때문에 그들의 독자성으로 교회에서 배척당했던 많은 총명한 그리스도교도들의 잔재도 마찬가지로 이곳에서 집결되었다.

인간의 지식과 그 작용에서 비롯하는 두 갈래 커다란 가지도 여기에서 하나의 더 자유로운 활동에 이르게 된다!

의학은 소우주[40]의 질병을 치유하고, 천문학은 하늘이 미래를 위해 우리에게 미소 짓거나 아니면 경고하고 싶어 하는 것을 통역해 전해 준다. 전자는 자연에, 후자는 수학에 경의를 표해야 했다. 그리하여 그 둘은 장려되고 보호받았다.

전제 군주 아래서 행해지는 업무는 극도의 주의력과 면밀함에도 불구하고 언제나 위험천만한 일이었다. 그리고 궁정 신하의 친인척이 안락한 소파에서 뒹굴며 지내려면, 영웅이 전쟁터에 가는 것만큼이나 큰 용기가 필요했다. 자신의 집으로 무사히 돌아갈 수 있을지는 어느 쪽도 확실하지 않았던 것이다.

방랑하는 대상(隊商)들은 언제나 새롭게 늘어난 보물과 지식을 가져왔다. 유프라테스강에서 인더스강에 이르기까지 나라 안은 온갖 독자적인 물품들의 세계를 보여 준다. 서로 쟁투하는 민족들의 무리가, 추방당하고 추방하는 지배자들이 승리에서 예속으로, 압제에서 굴종으로 갑작스러운 변화를 너무도 자주 눈앞에 보여 주었기 때문에, 현명한 사람들은 세상만사의 꿈같은 무상함에 대한 더없이 슬픈 성찰을 내놓았던 것이다.

---

40 인간을 가리킨다. 괴테는 페르시아 의학의 세계관을 암시하기 위해 이 말을 사용하는데, 이는 괴테가 깊이 연구했던 파라셀수스의 의학 개념과 일맥상통한다.

이 모든 것을, 그리고 더 나아가 장대하기 그지없는 규모의 끝없는 흩어짐과 순식간에 이루어지는 복구를 눈앞에 그려 보아야, 우리는 그다음에 오는 시인들, 특히 페르시아 시인들을 공정하게 대할 수 있을 것이다. 앞서 이런저런 방식으로 묘사한 상황들은 한 시인이 그 안에서 자양분을 취하고, 성장하고 번성하는 데 필요했던 핵심 요소로 결코 인정될 수 없음을 누구나 인정할 것이기 때문이다. 그러므로 초기 페르시아 시인들의 고귀한 업적을 다시 한번 문제 삼을 필요가 있다. 이들 또한 무조건 최고라는 기준으로 가늠해서는 안 될 것이다. 우리는 그들의 작품을 읽으면서 이런저런 것을 너그러이 용인해야 하고, 이미 읽었다면 이런저런 것을 용서해야만 하리라.

시인 왕

많은 시인들이 마흐무드의 궁정에 모여들었다. 거기서 자신의 존재를 뽐낸 이가 4백 명이라는 이야기도 있다. 하지만 동방에서는 모든 것이 위계질서를 가져야 하고, 더 높은 계명에 순응해야 하기에, 군주는 시인 왕(詩人王)의 자리를 마련해 주었고, 그 시인 왕이 시인들의 실력을 점검하고 평가하고 각자 재능에 따라 일하도록 장려했던 것이다. 이 자리는 궁정에서 가장 선호하는 직책의 하나로 여겨졌으며, 그 직책을 맡은 이는 모든 학문적·역사적·시적 업무를 도맡은 대신이었다. 이 시인 왕을 통해 군주의 성은이 신하들에게 내려졌고, 그가 다수의 수행원을 데리고 당당하게 행차할 때면, 사람들이 최고의 대신으로 착각할 정도였다.

전승된 것들

누군가 자기와 마주치는 사건들과 관련하여 미래 세대의 사람들에게 무슨 말인가를 남기려 한다면, 현재에 대한 어떤 편안함 그리고 현재의 가치를 높게 보는 그런 감정 같은 것이 필요한 법이다. 그러므로 그는 우선 자신이 선조들로부터 들은 것을 기억 속에 고정시킨 뒤 거기에 우화적인 베일을 씌워 후대에 전한다. 왜냐하면 구전이란 언제나 동화적으로 성장하며 전해지기 때문이다. 하지만 문자가 창안되고, 한 민족이 다른 민족보다 글쓰기를 애호한다면 연대기라는 것이 생겨난다. 이 연대기들은 상상력과 감정을 담은 시(詩)가 이미 오래전에 사라져 버렸다 해도 여전히 시적인 리듬을 간직하고 있기 마련이다. 그리고 우리와 가장 가까운 시대가 이런저런 인물에 대한 자세한 회고록과 자서전 같은 것을 우리에게 전해 준다.

의미심장한 세계 창조에 대한 아주 오래된 자료들은 동방에서도 발견된다. 우리의 성서는 나중에야 문자로 작성되었는데, 그것은 아주 오래전부터 전승되어 온 말들이므로, 우리는 그것들을 아무리 고맙게 여기고 존중해도 충분치 않다. 얼마나 많은 것들이, 우리가 페르시아와 그 주변이라고 불러도 좋을 중동 지방에서도 시시각각 생겨났다가 다시 황폐해지고 흩어졌음에도 불구하고 여전히 보존되지 않았던가! 그리고 그러한 것들이 한 명의 군주에게 종속된 게 아니라 많은 사람들 사이에 퍼져 있으면서, 보다 넓은 지역의 보다 높은 교육에 유익하게 쓰인다면, 그것은 자료들의 유지에도 도움이 될 것이다. 한 장소에서는 없어져 버린 것이 다른 곳에서 지속될 수 있고, 이 귀퉁이에서 쫓겨난 것이 저 귀퉁이로 피신할 수도 있으니 말이다.

온갖 파괴와 황폐해짐에도 불구하고 그런 식으로, 어떤 부분은 베껴 씀으로써 한 시대에서 다른 시대로 전해지고, 또 어떤 부분은 새롭게 씀으로써 초기 시대의 많은 필사본들이 보존되었을 것임은 분명하다. 그렇게 하여 우리는 사산 왕조의 마지막 왕인 예스데쥐르드 치하에서 오래된 연대기들을 취합한 하나의 제국사가 작성되었으며, 「에스더서」에 나와 있다시피 아하스베루스[41]가 불면의 밤에 그 비슷한 것을 낭독시키곤 했다는 사실을 우리는 알고 있다. '바스탄 나메'[42]라는 제목이 붙은 그 책의 사본들은 보존되어 있다. 4백 년 후 사만 왕가 출신인 만수르 1세 치하에서 그 책의 개정이 이루어졌고, 개정본은 미완성으로 남아 있었는데, 그 와중에 사만 왕조는 가즈니 왕조에 복속되고 말았던 것이다. 하지만 이 왕조의 두 번째 군주인 마흐무드가 동일한 목적을 가지고 『바스탄 나메』의 일곱 장(章)을

---

41 Ahasverus. 페르시아 왕 크세르크세스를 가리킨다.

42 Bastan Nameh. 페르시아어로 '고대의 책'이라는 뜻이다.

일곱 명의 궁정 시인에게 나누어 준다. 그중에서 안사리[43]가 군주를 만족시키는 데 가장 성공했기에 시인 왕으로 임명되어 전체를 개정하는 일을 떠맡았다. 하지만 그는 느긋하면서도 꽤나 영리한 사람이라, 그 일을 늦출 줄 알았고, 또 그 일을 떠맡길 사람이 없을까 하고 남몰래 애를 쓴 듯하다.

피르다우시
1030년에 사망[44]

이제 우리는 페르시아 문학 예술의 중요한 시대에 이르렀는데, 이 시대에서 우리는 다음과 같은 것을 관찰할 수 있다. 여기저기에서 어떤 특정한 경향, 개념, 의도 등이 아무 연관도 없이 개별적으로 씨를 뿌린 듯 조용히 성장해 나가다가 마침내 광범위한 상호 작용이 한꺼번에 나타나 위대한 세계사적 사건으로 전개되는 것이다. 이런 의미에서 한 강력한 군주[45]가 민족 문학과 씨족 문학의 재건을 염두에 두었던 것과 같은 시기에, 투스에 사는 한 정원사의 아들이 『바스탄 나메』 사본을 자기 것으로 소유하고, 타고난 뛰어난 재능을 그 연구에 열정적으로 바쳤다는 사실은 주목할 만하다.

---

43 Ansari. 950년경에 태어나 1039/1040년에 사망한 것으로 추정되며, 『샤나메』를 다듬어 정리했다.
44 최근의 연구에 따르면 그는 1020년과 1025년 사이에 죽었다.
45 가즈니의 마흐무드를 가리킨다.

그는 자기가 처한 곤경을 그곳 태수에게 탄원하고자 궁정으로 가서 안사리한테 접근해, 그의 주선으로 목적을 이루기 위해 오래 애썼으나 헛수고만 하고 말았다. 그러던 와중에 마침내 그가 즉흥적으로 읊은 의미심장한 행운의 시구 하나가 이 시인 왕에게 알려졌던 것이다. 그의 재능을 신뢰한 안사리는 그를 추천했고, 위대한 작품을 쓰는 과제를 마련해 주었다. 그리하여 피르다우시는 호의적인 여건 속에 『샤나메』[46]를 쓰기 시작했다. 처음에는 어느 정도 충분한 보답을 받았지만, 30년 작업이 끝난 후에는 왕의 보답이 그의 기대에 조금도 미치지 못했다.

그는 비참한 심경으로 궁정을 떠났고, 왕이 그를 다시 호의적으로 생각하게 되었을 바로 그때 죽고 말았다. 마흐무드는 그보다 1년도 채 더 못 살았는데, 이 기간 동안 피르다우시의 스승인 고령의 에세디가 『샤나메』를 끝까지 완성했다.

이 작품은 의미심장하고 진지한 신화적·역사적인 민족의 토대로서 옛 영웅들의 탄생과 행적과 영향을 담고 있다. 이 작품은 먼 과거와 가까운 과거를 함께 담고 있어서 마침내는 본래의 역사적 사실이라 할 만한 것들을 많이 보여 준다. 반면에 이전의 우화들은 태고로부터 전승된 이런저런 진실을 가린 채로 전해 준다.

피르다우시는 옛것과 진짜 민족적인 것을 열렬하게 고수했다

---

46 『샤나메』는 피르다우시가 페르시아의 창조 신화로부터 7세기까지를 대략 4만 8천 내지 5만 2천 개의 시행에 담은 영웅 서사시 『왕의 책』을 가리킨다. 괴테는 여러 번역본들을 통해 이 책을 부분적으로 알고 있었다.

는 점에서 그런 작품을 쓸 훌륭한 자격을 갖추었던 것처럼 보인다. 그는 언어와 관련해서는 아랍어를 추방하고 옛 펠레비어[47]를 존중함으로써 초기의 순수함과 유용함을 얻으려 애썼다.

엔베리[48]
1152년에 사망

엔베리는 투스에서 공부했는데, 그곳은 중요한 교육 시설로 유명한, 아니 교육이 과도하다는 혐의까지 받는 도시였다. 어느 날 그는 학교 문턱에 앉아, 수행원들과 함께 화려한 모습으로 지나가는 한 인물을 보게 되었고, 그 사람이 궁정 시인이라는 말을 듣자 크게 감명받아 자신도 그와 똑같은 높이의 행운에 오르리라 결심했다. 그가 하룻밤을 꼬박 새워 써서 군주의 총애를 얻게 되었다는 시는 아직도 전해진다.

이 시와 또 우리에게 전해진 다수의 시에서는 끝없는 신중함과 핵심을 꿰뚫는 날카로운 통찰력을 갖춘 쾌활한 정신이 세상을 굽어본다. 그는 이루 말할 수 없이 많은 소재에 통달해 있으며, 언제나 현재에 산다. 학생 신분에서 곧바로 궁정 대신이 된 그는 호방한 찬미가(讚美歌)의 시인이 되었으며, 동시대 사람들

---

47 Pehlevi. 펠레비어는 중세 페르시아어의 방언들을 총칭하는 개념.
48 엔베리의 출생 연도는 알려지지 않았다. 페르시아 문학사가인 폰 하머는 엔베리를 페르시아의 가장 위대한 송가 시인으로 여긴다.

을 칭송하여 즐겁게 해 주는 것보다 더 나은 작품은 없다고 생각했다. 그는 군주와 대신들, 고귀하고 아름다운 여인들, 시인과 음악가들을 찬가로 장식해 주었으며, 세계라는 매우 드넓은 창고로부터 그 어떤 사랑스러운 것을 꺼내 누구에게나 적용할 줄 알았다.

그러므로 우리는 그가 살아가면서 자신의 재능을 마음껏 발휘할 수 있었던 상황들을 수백 년이나 지난 뒤에 범죄로 규정하는 것을 정당하다고 볼 수는 없다. 고상하고, 강력하고, 총명하고, 활동적이며, 아름답고 세련된 인간들이 존재하지 않는다면, 그리고 이런 장점들을 보면서 자신을 고양시킬 수 없다면 시인이란 존재는 도대체 무엇이 되었을까? 시인은 느릅나무를 감아 오르는 포도 덩굴이나 담벼락의 담쟁이덩굴처럼, 눈과 감각을 상쾌하게 만들어 주려고 그런 인간들을 휘감아 올라가는 것이다. 뛰어난 인간들을 멋지게 장식해 주려고 양쪽 인도[49]의 보석들을 사용하는 데 평생을 바친 보석상을 비난해야 한단 말인가? 보석상더러 아주 유용한 것임이 분명한 도로포장 일을 맡으라고 요구할 수 있겠는가?

우리의 시인은 이처럼 대지와는 아주 사이가 좋았지만, 하늘은 그를 파멸로 몰아넣었다. 어느 정해진 날에 무시무시한 폭풍이 나라를 휩쓸어 버릴 거라며, 백성을 불안에 떨게 한 그의 심각한 예언이 실현되지 않았다. 그리하여 왕조차도 궁정과 도시

---

49 아시아의 동인도와 중앙아메리카의 서인도를 가리킨다.

의 광범위한 불만을 거슬러 자신의 총신(寵臣)을 구제할 수 없었다. 엔베리는 도주했다. 멀리 떨어진 지방에서 그를 유일하게 지켜 준 것은 그에게 우호적인 총독의 단호한 성격이었다.

어쨌거나 그 많은 행성들이 모여 하나의 징표를 만든 것이 칭기즈 칸의 침공을 암시한 것이라고 가정한다면 이 점성술사의 명예도 구제받을 수 있을 것이다. 칭기즈 칸은 그 어떤 폭풍보다 페르시아를 더 황폐하게 만들지 않았던가.

니자미
1180년에 사망[50]

피르다우시가 영웅들의 전설 전체를 남김없이 사용했던 반면에, 섬세하고 재능이 뛰어난 니자미는 그지없이 내밀한 사랑의 상호 작용을 시의 소재로 선택하였다. 그는 메쥐눈과 라일라, 코스루와 시린 같은 사랑하는 연인들의 이야기를 들려준다. 예감과 운명, 타고난 천성, 습관과 취향, 정열에 의해 서로를 받아들이고 서로에게 완전히 빠져들었다가, 변덕과 고집, 우연과 강요와 속박 때문에 헤어지고, 또다시 기적적으로 합쳐졌다가, 마침내는 이런저런 상황에 내몰려 다시 갈라지고 헤어지는 연인들의 이야기 말이다.

---

50 최근의 연구에 따르면 1209년에 사망했다.

이런 소재들과 그것을 다룬 시들은 이상적인 그리움에 대한 자극만 키울 뿐, 어디에서도 만족을 보여 주지는 않는다. 매우 우아하고 무한히 다양한 그런 시들.

명백하게 도덕적인 목적을 위해 쓴 또 다른 그의 시들에서도 마찬가지로 사랑스럽고 명료한 정신이 숨을 쉰다. 인간에게 어떤 모호한 일이 닥치더라도 그는 언제나 실용적인 것에로 다가가 도덕적인 행위 속에서 모든 수수께끼에 대한 최선의 해결책을 찾아낸다.

덧붙이자면 그는 조용한 창작 활동에 걸맞게, 셀주크 왕조 시대에 조용히 살다가 고향 도시인 겐제[51]에 묻혔다.

잘랄-에딘 루미
1262년에 사망

이 시인은 술탄과의 불화로 발흐를 떠나는 아버지를 따라 오랜 여행길에 올랐다. 그들은 메카로 가는 도중에 아타르[52]를 만났는데, 그가 소년에게 신성한 비밀이 담겨 있는 책[53] 한 권을 선사하였고, 소년은 그 일을 계기로 신성을 향한 연구심에 불타올랐다.

---

51 Gendsche. 오늘날의 아제르바이잔.
52 파리드 우드딘 아타르(Farid ud-Dīn Attar). 이슬람 교파의 하나인 신비교를 신봉하는, 루미 이전의 가장 중요한 페르시아 시인.
53 아타르 자신이 쓴 『비밀의 책』을 가리킨다.

여기서 이런 말을 해 두고 싶다. 진정한 시인은 세상의 훌륭한 것을 자기 내부로 받아들이는 것을 소명(召命)으로 알며, 그 때문에 비난하기보다는 언제나 찬양하는 경향이 있다는 것이다. 그러므로 시인은 가장 고귀한 대상을 찾아내려고 노력하며, 온갖 체험을 한 뒤에는 마침내 신을 찬양하고 숭배하는 데 자신의 재능을 기꺼이 바친다. 특히 동방의 시인들이 이런 욕구를 강렬하게 느끼는데, 이는 그들이 언제나 열광적인 것을 추구할 뿐만 아니라, 넘쳐흐르는 신성을 관찰하며 그것을 알아본다고 믿기 때문이다. 따라서 그들이 어떤 식으로 표현하든 누구도 그것을 지나치다고 나무랄 수는 없는 것이다.

알라라는 이름을 아흔아홉 가지 특징으로 예찬하는, 이른바 마호메트교의 연도(連禱)가 이미 그러한 찬송이자 예배이다. 긍정적이거나 부정적인 특징들이 불가사의하기만 한 존재를 묘사한다. 예배드리는 자는 경탄하고 귀의하며 안식을 얻는다. 그리고 세속의 시인이 그의 눈앞에 아른거리는 완전성을 뛰어난 인물들에게 부여하는 반면에, 신에 귀의한 이 사람[54]은 영원성으로 모든 것을 꿰뚫는 비인격적 존재 속으로 도피한다.

그리하여 아타르는 궁정을 떠나 관조(觀照)의 세계로 도피하였으며, 순수한 소년 잘랄-에딘도 마찬가지로 군주와 수도를 떠났고, 그 때문에 더 어린 나이에 더 심오한 연구에 열정을 불태울 수 있었다.

---

54 '무슬림'이란 말이 그런 뜻이다.

그는 아버지와 함께 소아시아를 두루 돌아다니다 순례를 마쳤다. 그들은 이코니움에 머물렀다. 그곳에서 그들은 제자들을 가르쳤고, 박해를 당해 쫓겨났다가 다시 받아들여졌으며, 그들의 가장 충직한 동료 교사들 중 한 명과 함께 그곳에 묻혔다. 그 와중에 칭기즈 칸이 페르시아를 정복했으나 그들이 누워 있던 조용한 곳은 아무런 피해도 입지 않았다.

위의 서술을 보고 나면 이 위대한 정신이 난해한 영역에 몰두한 것을 나쁘게 볼 필요는 없을 것이다. 그의 작품은 상당히 다채로워 역사, 동화, 우화, 성담, 일화, 예화, 문제적 이야기 등에 걸쳐 있는데, 그것은 자신도 분명하게 설명할 수 없는 신비스러운 교리들을 이해시키기 위해서다. 가르치고 고양시키는 것이 그의 목표다. 그러나 전체적으로 볼 때 그는 통일적인 교리를 통하여 모든 동경을 충족시키지는 못해도 해소하려고 노력했으며, 종국에는 모든 것이 신성한 존재 안으로 빠져들어 변용된다는 것을 암시하려 했다.

사디
1292년에 102세로 사망

시라즈에서 태어난 사디는 바그다드에서 공부했고, 소년 시절에 사랑의 실패를 겪은 뒤 탁발승의 불안정한 인생을 보냈다. 메카 순례는 열다섯 번이나 했고, 걸어서 인도와 소아시아까지 갔으며, 심지어는 십자군의 포로가 되어 서쪽 땅까지 갔다. 그는 놀라운 모험들을 겪었지만, 그 와중에 여러 나라와 인간에 대한 온갖 지식도 얻게 되었던 것이다. 30년이 흐른 뒤 시라즈로 돌아온 그는 작품을 통해 자신의 이름을 널리 알렸다. 그의 삶과 작품은 방대한 경험의 폭을 지니고 있으며, 격언과 시구들로 장식한 풍성한 일화들로 가득 차 있다. 그의 단호한 목표는 독자와 청중을 가르치는 것이었다.

시라즈에서 은둔해 살던 그는 백두번 째 생애를 맞이했고, 바로 그곳에 묻혔다. 칭기즈 칸의 후예들은 이란을 조용히 살아갈 수 있는 자기들의 제국으로 만들어 놓았다.

하피스
1389년에 사망

지난 세기의 후반부 동안 독일의 프로테스탄트 신자들 중에는 성직자들뿐만 아니라 평신도들도 성서에 정통해서 자신들이 마치 살아 있는 색인이라도 되는 듯 모든 격언들이 어디에 있고, 그것들을 어떤 맥락에서 이해해야 할지 설명할 수 있도록 연습하고 또 중요한 구절들은 달달 외워 언제라도 써먹을 수 있었다는 사실을 기억할 것이다. 그리고 이를 통해 그들이 커다란 교양을 쌓았다는 사실을 인정하지 않을 수 없을 것이다. 왜냐하면 기억이란 언제나 가치 있는 대상들에 몰두함으로써 순수한 소재를 감정과 판단에 따라 향유하고 다룰 수 있도록 보존해 주기 때문이다. 이런 사람들을 가리켜 '성서에 정통하다'라고 했는데, 이런 식의 별칭은 두말할 것 없이 그들의 뛰어난 품위와 교양을 보증한다.

우리 그리스도교인들의 경우에 타고난 기질과 선한 의지로부터 나오는 이런 것들이 이슬람교도들에게는 의무였다. 왜냐하면 코란의 사본을 손수 필사하거나 혹은 필사시키는 일은 신도들에게 커다란 공적이 되기에 충분했고, 코란을 암기하여 기회 있을 때마다 적절한 구절을 인용함으로써 신심을 돈독히 하고 논쟁을 가라앉히는 능력도 그에 못지않은 공적이었기 때문이다. 사람들은 그런 인물을 하피스라는 명예로운 칭호로 불렀고, 바로 이 이름이 우리 시인의 특징을 말해 주는 본명으로 남게 된 것이다.

코란은 출현하자마자 금방 끝없는 해석의 대상이 되었고, 지나칠 정도로 섬세한 주장들의 기회를 제공했다. 코란은 모든 사람이 각각 다르게 수용하도록 자극했기 때문에 한도 끝도 없이 서로 다른 견해들과 어처구니없는 생각들의 조합이 생겨났다. 그야말로 온갖 유형의 비합리적인 연관들이 시도되었다. 그리하여 영민하고 이해력 있는 사람은 순수하고 훌륭한 텍스트의 본래 모습에 다시 도달하려고 무진 애를 써야 했다. 그 덕분에 우리는 이슬람의 역사 속에서도 경탄스러운 해석과 적용과 사용을 자주 발견하는 것이다.

뛰어난 시적 재능을 지닌 하피스도 그런 숙련된 능력을 발휘하도록 교육받으며 길러졌다. 그는 코란 전체를 자기 것으로 만들었고, 사람들이 그 위에 쌓아 올린 종교라는 건물은 어떤 것이든 그에게는 조금도 수수께끼가 아니었다. 그는 스스로 이렇게 말한다.

코란을 통해 나는 지금까지
내가 성취한 모든 것을 만들었다.

하피스는 탁발승으로, 수피교의 일원으로, 사원의 원로로서 고향인 시라즈에서 제자들을 가르쳤고 그곳에 계속 머물렀으며, 무자파르 왕조와 그들의 관계 때문에 때로는 시달리기도 하고 때로는 대접받기도 했다. 그는 신학과 문법 연구에 매진하였으며, 많은 제자들을 거느렸다.

그의 시들은 이런 진지한 연구나 실제의 교수직과 전적으로 모순 관계에 있는 것처럼 보인다. 하지만 그러한 모순은 이렇게 말함으로써 해결할 수 있다. 즉 시인은 자기가 말하는 그대로 생각하고 살아야 하는 것은 아니며, 더더군다나 후대에 들어 점점 더 수사학적인 왜곡이 심해지고, 동시대인들이 듣고 싶어 하는 것을 낭송해야 하는 복잡한 상황에서는 조금도 그럴 필요가 없다고 말이다. 하피스야말로 온전히 이런 경우에 해당하는 것으로 보인다. 왜냐하면 동화를 들려주는 사람도 자기가 짐짓 꾸며서 보여 주는 마술을 믿는 게 아니라, 그저 청중을 즐겁게 해주려고 가능한 한 동화에 생기를 불어넣고 장식하려는 것처럼,

서정 시인도 신분의 높낮이와 상관없이 독자든 가수든 즐겁게
해 주고 기분 좋게 만들어 주려고 동원한 모든 것을 자기 자신이
실행할 필요는 없기 때문이다. 우리의 하피스도 그처럼 가볍게
흘러가는 듯한 자신의 노래들에 커다란 가치를 두지는 않았던
것 같다. 그가 죽고 난 뒤에야 제자들이 그의 노래들을 수집했
으니까.

하피스의 시 작품들에 대해 할 말이 별로 없는 것은 당연하다.
그것들을 즐기고, 또 그것들과 함께 조화를 이루면 되기 때문이
다. 그의 작품들에서는 끊임없이 샘솟듯 부드러운 생기가 흘러
나온다. 좁은 것 속에서 즐겁고 현명하게 자신의 것을 찾아내
고, 풍요로운 세상으로부터 자신의 몫을 받아들이며, 멀리서부
터 비밀스러운 신성을 들여다보지만, 다른 한편으로는 종교적
행위의 반복과 감각적 욕구를 둘 다 거부한다. 이러한 종류의
시 작품들은 무언가를 장려하고 가르치는 듯 보이지만 그 바닥
에서는 회의적인 움직임을 철저히 유지하고 있는 것이다.

자미
1494년에 82세의 나이로 사망

자미는 지금까지의 노력들이 거둔 전체 수확물을 집약하여
종교, 철학, 학문 그리고 산문과 시에서 문화의 종합을 이루었
다. 하피스가 죽은 지 23년 뒤에 태어났고, 청년기에 다시 한번

완전히 자유로운 분야를 다룰 수 있게 된 것은 커다란 이점이었다. 그는 더할 수 없는 명료함과 신중함의 소유자였다. 그는 모든 것을 시도하여 성과를 올렸고, 감각적이면서 동시에 초감각적인 것처럼 보였다. 현실과 문학이라는 장엄한 세계, 그는 그 두 세계 사이를 오갔다. 신비주의는 그의 마음을 끌지 못했다. 하지만 신비주의 없이는 민족적 관심사의 영역을 채울 수 없을 것 같았기에, 그는 세상사에 사로잡힌 인간이 신적인 것에 차츰차츰 접근하면서 마침내 그것과 일치되고자 시도하는 온갖 어리석은 행위들을 역사적으로 해명하였다. 왜냐하면 거기에서는 결국 반자연적이고 반지성적이며, 소름 끼치는 형상들만 등장하기 때문이다. 신비주의자가 하는 일이 문제들 곁을 살짝 피해 가거나, 가능한 한 계속 미루는 것 말고 무엇이 있단 말인가?

조망

초기 로마 시대의 일곱 왕에 대한 역사[55]는 아주 적절하게 순서대로 서술되어 있지만, 또 그것이 의도적으로 현명하게 꾸며진 것임은 분명하다. 하지만 우리는 이 점을 일일이 따지지 않고 그대로 넘어간다. 반면에 페르시아인들이 으뜸으로 여기는 일곱 시인은 5백 년이라는 기간 동안 차례차례 등장했고, 윤리

---

55 바르톨트 게오르크 니부어(Barthold Georg Niebuhr)의 『로마사』(1811~1812)를 가리킨다.

적으로나 시적으로나 서로 긴밀하게 연관되었음을 알 수 있는데, 만일 그들이 남긴 작품들이 그들이 실제로 존재했음을 증명하지 않았다면 그 또한 우리 눈에는 꾸며 낸 것으로 보일 수도 있을 것이다.

우리가 멀리서나마 행복하게 바라볼 수 있는 일곱 별로 이루어진 이 성좌[56]를 좀 더 자세히 관찰해 보면, 그들 모두가 언제나 새로워지는 풍부한 재능의 소유자였음을 알 수 있다. 그들은 그런 재능으로 다수의 아주 뛰어난 남자들이나 중간 정도의 흔한 재능을 가진 수없이 많은 남자들보다 우위에 있었다. 그들은 특별한 시대와 상황을 이루었고, 위대한 수확물을 거두었기 때문에 그들 못지않은 재능을 가진 후손들의 활동을 한동안 위축시키기도 했다. 그리고 어느 정도 시간이 흐르고 나서야 자연은 시인에게 새로운 보물들을 다시 열어 줄 수 있었다.

이러한 맥락에서 위에 서술한 내용을 다시 한번 개인별로 살펴보자.

피르다우시는 국가와 제국의 과거 사건들 전체를 우화적 혹은 역사적 서술의 형태로 먼저 다 써 버렸기 때문에, 다음 사람은 그 사건을 인용하거나 주석을 달 수 있을 뿐 새롭게 다루거나 서술할 여지가 없었다.

엔베리는 언제나 현재에 충실했다. 그는 자연을 보이는 그대로 빛나고 화려하게 그렸으며, 왕의 궁정도 기쁨 가득하고 재능

---

56 앞에서 차례대로 소개한 일곱 명의 페르시아 시인을 가리킨다.

이 넘치는 솜씨로 보여 주었다. 이 두 세계와 그 훌륭한 점들을 사랑스럽기 그지없는 말과 연결시키는 것은 의무이자 즐거움이었다. 이 점에서 그와 견줄 만한 사람은 아무도 없었다.

니자미는 자기가 사는 지역에 있었을 법한 사랑의 전설과 반쯤은 기적 같은 이야기들 모두를 친근한 힘으로 포착하였다. 이미 코란에 그 방법이 암시되어 있듯이, 그는 태곳적부터 전해져 오는 간결한 이야기들을 자기 목적에 맞게 다루고 세세하게 설명하고 어느 정도 장황하게 이끌어 가며 독자들을 즐겁게 만들어 주었다.

잘랄-에딘 루미는 문제가 많은 현실에 불편함을 느끼고, 내면의 현상들이나 외면의 현상들에 담긴 수수께끼를 정신적이고 재치 넘치는 방식으로 해결하고자 했다. 그리하여 그의 작품들 자체가 새로운 수수께끼가 되어 또 다른 해결과 주석을 필요로 하게 되었다. 마침내 그는 전일론(全一論)으로 도피해야 할 것 같은 느낌이 들었다. 하지만 전일론으로는 얻는 것만큼이나 잃는 것도 있기에, 결국 위안이 될 수도 있고 안 될 수도 있는 제로 상태만 남게 된다. 그러므로 시가 되었든 산문이 되었든 어떤 전달 수단이 앞으로도 성공을 거둘 수 있겠는가?

다행스럽게도 뛰어난 시인인 사디는 개별적인 경험의 사실들이 무한히 쌓여 있는 드넓은 세계로 몸을 던져, 그 모든 것에서 유용한 것을 얻어 낼 수 있었다. 그는 자신에게 집중할 필요성을 느꼈고, 교훈을 주어야 한다는 의무를 확신하였다. 그리하여 그는 우리 서구인에게 우선적으로 유익하고 축복을 내려 주는 존재가 되었다.

하피스는 명랑하고 위대한 재능의 소유자로서 사람들이 갈망하는 모든 것을 물리치고, 남들이 없으면 못내 아쉬워하는 모든 것을 옆으로 제쳐 놓는 데 만족했다. 그러면서도 동시대인들에게는 언제나 유쾌한 형제로 보였다. 그는 자신의 민족과 시대의 범위 안에서만 제대로 인정받을 수 있다. 그러나 그의 진수를 올바로 이해하면, 그는 인생의 다정한 동반자가 된다. 지금까지도 낙타와 노새 몰이꾼들이, 의식적이라기보다는 무의식적으로 계속해서 그를 노래하는 것은 결코 그 자신이 멋대로 산산조각 낸 의미 때문이 아니라, 그가 영원토록 순수하고 즐겁게 퍼뜨린 정취 때문이다. 다른 모든 것은 선배들이 미리 다 빼앗아 갔으니 이제 어느 누가 이 사람 뒤를 이을 수나 있었겠는가.

자미가 아니었다면 말이다. 그는 자기 시대 이전에 생겨났거나 동시대에 일어났던 모든 일을 충분히 파악하고 있었다. 그는 모든 것을 한 묶음으로 묶고, 모방하고, 새롭게 하고, 확장하며, 선배들의 공과 과를 더없이 명료하게 자기 작품 속에서 통일시켰다. 따라서 그의 후대에서는 수준이 더 떨어지지 않으려면 그가 이룬 것을 유지하는 것밖에는 달리 할 일도 없었다. 이런 식으로 3세기가 훌쩍 지나갔다. 한마디 덧붙여 그의 시대를 전후하여 희곡 작품이 나타났더라면, 그리고 희곡을 쓰는 시인이 두각을 나타냈더라면 문학의 전체 흐름이 다른 방향으로 진행되었을 것이라는 점이다.

이 짤막한 분량으로써 감히 5백 년에 걸친 페르시아의 시 문학과 수사학을 서술한 셈이다. 우리의 옛 스승인 쿠인틸리아누스[57]를 앞세워 말하자면, 세밀한 규정을 위해서가 아니라 어떤 보편적인 것에 편안하게 접근하며 발언할 수 있도록 사사오입을 허용하듯이, 나의 이러한 시도를 친구들이 받아들여 주었으면 한다.

보편적인 것

페르시아 시인들의 풍성함과 다양함은 한눈에 굽어볼 수 없는 외부 세계의 드넓은 폭과 무한한 풍요로부터 온 것이다. 모든 대상들을 동일한 가치를 지닌 것으로 보는, 끊임없이 유동적이고 개방적인 삶이 우리의 상상력 앞에서 물결치고 있기 때문에 그들의 비유가 우리에겐 아주 유별나고 호감이 가지 않는 것으로 보이곤 한다. 그들은 별다른 꾸물거림도 없이 가장 고상하고 가장 비천한 형상들을 서로 연결하는데, 우리가 그런 처리 방식에 익숙해지기란 쉽지 않은 일이다.

솔직하게 말하자면, 자유로우면서도 실용적으로 호흡하는 도락가(道樂家)는 미적인 감정이나 취향 같은 것을 가지지 않는다. 그에게는 행동과 향락과 관찰에 있어서 현실성만으로 충분

---

57 마르쿠스 파비우스 쿠인틸리아누스(Marcus Fabius Quintilianus, 30~96). 히스파니아 출신으로 로마 제국의 유명한 수사학자. 그리스와 로마의 고전 비평가로서 『웅변가 교육서』(전 12권)로 고전 수사학의 기초를 놓았다. 그의 수사학은 16~18세기에 재조명되면서 널리 응용되었다.

하며 그것은 시를 지을 때도 마찬가지다. 그러므로 동방인이 기이한 효과를 내기 위해 서로 어울리지 않는 것을 같은 운으로 묶는다 해도 독일인은 그런 것과 마주쳤을 때 눈을 흘기는 행동은 삼가야 한다.

그런 작품들이 상상력에 불러일으키는 혼란은 우리가 동방의 시장이나 유럽의 박람회장을 지나갈 때와 비교할 수 있다. 여기서는 가장 비싼 상품과 가장 값싼 물건들이 언제나 따로 떨어져 분류되어 있는 것은 아니다. 우리가 보기에 그것들은 서로 뒤섞여 있고, 그 물건들이 운송되었던 통이나 상자나 자루들도 종종 눈에 띈다. 청과물 시장에서처럼 약초와 뿌리와 과일뿐만 아니라, 여기저기에서 온갖 종류의 뿔과 식물 껍질과 줄기를 볼 수 있다.

더군다나 동방의 시인은 아무 거리낌도 없이 우리를 땅에서 하늘로 들어 올렸다가 그곳에서 우리를 다시 아래로 내동댕이치며 또 그 반대로도 한다. 니자미는 썩어 가고 있는 한 마리 개의 사체에서 도덕적인 관찰을 이끌어 냄으로써 우리를 놀라게 하고 감동케 한다.

세상을 방랑하던 예수가
언젠가 시장을 지나갈 때였지.
죽은 개 한 마리가 길 위에 자빠져 있었어.
어떤 집 문 앞으로 질질 끌려온
썩은 몸뚱이 주위를 한 무리 사람들이 둘러싸고 있었지.

독수리들이 사체 주위로 모여들듯이 말이야.
한 사람이 말했어. "냄새가 너무 지독해
내 머리가 빠개질 것 같아."
또 다른 사람이 말했지. "저걸 어디다 쓰라고,
무덤에서 파낸 건 불행만 불러오는데."
이렇게 모두들 자기 나름대로
죽은 개의 사체를 모독했지.
그러다 예수의 차례가 되었을 때,
그는 비방하지 않고 좋은 뜻으로 말했어.
선한 본성에서 나온 말이었어.
"이빨이 진주처럼 희구나."
이 말이 주변에 있던 사람들을,
달아오른 조개껍질처럼 뜨겁게 만들었지.

사랑스러우면서도 재기 발랄한 예언자가 가장 고유한 방식으로 보살핌과 관대함을 요구할 때는 누구든 당황하기 마련이다. 그는 침착하지 못한 대중으로 하여금 자기 자신을 돌아보게 하고, 그들이 퍼부었던 비난과 저주를 스스로 부끄러워하게 하며, 주목받지 못한 장점을 인정하는 눈길로, 아니 질투의 눈길로 바라보게 하는 법을 너무나 잘 알고 있다! 개의 사체를 둘러싼 이들은 이제 자신의 치아를 생각하는 것이다. 아름다운 치아는 어디에서나, 특히 동양에서는 신의 선물로 높이 존중받았다. 썩어가는 개의 몸뚱이는 거기에 남아 있는 완전한 것에 의해 경탄과

신심 깊은 사색의 대상이 된다.[58]

이 우의시(寓意詩)를 매듭짓는 뛰어난 비유가 그렇게 명료하고 실감 나게 다가오지는 않는다. 따라서 그것을 더 생생하게 보여 주기 위해 추가 설명을 하고자 한다.

석회층이 모자라는 지역에서는 필수 건축 자재를 마련하기 위해 조개껍질을 사용한다. 마른 나뭇가지들 사이에 조개껍질을 층층이 쌓아 놓고 불을 붙여 달구는데, 이를 지켜보는 사람은 이런 느낌이 들 것이다. 바다에서 영양분을 흡수하며 싱싱하게 자라난 이 조개껍질들은 조금 전까지만 해도 자기 방식대로 생존의 보편적인 즐거움을 누리지 않았던가. 그리고 지금은 모든 생명력이 빠져나가긴 했지만 완전히 불타 버리지는 않고 불에 달구어진 채로 완전한 형태를 유지하고 있지 않은가. 이제 밤이 다가오고 이 유기적 잔존물이 관찰자의 눈에 실제로 이글이글 달아오른 모습으로 보인다고 가정해 보자. 깊고 은밀한 영혼의 고통을 이보다 더 실감 나게 눈앞에 보여 줄 만한 게 어디 있겠는가. 여기에서 더 나아가, 보다 완전한 관찰을 원하는 분이 있다면 화학자에게 청해 굴 껍데기를 형광 빛을 발하는 상태로 만들어 보시라. 그렇게 되면 그분도 우리와 더불어 이렇게 고백하리라. 자만심의 어둠에 푹 빠져 있는 어떤 사람이 예기치 않게 정당한 비난을 받았을 때 끓어오른 뜨거운 감정이 순식간에 그

---

58 역사적으로 볼 때, 개에 대한 이러한 기록은 당시 페르시아를 점령한 무슬림과 원주민인 이란인 사이의 갈등을 반영한다. 개는 조로아스터 교인들에게는 신성한 존재였지만, 이슬람에서는 부정한 동물로 취급받았다. 이 때문에 무슬림은 조로아스터 교인들이 보는 앞에서 개를 학대하는 행위를 했던 것이다.

를 꿰뚫는 것을 이보다 더 끔찍하게 표현할 수는 없노라고.

얼마든지 찾아낼 수 있는 그러한 수백 가지 비유들은 자연적인 것, 실제적인 것을 곧바로 직관할 수 있게 하는 동시에 순수하게 형성된 감정의 바탕에서 솟아난, 고상한 도덕적 관념들을 일깨운다.

이렇게 무한한 넓이의 영역에서 가장 높이 평가할 만한 것은 개별적인 것에 대한 주목과 중요한 대상에서 가장 고유한 것을 얻어 내려는 예리하면서도 사랑스러운 시선이다. 이러한 비유들은 네덜란드 최고의 예술가들[59]과 어깨를 나란히 할 만한 시적 정물(靜物)을 자체 내에 지니며, 심지어 도덕적인 면에서는 그들을 넘어선다고 할 수 있다. 바로 이러한 경향과 능력 때문에 그 비유들은 어떤 대상들을 특별히 애호한다. 페르시아 시인이라면 램프를 밝히고 초를 켜는 장면을 묘사하는 데 결코 지치지 않는 것이다. 또한 바로 그 때문에 사람들이 비난하곤 하는 단조로움이 생겨난다. 그러나 자세히 관찰하면, 자연의 대상은 그들에게 신화의 대용물이 된다. 말하자면 장미와 나이팅게일은 아폴론과 다프네의 자리를 차지한다. 그들에게는 물론 극장도 조형 예술도 없었다는 점을 생각해 보라. 하지만 그들의 시적 재능만은 고래로부터의 그 어떤 재능보다 못하지 않았기에, 그들의 가장 고유한 세계에 친숙하면 할수록 그 세계를 더욱더 경탄하지 않을 수 없는 것이다.

---

59 17세기 네덜란드 미술을 이끈 정물 화가들을 가리킨다.

가장 보편적인 것

  동방 시 문학의 가장 고귀한 특징은 우리 독일인이 정신
(Geist)이라고 부르는, 위에서 이끌어 가며 지배하는 힘이다. 다
른 모든 특징은 개별의 권리를 주장하지 않으며 이것 아래로 통
일된다. 정신은 무엇보다도 노령이나 쇠퇴해 가는 시대에 속한
다. 세계의 본질에 대한 조망, 아이러니, 재능의 자유로운 사용
을 우리는 동방의 모든 시인들에게서 발견한다. 결과와 전제들
이 동시에 주어지기 때문에, 한 단어에 정말로 커다란 가치가
즉흥적으로 주어진다. 동방의 시인들은 모든 대상을 바로 코앞
에 두고, 아주 멀리 떨어져 있는 것들을 쉽게 서로 연관시킨다.
그리하여 그들은 또한 우리가 위트라고 부르는 것에 접근한다.
하지만 위트는 그렇게 높은 곳에 위치해 있지 않다. 위트는 이
기적이고 자만심에 차 있지만, 정신은 그것들로부터 완전히 자
유롭기 때문이다. 그러므로 정신은 어느 곳에서나 천재적이라
불릴 수 있고 또 그렇게 불려야 마땅한 것이다.
  그러나 시인들만 그런 재능을 누리는 것은 아니다. 수많은 일
화에서 보듯이 민족 전체가 재기 발랄하다. 재치 있는 말 한마
디가 제후를 분노하게 하지만, 또 다른 한마디가 그 분노를 가
라앉힌다. 취미와 열정이 동일한 요소 안에서 서로 얽히며 생생
하게 살아 있다. 이렇게 베람구르와 딜라람은 운율을 만들었고,
제밀과 보타이나는 최고령에 이르도록 열정적으로 서로 결합
했던 것이다.

마호메트 시대에 사산 왕조의 마지막 왕들 중 하나인 누시르 반[60]이 엄청난 비용을 치르고 비드파이의 우화들과 장기 놀이를 인도에서 들여왔음을 생각해 보면, 그 시대의 상황이 어떠했는지를 온전히 알 수 있다. 우리에게 전해진 것들로 미루어 보자면, 그 시대 사람들은 삶의 지혜와 세속의 일에 대한 보다 자유로운 견해에 있어 서로 막상막하였다. 그러므로 페르시아 문학의 첫 번째 전성기에도 4세기나 지나도록 완전히 순수한 소박 문학은 생겨날 수 없었다. 시인이 갖추어야 할 폭넓은 전망과 고양된 지식, 그리고 궁정과 전쟁의 상황들, 이 모든 것이 대단히 신중한 태도를 요구했던 것이다.

더 새로운 것과 가장 새로운 것들

자미와 그가 살았던 시대의 방식에 따라 이후의 시인들은 점점 더 운문과 산문을 혼합하여 썼기 때문에 모든 종류의 글에 단 하나의 문체만 사용되었다. 역사, 시 문학, 철학, 관청 문투, 서한체, 이 모든 것이 동일한 방식으로 사용되었고, 그것은 3세기 동안이나 지속되었다. 다행스럽게도 그중에서 가장 최근의 사례 하나를 여기에서 소개할 수 있다.

페르시아의 대사 미르자 아불 하산 칸이 페테르부르크에서

---

60 Nuschirwan. 고대 페르시아를 통치한 사산 왕조의 마지막 왕.

근무하고 있었을 때 사람들이 그에게 자필로 몇 줄 써 주기를 요청했다. 그는 친절하게도 글을 써 주었는데, 여기 그 번역문을 올려놓는다.[61]

"나는 전 세계를 두루 여행했고, 오랜 세월 많은 사람과 사귀었다. 세상 어느 구석에서도 유익한 것을 취할 수 있었고, 어떤 곡식의 줄기에서도 이삭을 얻었다. 하지만 그 어디에서도 이 도시와 이곳의 아름다운 처녀들과 비교할 만한 곳은 보지 못했다. 신의 축복이 이 도시에 영원히 머물기를!

어떤 상인이 자신에게 화살을 겨눈 강도를 만났다면 어떻게 좋은 말을 하겠는가! 어떤 왕이 교역을 억압하고, 자신의 군대를 코앞에 둔 채 구원의 문을 걸어 닫았다고 하자. 온전한 정신을 가진 사람이라면 누가 그러한 불의의 소문이 도는 나라를 방문하겠는가? 명성을 누리려면 상인과 사신을 존중하라. 높은 지위에 있는 자들이 좋은 평판을 얻으려면 여행자들을 잘 대해 주어야 한다. 외국인을 보호해 주지 않는 나라는 머지않아 멸망한다. 외국인 여행자들의 친구가 되어라. 그들이야말로 명성을 위한 수단으로 볼 수 있기 때문이다. 손님을 관대히 대하고, 지나가는 여행자들을 존중하며, 그들을 부당하게 대하지 않도록 조심하라. 사신의 이러한 충고를 따르는 사람은 유익한 것을 얻기 마련이다.

사람들이 전하는 말에 의하면. 오마르 에븐 압드 엘 아시스는

---

61 예나의 동방학자인 코제가르텐(Kosegarten)이 페테르부르크에서 온 필사본을 번역한 것이다.

강력한 왕이었지만 밤에는 자신의 작은 방에서 겸손과 순종의 예를 갖추어 창조주의 옥좌를 향해 말했다고 한다. '오, 주여! 당신은 약한 종의 손에 위대한 일을 맡기셨나이다. 순수하고 성스러운 당신의 제국이 영광을 누리도록 저에게 정의와 공평함을 내려 주시고, 인간들의 악의로부터 저를 지켜 주옵소서. 저는 순진무구한 자의 마음이 저로 인해 흐려지거나 억압받는 자의 저주가 제 뒷덜미를 잡으러 올까 두렵나이다. 왕이란 언제나 최고 존재의 지배와 현존을 생각해야 하며, 세상사가 끊임없이 변할 수 있음을 헤아려야 합니다. 또한 왕관이 자격 있는 자의 머리에서 자격 없는 자의 머리로 넘어갈 수 있다는 사실도 염두에 두고, 교만한 마음으로 이끌려 가지 않도록 해야 합니다. 교만해진 왕이 친구와 이웃을 멸시하면 옥좌에 오랫동안 머물 수 없기 때문입니다. 며칠간의 명성으로 자신을 과시하는 일은 없어야 합니다. 세상은 길가에 지펴 놓은 불과 같습니다. 자신의 길을 밝히기 위해 필요한 만큼만 취하는 자는 어려움을 당하지 않지만, 그 이상을 취하는 자는 자신을 태우고 맙니다.'

어떤 이가 플라톤[62]에게 이 세상에서 어떻게 살아왔느냐고 묻자 그는 이렇게 답했다. '나는 고통과 함께 이 세상에 왔으며, 나의 인생은 놀라움의 연속이었다. 이제 마지못해 떠나지만 내가 배운 것이라곤 내가 아무것도 모른다는 사실뿐이다.' 무언가를 시도하고도 아무것도 모르는 자를 멀리하라. 배우지 못하는 신

---

62 당시 페르시아에서도 플라톤은 잘 알려져 있었다.

자도 멀리하라. 이 두 부류의 사람은 영문도 모른 채 방아를 돌리는 당나귀와 같다. 패검(佩劍)은 보기엔 좋지만 그 작용은 불쾌하다. 사려 깊은 사람은 낯선 이와도 잘 지내지만, 악의적인 사람은 바로 가까이 있는 사람도 쉽게 버린다. 어떤 왕이 벨룰[63]이라고 불리는 사람에게 '조언을 해 주시오'라고 말하자 그는 이렇게 대답했다. '인색한 자와 불공정한 재판관, 집안 살림을 모르는 부자, 자기 돈을 쓸데없이 낭비하는 관대한 자, 그리고 판단력이 없는 학자를 부러워하지 마십시오.' 우리는 이 세상에서 좋은 이름을 얻을 수도 있고 나쁜 이름을 얻을 수도 있다. 두 가지 가운데 하나를 고를 수 있다. 그런데 모든 사람은 좋은 사람이든 나쁜 사람이든 죽어야만 한다. 그러니 덕의 명예를 더 좋아했던 자는 행복할 것이다.

이 글은 한 친구의 요청에 따라, 이슬람력으로 1231년 데마슬사니의 날에, 그리스도력으로는 1816년 5월에 시라즈의 미르자 아불 하산 칸이 페르시아의 국왕 페트히 알리 샤 카차르 각하의 특별 사신으로 수도 상트페테르부르크에 머무는 동안에 썼다. 감히 몇 자 적어 보려고 시도했던 한 무지한 자를 너그러이 용서해 주시기를."

방금 소개한 글에서 분명해진 것은 3세기 전부터 산문과 운문의 혼합 형식이 계속 유지되었으며, 사업상의 문체와 서간체가 공적인 영역에서 그리고 사적인 협상 영역에서도 언제나 동

---

63 Behlul. 어릿광대, 익살꾼을 가리키는 아랍어.

일했다는 사실이다. 마찬가지로 최근에도 페르시아 궁정에서는 하루 동안의 기록, 그러니까 황제가 의도한 일과 실제로 일어난 사건 모두를 운문으로 작성하고 우아한 서체로 기록한 뒤에 특별히 이것들을 위해 마련한 문서실로 넘겨주는 시인들이 있다고 우리는 들었다. 이로써 전통을 쉽사리 바꾸지 않는 동방에서는 잠 못 이루는 밤에 그런 기록들을 낭독하게 했던 아하스베루스 시대 이후 별다른 변화가 일어나지 않았음이 드러난 셈이다.

한 가지 덧붙이자면, 그런 낭독은 억양을 높이거나 낮추며 강조하는 일정한 낭송법에 따라 이루어졌으며, 프랑스 비극이 낭송된 방식과 비슷한 점이 아주 많았다는 것이다. 페르시아의 이중 시행 형식이 알렉산더 시행의 전반부와 후반부가 이루는 대조와 비슷하기 때문에 더더욱 그렇게 생각할 수 있는 것이다.

문체상의 이러한 끈질긴 지속성이 페르시아인들로 하여금 그들의 시를 8백 년 전부터 변함없이 사랑하고 존중하며 자랑스럽게 여기도록 했을 것이다. 한 동방인이 훌륭하게 제본되고 보존도 잘된 메스네비[64] 원고를 코란이라도 되는 것처럼 경외심으로 관찰하고 다루는 모습을 우리 자신이 직접 본 적도 있다.[65]

---

64 Mesnewi. 페르시아 문학에서 쌍운(雙韻)을 지닌 일련의 2행 시구.

65 괴테는 카를 아우구스트 대공에게 보내는 1815년 1월 29일 자 편지에서 잘랄-에딘 루미의 메스네비 원고를 구입한 사실을 말하고 있다.

의혹

페르시아의 시 문학이나 그와 비슷한 것을 서양인들이 아주 순수하게, 전적으로 편안하게 받아들일 리는 결코 없다. 우리는 이 점을 우선 분명히 해 둘 필요가 있다. 그래야만 별다른 방해를 받지 않고 그것을 즐길 수 있으니까.

우리를 그러한 시 문학으로부터 멀어지게 만드는 것은 종교가 아니다. 신의 유일성, 신의 뜻에 대한 헌신, 예언자를 통한 중재 등, 이 모든 것은 우리의 신앙, 우리의 사고방식과 다소간 일치한다. 거기에서도 비록 전설적인 방식이기는 하지만 우리의 성서가 그 바탕을 이룬다.

그쪽 지방의 동화, 우화, 비유, 일화, 재담, 농담은 오래전부터 우리에게 잘 알려져 있다. 그들의 신비주의도 우리에게 호소력을 가진다. 그것은 심오하고 근본적인 진지함이란 점에서 우리의 신비주의와 비교할 만하다. 그건 그렇고, 최근 들어 우리의 신비주의는 자세히 들여다보면 개성도 재능도 없는 동경을 표현하고 있을 뿐이다. 다음의 시구는 그것이 스스로를 어떻게 희화화하는지 잘 보여 준다.

> 내게 오로지 유익한 것은
> 갈증을 향한 영원한 갈증.

전제 군주정

그러나 서양인들의 감성에 도저히 와닿을 수 없는 것은 군주와 대신들에게 그들이 정신적으로 그리고 신체적으로 몸을 내던지는 태도이다. 물론 이러한 태도는 왕이 처음으로 신을 대신하게 된 아주 오랜 옛날부터 시작된 것이다. 구약 성서에서 우리는 남녀가 사제와 영웅들 앞에 몸을 던져 숭배하는 장면을 별다른 이질감 없이 읽는데, 이는 그들이 엘로아[66] 앞에서 이미 그와 똑같은 행동을 해 왔기 때문이다. 처음에는 경건한 감정에서 자연스레 이루어졌던 일이 나중에는 까다로운 궁정 예법으로 변하게 되었던 것이다. 세 번 몸을 던지는 것을 세 번 반복하는 '쿠토우'는 거기에서 비롯되었다. 얼마나 많은 서양의 사절들이 동방의 궁중에서 이 예식을 제대로 하는 데 실패했던가. 이 점을 미리 분명히 해 놓지 않으면, 우리는 페르시아의 시를 제대로 받아들이기 어렵다.

동방인들이 머리를 아홉 번이나 맨땅에 부딪힐 뿐 아니라 목표와 목적을 위해서라면 자기 머리를 아무 데나 내던져 버리는 행동을 어느 서양인이 참아 낼 수 있겠는가.

말을 타고 하는 마예[67] 경기에서는 공과 라켓이 큰 역할을 한다. 이 경기는 군주와 백성들이 보는 앞에서, 때로는 양쪽이 직접 선수로 참여하는 가운데 열리기도 한다. 하지만 시인이 자신

---

66 Eloah. 히브리의 신.
67 maillet. '나무망치'를 뜻하는 프랑스어.

의 머리를 공이라도 되는 듯 샤[68]의 마예 경기 라인 위에 올려놓
고는, 왕이 라켓을 휘둘러 그것을 맞힘으로써 경기를 유리하게
이끌어 가게 하는 장면에 이르면, 우리의 어떤 상상력이나 감수
성도 두 손 두 발 다 들기 마련이다. 다음 시구를 보자.

> 얼마나 오랫동안 너는 손도 발도 없는
> 운명의 공이어야만 하는가.
> 네가 수백 개의 라인을 건너뛰어도
> 너는 라켓으로부터 달아날 수 없다.
> 네 머리를 샤의 라인 위에 올려놓아라.
> 혹시 그분이 너를 볼지도 모르니까.

더 심한 것도 있다.

> 오로지 이런 얼굴만이
> 행운을 비추어 주는 거울 벽이 될 수 있지.
> 이 말의 발굽에 묻은
> 먼지로 온통 문질러진 얼굴 말이지.

동방 사람들은 술탄 앞에서뿐 아니라 연인 앞에서도 깊이, 그
리고 더 자주 몸을 숙인다.

---

68 Shah. 페르시아의 왕을 가리킨다.

내 얼굴은 길 위에 놓여 있었어,
어떤 걸음도 이 길을 비켜 갈 수 없으니까.
　　그대 가는 길에 피어오르는 먼지야말로
내 희망의 천막!
그대의 발길이 일으키는 먼지는
물보다도 더 좋아.

내 정수리를 먼지라도 되는 양
두 발로 짓밟는 이를
나는 황제로 받들겠네,
그이가 내게로 돌아와 준다면.

　우리는 여기서 하나의 표현이 적합한 경우에만 사용되는 것을 분명히 알 수 있다. 하지만 처음에는 어울리는 경우에만 사용되던 이러한 표현이 결국에는 점점 더 자주 사용되고 오용되는 것이다. 그래서 하피스도 농담에 찬 어조로 이렇게 말한다.

　길의 먼지로 덮인 내 머리
　언젠가는 여관집 주인의 머리가 되겠네.[69]

　더 깊이 연구해 보면 다음과 같이 추측해도 무방할 것이다. 예

69　너도 나도 똑같은 비유를 사용함으로써 그것이 결국 진부해진다는 말이다.

전의 시인들은 그런 표현을 훨씬 더 겸손하게 사용했으나, 그 뒤의 시인들은 똑같은 장면에서 똑같은 언어를 사용하면서도 진지한 구석이라고는 조금도 없이 희화화를 남발하며 오남용하게 되었다. 그 결과 마침내 비유(Trope)가 대상으로부터 멀어져 비유와 대상 간에 어떤 관계가 있는지 생각할 수도 없고, 느낄 수도 없게 되었던 것이다.

그러므로 우리는 엔베리의 사랑스러운 시구로써 이 단원을 마무리하려고 한다. 그는 자기 시대의 귀한 시인을 우아하면서도 재치 있게 존경할 줄 아는 시인이 아니었던가.

분별력 있는 자에겐 셰자이의 시들이 미끼와 같아서
　나 같은 수백 마리 새들이 탐욕스레 그 위로 날아든다.
가라, 나의 시여, 그리고 주군 앞에서 땅에 입 맞추고 아뢰어라.
　당신은 시대의 미덕이며, 당신 자체가 미덕의 시대입니다.

이의

이제 신하들에 대한 전제 군주들의 태도가 얼마만큼이나 인간적이었는지를 어느 정도 해명하고, 또 시인들의 굴종적인 태도에 상처 입은 우리 마음을 가라앉히기 위해, 역사와 세상사에 정통한 사람들이 이런 일에 어떤 식으로 판단 내리는지를 증언하는 몇 구절을 소개하고자 한다. 사려 깊은 한 영국인[70]은 다음과 같이 말한다.

"무제한의 권력은 유럽에서는 관습에 의해, 그리고 교양 있는 시대의 신중한 고려에 의해 온건한 정부로 순화되지만, 아시아 국가들에서는 권력의 성격이 변함없이 유지되며 거의 똑같은 진행 과정을 보인다. 한 인간에 대해 국가가 허용하는 가치와 품위, 이를 결정하는 작은 차이들이란 것이 전적으로 전제군주의 개인 성향과 권력에 달려 있기 때문이다. 물론 성향보다는 권력이 더 자주 결정적인 요소로 작용한다. 그러나 아주 먼 옛날부터 동방의 모든 허약한 왕국의 운명이 그랬듯이, 끊임없이 전쟁에 시달리는 어떤 나라도 행복하게 번영할 수는 없는 법이다. 따라서 결론은 이렇다. 무제한의 권력하에서 대중이 누릴 수 있는 최대의 행복은 그들의 군주가 지닌 권력과 명성에서 비롯되며, 신하들이 누리는 안락함도 본질적으로는 군주가 신하들에게 허용하는 자부심에 근거를 두고 있는 것이다.

그러므로 우리는 그들이 군주에게 바치는 아첨이 별스럽게 보이더라도 그들의 지조가 천박하며 매수할 수 있는 것이라고 싸잡아 말해서는 안 된다. 그들은 자유의 가치에 대해 아무 느낌이 없고, 다른 정부 형태에 대해서도 무지하지만, 안전함과 안락함이 부족하지 않은 그들의 상태를 자랑스럽게 여기는 것

---

70 존 맬컴 경(Sir John Malcolm, 1769~1833). 영국의 외교관이며 정치가. 페르시아에서 대사를 지냈으며, 『페르시아의 역사』(1815)를 펴냈다. 괴테는 「주석과 해설」집필을 위해 이 책을 자주 이용했다.

이다. 말하자면 그들은 억압적인 커다란 재난에 맞서는 도피처와 안전을 권력의 위대함에서 발견할 때, 그 고귀한 남자 앞에 자발적으로 순종하며 또한 자부심마저 가진다."

독일의 한 비평가[71]도 같은 맥락에서 재치 있고 박학다식하게 말한다.

"필자도 물론 이 시대 송가(頌歌) 작가들의 드높은 열광을 경탄하지만, 그와 동시에 찬양의 지나친 열광으로 인해 고귀한 정서를 낭비하게 되고, 보통은 그 결과로 인격적 품위가 저하된다는 점을 나무라지 않을 수 없다. 다만 다양한 장식으로 풍요롭게 완성된, 참으로 시적인 민족의 예술품 안에서는 송가 문학이 풍자 문학 못지않게 본질적이라는 사실은 곧장 언급되어 마땅하다. 송가 문학과 풍자 문학은 서로 대립되지만, 이러한 대립은 인간적인 장점과 약점을 평온하게 판단하는 재판관이면서 사람들을 내면의 평안으로 이끌어 가는 안내자인 도덕적 문학 안에서 해소된다. 또는 어느 쪽으로도 치우치지 않는 대담함으로 인간의 가장 고귀한 면과 더 이상 비난의 대상이 아닌, 오히려 전체에 영향을 미치는 삶의 일상성을 나란히 배치함으로써 두 대립 요소는 해소되며, 현존재의 순수한 형상을 포착하기 위해 하나가 된다. 말하자면 인간 행위의 고귀한 면과 드높은 완전성을 열광적으로 포착하고, 그것을 곰곰이 생각하는 과정에

---

71 마테우스 폰 콜린(Mattäus von Colin, 1779~1824). 크라카우와 빈에서 대학교수를 지냈다. 빈에서 발행한 『문학 연보』의 편집자. 1818년에 나온 제1호에서 폰 하머가 펴낸 『페르시아 문학의 역사』에 대해 비평문을 게재한 적이 있다.

서 내면의 삶을 새롭게 하는 것이 인간 본성에 맞는 일이고 또한 인간의 고상한 혈통을 보여 주는 것이라면, 왕들에게서 현현하는 권력과 힘에 대한 송가 문학도 시의 영역에서 하나의 훌륭한 현상인 것이다. 그리고 그런 송가 문학이 우리 나라에서, 너무나 당연한 일이겠지만, 경멸의 대상으로 전락한 까닭은 송가에 전념한 사람들이 대개는 시인이 아니라 비열한 아첨꾼이었기 때문이다. 하지만 칼데론이 그의 왕을 찬양하는 소리를 듣는 순간, 상상력이 마구 약동하고 감동에 휩싸이는 사람이라면 그 누가 찬양을 돈으로 매수할 수 있는 것이라 생각하겠는가? 또 그 누가 핀다로스의 승리의 찬가에 저항하며 마음의 문을 닫으려 하겠는가? 페르시아 군주들의 위엄이 지닌 전제 군주적 성격은, 같은 시대에 왕의 찬미가를 불렀던 대부분의 민족들이 보여 준 천박한 폭력 숭배와는 대조되는 것이었으며, 고상한 기품을 지닌 사람들의 마음속에서 생긴 승화된 권력 이념을 통해 후세의 경탄을 자아낸 많은 작품들이 태어났던 것이다. 이러한 시인들이 오늘날에도 경탄을 불러일으키는 것과 마찬가지로, 인간의 품위를 진정으로 알아보고 자신들을 추모하는 예술에 감격할 줄 알았던 왕들도 경탄의 대상이 되어 마땅하다. 엔베리, 차카니(Chakani), 사히르 파랴비(Sahir Farjabi), 아헤스테기(Achestegi)는 이 시대에 송가 분야에서 이름을 떨쳤던 시인들로, 동방인들은 오늘날에도 감격에 넘쳐 그들의 시를 읽고 있으며, 그들의 고귀한 명성은 어떤 비방 앞에서도 안전하다. 송가 시인의 이러한 노력이 인간에게 부여될 수 있는 가장 높은 요구에 얼마나 근접했는가를 보여 주는 하나의 증거로는, 송가 시인들 중 한 사람인 사나지스(Sanajis)가 갑자기 종교 문학으로 전향한 것을 들 수 있다. 원래는 송가 시인이었던 그가 오로지 신과 영원한 완전성에만 감격하는 가인(歌人)이 된 것인데, 이는 그가 삶 속에서 찾는 것으로 만족했던 숭고의 이념을 이제는 현존재의 저편에서 발견하게 된 이후부터였다."

보충

진지하고 사려 깊은 두 남자의 이러한 고찰은 페르시아의 시인들과 찬미자들에 대해 온건한 판단을 내리게 하며, 그와 동시에 우리가 앞서 언급한 내용, 즉 위험한 시기의 통치에 있어 무엇보다 중요한 것은 왕이 신하들을 보호할 뿐만 아니라 신하들이 직접 적에 대항해 싸울 수 있도록 그들을 이끌어 가는 능력이라는 것도 입증한다. 최근까지도 사실로 드러나는 이러한 진리는 아주 오래된 사례들에서도 찾아볼 수 있다. 우리가 여기에서 인용하려는 이스라엘 국가의 기본법도 그러한 사례 중 하나이다. 신은 이스라엘 민족이 단호하게 한 사람의 왕을 원하던 순간에 전체의 동의를 얻어 기본법을 그 민족에게 베풀었던 것이다. 오늘날의 우리가 보기에는 조금 이상하겠지만, 이 기본법을 문자 그대로 옮겨 보겠다.[72]

"사무엘은 왕을 세워 달라는 백성을 향해 야훼께서 왕의 권리에 대해 뭐라고 말씀하실지를 일일이 말해 주었다. 너희를 다스릴 왕의 권리에 대해 알려 주겠노라. 그는 너희의 아들들을 데려다가 그의 마차를 끌게 하거나 기마대 일을 시키고, 그 기마대로 하여금 마차 앞에서 달리게 할 것이다. 일천인(一千人) 대장이나 오십인 대장으로 삼고, 또는 농부로 만들어 그의 밭을 갈게 하고 추수를 하게 할 것이며, 갑옷을 만들고 마차에 필요한 장비를 만들게 할 것이다. 또한 너희의 딸들을 데리고 가서 약을 만들게 하고, 요리하거나 과자를 굽게 할 것이다. 너희의 가장 좋은 밭과 포도원과 과수원을 빼앗아 자기 신하들에게 줄 것이다. 게다가 곡식과 포도에서도 십일조를 거두어 내시와 신하들에게 줄 것이다. 그리고 너희의 남자 종과 여자 종과 아름다운 아이들을 데려가 일을 시키고, 나귀를 데려가 부려 먹을 것이며, 양 떼에서도 십일조를 거두어 갈 것이며, 마침내는 너희까지 종으로 삼을 것이다."

사무엘은 백성들의 이러한 일치된 생각이 잘못되었음을 알려 주고 그들의 마음을 움직여, 왕을 가지고 싶다는 소원을 버리게 하려 했으나, 백성들은 한목소리로 이렇게 외치는 것이었다. "그렇지 않습니다. 우리는 왕을 모셔야 합니다. 그래야 우리도 다른 민족처럼 될 수 있습니다. 우리를 다스리고, 전쟁이 일어나면 우리를 이끌어 줄 왕이 필요합니다."[73]

그 페르시아인도 이런 맥락에서 다음과 같이 말한다.

---

72 『사무엘왕기』 1권 8장, 10~17절.

73 『사무엘왕기』 1권 8장, 19~20절.

그분은 조언(助言)과 칼로써 우리 나라를 감싸고 보호하시니 감싸는 자와 보호하는 자는 신의 손안에 있습니다.

사람들은 다양한 정부 형태를 판단하면서, 이름이야 어떻게 불리든, 거기에 자유와 예속이 대극적으로 동시에 존재한다는 사실을 충분히 고려하지 않는 것이 보통이다. 권력이 한 사람에게 있으면 대중은 예속되는 것이며, 권력이 대중에게 있다면 한 개인은 그만큼 불리한 입장에 처한다. 이러한 형편은 모든 단계에 걸쳐 있기 마련인데,[74] 어느 순간 균형이 이루어지기는 하지만 그것도 짧은 순간에 지나지 않는다. 역사 연구가에게는 이러한 사실이 조금도 비밀이 아니지만, 소용돌이치는 삶의 순간에 사람들은 그것을 분명하게 인식하지 못하는 것이다. 사람들은 한쪽 편이 다른 쪽 편을 억누르려 할 때만 자유에 대해 말하는 것을 들으려고 한다. 그리고 권력과 영향력과 재산이 한 사람의 손에서 다른 사람의 손으로 넘어갈 뿐, 다른 아무 일도 일어나지 않는다고 생각할 때는 누구도 자유에 대한 발언에 귀를 기울이지 않는다. 하지만 자유란 은밀하게 공모(共謀)한 자들의 조용한 구호이고, 공공연히 전복을 꾀하는 자들의 떠들썩한 함성이며, 억압받는 군중이 적에 대항하도록 선동하고 그들에게 외부의 압력으로부터의 영원한 구원을 약속하며 폭군들 자신이 내세우는 암호이다.

---

74 한 개인에게 집중된 권력과 대중에게 주어진 권력의 상대적 비율이 그때그때마다 다르다는 말이다.

역작용

하지만 이처럼 미심쩍고 막연한 고찰에 머무르고 싶지는 않다. 오히려 동방으로 유유히 되돌아가 영원히 굴복시킬 수 없는 인간의 천성이 극단적인 압박에 어떻게 맞서는지를 살펴보려 한다. 그러다 보면 우리는 어디에서든 개개인의 자유 의지와 고집이 한 개인의 전권(全權)과 균형을 이루고 있음을 알게 된다. 그들은 노예이지만 굴종하지 않으며, 비할 데 없는 대담함을 보여 준다. 더 오랜 시대에서 하나의 사례를 들기 위해 알렉산드로스 대왕의 막사 안에서 벌어지는 저녁 만찬 장면으로 가 보자. 거기에서 우리는 자기 부하들과 활발하고 격정적으로, 그리고 거칠게 대화를 주고받는 대왕을 만날 수 있다.

알렉산드로스의 젖형제이자 놀이 동무이며, 전우이기도 한 클리투스는 전장에서 형제 둘을 잃었고, 알렉산드로스의 목숨을 구한 적이 있으며, 영향력 있는 장군으로, 그리고 주요 정복지의 충직한 총독으로 맡은 역할을 다한다. 하지만 그는 전제 군주의 주제넘은 신격화는 인정하지 않았다. 그는 알렉산드로스가 오는 것을 보았고, 자신의 봉사와 도움을 필요로 한다는 것을 알아차렸다. 그는 마음속으로는 우울증이 드리운 적의를 키우고 있었을 수도 있고, 자신의 공적을 과대평가하고 있었는지도 모른다.

알렉산드로스의 연회에서 식탁 위로 오갔던 대화는 언제나 의미심장했을 것이다. 그곳의 손님들은 모두 유능하고 교양 있는 남자들이었으며, 그리스에서 연설이 최고의 영광을 누리던 시대에 태어난 자들이었다. 대개 그들은 주요한 문제들을 냉정하게 과제로 제시하면서 어느 하나를 의도적으로 선택하거나 아니면 그중 하나를 임의로 잡아 소피스트와 연설가답게 상당히 치열하게 갑론을박했을 것이다. 그렇게 각자가 자기가 속한 당파를 옹호하고, 술기운과 열정이 서로 상승 작용을 일으키면, 결국에는 폭력적인 장면으로 끝날 수밖에 없었을 것이다. 그와 같은 과정에서 우리는 페르세폴리스를 불태운 대화재가 그 어떤 거칠고 비이성적인 폭음 상태로부터 불씨가 타오른 것이 아니라, 식사 중의 담화로부터 타올랐을 것이라고 추측하게 된다. 말하자면 한쪽 당파는 그들이 페르시아인들을 일단 굴복시켰으니 이제는 그냥 넘어가자고 주장했을 것이고, 다른 한쪽은 그리스의 사원들을 파괴하던 아시아인들의 무자비한 만행을 그 자리에 모여 있는 사람들에게 상기시키며, 광기를 만취 상태의 분노로 끌어올려, 유서 깊은 왕국의 기념비들을 잿더미로 만들어 버렸을 것이다. 그리고 언제나 가장 격렬하며, 적들에 대해 가장 적대적인 여자[75]들도 그 과정에서 한몫 거들었을 것이라는 사실은 우리의 추측을 더욱 그럴듯하게 한다.

그러나 이에 대해 어느 정도 의심을 품는다면, 우리는 앞에서 언급한 바 있는 연회에서 치명적인 갈등을 가져온 계기가 무엇인지를 그만큼 더 확실히 알게 된다. 역사가 우리에게 그것

---

75 고대 그리스의 매춘부 타이스(Thais)를 가리킨다.

을 말해 주고 있다. 말하자면 그것은 끊임없이 반복되는 노인과 젊은이 사이의 다툼이다. 노인들은 ─ 클리투스도 그들의 편이 되어 논쟁을 벌였다 ─ 그들이 왕과 조국, 그리고 일단 설정했던 목표를 향해 자신들의 힘과 지혜로써 충실하게 수행해 온 일관된 행적들을 근거로 내세울 수 있었다. 그에 반해 젊은이들은 그 모든 일이 분명히 일어났고, 많은 것들이 이루어졌으며, 그들이 실제로 인도 국경까지 와 있다는 사실은 인정했다. 하지만 그들은 아직도 할 일이 얼마나 많이 남아 있는지 생각해 보라고 했으며, 노인들이 해낸 것과 똑같은 일을 하겠노라고 나섰고, 영광스러운 미래를 장담하면서 지금까지 이루어졌던 업적의 광휘를 희미하게 만들 줄 알았다. 대왕이 젊은이들 편을 든 것은 자연스러운 일이었으니, 이미 일어난 일은 그의 관심사가 아니었던 것이다. 클리투스는 거기에 반대하여 은밀한 불쾌감을 드러냈고, 대왕이 없는 데서 말했지만 이미 오래전 그의 귀에 들어간 멍청한 말을 대왕의 면전에서 반복했다. 알렉산드로스는 놀라울 정도로 꾹 참았지만, 너무 오래 참은 것이 문제였다. 클리투스는 불쾌한 말을 정신없이 계속 지껄여 댔고, 마침내 대왕이 자리를 박차고 일어났다. 순간 옆에 있던 신하들이 얼른 클리투스를 붙들어 다른 곳으로 데려갔다. 그러나 클리투스가 또다시 미친 듯이 욕하며 되돌아오자, 알렉산드로스는 호위병의 창을 빼앗아 그를 찔러 쓰러뜨렸다.

그다음 일은 여기서 논하기 적당하지 않지만 한 가지만은 말해 두고자 한다. 절망에 빠진 대왕이 내뱉은 쓰디쓴 탄식은 그 어떤 통찰을 담고 있었던 것이다. 앞으로는 숲속의 한 마리 짐승처럼 외로운 신세가 되었군, 이제 누구도 내 앞에서 터놓고 말하지 못할 거야. 이 말은, 그것이 대왕이 한 말이든 아니면 역사가가 덧붙인 말이든 간에, 우리가 앞에서 추측했던 사실을 입증해 준다.

바로 전 세기까지만 해도 페르시아 황제의 연회 석상에서 황제를 상대로 대담하게 반론을 펴는 것은 흔한 일이었다. 물론 지나치게 방자한 참석자는 결국 질질 끌려 나갔다. 혹시 황제가 특사를 내리지나 않을까 싶어서, 황제 근처로 그를 끌고 지나가 보기도 했지만, 외면당할 경우 그를 밖으로 끌고 나가 때려눕혔다.

총애하는 신하들이 황제에 맞서 얼마나 집요하고 반항적으로 행동했는지는 믿음직한 역사 기록자들이 일화 형식으로 우리에게 전해 준다. 전제 군주는 운명처럼 가혹하지만 사람들은 그에게 반항한다. 일부 격렬한 성격의 소유자들이 그 과정에서 일종의 광기에 빠져드는, 놀랍기 그지없는 사례들은 쉽게 찾아볼 수 있다.

온건하고 굳세고 일관된 성격의 사람들은 그들의 방식대로 살아가고 다른 사람들에게 영향을 미치기 위해 선행과 고통 등 모든 것이 거기에서 유래하는 최고의 권력에 순종한다. 그러나 시인은 무엇보다도 자신의 재능을 알아주는 최고 권력자에게 헌신할 이유를 갖고 있다. 위대한 인물들과 접할 수 있는 궁정에 있어야만 세계에 대한 조망이 열리는데, 이는 시인이 온갖 소재를 풍부하게 얻는 데 꼭 필요한 요소이다. 이런 점에서 송가 시인들이 택하는 아첨은 용서될 뿐만 아니라 정당화된다. 그가 제후와 대신들, 소년과 소녀들, 예언자와 성자들, 그리고 마침내는 신성 자체를 인간적으로 풍부하게 그려 내기 위해서는 다양한 소재를 갖추어야만 자신의 솜씨를 최고로 발휘할 수 있는 것이다.

물론 우리는 연인의 자태를 찬미하기 위해 온갖 장식과 화려한 치장을 잔뜩 끌어모으는 서방의 시인들도 마찬가지로 칭찬하는 바이다.

삽입한 글

시인의 사려 깊음은 원래 형식과 관련 있는 것이다. 소재는 이 세상이 얼마든지 풍부하게 제공하며, 내용은 내면의 풍요로움에서 저절로 솟아난다. 그런데 세상과 시인의 내면이 아무 의식 없이 만난다면, 결국 그 풍요로움이 원래 어디에 속하는 것인지 알지 못하게 된다.

형식은 그것이 천재 속에 이미 훌륭하게 자리 잡고 있다 하더라도 인식과 섬세한 숙고를 요구하며, 여기에서 형식과 소재와 내용이 서로 어울리고, 서로 맞춰지고, 서로 스며들게 하는 사려 깊음이 요청되는 것이다.

시인의 위치는 파당을 만들기엔 너무 높은 곳에 자리 잡고 있다. 명랑함과 의식은 그가 창조주에게 감사드려야 하는 훌륭한 선물이다. 의식이 있기에 시인은 무서운 것 앞에서도 놀라지 않으며, 쾌활함은 그로 하여금 모든 것을 기쁜 마음으로 묘사하게 한다.

동방 시의 근원적 요소

아랍어에서 거의 모든 어간과 어근은 바로 직접적으로는 아닐지라도 약간의 동화(同化)와 변형을 거쳐 낙타와 말 그리고 양과 연관되어 있다. 자연과 삶을 나타내는 이러한 최초의 표현들을 결코 비유적이라고 말할 수는 없다. 인간이 자연스럽고 자유롭게 표현한 모든 것은 삶과 연관 있는 것들이다. 아랍인은 마치 몸과 영혼처럼 낙타나 말과 내적으로 깊은 연관을 맺고 있어서, 그가 만나는 것이라면 무엇이든 이러한 동물들과 관련되지 않을 수 없으며, 그 동물들의 본질과 작용도 아랍인 자신의 것과 생생한 관계를 맺지 않을 수 없는 것이다. 앞에서 언급한 동물들 말고도, 자유롭게 방랑하는 베두인 사람들의 눈앞에 자주 나타나는 다른 가축이나 야생 동물들의 경우를 생각해 보더라도, 이것들 또한 삶과 온갖 연관 속에 있음을 알게 된다. 우리가 이제 한 발 더 나아가 눈에 보이는 다른 것들, 즉 산과 사막, 바위와 평야, 나무들, 약초들, 꽃, 강과 바다 그리고 별이 총총한 하늘을 관찰해 본다면, 이 모든 것에서 모든 생각을 떠올리는 동방인은 가장 먼 것을 서로 연결하는 데 익숙하고, 철자나 음절의 아주 작은 변화를 활용하여 거기에서 모순되는 것을 주저 없이 이끌어 내려는 것을 발견할 수 있다. 여기에서 언어는 그 자체로 생산적이며, 그것이 생각과 어울릴 경우에는 웅변이 되고, 상상력과 일치할 경우에는 시가 되는 것이다.

그러므로 최초의 필연적이고 시원적인 비유에서 출발하여, 더욱 자유롭고 더욱 대담한 비유를 거쳐, 마침내 너무나 대담하고 자의적이어서, 결국에는 졸렬하고 관습적이며 무미건조한 비유에 이르는 과정을 확인한 자라면, 동방 시 예술의 주요 흐름에 대한 탁 트인 조망을 얻은 셈이다. 그러나 그는 우리가 취향이라고 부르는 것, 즉 적절한 것과 적절하지 않은 것의 구별은 그 문학에서 전혀 문제 되지 않는다는 사실을 쉽게 확신하게 될 것이다. 그들의 문학이 갖고 있는 미덕은 오류와 떼어 놓을 수 없다. 양자는 서로 관계를 맺고 있으며, 서로가 서로에게서 나오는 것이기에 비방하거나 깎아내리지 말고, 있는 그대로 인정해야 한다. 라이스케[76]나 미하엘리스[77] 같은 이들이 동방의 시인들을 금방 하늘 높이까지 치켜올렸다가 곧 다시 단순하고 어린 학생 취급을 하는 것만큼 참기 어려운 일도 없다.

하지만 여기서 두드러지게 눈에 띄는 사실은, 최초에 여러 인

---

76 요한 야코프 라이스케(Johann Jakob Reiske, 1716~1774). 아랍학의 뛰어난 연구자였던 라이프 치히의 교사.

77 요한 다비드 미하엘리스(Johann David Michaelis, 1717~1791). 괴팅겐 대학의 교수, 신학자이 자 동방학 연구자.

상들의 자연적 원천 가까이에서 살며 시를 창작하듯이 언어를 만들어 갔던 아주 먼 옛날의 시인들은 대단히 큰 장점을 가졌음에 틀림없으리라는 것이다. 그러나 이미 모든 것이 잘 다듬어진 시대, 그 복잡한 상황 속으로 들어온 시인들은 여전히 똑같은 노력을 보여 주긴 하지만, 정당하고 칭송할 만한 것의 흔적을 점차 잃어 간다. 왜냐하면 그들이 동떨어진, 점점 더 동떨어진 비유를 서둘러 찾으면 찾을수록, 그 자체가 순전히 난센스가 되기 때문이다. 마지막으로 남는 것은 기껏해야 아주 일반적인 개념뿐인데, 그것으로 대상들을 요약할 수는 있겠지만, 모든 직관과 더불어 시 자체는 그로써 증발하고 마는 것이다.

비유에서 은유로 넘어감

앞에서 말한 것 모두가 가까운 친척 관계에 있는 은유에도 적용되는 것이므로, 몇 가지 예를 들어 우리의 주장을 입증해 보려고 한다.

드넓은 들판에서 막 잠에서 깨어난 사냥꾼이 떠오르는 해를 한 마리 '매'에 비교하는 시를 보자.

행동과 생명이 내 가슴에 힘차게 스며들고
나는 또다시 두 발로 굳건하게 선다.
황금빛 매가 날개를 활짝 편 채

하늘빛 둥지 위를 날고 있지 않은가.

또는 더 장엄하게 한 마리 '사자'에 비교하기도 한다.

아침 여명이 환하게 밝아지자
마음과 정신이 갑자기 즐거워졌고,
수줍은 가젤인 밤은
으르렁대는 아침 사자를 피해 달아났네.

이 모든 것을, 아니 그보다 더 많은 것들을 목격한 마르코 폴로[78]가 어떻게 그러한 은유에 경탄하지 않을 수 있었겠는가!
우리는 끊임없이 '곱슬머리'와 더불어 유희하는 시인도 발견한다.

쉰 개가 넘는 낚싯바늘이
그대의 곱슬머리에 온통 꽂혀 있네

이 시구는 아름답고 풍성한 곱슬머리를 아주 사랑스럽게 묘사하는데, 머리카락들의 끝부분을 낚싯바늘처럼 보는 상상력이 엉뚱한 것은 아니다. 그러나 시인이 머리카락에 목을 매달았노라고 말한다면 우리 마음에 썩 들지는 않을 것이다. 술탄을

---

78 마르코 폴로(Marco Polo, 1254~1324). 베네치아 출생으로, 아버지를 따라 1271~1295년간 동아시아를 여행한 후 베네치아로 돌아왔다.

묘사한 이런 시구도 있다.

> 당신의 곱슬머리를 묶은 끈에
> 적의 목이 매달려 있군요.

이런 시구는 상상력에 거슬리는 형상을 불러일으키거나 아니면 그 어떤 형상도 불러일으키지 않는다.

우리가 속눈썹에 의해 살해된다는 표현은 그럴듯하지만, 속눈썹에 의해 꿰뚫렸다고 말하는 것은 별로 유쾌하지 않다. 더나아가 속눈썹을 빗자루와 비교하여, 하늘로부터 별들을 쓸어낸다고 표현한다면 너무 지나치다는 느낌이 든다. 미인의 이마를 심장을 연마하는 돌로, 연인의 심장을 끊임없이 굴러가며 둥글둥글해진, 눈물의 실개천의 표석(漂石)으로 비교하기도 하는데, 다정다감하기보다는 재기 발랄하고 과감한 이런 표현들은 친근한 미소를 짓게 한다.

또한 시인이 샤의 적들을 천막의 부속품인 양 다루었다면, 우리는 그것을 재기 발랄한 표현이라 말해도 무방할 것이다.

> 적들을 지붕널처럼 쪼개 버리고, 헝겊처럼 찢어 버려라!
> 못대가리처럼 두들겨 패라! 그리고 기둥처럼 처박아라!

여기서 우리는 본영(本營) 안에 있는 시인의 모습을 본다. 시인의 마음속에는 반복해서 진영을 설치했다가 다시 걷어 올리는 모습이 어른거린다.

얼마든지 무한한 사례들로 확장될 수 있는 이러한 소수의 예들에서 분명해지는 것은 우리가 보기에 칭찬받을 만한 것과 비난받을 만한 것 사이에 어떤 경계도 그을 수 없다는 사실이다. 왜냐하면 그들의 미덕이란 것이 원래부터 그들의 오류가 꽃을 피운 것이기 때문이다. 우리가 이런 뛰어난 정신들의 창작품에 참여하려면 우리 스스로를 동방화(東方化)해야 한다. 동방이 우리한테로 건너오지는 않을 테니까. 우리를 그리로 이끌어 가고 안내하기 위해서는 번역도 칭송받아 마땅하지만, 앞에서 말한 모든 것에서 보다시피, 동방의 문학에서는 언어로서의 언어가 으뜸가는 역할을 한다. 이러한 보물들을 그 원천에서부터 알아보고 싶어 하는 것은 당연하지 않겠는가!

이제 시적인 기법이 모든 종류의 문학 창작에 필연적으로 가장 커다란 영향을 미친다는 사실을 고려할 때, 우리는 여기에서도 2행씩 각운을 맞추는 동방 시인들의 시구가 하나의 대구(對句) 형식을 요구한다는 것을 발견한다. 그러나 그러한 대구 형식은 정신을 집중시키는 대신 오히려 산만하게 하는데, 그것은 각운이 전혀 다른 종류의 대상들을 각각 지시하기 때문이다. 그렇게 하여 그들의 시는 혼합 형식[79] 또는 미리 정해진 각운의 외

---

79 Quodlibet. 16세기와 17세기에는 다양한 문학 작품이나 음악의 부분들을 하나의 작품으로 묶기도 했다. 따라서 쿠오딜리베트(Quodlibet)라는 라틴어는 '마음 내키는 대로' 또는 '모든 것을 구분하지 않고'라고 해석할 수 있다.

관을 띤다. 그런 식으로 탁월한 무언가를 만들어 내려면 물론 최고의 재능이 요구된다. 그런 재능에 대해 이 민족이 얼마나 엄격하게 판단했는지는 5백 년 세월 동안 일곱 명의 시인만을 최고의 시인으로 꼽았다는 사실에서 알 수 있다.

경고

우리가 지금까지 말한 모든 것을 동방의 문학 예술에 대해 우리가 최선의 호의를 가지고 있다는 증거로 삼을 수 있다. 그러므로 우리는 이 지역에 대해 보다 상세한, 아니 직접적인 지식을 접할 수 있었던 남자들에게 일종의 경고를 하고 싶다. 그토록 훌륭한 것에 가해질 수 있는 모든 가능한 손상을 저지하려는 목적을 드러내는 그런 경고 말이다.

누구나 비교를 통해서라면 쉽게 판단을 내릴 수 있지만, 그것이 사정을 어렵게 만들기도 만든다. 왜냐하면 비유가 지나쳐 절뚝거릴 정도가 되면, 비교를 통한 판단은, 그것을 엄밀하게 살펴보면 볼수록 점점 더 부적절해지기 때문이다. 너무 멀리까지 갈 필요도 없이 현재의 경우만 보더라도 이렇게 말할 수 있다. 저 탁월한 인물인 존스가 동방의 시인들을 고대 로마·그리스 시인들과 비교한 데는 이유가 있는데, 그것은 영국과 그 나라의 고대 문헌 비평가들에 대한 그의 입장이 그런 방향으로 그를 몰아가기 때문이다. 엄격한 고전 학교에서 교육을 받은 그 자신은 아마도 로마와 아테네로부터 우리에게 전해진 것 말고는 아무 것도 인정하지 않으려는 배타적 선입견을 가지고 있었을 것이다. 그는 동방을 알고 아끼고 사랑했으며, 그들의 작품을 고대 영국으로 들여오기를, 밀수입하기를 원했다. 그러나 동방인들의 작품이라 할지라도 고대 로마와 그리스라는 인장이 없으면 아무 효력도 발휘할 수 없었던 것이다. 하지만 이러한 모든 태도는 지금은 전적으로 불필요하며, 오히려 해롭기까지 하다. 우리는 동방인들의 문학을 올바르게 존중할 줄 알며, 그들의 커다란 장점들을 당연히 인정한다. 하지만 우리는 그들을 그들 자신과 비교하고, 그들 자신의 영역 안에서 존중해야 하며, 그리스인과 로마인이 존재했었다는 사실은 잊어야 마땅하다.

하피스를 보고 호라티우스를 떠올린다 해도 그 사람을 나무랄 수는 없다. 이에 대해서는 한 전문가[80]가 경탄스러울 정도로 잘 설명하고 있는데, 이 문제는 이로써 명백하게 그리고 영원히 마무리된 셈이다.

"하피스와 호라티우스가 인생을 보는 관점은 두드러질 정도로 유사한데, 그것은 두 시인이 살았던 시대의 유사성으로만 설명될 수 있다. 시민 생활의 모든 안전이 파괴되었던 그런 시대에 인간은 순식간에 지나가면서 낚아채는 일시적 향락에 만족하고 마는 것이다."

하지만 우리가 간절히 바라는 바는 피르다우시를 호메로스와

---

80 앞서 나온 마테우스 폰 콜린을 가리킨다.

비교하지 말라는 것이다. 왜냐하면 피르다우시는 소재와 형식 그리고 그것을 다루는 방식 등 모든 점에서 질 수밖에 없기 때문이다. 이 점을 확인하고 싶다면, 끔찍할 정도로 단조로운 이스펜디아르(Isfendiar)의 일곱 개 모험담과 파트로클로스의 장례식 장면에서 각양각색의 영웅들이 너무나 다양한 방식으로 온갖 다채로운 상을 받는 『일리아스』의 스물세 번째 노래를 비교해 보라. 우리 독일인은 그러한 비교를 통해 우리의 뛰어난 니벨룽겐족의 노래들에 커다란 해를 입히지 않았던가? 그것들은 우리가 그 테두리 안으로 올바로 섞여 들어가 모든 것을 친밀하게, 그리고 감사의 마음으로 받아들인다면 아주 즐거운 것이 되지만, 그것들에 결코 적용해서는 안 될 기준을 들이댄다면 기묘한 모습이 될 수밖에 없는 것이다.

오랜 세월에 걸쳐 다양한 글을 많이 쓴 작가의 경우도 마찬가지다. 비교하면서 칭찬을 하든, 선택을 하든, 내던져 버리든, 그 모든 것은 저속하고 서투른 대중에게 맡겨져 있다. 그러나 민족의 스승이라면 보편적이고 명백한 통찰로써 순수하고 상처 입히지 않는 판단을 보장하는 입장에 서야 한다.

비교

우리는 방금 작가들을 판단함에 있어 모든 비교를 거부했다. 그런데 바로 이어서 그런 비교를 허용하는 한 가지 경우를 말한다면 이상하게 들릴 것이다. 하지만 우리는 이러한 예외도 허용될 수 있으리라고 본다. 왜냐하면 그 생각은 우리의 것이 아니라 제3자의 것이기 때문이다.

동방을 그 폭과 높이와 깊이에서 철저히 파고든 어떤 이[81]는 독일 작가 누구도 장 파울 리히터만큼 동방 시인과 그 밖의 저자들에게 더 가까이 접근하지는 못했다고 본다. 이 말은 너무나 의미심장하게 보였기 때문에 우리가 거기에 대해 따로 언급할 필요조차 없었다. 그런 만큼 그에 관한 우리의 견해도 앞서 장황하게 설명한 것을 근거로 삼아 보다 쉽게 피력할 수 있다.

방금 언급한 친구[82]의 개성부터 말하자면 그의 작품들은 분별력 있고, 두루 살피며, 통찰력 있고, 배움이 깊으며, 교양 있고, 선의에 넘치는 경건한 감각을 보여 준다. 그토록 재능 많은 정신이 가장 고유한 동방의 방식에 따라, 생생하고 대담하게 자신의 세계를 둘러보고, 기묘하기 그지없는 연관들을 만들어 내며, 서로 어울리기 어려운 것을 결합시키고, 그 와중에 비밀스러운 윤리적 실마리들이 얽혀 들게 함으로써 전체를 어떤 하나의 통일체로 이끌어 가는 것이다.

그리고 우리는 앞에서 동방의 뛰어난 옛 시인들의 작품을 이루었던 자연적 요소들을 암시하고 묘사했으므로, 분명하게 다음처럼 설명할 수 있다. 그 시인들이 자연 그대로의 싱싱하고 단순한 지역에서 활동했던 반면에, 이 친구는 잘 교육받은, 아

---

81 하피스의 시를 독일어로 옮긴 요제프 폰 하머를 가리킨다.
82 장 파울 리히터를 가리킨다.

니 지나치게 교육받거나, 잘못 교육받아 비틀어진 세계에서 살며 활동했기 때문에 기묘하기 그지없는 요소들을 통제하기 위해 나름대로 적응해야 했다. 이제 베두인족이 처한 환경과 이 저자가 처한 환경이 얼마나 대조적인지 간단한 사례를 들어 생생하게 보여 주기 위해 이런저런 문서들에서 가려 뽑은 아주 중요한 표현들을 인용해 보고자 한다.

바리케이드 조약,[83] 호외(號外), 추기경들, 부차적 화해, 당구, 맥주 통, 제국 은행, 공판석, 고위 인사 위원회, 열광, 왕홀(王惚) 큐,[84] 흉상, 다람쥐를 키우는 농부, 주식 중매인, 추잡한 녀석, 익명, 콜로키움, 표준 당구대, 석고 모형, 아방스망(전진), 오두막 소년, 귀화(歸化) 서류, 성신 강림절 프로그램, 프리메이슨, 손가락 팬터마임, 절단, 최대수(最大數), 보석 가게, 안식일의 길 등등.

동방인이 무역을 하는 카라반과 순례하는 카라반을 통해 외부 세계를 알게 되었던 것과 마찬가지로 교양 있는 독일 독자들은 이 모든 표현을 알고 있거나 아니면 회화 사전을 통해 알 수도 있다. 그 때문에 우리는 전혀 다른 토대 위에서도 동일한 방식을 적용하고자 하는 유사한 정신[85]의 정당함을 대담하게 인정하는 것이다.

그러므로 우리는 높은 평가를 받을 뿐만 아니라 생산적이기

83　Barrierentraktat. 오스트리아와 네덜란드 사이에 있었던 조약. 오스트리아령 네덜란드에 군대 주둔을 허락했으나, 요제프 2세가 철회했다.

84　'왕홀'을 당구 큐에 비유한 것.

85　장 파울 리히터를 가리킨다.

도 한 우리의 작가가 후대에 살면서 자기 시대의 재기 발랄한 작가로 두각을 드러내기 위해 예술과 학문, 기술과 정치, 전쟁과 평화 동안의 교류와 파멸을 통해 끝없이 제약받고 산산조각 난 상태를 아주 다양하게 암시할 수밖에 없으리라는 것을 인정한다. 그렇게 함으로써 우리는 그가 지닌 동방적 특징을 충분히 입증했다고 본다.

그러나 우리는 시와 산문 창작 방식의 차이점 하나를 강조하려 한다. 시인에게는 박자, 대구(對句)의 설정, 음절의 억양, 압운이 커다란 장애가 되는 것은 뻔한 일이므로, 그에게 주어졌거나 혹은 그가 자신에게 부여한 수수께끼의 매듭들을 다행스럽게도 잘 풀어낸다면 이 모든 것이 오히려 결정적인 장점이 된다. 말하자면 그가 아주 대담한 은유를 사용했다 하더라도 예기치 않게 성공한 압운 하나 때문에 우리는 그것을 용인할 수 있으며, 강요된 상황에서도 시인이 보여 주는 사려 깊음을 확인하고 기뻐할 것이다.

반면에 산문 작가는 운신이 매우 자유롭기 때문에 자신이 행한 모든 무모함에 책임이 있다. 취향을 해칠 수 있는 모든 것은 그의 책임이다. 하지만 우리가 앞에서 장황하게 입증했듯이, 그런 종류의 창작과 글쓰기 방식에서는 적절한 것과 부적절한 것을 구분하는 일이 불가능하기 때문에, 여기에서는 모든 것이 그러한 모험적인 작품을 시도하는 개인에게 달려 있다. 그러므로 그 개인이 장 파울 리히터처럼 재능이 탁월하거나 품위 있는 인간이라면 독자는 그런 개인에게 곧장 끌리면서 친해질 것이다.

그러면 모든 것이 허용되고 환영받기 마련이다. 사람들은 훌륭한 생각을 가진 남자 가까이에 있으면 편안함을 느끼고, 그 남자의 감정을 우리와 함께 나눈다. 그는 우리의 상상력을 불러일으키고, 우리의 약점에는 비위를 맞추어 주며, 우리의 강점은 더욱 단단하게 만들어 준다.

사람들은 기묘하게 부과된 수수께끼를 풀어 보려 시도하면서 나름대로 기지를 발휘하고, 글자 맞추기 퀴즈라도 하듯 복잡하게 뒤엉킨 세계 안에서 그리고 그 배후에서 재미와 자극과 감동을, 심지어는 교훈적인 가르침까지 발견하는 기쁨을 얻는다.

이것이 저 비교를 정당화하기 위해 우리가 대략적으로 제시할 수 있었던 것이다. 우리는 가능한 한 간략하게 그러한 비교에 있어서의 일치와 차이를 표현하려 시도했다. 그 텍스트는 밑도 끝도 없는 해석으로 잘못 끌려갈 수 있는 법이니까.

이의 제기

누군가가 낱말과 표현을 신성한 증언으로 간주하여 그것들을 동전이나 지폐처럼 신속하고 순간적인 유통에만 사용하는 것이 아니라 정신적인 교역과 변화에 있어서의 진정한 등가물로 교환하는 것으로 이해하려 한다면, 그가 다음과 같은 사실에 주목하라고 주장한다 해서 나쁘게 볼 수는 없을 것이다. 그 누구도 악의적으로 보지 않는 관습적 표현들이 실은 해로운 영향을 미치고, 사람들의 견해를 흐리게 하며, 본래의 개념을 왜곡하고, 모든 분야에서 잘못된 방향을 제시하는 것이라고 말이다.

그런 관습적인 표현 중 하나로 '아름다운 화술'이라는 제목이 유행하고 있는데, 사람들은 시와 산문을 그 범주에 포함시키면서, 아울러 이런저런 다양한 부분들을 총괄하는 일반적인 표제로 그 제목을 사용한다.

시는 순수하고 진정한 관점에서 볼 때, 말도 아니고 기술도 아니다. 그것이 말이 아닌 이유는 시가 완성되려면 박자와 노래와 몸의 움직임과 표정술이 필요하기 때문이다. 또한 시가 기술이 아닌 이유는 모든 것이 자연스러움에 토대를 두고 있는 까닭에 그것이 조절될 수는 있을지라도, 인위적으로 강요되어서는 안 되기 때문이다. 간단히 말하자면 시는 언제나 고양되고 드높여진 정신의 참된 표현으로서 목표도 목적도 없는 그 무엇이다.

그러나 말의 기술[86]은 원래 하나의 말이며, 하나의 기술이다. 그것은 분명하고, 적당히 열정적인 하나의 말에 토대를 두며, 모든 의미에서 기술이다. 그것은 또한 자신의 목적을 따르며, 처음부터 마지막까지 위장(僞裝) 또는 꾸밈이다. 우리가 비판했던 저 표제[87]에 의해 시는 품위를 상실하긴 했으나, 말의 기술 아래 종속된다기보다는 그것과 동등해졌으며, 그 이름과 명예를 그것으로부터 이끌어 낸다.

---

86 독일어 레데쿤스트(Redekunst)를 번역한 것이다. 수사학 또는 웅변술의 의미인데, 여기서는 앞뒤 문맥을 고려하여 말의 기술로 옮겼다. 당시에는 주로 문학의 의미로 사용되었다.

87 아름다운 화술을 가리킨다.

물론 이러한 명명과 분류[88]가 동의를 얻고 자리 잡게 된 것은 아주 높이 평가받는 책들이 그것을 앞에 내세우기 때문인데, 이제는 그러한 관습에서 곧장 벗어나기도 어려워졌다. 그와 같은 사정은 예술을 분류하면서 예술가들에게 자문을 구하지 않은 것에 있다. 문헌학자에게 시 작품은 우선 철자로서 손에 주어지며, 책으로서 그의 앞에 놓이기 마련이어서, 그것들을 올바로 배치하고 분류하는 일이 그의 소명인 것이다.

문학의 종류

알레고리, 담시, 칸타타, 드라마, 비가, 경구시, 서간(書簡), 영웅 서사시, 소설, 우화, 헤로이데,[89] 목가, 교훈시, 송가, 패러디, 장편소설, 설화시, 풍자.

우리가 알파벳순으로[90] 나열한 문학의 종류들을, 그리고 그와 비슷한 더 많은 것들을 방법론적으로 정돈하려 한다면, 우리는 쉽사리 극복할 수 없는 커다란 어려움에 부딪히게 될 것이다. 열거한 표제들을 좀 더 자세히 들여다보면, 그것들이 때로는 외형적인 특성에 따라, 때로는 내용에 따라 명명되고 있으며, 본질적인 형식에 따라 명명된 것은 거의 없다는 사실을 알게 된

---

88 아름다운 화술을 가리킨다.
89 Heroide. 영웅과 그 애인 사이의 편지 형식.
90 독일어로는 알파벳순이다.

다. 몇몇 표제들은 나란히 열거되어 있으며, 일부는 다른 것들 아래 종속될 수 있음을 금방 알아차릴 수 있다. 모든 것이 즐거움과 향유를 위해 자신의 존재를 스스로 주장하고 또 작용할 수도 있겠지만 교육적이거나 역사적인 목적을 위해 좀 더 합리적인 분류가 필요한 경우에는 폭넓게 두루 살펴보는 수고를 할 필요도 있다. 그러므로 우리는 다음과 같은 것을 검토해 보고자 한다.

문학의 자연 형식

문학의 진정한 자연 형식에는 오직 세 가지가 있다. 명백하게 이야기하는 형식, 열광적으로 격앙된 형식, 그리고 개인적으로 행동하는 형식이 그것인데, 바로 서사시와 서정시 그리고 희곡을 말한다. 이 세 가지 문학 형식은 더불어 함께 또는 따로따로 작용한다. 우리는 아주 작은 시에도 그것들이 함께 들어 있는 경우를 종종 본다. 이 세 종류의 문학은 바로 이러한 결합을 통해 가장 작은 공간 안에서도 가장 뛰어난 형상을 만들어 내기도 하는데, 모든 민족의 가장 존중할 만한 담시에서 우리는 이러한 점을 분명하게 볼 수 있다.

비교적 오래된 그리스 비극에서도 우리는 그 세 가지가 결합되어 있음을 보는데, 일정한 시간이 흐르고 나서야 그것들은 서로 분리되었던 것이다. 합창대가 주인공 역할을 하는 동안에는 서정시가 가장 위에 있으나, 합창대가 점점 더 관객의 입장이 될수록 다른 문학 형식들이 두드러지게 된다. 그리고 마침내 줄거리가 개인과 가문을 둘러싸고 전개될 때 합창은 불편하고 성가신 것이 된다. 프랑스 비극에서 발단부는 서사적이고, 중간 부분은 극적이며, 정열적으로 그리고 열광적으로 끝나는 제5막은 서정적이라고 할 수 있다.

호메로스의 영웅시는 순수하게 서사적이다. 거기에서는 언제나 음송자가 주도적인 위치에서 일어나는 사건들을 이야기해 준다. 그가 미리 말을 부여해 주었다든지, 어떤 대사나 대답을 정해 주지 않은 인물이라면 누구도 입을 열어서는 안 된다. 대화의 중단은 희곡의 가장 훌륭한 장식이지만 여기서는 허락되지 않는다.

자, 그렇다면 이제 탁 트인 시장 바닥에서 역사적 대상을 다루는 현대의 즉흥시인[91]에게 귀를 기울여 보자. 그는 우선 자신의 뜻을 분명히 하기 위해 이야기할 것이고, 그다음엔 흥미를 끌기 위해 행동하는 개인으로서 말할 것이며, 마지막으로는 열광적으로 활활 타올라 사람들의 감정을 사로잡을 것이다. 이처럼 묘하게 문학적 요소들은 서로 얽히며, 문학의 종류는 무한할 정도로 다양하다. 그러므로 그것들을 나란히 병렬적으로 혹은 순서에 따라 차례대로 정리할 수 있는 하나의 질서를 찾아내기란 아

---

91 괴테 시대에는 대중 앞에서 그들이 요구하는 주제에 대해 즉흥적으로 시를 짓는 시인들이 종 종 있었다. 그런 즉흥시인 중 한 명이 볼프(Oscar Ludwig Bernhard Wolff)인데, 괴테는 1826년 1월 8일 그 시인의 즉흥시를 듣고 카를 아우구스트 대공에게 편지를 쓰기도 했다.

주 어렵다. 하지만 그 세 가지 주요 요소를 하나의 원 안에서 서로 마주 보도록 배치시키고는, 각각의 요소가 다른 것보다 우세한 모범작들을 찾는다면 어느 정도 도움이 될 것이다. 그러고 나서 어느 한편이나 다른 한편으로 기우는 사례들을 수집한다면 결국 세 가지 요소를 결합한 형태가 나타나고, 그럼으로써 전체의 원이 그 자체 내에서 완결될 것이다.

이 과정에서 우리는 문학의 종류뿐 아니라, 여러 민족과 시대의 흐름에 따른 그들의 취향 변화에 대한 훌륭한 견해에 도달한다. 그리고 이러한 방식이 다른 사람을 가르치기보다는 자기 자신의 배움과 즐거움과 판단 기준 설정에 더 알맞은 것이긴 해도, 외적인 우연한 형식들과 이것들의 내적이고 필연적인 시원(始原)들을 이해 가능한 질서 안에서 제시하는 하나의 도식을 만들어 낼 수도 있다. 하지만 이러한 시도가 정신에 상응하는 자연의 질서를 서술하기 위해 광물과 식물의 외형적 특징과 그 내적인 구성 요소의 연관을 발견하려는 자연 과학의 노력만큼이나 어려우리라는 것은 당연하다.

삽입한 글

페르시아 문학에 희곡이 없다는 사실은 대단히 주목할 만하다. 희곡 작가가 단 한 명이라도 나타났더라면, 페르시아 문학 전체는 다른 모습이었을 것이다. 이 민족은 안정 지향적이고 남이 들려주는 이야기를 즐겨 듣는 까닭에 무수한 동화와 끝없이 많은 시들이 존재한다. 동방인들의 생활 자체가 원래 말이 없는 편이고, 전제 군주제는 대화를 장려하지 않는다. 그 결과 우리는 군주의 의지와 명령에 반대하는 모든 이의는 기껏해야 코란과 유명한 시인들의 작품에서 따온 인용의 형태로만 나타남을 알 수 있다. 물론 이것은 재기 발랄한 정신 상태, 그리고 교양의 넓이와 깊이와 일관성을 전제로 한다. 하지만 동방인들 또한 다른 민족 못지않게 대화의 형식을 용인한다는 것은 비드파이의 우화를 높이 평가하고 그것을 반복하고 모방하고 계승하는 데에서 알 수 있다. 페리데린 아타르[92]의 「새들의 대화」를 가장 훌륭한 사례로 들 수 있다.

책을 통한 신탁

어둠 속에 갇힌 채 날이면 날마다 환한 미래를 찾아 두리번거리는 인간은 그 어떤 예언적 암시라도 움켜쥐려는 열망으로 우연한 것들에 손을 뻗친다. 결단 속에서 자신의 구원을 발견하는 우유부단한 자는 스스로를 운명의 발언에 내맡긴다. 도처에서 전래되어 오는 그러한 방식은 어떤 중요한 책에서 신탁(神託)을 구한다. 즉 책갈피 사이에 바늘을 임의로 찔러 넣어 그때 표

---

92 Feriderin Attar. 파리드 우드딘 아타르의 괴테식 표기.

시된 페이지를 펼쳐 보면서 경건하게 예언을 받아들이는 것이다. 이전에 우리는 이와 같은 방식으로 성서에서,『보물 상자』[93]에서, 그리고 그와 비슷한 종교 서적 같은 데에서 진정으로 충고를 받아들이고, 커다란 곤경 속에서 반복적으로 위로를, 아니 인생 전체를 위한 활력소를 얻었던 인물들과 긴밀하게 연결되어 있었다.

동방에서도 우리는 이러한 관습이 행해지고 있음을 발견할 수 있다. 그것은 팔(Fal)이라고 불리는데, 하피스도 죽은 다음에 곧바로 그와 같은 영예를 얻었다. 당시에 근엄한 신자들이 그의 장례를 장엄하게 지내려 하지 않자, 사람들이 그의 시에 물어보았던 것이다. 그리고 그때 표시된 시구가 장차 방랑자들이 존경을 바칠 하피스의 무덤을 언급했기 때문에, 사람들은 그 또한 명예롭게 장례식을 치러 주어야 한다는 결론을 내렸다. 서양의 작가[94]도 마찬가지로 이러한 관습을 은근히 암시하면서, 그의 책도 똑같은 명예를 얻었으면 하고 바라 마지않는 바이다.

꽃과 신호의 교환

소위 말하는 꽃말과 관련하여 너무 좋은 것만 생각하거나 또는 거기에서 다정다감한 무언가를 기대하지 않으려면 우리는

---

93 성서의 주요 구절들을 간추려 일상생활에 도움이 되도록 만든 작은 책자.
94 괴테 자신을 가리킨다.

전문가들로부터 배워야 한다. 사람들이 꽃 하나하나에 의미를 부여한 것은 그것들을 꽃다발로 묶어 비밀 문자로 전달하려고 그랬던 것은 아니다. 또한 그런 말 없는 대화에서 꽃들만 말과 철자를 만들었던 것이 아니라 눈에 보이는 것, 옮길 수 있는 모든 것이 똑같은 자격으로 사용되었다.

그러나 말의 전달, 감정과 생각의 교환을 가능케 하는 것이 어떤 식으로 일어나는가 하는 문제는 동방 시의 주요한 특성들을 눈앞에 떠올림으로써 비로소 상상할 수 있다. 그러한 특성은 바로 세상의 모든 대상을 폭넓게 포착하는 시선이며, 운(韻)을 쉽게 맞추는 능력, 그리고 수수께끼 내기를 좋아하는 이 민족의 어떤 욕구와 성향이다. 그리고 이러한 성향은 수수께끼를 푸는 능력도 동시에 길러 주는데, 철자 맞추기 놀이나 글자 수수께끼 그리고 그와 비슷한 것을 다루는 재능을 가진 사람들이라면 그 점을 분명히 알고 있을 것이다.

이제 여기서 하나의 사례를 들어 보기로 하자. 사랑에 빠진 한 사람이 연인에게 어떤 물건을 보낸다면, 받는 이는 그것과 운이 맞는 단어를 찾아서 말해야 한다. 그리고 많은 후보들 가운데 현재 상황에 어울리는 운이 어떤 것인지 살펴본다. 이때 그 어떤 열정적인 예감이 지배하리라는 것은 금방 알 수 있다. 이 점을 분명히 하기 위해 예를 들어 설명하겠다. 이러한 편지 교환을 통해 다음과 같은 작은 연애 사건이 진행되었을지도 모른다.

잠 못 이루는 파수꾼들은 길들여졌지요,

달콤한 사랑을 전하느라고.
하지만 우리가 서로를 이해하는 법을
다른 이도 알았으면 하오.
사랑하는 이여, 우리에게 행운을 가져온 것은
다른 이에게도 도움이 되어야 하기 때문이오.
그래서 우리는 사랑의 밤을 위해
흐릿한 램프를 닦으려 하오.
그리하여 우리와 마찬가지로
귀를 잘 닦아 내고,
우리처럼 사랑하는 이들은
올바른 뜻으로 운을 쉽게 맞출 것이오.
내가 그대에게 보낸 것, 그대가 내게 보낸 것은
곧장 이해되지 않았소.

줄맨드라미[아마란테]	나는 보았네 그리고 타올랐네[브란테]
마름모[라우테]	누가 엿보았니?[샤우테]
호랑이[티거]의 털	용감한 전사[크리거]
영양[가젤레]의 털	어느 줄에?[슈텔레]
머리카락들[하렌]의 다발	너는 그것을 들어야 해[에어파렌].
백묵[크라이데]	피하라[마이데].
갈대[슈트로]	나는 활활[리히터로] 타오른다.
포도[트라우벤]	그것을 허락[에어라우벤]하겠다.

산호[코랄렌]	너는 내 마음에 들[게팔렌] 수 있다.
편도 씨[만델케른]	아주 기꺼이[게른].
사탕무[뤼벤][95]	너는 나를 슬프게[베트뤼벤] 하려는 구나.
당근[카로텐]	너는 나를 조롱[슈포텐]하려는구나.
양파[츠비벨른]	너는 무엇을 골똘히 생각[그뤼벨른] 하려느냐?
하얀[바이센] 포도	그것이 무슨 뜻이냐[하이센]?
파란[블라우엔] 포도	내가 믿어야[페어트라우엔] 하는가?
개밀[크베켄]	너는 나를 놀리려[네겐] 하는가?
카네이션[넬켄]	나는 시들어야[페어벨켄] 하느냐?
수선화[나르치센]	너는 그것을 알아야[비센] 해.
제비꽃[파일헨]	잠깐[바일헨] 기다려.
버찌[키르셴]	너는 나를 으깨려[체어크니르셴] 하는 구나.
까마귀[라벤]의 깃털	나는 너를 가져야[하벤] 해.
앵무새들[파파가이엔]	너는 나를 해방시켜[베프라이엔] 줘야 해.
알밤들[마로넨]	우리는 어디서 살까[보넨]?
납[블라이]	나는 거기에[다바이] 있다.

---

95 가령 열한 번째 단어인 뤼벤(Rüben)은 사탕무를 가리키는 독일어다. 이 단어 속에 들어 있는 소리 '‒뤼벤'을 같은 소리가 들어 있는, '슬프게 만들다'라는 뜻인 베트뤼벤(betrüben)에 대응시킴으로써, 자신의 마음이 슬프다는 의사를 전달하는 것이다. 다른 예들도 마찬가지다.

장밋빛[로젠파르프]   기쁨은 죽었다[슈타르프].

비단[자이데]   나는 괴롭다[라이데].

콩[보넨]   나는 너를 아끼[쇼넨]겠다.

꿀풀[마요란]   나하고는 상관[게트 안]없어.

푸른[블라우]   너무 까다롭게 굴지[님 게나우] 마.

포도[트라우베]   나는 믿는다[글라우베].

딸기[베렌]   나는 거절[페어베렌]하려고 한다.

무화과[파이겐]   침묵할[슈바이겐] 수 있겠니?

금[골트]   나는 너에게 충실해[홀트].

가죽[레더]   펜[페더]을 사용해.

종이[파피어]   나도 너에게[디어] 그렇다.

데이지[마스리벤]   마음 내키는[벨리벤] 대로 써라.

노란 장대속[나흐트비올렌] 내가 그것을 가져 오게[홀렌] 하마.

실 한 오라기[아인 파덴] 너를 초대한다[아인라덴]

나뭇가지 하나[아인 츠바이크] 장난[슈트라이히]치지 마.

꽃다발[슈트라우스]   나는 집[하우스]에 있다.

메꽃[빈덴]   너는 나를 발견[핀덴]할 것이다.

도금양[미르테]   내가 너를 대접[비르텐]할 것이다.

재스민[야스민]   나를 데리고 가라[님 힌].

향수 박하[멜리센]   베개[키센] 위에.

실측백나무[치프레센]   나는 그것을 잊으려[페어게센] 해.

콩꽃[보넨블뤼테]   그대 잘못된 감정[게뷔테].

석회[칼크]   너는 장난꾸러기[샬크]

석탄[콜렌]   누가 너를 데리고 가[홀렌] 버려라.

> 보타이나가 그런 식으로
> 제밀과 서로 통하지 않았다면
> 어떻게 그들의 이름이 여전히
> 싱싱하고 즐겁게 남아 있겠는가?

지금 소개한 기묘한 소통 방식은 서로를 좋아하는 활달한 사람들 사이에서는 언제라도 실행할 수 있을 것이다. 정신이 그러한 쪽으로 방향을 잡으면 기적이 일어나게 마련이다. 그 증거로 많은 이야기들 중에서 한 가지만 소개하겠다.

한 쌍의 연인이 몇 킬로미터 떨어진 곳으로 함께 소풍 가서 즐거운 하루를 보낸다. 돌아오는 길에 그들은 철자 맞추기 게임을 한다. 그들 각각은 하나의 입으로 말하는 것처럼, 서로의 의중을 금방 알아맞힐 뿐만 아니라, 마침내는 상대방이 궁리하여 낱말 맞추기 수수께끼로 막 써먹으려 하는 낱말까지도 예감으로 즉각 알아내고는 입 밖으로 소리 내어 말해 버리는 것이다.

우리 시대에 이런 것을 이야기하고 또 공공연히 단언한다 하여 조롱거리가 되리라고 두려워할 필요는 없다. 왜냐하면 그러한 정신적 현상들은 유기체 자기학[96]이 이미 밝혀낸 것에도 한참 못 미치는 것이기 때문이다.

---

96 유기체 자기학은 『서동시집』이 나올 무렵 상당한 호응을 얻고 있었다.

암호

서로의 의사를 전달하는 또 다른 방식은 재기 발랄하고 진심으로 넘친다! 앞의 경우에 청각과 위트가 중심이었다면, 여기에서는 최고의 문학에 못지않게 섬세하고 미적인 감각이 관여하고 있다.

동방에서는 코란을 외운다. 그래서 숙달된 자들은 최소한의 암시만으로도 코란의 구절들과 시구들을 쉽게 이해한다. 그와 똑같은 현상을 우리는 독일에서도 경험하는데, 50년 전만 해도 교육은 자라나는 모든 세대가 성서에 정통하도록 하는 방향으로 정해져 있었기 때문이다. 사람들은 중요한 성서 구절을 달달 외웠을 뿐만 아니라, 여타 구절에 대해서도 충분한 지식을 얻었다. 그 덕분에 이제 일어나는 모든 일에 대해 성서의 격언을 적용하고 일상의 대화에서도 성서를 능숙하게 활용할 줄 아는 사람들이 늘어났던 것이다. 영원히 써먹을 수 있는 중요한 구절들이 어떻게 오늘날까지 대화 속에 종종 나타나는가 하는 질문에 대한 재기 발랄하고 애교 넘치는 대답이 여기에서 나온다는 것은 부정할 수 없는 사실이다.

우리가 감정과 사건을 영원히 반복되는 것으로 규정하고 말하면서 고전에 나오는 구절들을 사용하는 것도 같은 맥락이다.

우리는 또한 50년 전의 젊은이들로 독일 시인들을 존경하면서 그들의 작품을 통해 기억을 생생하게 만들었으며, 우리의 생각을 그들이 선택한 교양 있는 말을 통해 표현함으로써 그들에게 최고의 갈채를 보냈다. 그리고 그렇게 함으로써 그들이 우리 자신보다 우리의 가장 깊은 내면을 더 잘 펼쳐 보여 줄 수 있다고 고백했던 것이다.

그러나 우리의 본래 목적에 도달하기 위해 우리는 잘 알려져 있기는 하지만 언제나 신비에 차 있는, 암호로 의사를 전달하는 방식을 상기하고자 한다. 말하자면 두 사람이 한 권의 책을 미리 정해 놓고 편지 속에서 쪽수와 행수를 알려 주면, 수신인은 약간의 수고만으로 그 의미를 분명히 알 수 있게 된다.

우리가 '암호'라는 제목을 붙인 노래는 이러한 사전 약속을 암시해 준다. 연인들은 하피스의 시들을 두 사람 사이의 감정 교환을 위한 도구로 삼자고 약속했던 것이다. 그들은 자신들의 현재 상황을 나타내는 쪽과 줄을 표시해 놓는데, 그렇게 함으로써 가장 아름다운 표현들을 모아서 만든 노래들이 생겨난다. 더없이 소중한 시인의 여기저기 흩어져 있는 훌륭한 구절들이 열정과 감정에 의해 결합되고, 성향과 선택은 그 전체에 내면의 생명을 부여한다. 그리하여 멀리 떨어져 있는 사람들은 그들의 슬픔을 시어(詩語)라는 진주로 장식함으로써 위안을 얻는 것이다.

정말이지 그대에게 내 마음을
열어 보이고 싶어요.
그대의 마음도
물론 알고 싶고요.
내 눈에 세상은

참으로 슬퍼 보여요.

내 마음속에는
오로지 내 친구만이 살고 있어요.
그밖에는 아무도 없고,
적의 자취는 흔적도 없어요.
내게는 떠오르는 태양과도 같은
그런 계획이 있답니다.

나의 인생을 나는
오로지 그를 사랑하기 위한
사업에만 바치겠어요.
바로 오늘부터요.
그를 생각하기만 하면,
내 심장엔 피가 흘러요.

내게는 아무런 힘도 없어요.
이렇게 조용한 가운데
진정으로 그를 사랑하는 것 말고는요.
어쩌면 좋을까요!
그를 껴안고 싶지만
그렇게 할 수가 없어요.

미래의[97] 『서동시집』

한때 독일에서는 이런저런 문서를 인쇄하여 '친구들을 위한 원고'로 나누어 주곤 했다.[98] 이러한 일이 낯설게 느껴지는 사람은 결국 책이란 것이 저자와 연결된 사람, 친구들 그리고 애호가들만을 위해 쓰인 것이라는 점을 생각해 볼 필요가 있다. 나는 무엇보다도 나의 『서동시집』을 그런 맥락에서 보려고 한다. 현재의 판본은 불완전한 것으로 여길 수밖에 없긴 하지만 말이다. 최근까지만 해도 나는 이 시집을 좀 더 오래 붙들어 두고 숙고하려 했으나, 이제는 그것을 하나로 묶는 것이, 하피스처럼 그런 일을 후대에 맡기는 것보다 더 낫다고 생각한다. 왜냐하면 이 작은 책자가 지금 내가 전할 수 있는 모습 그대로 존재한다는 사실 자체가 그것에 합당한 완전성을 부여하고 싶다는 나의 소망을 불러일으키기 때문이다. 그래서 이 시집으로 내가 도대체 무엇을 희망했던가를 한 권 한 권 순서에 따라 보여 주려고 한다.

가인 시편.[99] 여기에서는 이미 소개한 것처럼, 이런저런 대상과 현상들이 감각과 정서에 미치는 생생한 느낌들을 열광적으로 표현하고 있으며, 동방 세계에 대한 시인의 긴밀한 관계를

---

97 『서동시집』 원고가 현재로서는 '줄라이카 시편'을 제외하곤 불완전하다는 말.

98 예컨대 라바터(Johann Kaspar Lavater)는 자신이 쓴 짧막한 원고들을 인쇄하여 친구들에게 나누어 주곤 했다.

99 원래는 '친구 시편'이었으나 인쇄할 때 '가인 시편'으로 바꾸었다.

은연중에 보여 준다. 시인이 이러한 방식으로 창작을 계속한다면, 그 명랑한 정원을 너무도 우아하게 장식할 수 있다. 그러나 그 배경을 아주 즐겁게 확장시키려 한다면 시인은 자신에 관해서만, 그리고 혼자서만 행동하려 해서는 안 되고, 오히려 후원자들과 친구들의 명예를 위해 감사 말씀을 드려야 하며, 살아 있는 분들은 다정한 말로 붙들어 두고, 돌아가신 분들은 명예롭게 다시 불러내야 한다.

물론 여기서 고려해야 할 것은 동방적인 비상(飛翔)과 감흥, 풍성하면서도 지나치게 찬양하는 창작 방식이 서양인의 감정에는 호소력이 별로 없을지도 모른다는 사실이다. 우리는 과장법에 빠져들지 않으면서도 드높이 자유롭게 몰입할 수 있다. 왜냐하면 순수하고 감성 넘치는 시만이 탁월한 사람들의 가장 고유한 장점들을 표현할 수 있기 때문이다. 그들의 완전성을 우리가 제대로 느끼는 것은, 그들이 사라지고, 그들의 특징이 더 이상 방해되지 않는데도 그들의 영향이 매일 매 시간 우리 눈앞에 생생하게 나타날 때이다. 시인이 이와 같은 책임의 일부분을 바로 얼마 전에 열렸던 성대한 잔치에서 군주가 보는 앞에서, 자신의 방식대로 유쾌하게 갚은 것은 행운이었다.[100]

하피스 시편. 아랍어와 그 친족어를 사용하는 사람들이 시인

---

100 1818년 제정 러시아의 황후 마리야 표도로브나가 바이마르에 왔을 때, 그 딸인 대공 비 마리야 파블로브나는 가장행렬을 비롯한 축제를 열어 달라고 요청했다. 그리하여 괴테는 모후인 마리야 표도로브나를 위해 「가장행렬(Maskenzüge)」(1818)이라는 시를 써서 낭송하였으며, 빌란트, 헤르더 그리고 실러의 작품도 더불어 소개되었다.

으로 태어나고 교육을 받는다면, 그런 민족한테서 탁월한 정신의 소유자들이 무수히 나오리라 생각할 수도 있다. 그런데도 그런 민족이 5백 년 동안 일곱 시인만을 일류라고 인정한다면, 우리는 그러한 발언을 존경심으로 받아들여야 마땅하다. 또한 그와 같은 탁월함의 근거를 탐구하는 것도 당연한 일이다.

이러한 과제의 해결은, 물론 그것이 가능하다고 본다면, 미래의 『서동시집』에 맡겨진 일일 것이다. 왜냐하면 하피스만 두고 보더라도, 그의 면목을 알면 알수록 그에 대한 찬탄과 애정이 더욱 커지기 때문이다. 가장 성공적으로 발휘된 자연성, 위대한 교양, 자유롭기 그지없는 경쾌함, 그리고 쉽고 편한 것을 기꺼이 노래해 줄 때만 사람들을 즐겁게 해 줄 수 있으며, 때로는 심각하고 무겁고 반갑지 않은 것도 끼워 넣을 수 있다는 순수한 확신 같은 것이 그의 진면목이다. 시를 잘 아는 분들이 다음의 노래[101]에서 하피스의 면모를 어느 정도 알아볼 수 있다면, 그러한 시도는 이 서양인[102]에게 유달리 큰 기쁨을 주는 일이다.

모두가 원하는 것, 당신은 그것을 알고 있고,
또 잘 이해했다오.
그리움이란, 먼지부터 왕좌에 이르기까지
우리 모두를 단단한 끈으로 묶어 놓으니까요.

---

101 '하피스 시편'의 마지막 시 「하피스에게」 참조.
102 괴테 자신을 가리킨다.

그토록 고통스럽다가도, 나중엔 또 평안을 얻으니,
누가 감히 그것에 맞설 수 있을까요?
어떤 이는 목숨을 걸기도 하고,
또 다른 이는 뻔뻔해지기도 하지요.

용서하시오, 스승이시여, 당신도 알다시피
이 몸도 가끔은 대담해진다오.
유유히 걸어 다니는 사이프러스가
내 눈길을 확 끌어당길 때 말입니다.

살금살금 걷는 그녀의 발은 나무뿌리처럼
흙과 어우러지며 사랑놀이를 하지요.
그녀의 인사는 가벼운 구름처럼 녹아들고,
그녀의 송가는 동방의 애무와도 같지요.

이 모든 것이 가득한 예감으로 다가옵니다.
곱슬머리와 곱슬머리는 잔물결처럼 일렁이고,
갈색으로 돌돌 말려 부풀어 올랐다가,
마침내 바람에 살랑거립니다.

　훤히 드러난 이마는
당신 마음의 주름을 펴 주고,
즐겁고 진실한 노래 한 가락은,

당신의 정신을 편히 쉬게 합니다.

노래하는 그녀의 입술이
너무도 귀엽게 움찔거리면,
당신은 순식간에 자유를 얻지만,
그것은 또한 당신을 옥죄는 사슬이라오.

숨결은 더 이상 자신에게로 돌아오려 하지 않고
영혼은 영혼을 향해 달립니다.
향기는 행복을 휘감아 돌며,
보이지 않게 구름처럼 지나갑니다.

그러다가 가슴의 불길이 차마 애틋하게 타오르면
당신은 술잔을 집어 듭니다.
술집 주인도 득달같이 달려와
한 잔, 또 한 잔을 따릅니다.

그의 눈은 빛나고, 그의 심장은 고동칩니다.
그는 당신의 가르침을 고대하며,
술이 정신을 드높이는 그 순간에
당신이 전하는 고귀한 뜻을 들으려 합니다.

그에게 비로소 세상이라는 공간이 열리고

마음속으로 구원과 질서를 느낍니다.
가슴은 부풀어 오르고, 수염은 갈색으로 빛나니,
그는 젊은이가 된 것입니다.

가슴과 세상에 담긴 비밀,
그것이 더 이상 남아 있지 않게 되면,
당신은 생각에 잠긴 그에게 믿음직하고 다정한 눈짓을 보내
의미를 곱씹어 보게 합니다.

왕좌에서도 우리를 위해
보물을 아끼지 말라고,
왕에게 좋은 말씀 아뢰고,
총독에게도 그렇게 합니다.

이 모든 것을 아는 당신은 오늘도 노래하고,
내일도 노래할 것입니다.
그리하여 당신의 다정한 안내를 따라
우리는 때론 거칠고, 때론 온화한 삶의 길을 가는 것입니다.

'사랑 시편'. 이 시편은 여섯 쌍의 연인이 그들의 기쁨과 고통
을 보다 분명하게 보여 준다면, 그리고 그들 이외에 다른 연인
들도 어둠침침한 과거로부터 다소간 뚜렷한 모습으로 등장한
다면 그 부피가 훨씬 불어날 것이다. 예컨대 바미크와 아스라는

이름 말고는 그들에 관해 알려진 것이 없지만, 다음처럼 소개될
수도 있을 것이다.

> 그래, 사랑한다는 것은 하나의 커다란 공적(功績)!
> 누가 이보다 더 아름답고 유익한 것을 찾아내랴? –
> 그대 권력 없어도, 부자 되지 못해도
> 가장 위대한 영웅들에 필적하리라.
> 사람들이 선지자 마호메트에 대해 말하는 것 못지않게,
> 바미크와 아스라에 대한 이야기를 전하리라 –
> 굳이 이야기하지 않고, 이름만 부르더라도,
> 그 이름들은 누구나 다 알고 있지.
> 그들의 업적도, 그들의 행적도
> 아무도 몰라! 그래도 그들이 사랑했다는 것만은,
> 우리가 알지. 누군가 바미크와 아스라의
> 사연을 묻는다면, 그것만으로 충분한 답이 되리라.

　이 시편은 동방의 영역에서는 거의 억제할 수 없는 상징적 장
광설에 적잖이 어울린다. 은유적으로 말하기를 좋아하는 인간
은 사람들이 그에게 표현하여 보여 주는 것에 만족하지 않고 오
관에 제공된 모든 것을 하나의 복면으로 간주하며, 그 뒤에 더
고귀한 정신적 삶이 장난스러우면서도 고집스럽게 숨어 있어
그것이 우리를 매혹시키며 더 고상한 영역으로 이끌어 준다고
생각한다. 그러므로 시인이 이러한 의식과 절도를 유지하면서

시를 짓는다면, 우리는 그것을 보고 기뻐하며 또 더욱 단호한 비상(飛翔)을 위한 날갯짓을 시험해 볼 수도 있는 것이다.

명상 시편. 이 시편은 동방에 살고 있는 사람들에게 날마다 더 넓게 퍼져 나가고 있다. 왜냐하면 여기에선 모든 것이 감각적인 것과 초감각적인 것 사이에서, 어느 한쪽으로도 기울지 않고 이리저리 유동하고 있기 때문이다. 이러한 심사숙고는 사람들에게 요구되는 것이기도 하지만, 아주 독특한 종류의 것이기도 하다. 그것은 현명함을 가장 강력하게 요청하기는 하나 또한 동시에 우리를 저 지점으로 이끌어 간다. 지상에서의 삶의 가장 기이한 문제들이 뻣뻣하고 냉혹하게 우리를 가로막으며 우연과 섭리, 그 섭리의 탐구할 수 없는 수수께끼들 앞에 무릎 꿇게 하고, 무조건적인 순종을 최고의 정치적·윤리적·종교적 원리라고 선언하도록 강요하는 그 지점으로 말이다.

불만 시편. 다른 시편들의 분량이 불어난다면 이 시편도 같은 권리를 가질 것이다. 불만이 폭발하지 않고 참을 만한 것이 되려면, 우선 우아하고 사랑스럽고 분별력 있는 요소들이 모여야 한다. 보편적이고 인간적인 호의와 관대하고 자상한 감정은 하늘과 땅을 결합하고, 인간에게 허용된 천국을 마련해 준다. 반면에 불만은 언제나 이기적이며, 허락해 줄 수 없는 요구를 고집한다. 그것은 불손하고 배타적이어서 누구에게도 즐거움을 주지 않는다. 똑같은 감정에 사로잡힌 사람들에게도 마찬가지다. 그런데도 인간은 그러한 폭발을 언제나 억제할 수는 없다. 물론 인간이 그의 불쾌감을, 특히 방해받고 교란된 활동에 대한 그의 불만을 이러한 방식으로 해소하려 하는 것은 좋은 일이다. 그러므로 이 시편은 이미 오래전에 더 강력하고 더 풍부한 것이 되었어야 했다. 그러나 우리는 모든 불화를 방지하기 위해 이런 저런 것을 보류해 두었던 것이다. 우리가 여기서 언급하는 바와 같이, 지금 이 순간 문제가 있어 보이는 표현들도 시간이 지나면 거리낌 없이 유쾌하고 호의적으로 받아들여질 것이기에, 미래 세대를 위해 '파라리포메나'[103]라는 제목으로 보관해 두었다.

반면에 우리는 이 기회를 빌려 불손함에 대해, 그리고 무엇보다 우선 그것이 동방에서 어떤 방식으로 나타났는지 말해 보려고 한다. 군주 자신이 첫 번째 불손한 자로서 다른 모든 이를 제외시키는 것처럼 보인다. 모두가 그에게 봉사하고, 그는 명령하는 존재 그 자체이므로 누구도 그에게 명령하지 않는다. 자신의 의지가 나머지 세상을 창조하므로, 그는 자신을 태양, 아니 우주 전체와 비교할 수 있다. 그러면서도 눈에 띄는 점은 바로 그 때문에 공동의 지배자를 선택하지 않을 수 없다는 사실이다. 이러한 무제한의 영역에서 그를 도와주고, 세계의 왕좌라는 그의 자리를 진정으로 지켜 줄 공동 지배자, 바로 시인이야말로 군주와 더불어 그리고 그의 곁에서 활동하며 그를 모든 필멸의 존재 위로 드높여 주는 자이다. 궁정에 그러한 재능을 지닌 자들이

---

103 Paralipomena. 그리스어로 '보유(補遺)'라는 뜻. 지금은 여러 사정으로 발표하기 어려워 미래를 위해 유보시켜 둔 원고를 말한다.

많이 모이면 군주는 그들에게 한 명의 시인 왕을 선정하고, 그렇게 함으로써 자신과 동등한 최고의 재능을 인정한다는 사실을 널리 알린다. 하지만 이 과정에서 시인은 자신을 군주와 마찬가지로 높게 생각하고 최대의 장점과 행복을 공동으로 소유한다고 느끼도록 요구받는다. 아니, 유혹받는다. 이러한 생각과 느낌은 그가 무제한으로 받는 선물과 그가 축적하는 부(富)와 그가 행사하는 영향력에 의해 더욱 강화된다. 심지어 그러한 사고방식이 단단하게 굳어져, 자신의 희망이 이루어지지 않으면 미칠 지경이 되기도 한다. 피르다우시는 『샤나메』를 지은 대가로 황제가 이전에 언급한 6천 닢의 금화를 기대했다. 그러나 기대와 달리 6천 닢의 은화만 받았고, 마침 그가 목욕을 하고 있던 중이라, 이를 3등분하여 하나는 전령에게, 다른 하나는 욕장 관리인에게, 그리고 나머지는 궁정의 청량음료 담당자에게 주어 버렸던 것이다. 그러고는 곧장 명예를 훼손하는 몇 줄의 시구를 지어 그가 오랜 세월 왕에게 바쳤던 모든 찬사를 무효로 만들어 버렸다. 그러고는 달아나 몸을 숨겼고, 자기 시를 철회하지 않았으며, 자신의 증오심을 가족에게도 넘겨주었다. 그리하여 그의 누이마저도, 분노를 가라앉힌 술탄이 보내긴 했으나 유감스럽게도 오라버니가 죽은 다음에 도착한 상당량의 선물을 거절하며 돌려보냈던 것이다.

이 모든 것에 대한 논의를 계속 이어 가자면 이렇게 말해도 무방하리라. 왕좌로부터 모든 계층을 차례로 내려가 거리 모퉁이의 탁발 성직자에 이르기까지 모든 것이 불손으로 차 있고, 세속적이고 종교적인 교만으로 가득한데, 이것은 아주 사소한 계기만 주어져도 곧장 폭력적으로 터져 나오기 마련이라고.

이러한 윤리적인 결함들은, 굳이 말하자면 서양의 관점에서 볼 때는 정말로 기묘하다. 겸손이란 것은 원래 사회적 미덕이며, 커다란 교양을 의미한다. 그것은 바깥쪽을 향한 자기 부정으로 내면의 위대한 가치에 근거를 둔, 인간의 가장 고귀한 특성으로 여겨진다. 이 때문에 우리가 듣기에 대중은 언제나 가장 뛰어난 인간들에게서 무엇보다 우선 겸손을 찬양하며, 그들의 다른 자질에는 별 관심을 기울이지 않는다. 하지만 겸손은 언제나 왜곡과 결부되어 있는 것으로서, 상대방의 쾌적한 자부심을 혼란시키지 않고 별다른 부담 없이 만족시킬수록 효과가 더 커지는 일종의 아첨이다. 그러므로 좋은 모임이라고 불리는 것은 모두 다 사회성 자체가 마침내 제로가 될 정도로 자기 부정이 점점 더 커질 때 성립한다. 따라서 우리가 갈고닦아야 할 재능은 자신의 허영심을 만족시키는 동시에 다른 사람의 허영심에도 아첨할 줄 아는 능력이다.

그러나 우리의 동향인들은 서양 시인[104]의 불손과 화해했으면 좋겠다. 동방의 특징을 어느 정도 표현하려면 『서동시집』에 약간의 과장은 허용되어도 무방할 것이다.

이 시인은 높은 지위에 있는 사람들을 불쾌하게 만드는 불손에 떨어질 수 없었다. 그가 누리던 행복한 상황이 폭군과의 어

---

104 괴테 자신을 가리킨다.

떠한 갈등도 면해 주었던 것이다. 그가 주군과 그 일가에게 바친 찬양을 세상 사람들은 동의하지 않았던가. 그가 관계를 가졌던 지체 높은 인물들을 사람들은 찬양했고, 지금도 찬양하고 있다. 그렇다. 그의 『서동시집』에서 찬미의 부분이 충분치 않다고 오히려 비난받아야 할 형편이다.

하지만 '불만 시편'과 관련해서는 몇 가지 나무랄 데가 있을 것이다. 불만이 있는 자라면 누구든 자신의 개인적인 기대가 충족되지 않았으며, 자신의 공적이 인정받지 못했다고 너무나 분명하게 표현한다. 그[105]도 물론 마찬가지다! 그는 위로부터는 억눌리지 않았지만, 아래로부터 그리고 옆으로부터 고통을 받고 있다. 성가시기만 한, 때로는 속되고 때로는 심술궂은 대중이 자신들의 합창 지휘자들과 함께 그의 활동을 마비시킨다. 처음에 그는 자부심과 불쾌함으로 무장했지만, 나중에는 너무 심하게 자극하고 압박하는 바람에 그들 한가운데로 밀쳐 들어가 뚫고 지나가고 싶을 정도로 울분을 느꼈던 것이다.

그러나 여러분도 인정하다시피, 그는 이런저런 불손을 정감넘치게, 그리고 예술적 기교를 발휘하여, 마침내 그의 연인과 연관 짓고 그녀 앞에 공손히 무릎 꿇고, 심지어 자신을 내던짐으로써 부드럽게 완화시킬 줄 알았다. 독자의 마음과 정신은 그의 이런 점을 너그러이 보아줄 것이다.

---

105 괴테 자신을 가리킨다.

잠언 시편. 다른 시편들보다 분량이 더 불어났어야 했다. 이 시편은 '명상 시편'이나 '불만 시편'과 아주 가깝다. 동방의 잠언들은 문학 예술 전체의 고유한 특성을 지니며, 대개는 감각적이고 시각적인 대상들과 연관되어 있다. 그중에는 간결한 비유라고 불러도 무방한 것들이 많다. 이런 종류가 서양인에게는 가장 어려운데, 이는 우리의 환경이 너무도 메말랐을 뿐만 아니라, 규칙에 매여 있고 산문적이기 때문이다. 하지만 그 의미가 비유로 재형성되는 옛날의 독일 격언들은 여기에서도 우리의 모범이 될 수 있다.

티무르 시편. 이 시편은 아직도 그 토대가 제대로 마련되어 있지 않다. 시간적으로 너무 가까이 있는 인물[106]을 암시하기 때문에, 엄청난 세계사적 사건에 대한 드높은 관조를 방해하지 않으려면 몇 년은 더 지나가야 하리라. 이 무시무시한 세계 파괴자와 함께 행군과 야영을 했던 변덕스러운 성격의 누스레딘 초드샤(Nußreddin Chodscha)를 이따금 등장시키기로 결단을 내린다면, 이 비극은 유쾌한 것이 될 수도 있다. 물론 느긋한 시간과 자유로운 마음이 있다면 금상첨화일 것이다. 전해져 오는 짧막한 이야기의 표본 하나를 여기에 소개한다.

티무르는 못생긴 남자였다. 한쪽 눈은 멀었고 절름발이였다. 어느 날 초드샤가 그의 곁에 있을 때 티무르는 머리를 긁었다.

---

106 나폴레옹을 가리킨다.

이발할 때가 되었기 때문에, 이발사를 불러오라고 명령했다. 머리를 깎은 후 이발사가 여느 때처럼 티무르의 손에 거울을 쥐여주었다. 거울 속을 들여다본 티무르는 자신의 모습이 너무도 추한 것을 보고는 울기 시작했고, 초드샤도 덩달아 울었다. 그들은 그렇게 몇 시간을 울어 댔다. 그러자 몇몇 시종들이 티무르를 달랬고, 그가 모든 것을 잊게 하려고 기이한 이야기들을 들려주었다. 티무르는 울음을 그쳤으나 초드샤는 울음을 그치기는커녕 더 요란하게 울기 시작했다. 마침내 티무르가 초드샤에게 말했다. "이봐! 나는 거울 속에서 너무 못생긴 내 모습을 보았어. 그게 슬펐지. 나는 황제이고, 재산도 여자 노예도 많지만 너무나 추하게 생겨서 울었던 거라고. 그런데 너는 무엇 때문에 그치지도 않고 그렇게 울어 대는 거야?" 초드샤가 대답했다. "폐하께서는 단 한 번 거울을 보시고 그 얼굴을 차마 바라볼 수 없어 우셨지만, 밤낮으로 폐하의 얼굴을 봐야 하는 우리는 도대체 어쩌란 말입니까? 우리가 울지 않는다면 도대체 누가 울겠나이까! 그래서 제가 울었던 것입니다." 티무르는 배꼽이 빠지도록 웃고 또 웃었다.

줄라이카 시편. 이 시편은 전체 시편 가운데 가장 탁월하고, 완성도가 높은 것으로 간주된다. 전편에 감도는 열정의 숨결과 정신은 쉽사리 다시 느낄 수 없는 것이다. 적어도 그것을 다시 느끼려면 마치 좋은 포도 철이 되돌아오기를 기다리듯, 희망과 겸허함으로 기다려야 할 것이다.

하지만 이 시편에 등장하는 서양 시인[107]의 태도에 대해 우리는 몇 가지 생각해 볼 필요가 있다. 많은 동양 선배들의 예를 따라 그는 술탄으로부터 거리를 둔다. 안분지족하며 사는 탁발 성직자로서 그는 스스로를 군주와도 비교한다. 왜냐하면 철두철미한 거지는 일종의 왕이어야 하기 때문이다. 가난은 불손함을 가져온다. 지상의 재화와 그 가치를 인정하지 않고, 아무것도 또는 거의 아무것도 요구하지 않겠다는 것이 그의 결심인데, 이것은 근심이라고는 조금도 없는 안락함을 낳는다. 불안에 찬 소유를 추구하는 대신, 그는 생각 속에서 나라와 보물을 선사하고, 그것들을 실제로 소유했다가 상실한 자들을 조롱한다. 그러나 원래 우리의 시인이 자발적 가난을 신조로 밝힌 것은, 그만큼 더 자부심 넘치게 보임으로써 자신을 사모하고 기다려 줄 여인들을 염두에 두었기 때문이다.

하지만 그는 더 커다란 어떤 결함을 뽐낸다. 그에게는 청춘이 달아나고 없는 것이다. 그는 자신의 고령과 잿빛 머리칼을 줄라이카의 사랑으로 장식하지만, 무리하게 멋을 부리지는 않는다, 결코! 그러면서도 사랑의 응답을 확신한다. 재기 발랄한 그녀는 청춘을 일찍 무르익게 하고 늙음을 젊게 만드는 정신을 제대로 알아볼 줄 아는 것이다.

술집 소년 시편. 반쯤 금지된 포도주의 무절제한 탐닉이나, 성

---

107 괴테 자신을 가리킨다.

장하는 소년의 아름다움에 대한 따스한 애정도 『서동시집』에서는 빠질 수 없다. 뒤의 것은 물론 우리의 관습에 따라 가장 순수한 의미에서 다루어져야 한다.

소년과 노인의 상호 애정은 원래부터 진정한 교육적 관계를 암시한다. 노인에 대한 아이의 열정적인 애정은 결코 드물지 않지만, 문학에서는 거의 다루어지지 않은 현상이다. 하지만 여기에서 우리는 할아버지와 손자의 관계나, 뜻밖의 일을 겪은 다정한 아버지와 늦둥이 자식의 관계를 알 수 있다. 아이들의 사리 분별은 원래 이런 관계 속에서 발전한다. 아이들은 나이 많은 어른들의 권위와 경험과 힘을 주목하고, 순수하게 태어난 영혼들은 그 과정에서 존경에 찬 애정의 욕구를 느끼는 것이다. 그리하여 노인들은 아이들에게 사로잡혀 꼼짝달싹 못 하게 된다. 아이들이 아이다운 목적을 이루고, 자신의 욕구를 만족시키기 위해 노인의 무게를 느끼고 이용할 때, 우리는 아이들의 애교가 조숙한 장난기와 조화를 이루는 것을 볼 수 있다. 그러나 무엇보다 감동적인 것은, 노인의 고귀한 정신에 자극받아, 그와 똑같은 것이 자기 안에서도 자라날 수 있음을 예언해 주는 경탄의 마음을 느끼는 소년의 감정이다. 나는 그러한 아름다운 관계들을 '술집 소년 시편'에서 암시하려 했으며, 이제 그것을 보다 자세히 설명하려고 한다. 어쨌거나 사디가 우리에게 몇 가지 사례를 남겨 주었는데, 그것들의 섬세함은 널리 인정되었고, 또한 가장 완벽한 이해의 길을 열어 준다.

그는 『장미의 정원』[108]에서 다음과 같은 이야기를 들려준다. "쿠아레슴의 왕 마하무드가 차타이의 왕과 강화 조약을 맺었을 때, 나는 카시커(우즈벡 또는 타타르의 한 도시)에서 교회 안으로 들어간 적이 있다. 거기는 그대들도 알다시피 수업을 하는 곳이기도 하다. 그곳에서 나는 한 소년을 만났는데, 몸매도 얼굴도 놀랍도록 아름다웠다. 소년은 말을 원래대로 속속들이 배우기 위해 문법책을 손에 들고 있었다. 그는 큰 소리로 문법 규칙의 하나를 읽었다. '사라바 세이돈 암란.' 세이돈이 암란을 공격했다 또는 이겼다는 뜻이다. 그러니까 암란은 4격이다(이 두 이름은, 독일인들이 힌츠냐 쿤츠냐라고 말하듯이 일반적으로 적대 관계를 암시하기 위해 쓰인 것이다). 소년이 이 말을 기억에 새기려고 몇 차례 반복하고 났을 때 내가 말했다. '쿠아레슴과 차타이는 강화 조약을 맺었는데, 세이돈과 암란은 도대체 언제까지 서로 전쟁을 치러야만 하겠니?' 소년은 아주 사랑스럽게 웃으며 내 고향이 어디냐고 물었다. 내가 '시라즈 출신'이라고 말하자, 소년은 사디의 글 중에 외울 줄 아는 게 있느냐고 물었다. 페르시아어가 너무나 마음에 든다면서.

나는 이렇게 대답했다. '네가 언어 자체를 사랑해서 문법에 몰두하는 것처럼, 내 마음도 너를 향한 사랑에 푹 빠져 버렸어. 네 모습에 나는 이성을 잃고 말았어.' 소년은 주의 깊게 나를 응시했는데, 내가 한 말이 시인의 말인지 아니면 나 자신의 감정인

---

108 괴테는 올레아리우스(Adam Olearius)가 1654년에 번역한 사디의 작품을 읽었다.

지를 알아보려는 듯했다. 하지만 나는 계속해서 말했다. '너는 사랑하는 이의 마음을 세이돈처럼 너의 그물로 사로잡았다. 우리는 기꺼이 너와 사귀고 싶지만, 너는 세이돈이 암란에게 하듯 우리를 싫어하고 적대적으로 대하는구나.' 그는 약간 당황해하더니 내 시에서 인용한 시구로 대답했다. 나는 이런 방식으로 가장 아름다운 것을 말할 수 있는 유리한 위치[109]에 있었다. 그렇게 우리는 며칠 동안 우아한 이야기를 나누며 지냈다. 그러나 궁정 신하들이 다시 여행을 떠날 채비를 하고, 아침 일찍 출발하려 했을 때 일행 가운데 하나가 소년에게 말해 주었다. '바로 이분이 네가 물어봤던 사디 그분이시다.'

소년은 급히 달려와 온갖 경의를 표하며 나를 다정하게 대해 주었고, 나를 좀 더 일찍 알았더라면 좋았을 것이라며 말했다. '이 며칠 동안 왜 내가 사디, 라고 말씀해 주지 않으셨나요? 그러셨다면 제가 할 수 있는 한, 제 분수에 맞는 경의를 표하고 선생님을 공손히 모셨을 텐데요.' 나는 대답했다. '너를 쳐다보며 내가 바로 그 사람이다, 라고 말할 수가 없었단다. 내 마음은 막 피어나는 장미꽃처럼 너를 향해 열려 있었으니까.' 소년은 며칠 더 그곳에 머물며 자신에게 예술과 학문을 배울 기회를 줄 수 없겠느냐고 물었지만, 나는 대답했다. '그럴 수 없어. 내가 여기서 뛰어난 사람들이 깊은 산속에 모여 살아가는 것을 보긴 했지만, 내가 바라고 또 만족을 얻는 것은 세상 속에서 나만의 동굴을 가

---

109 소년은 대화를 나누는 상대방이 사디인 줄 모른 채 사디의 시를 인용하고 있으니까.

지고 그곳에 머무르기 때문이란다.' 이 말에 소년이 슬픈 기색을 보이는 것 같아 나는 물었다. 너는 왜 도시로 가서 슬픔의 구속으로부터 벗어나 더 즐겁게 살지 않느냐고. 그러자 소년이 대답했다. '그곳엔 물론 아름답고 우아한 것들이 많지만, 도시에는 여기저기 똥도 많고 미끌미끌해 코끼리들도 넘어져요. 저도 안 좋은 것들에 정신이 팔려 넘어지고 말 거예요.' 우리는 이렇게 대화를 주고받은 후 머리와 얼굴에 입맞춤하고 작별 인사를 나누었다. 이로써 시인이 이렇게 말한 것은 사실이 되었다. '사랑하는 사람들은 이별할 때면 아름다운 사과와도 같다. 상대방의 뺨에 갖다 댄 뺨은 기쁨과 생명으로 불그레해진다. 반면에 다른 쪽 뺨은 근심과 질병처럼 창백해진다.'"

또 다른 곳에서 시인 사디는 이런 이야기를 남긴다.

"어린 시절 나는 내 또래의 소년과 성실하고 변함없는 우정을 나누었다. 내 눈에 기도하는 그의 얼굴은 자석이라도 되는 것처럼 우리를 끌어당기는 천국과 같았다. 그와의 사귐은 내 생애의 모든 변화와 거래에서 얻은 최고의 소득이었다. 세상 사람들 가운데 그 누구도(천사들 중에는 혹 그럴 수도 있겠지만) 용모와 성실함과 명예에 있어 그와 비교할 이는 없었다. 그런 우정을 누린 후 나는 맹세했다. 그가 죽은 다음, 나의 사랑을 다른 사람에게 바친다는 것은 결코 있을 수 없는 일이라고. 그런데 그의 발이 그만 비운의 올가미에 걸려 그는 너무도 일찍 무덤 속으로 들어가야 했던 것이다. 나는 한동안 앉은 채로, 누운 채로 무덤을 지키며 그의 죽음과 우리의 이별에 관한 수많은 슬픔의 노래를 읊었는데, 그것들은 아직도 나와 다른 사람들을 울컥하게 만든다."

비유 시편. 서양 민족들이 동방의 수많은 재화를 자기 것으로 만들었다 할지라도, 동방엔 아직도 얻을 것들이 많다. 그 점을 더 자세히 설명하기 위해 다음과 같이 말문을 열어 보기로 한다.

윤리 문제와 연관된 동방의 비유나 다른 문학 형식들을 다음처럼 세 가지 표제로 나누어 보는 것도 그렇게 어색하지는 않을 것이다. 민속적인 형식, 도덕적인 형식 그리고 금욕적인 형식이 그것이다. 처음 것은 인간 일반과 그가 처한 상황과 연관된 사건이나 암시를 담고 있는데, 무엇이 선이고 무엇이 악인지를 말하지는 않는다. 그러나 선악의 문제는 두 번째 것에 의해 훌륭하게 제시되며, 듣는 이에게 이성적인 선택을 마련해 준다. 반면에 세 번째 것은 단호한 강제를 덧붙인다. 민속적인 계기들이 금지와 법칙이 되는 것이다. 그리고 이 세 종류의 문학 형식에 네 번째 것이 추가되는데, 그것은 불가사의하고 이해할 수 없는 신의 뜻으로부터 나오는 놀라운 행적과 섭리를 진술한다. 이슬람의 본질과, 신의 뜻에의 무조건적인 순종과, 그 누구도 정해진 자신의 운명을 피할 수 없다는 확신을 가르치고 또 입증한다. 여기에 다섯 번째 것을 또 더할 수 있는데, 우리는 이를 신비적 형식이라 부른다. 그것은 언제나 불안하고 억압적인 상태에 놓여 있는 인간을 현생에서 신과의 합일로, 그리고 어쩌다 그것을 잃어버렸을 경우 우리를 고통스럽게 할 수 있는 재화들에 대한 잠정적인 금욕으로 몰아간다. 동방의 모든 구체적 서술들에 내재된 다양한 목적들을 구별할 줄 안다면, 이미 많은 것을 얻은 셈이다. 그렇지 않다면 마구 뒤섞인 목적들에 혼란을 느껴, 아무 의미도 없는 곳에서 교훈을 찾고, 또 더욱 심오한 의미는 놓쳐 버리게 된다. 문학의 전체 종류 중에서 두드러진 사례들을 보여 주기 위해 '비유 시편'은 흥미로우면서도 풍부한 교훈이 담기도록 만들어야 할 것이다. 우리가 이번에 제시한 문학 형식들이 어디에 속하는지는 통찰력 있는 독자의 판단에 맡긴다.

배화교도 시편. 아주 추상적으로 보이면서도 또한 실제로 감동을 주는 태양과 불의 숭배, 그 전체 모습을 문학적으로 서술하는 데에는 가장 훌륭한 소재가 마련되어 있지만 그 갈래가 너무 많아 시인의 작업을 가로막는다. 그러므로 놓쳐 버린 것을 성공적으로 따라잡기 위해서는 시인에게 은총이 있기를 바랄 뿐이다.

천국 시편. 마호메트 신앙이라는 이 영역은 여전히 수많은 자리들과 천국 안의 천국을 지니고 있어 누구나 기꺼이 그곳에서 이리저리 거닐고 거기에 정주하고 싶어 한다. 여기에서는 농담과 진지함이 아주 사랑스럽게 얽혀 있고, 정화된 일상사가 더 높은 것, 가장 높은 것에 도달할 날개를 우리에게 달아 준다. 마호메트의 기적의 말에 올라타고 온 하늘을 마음껏 날아다니려는 시인의 행로를 누가 막을 수 있단 말인가? 어찌하여 시인은 코란이 완전한 모습으로 천상으로부터 예언자에게 전달되던 저 거룩한 밤을 가득한 경외심으로 축하해서는 안 된단 말인가? 여기에는 아직까지도 얻을 게 많다.

구약 성서적 요소

지금까지 나는 『서동시집』과 그 뒤편에 첨부된 해설에 앞으로 더 많은 것을 추가할 수 있으리라는 달콤한 희망으로 자신을 달래곤 했다. 이제 나는 그동안 써먹지 않은 채 묵혀 두었던 헤아릴 수 없이 많은 연구 자료들을 눈앞에 두고 훑어본다. 그중에서 25년 전에 쓴, 보다 오래된 서류와 연구 결과를 참조한 논문 한 편을 찾아냈다.

나의 전기(傳記)[110]라고 할 수 있는 이런저런 글들을 보면 친구들은 내가 '모세 1경'에 많은 시간과 관심을 기울였다는 것, 그리고 어린 시절에 오랫동안 동방의 천국에 빠져 있었다는 사실을 알게 될 것이다. 나는 이어서 소개하는 역사학 논문에도 애정과 노력을 기울였다. '모세 5경'[111]의 뒷부분 네 권은 정밀하게 읽어야 했고, 다음의 논문은 그 놀라운 결과를 보여 준다. 그러므로 여기에 자리 잡을 충분한 자격이 있다. 우리가 동방을 두루 돌아다닌 것도 성서가 계기가 되었던 만큼 우리는 언제나

---

110 『시와 진실』을 말한다.
111 모세 5경, 즉 구약 성서의 「창세기」, 「출애굽기」, 「레위기」, 「민수기」, 「신명기」를 가리킨다.

성서로 되돌아온다. 성서는 여기저기 흐릿한 곳도 있긴 하지만 땅속으로 자신을 숨겼다가 다시 순수하고 신선하게 솟아오르는 가장 청량한 샘물이다.

사막의 이스라엘[112]

"그때 이집트에 새로운 왕이 등극했는데, 요셉에 대해서는 아무것도 몰랐다."[113] 지배자나 백성이나 은인은 잊어버렸고, 이스라엘 민족조차도 조상들의 이름을 예부터 내려오는 선율처럼 멀리서 듣는 듯했다. 요셉의 소박한 가족은 4백 년 동안 믿을 수 없을 만큼 늘어났다. 하느님이 그들의 위대한 조상에게 행한 믿기 어려운 수많은 기적 가운데 하나의 약속이 이루어졌던 것이다. 하지만 그게 무슨 도움이 되었던가! 이렇게 엄청난 숫자로 불어났기 때문에 그들은 그 나라의 원주민들에게 의심스러운 존재가 되었다. 사람들은 그들을 고통스럽게 하고, 불안에 떨게 하고, 못살게 굴고, 없애 버리려 했다. 그들은 끈질긴 천성으로 저항했지만, 자신들의 완전한 파멸을 예견했다. 그때까지 자유로운 유목민이었던 그들이 국경 안에 그리고 국경 가까이에 자기들 손으로 견고한 도시를 건설하라고 강요받았는데, 그

---

112 괴테는 어릴 적부터 모세 5경에 관심이 많았고, 1797년에 다시 연구에 착수하여 「사막의 이스라엘」이라는 글을 썼다.
113 「출애굽기」 1장 8절 참조.

것은 자신들을 가둘 우리나 감옥이 될 게 뻔했다.

특이하게, 아니 우여곡절을 거쳐 편집된 이 책들을 공들여 연구하기 전에 우선 이런 의문이 든다. 어떤 것들은 기억할 필요가 있고, 어떤 것들은 빼 버려야 한다고 보는 '모세'의 2, 3, 4, 5경에서 그 토대로, 다시 말해 원소재로 남는 것은 무엇일까?

세계와 인류의 역사에서 다른 모든 주제보다 상위에 있는, 본래적이고 유일하고 가장 심오한 주제는 불신앙과 신앙의 갈등이다. 어떤 형태로든 신앙이 지배했던 모든 시대는 동시대와 후세를 위해 빛을 발하고 마음을 고양시키며 또한 유익했다. 반면에 어떤 형태로든 불신앙이 보잘것없는 승리를 주장하던 모든 시대는, 잠시 동안은 거짓 광채를 뽐내긴 하지만, 결국에는 흔적 없이 사라진다. 그 누구도 유익하지 않은 일을 인식하려 애쓰지는 않기 때문이다.

'모세 1경'이 신앙의 승리를 서술하고 있는 반면에 뒷부분의 네 경은 아주 편협한 식으로 한 발 한 발 신앙을 구석으로 몰아붙이는 불신앙을 주제로 삼고 있다. 물론 신앙이 완전한 전체 모습으로 등장하지는 않아 불신앙도 신앙에 노골적으로 싸움을 걸거나 물리치는 일은 없다. 그러한 불신앙은 종종 선행을 통해, 또는 더 자주 무시무시한 형벌을 통해 치유되거나 뿌리 뽑히지는 않으며, 다만 순간적으로 약화될 뿐이다. 불신앙의 은밀한 걸음은 그런 식으로 계속되기 때문에, 믿음직한 민족 신의 영광스러운 약속을 따르는 그 어떤 위대하고 고귀한 과업도 처음부터 곧장 좌절의 위협에 처할 뿐 아니라 결코 완전하게 완성

될 수 없는 것이다.

내용상의 이러한 불쾌함은 첫눈에는 최소한 혼란스럽게 보이지만, 결국에는 전체를 관통하는 기본 실마리가 되어 우리로 하여금 흥미를 잃게 하고 싫증 나게 만든다. 더군다나 이 책들은 정말 슬프게도 편집 방식이 종잡을 수 없어 즐기며 읽는다는 것이 전적으로 불가능하다. 이야기의 진행이 헤아릴 수 없이 많은 율법의 삽입으로 도처에서 막히는데, 대부분의 경우에 그 원인과 의도를 알 수 없다. 그러한 율법들이 왜 하필 그 순간에 등장하는지, 또는 그것들이 나중에 생긴 것이라면 왜 여기서 인용되고 삽입되어야 하는지 알 수 없는 것이다. 또한 그처럼 엄청난 행군을 하려면 안 그래도 많은 장애가 앞을 가로막기 마련인데, 종교 의식에 필요한 온갖 짐 꾸러미들을 늘리느라 왜 그렇게 의도적으로 세심하게 애를 쓰는지도 이해하기 어렵다. 그렇게 하면 한 발 한 발 앞으로 나아가는 데 끝없는 짐이 될 뿐인데도 말이다. 매일매일 시시각각 필요한 방책과 행동을 시행하기에도 빠듯한 그 시간에 왜 전적으로 불확실하고 유동적인 미래의 율법을 말하는지, 그리고 자신의 두 발로 굳게 서야 할 사령관은 왜 그렇게 반복하여 얼굴을 땅에 대고 엎드려 하늘의 은총과 형벌을 간구하는지 모를 일이다. 게다가 이 은총과 형벌은 왜 시간을 낭비하며 전달되어 방황하는 백성들로 하여금 자신들의 원래 목표를 시야에서 완전히 사라지게 한단 말인가.

이러한 미로 속에서 길을 잃지 않기 위해 나는 원래 이야기가 무엇인지를 가려내느라 애썼다. 그것은 역사적 사실이거나 지어낸 허구 또는 그 두 가지 다일 수도 있고, 시 문학일 수도 있다. 나는 이것을 교설이나 계명과 구분했다. 첫 번째 것은 모든 나라, 모든 윤리적인 인간에게 적용되는 것이고, 두 번째 것은 특히 이스라엘 민족과 연관되어 결합된 것이라고 나는 생각한다. 이런 작업을 내가 얼마나 성공적으로 해냈는지 나 자신도 함부로 판단할 수 없다. 지금은 과거의 연구를 다시 한번 시도할 형편이 못 되므로, 예전에 시간 나는 대로 적어 놓았던 이런저런 글들을 한자리에 모아 보려고 한다. 따라서 독자들이 주목해 주었으면 하고 내가 바라는 것은 두 가지다. 첫 번째는 이 놀라운 행군의 사건 전체가 처음에는 아주 유리한 것으로는 보이지 않았던 사령관의 성격으로부터 전개되었다는 것, 그리고 두 번째는 이 행군이 40년이 아니라 2년 정도도 채 걸리지 않았다는 점이다. 이런 점을 고려하면 우리가 처음에는 비난할 수밖에 없었던 사령관의 태도는 다시 정당화되고 명예가 회복되며, 그와 동시에 한 민족의 고집불통보다 더 불쾌할 정도로 가혹했다고 여겨졌던 민족 신의 명예도 회복되어 이전의 순수성을 갖추게 된다.

우선 이집트에 있는 이스라엘 민족을 상기하려면, 가장 후대에 사는 우리는 그들의 억압받는 상황에 관심을 가질 필요가 있다. 이 종족 가운데 폭력적인 레위족 출신으로 폭력적인 남자 하나가 등장한다. 정의와 불의에 대한 생생한 감정이 그 남자의 특징이다. 그는 무시무시한 조상들과 잘 어울리는 것처럼 보인다. 그의 조상들에 대해 선조[114]는 이렇게 외친다. "시므온과 레위는 단짝이라, 칼만 잡으면 사나워져 나는 그들의 모의에 끼어들 생각도 없고 그들이 모이는 자리에 섞일 마음도 없다. 홧김에 사람을 쳐 죽이고 닥치는 대로 소를 박살 내는 녀석들! 저주받으리라. 화가 나면 모질게 굴고, 골이 나면 잔인해지는 것들! 내가 그들을 야곱의 자손 가운데서 분산시키고 이스라엘 백성 가운데서 흩뜨리리라."[115]

모세의 등장은 전적으로 이런 배경에서 예고된다. 이스라엘 사람을 학대한 이집트인을 그가 몰래 살해한다. 그의 애국적인 암살은 탄로 나고, 그는 도망쳐야 한다. 그런 일을 저지르고도 단순한 자연인으로 머무는 자라면, 그 원인을 그가 받은 교육에서 찾을 수는 없다. 그는 소년 시절에 어떤 여왕의 총애를 얻어, 궁정에서 교육받았다고 한다. 하지만 아무것도 그에게 영향을 주지는 않았던 것이다. 그는 뛰어나고 강인한 남자가 되었지만, 모든 면에서 야생 그대로였다. 그처럼 힘세고 무뚝뚝하고 폐쇄적이고, 남의 말을 잘 듣지 않는 남자의 모습을 우리는 그가 추방 생활을 하는 동안에도 다시 발견한다. 그는 대담한 주먹으로 미디안족 최고 사제의 호의를 얻었고, 곧 이 사제의 가족과 하나가 된다. 그리고 앞으로 장수라는 무거운 직책을 지고 활약할 사막을 잘 알게 된다.

모세가 지금 함께 있는 미디안족으로 눈길을 돌려 보자. 우리

114 야곱을 가리킨다.
115 「창세기」 49장 5~7절.

는 그들을 위대한 민족으로 인정해야 한다. 그들은 유목하며 장사를 하는 모든 민족처럼 그들 종족의 다양한 활동을 통해, 그리고 생기 넘치는 확산을 통해 실제의 그들 자신보다 더 크게 보인다. 우리는 호렙산에서, 작은 만(灣)의 서쪽 지대에서, 그리고 모아브와 아르논 부근에서도 미디안족을 발견한다. 우리는 그들이 대상(隊商)을 이루어 가나안을 거쳐 이집트로 가는 상인들이라는 것을 이미 알고 있다.

모세는 그처럼 교양 있는 민족 가운데서 살고 있으나, 또한 외롭고 폐쇄적인 목동이었다. 그는 한 뛰어난 남자가 처할 수 있는 가장 슬픈 상황 속에서, 사색이나 숙고를 위해 태어난 것이 아니라 오직 행동을 추구하는 자로서 사막 한가운데 외로이 지낸다. 그의 정신은 언제나 민족의 운명에 몰두해 있으며, 끊임없이 선조들의 신을 향하고 있다. 그는 옛 선조들이 살지는 않았지만, 지금 자신의 민족이 거주하는 땅의 출신으로서 추방의 고통을 느끼며 살아간다. 민족의 위대한 소망에 영향을 미치기에는 그의 주먹이 너무 약하고, 어떤 계획을 세울 능력도 없다. 설혹 계획을 세운다 하더라도 그는 협상과는 거리가 먼 유형이며, 그의 개성을 돋보이게 하는, 조리 있는 연설 능력도 갖추지 못했다. 그런 상황에서 그처럼 강력한 성격이 쇠진해 가리라는 것은 전혀 이상한 일이 아니다.

이러한 상황에서도 이리저리 옮겨 다니는 카라반들을 통해 유지되는 자기 민족과의 연결이 그에게는 위안이 되었다. 그는 오랫동안 회의하고 망설이다 마침내 되돌아가서 민족의 구원자가 되기로 결심한다. 그의 형 아론이 그를 찾아왔고, 백성들 사이에서 불만이 극단적으로 고조되었다는 소식을 듣는다. 이에 두 형제는 민족의 대표자로서 과감하게 왕 앞에 출두한다. 그러나 왕은 몇 세기 이래로 자신의 나라에서 유목민에서 농경민으로 발전하고, 수공업과 예술에 이바지해 왔으며, 자신의 신민들과 뒤섞여 버린 수많은 인간들을, 적어도 육중한 기념비를 세우거나 새로운 도시와 요새를 건설하는 데 동원할 수 있는 이 거친 대중들을 그렇게 쉽사리 자신한테서 떠나보내 옛날의 독립 상태로 되돌아가게 하고 싶지는 않았다.

청원은 퇴짜를 맞았고, 나라에 우환이 있을 때마다 청원은 더욱 간절히 되풀이되었으나, 그럴수록 더 가차 없이 거절당했다. 그리하여 흥분한 히브리족은 태곳적 전설이 그들에게 약속한 세습의 땅을 기대하고, 또 독립과 자치를 희망하면서 어떠한 의무도 더 이상 인정하지 않았다. 성대한 축제를 가장하여 이웃으로부터 금은 식기를 속여 빼앗고, 이집트인들이 보기에 이스라엘인들이 무해한 향연에 몰두해 있다고 생각하는 그 순간 시칠리아섬에서의 사건[116]과 정반대 방향의 학살이 감행된다. 이방인이 원주민을, 손님이 주인을 살해하고, 잔인한 책략에 따라 사람들은 장남들만 죽였다. 장남이 많은 권리를 누리는 나라에서 장남보다 늦게 태어난 자들이 사욕을 채우게 하고는, 신속히

---

116 1282년 부활절 저녁 예배의 종을 신호 삼아 카를 1세의 지배에 저항하여 팔레르모 원주민이 일으킨 폭동. 원주민인 이집트인에 대항하여 이방인인 이스라엘 민족이 일으킨 반란과는 정반대 사례이다.

도주함으로써 그 순간의 복수를 피하기 위해서였다. 술책은 성공했고, 살인자들은 처벌받는 대신 추방되었다. 뒤늦게야 왕은 군대를 소집한다. 그러나 보병밖에 없는 군대는 공포의 대상인 기마병과 싸워야 했고, 전차들은 늪지대에서 경무장을 하고 경쾌하게 움직이는 후위 부대와 공정치 못한 전투를 치러야 했다. 이스라엘의 병사들은 아마도 대학살을 감행했을 때 이미 훈련되어 있던, 바로 그 결단력 있고 대담한 무리들이었을 것이다. 우리는 나중에도 이들의 잔인한 행동을 다시 소개하며 빠짐없이 묘사할 것이다.

공격과 방어에 그처럼 잘 무장된 군대와 민족의 행렬은 약속된 땅으로 가는 데 하나의 길 이상을 선택할 수 있었다. 지중해변에서 가자를 거쳐 가는 첫 번째 길은 카라반의 길이 아니었으므로 잘 무장된 호전적인 원주민 때문에 위험할 수 있었다. 두 번째 길은 더 멀기는 했지만, 더 안전하고 더 장점이 많은 것처럼 보였다. 그 길은 홍해 변으로 해서 시나이까지 이르고, 거기서부터 다시 두 방향으로 나아갈 수 있었다. 첫 번째 방향은 목표 지점에 가장 빨리 도달하는 것으로, 작은 만을 따라 미디안족과 모아브족의 땅을 지나 요르단으로 가는 길이다. 두 번째 방향은 사막을 가로질러 가데스 쪽으로 가는 길이었다. 첫 번째 경우에는 에돔 땅이 왼쪽에, 두 번째 경우에는 오른쪽에 있게 된다. 모세는 아마도 첫 번째 길을 가려고 했던 것 같다. 하지만 그와 반대로 두 번째 방향으로 접어든 것은 영리한 미디안족의 유인 때문인 듯싶은데, 이는 아마도 사실일 것이다. 이 행군에 따랐던 외적인 상황들을 서술하면서 빠져들었던 그 어둠침침한 분위기에 대해 우리가 이미 말했던 그대로 말이다.

아브라함이 신으로부터 계시받았던, 무수한 별들이 빛나는 환한 밤하늘은 더 이상 그 금빛 천막을 우리 머리 위에 펼치지 않는다. 저 찬란한 하늘의 등불들을 닮는 대신에 수를 헤아릴 수 없는 한 민족이 슬프기만 한 사막 위로 무거운 발걸음을 옮기고 있다. 모든 즐거운 일들은 사라져 버리고, 대열 귀퉁이와 끝마다 햇불들만 비친다. 불타오르는 관목 숲에서 모세를 불렀던 하느님은 이제 대중 앞에서 희뿌연 불꽃 연기의 모습으로 나아갈 뿐이다. 그것은 낮 동안에는 구름의 기둥들, 밤 동안에는 불빛을 발하는 유성들로 보인다. 구름에 뒤덮인 시나이의 산봉우리에서 번쩍이는 번개와 우르릉거리는 천둥은 사람들을 놀라게 하고, 잠시 스쳐 지나가는 사이에 땅에서 불꽃이 터져 야영지 이곳저곳을 불살라 버린다. 식품과 음료는 점점 더 부족해지고, 불만에 찬 백성들은 옛 땅으로 다시 돌아가자고 하지만, 지도자가 그들의 소망을 근본적으로 들어줄 수 없기에 불안감만 더 깊어 갈 뿐이다.

군대의 행렬이 시나이에 도착하기 전에 마침 이드로[117]가 사위를 마중 나오고, 고난의 시기에 부친[118]의 천막 아래서 보호받던 딸과 손자를 데려다줌으로써, 자신이 현명한 남자임을 입증한다. 자유롭게 자신의 결정을 따르고 스스로 능력을 발휘할 기

---

117 Jethro. 모세의 장인.
118 모세의 장인 이드로를 가리킨다.

회를 찾는 미디안족 같은 민족은, 이민족의 압박 밑에서 자기 자신 및 주어진 상황과의 끝없는 싸움 속에 사는 민족보다 더 교양을 갖추었음이 분명하다. 그러한 민족의 지도자는, 행동과 지배를 위해 태어났다고 스스로 느끼지만 그처럼 위험한 사업을 성취할 수단을 자연으로부터 부여받지 못한, 침울하고 폐쇄적이면서도 꿋꿋한 남자보다 훨씬 높은 식견의 소유자였음이 틀림없다.

모세는 지배자가 모든 일에 일일이 나설 필요가 없으며, 또 모든 것을 스스로 할 필요도 없다는 생각을 할 수 없었다. 그와 반대로 그는 직접 개입함으로써 직책 수행을 아주 성가시고 어려운 것으로 만들어 버렸다. 이드로가 처음으로 그러한 생각을 전해 주며, 백성을 조직화하고 복종하도록 도와주었고, 모세는 그것을 따랐을 것이다.

물론 이드로는 자기 사위와 이스라엘 민족의 최선만을 염두에 둔 게 아니라, 자신과 미디안족의 안녕도 생각한다. 도피자 시절에 받아들여 주었고, 불과 얼마 전까지만 해도 그의 신하, 그의 노예들 사이에 있던 모세가 이제는 거대한 백성의 무리 선두에 서서 그를 향해 오고 있는 것이 아닌가. 옛 거처를 떠나 새로운 땅을 찾아다니는 그들은 가는 곳마다 공포와 전율을 퍼뜨린다.

이제 이 통찰력 있는 남자는 이스라엘의 자손들이 곧이어 미디안족의 땅을 통과하고, 이 행렬이 도처에서 자기 민족의 무리를 만나고, 그들의 주거지와 접촉하고, 이미 잘 정비된 도시들과 마주치게 되리라는 것을 꿰뚫어 본다. 이처럼 유랑하는 민족이 무슨 짓을 할지는 너무도 뻔하다. 정복자로서의 권리를 분명히 행사할 것이다. 저항이 생길 수밖에 없고, 그들은 모든 저항을 부당하다고 여기며, 자신의 것을 방어하는 자를 가차 없이 제거해도 무방한 적(敵)으로 볼 것이다.

그렇게 메뚜기 떼가 휩쓸고 내려올 때 백성들이 처할 운명을 예견하는 데는 특별한 안목이 필요하지도 않았다. 그러므로 우선 이드로가 사위로 하여금 가장 편리한 지름길로 통과하는 것을 피하고 사막을 가로지르도록 설득했으리라는 것은 추측이 가고도 남는다. 이러한 견해는 다음과 같은 사실에 의해 더욱 확실하게 뒷받침된다. 즉 호밥은 그의 처남[119]이 권유받은 길로 접어드는 것을 볼 때까지 그의 곁을 떠나지 않았을 뿐만 아니라, 더 나아가 전체 행렬이 미디안족의 주거지로부터 더욱 안전하게 비켜 가도록 그를 더 멀리까지 동반했던 것이다.

이집트에서 탈출한 날부터 계산하여 14개월 되던 때 우리가 말하는 대이동이 시작되었다. 백성들은 도중에 음탕함 때문에 커다란 벌을 받은 장소에 '음욕의 묘지'라는 이름을 붙였다. 그러고는 하체로트 방향으로 나아가 파란(Paran) 사막에서 야영을 했다. 그들이 이 길을 지나갔다는 데는 의심할 여지가 없다. 그들은 어느새 목적지 가까이에 왔는데, 가나안 땅과 사막을 가르는 산맥만이 그들 앞을 가로막았다. 그들은 사신을 보내기로

---

119 모세를 가리킨다.

결정했고, 이어 가데스까지 행군했다. 사신이 돌아와 그 나라의 뛰어난 점과 아울러 유감스럽게도 그곳 주민들이 매우 호전적이라는 소식을 전했다. 여기서 다시 한번 불행한 갈등이 생겨났고, 신앙과 불신앙의 대립이 새로 시작되었다.

불행하게도 모세는 정치적 수완보다 장수로서의 수완이 더 모자랐다. 그는 아말렉족과의 전투 중에 기도하기 위해 산으로 올라갔고, 그동안 군대의 선두에 섰던 여호수아는 오랫동안 밀고 당기다 마침내 승리를 거두었다. 이제 가데스에서의 상황은 다시 애매해졌다. 열두 명의 사신 가운데 가장 대담한 여호수아와 칼렙은 공격을 주장하며 승리를 자신한다. 하지만 그사이 무장한 거인족에 대한 과장된 묘사가 번져 나가 공포와 경악을 불러일으켰고, 겁먹은 군대는 산 위로 진군하기를 거부한다. 모세는 또다시 어찌해야 할지를 몰랐다. 처음에는 진군을 요구했으나, 자신이 보기에도 그쪽에서의 공격은 위험하다는 것을 곧 알아차렸다. 그는 동쪽으로 나아가자고 제안했지만, 안간힘을 다해 겨우 도달한 곳을 포기한다는 것이 군대의 일부 우직한 지휘관들에게는 결코 용납할 수 없는 일로 보였을 것이다. 그들은 새롭게 뭉쳐 정말로 산을 거슬러 진격했다. 그러나 모세는 뒤에 남았고, 성직자들도 움직이지 않아, 여호수아도 칼렙도 이 용감한 자들의 선두에 선다는 것이 어울리지 않았다. 결국 지원군도 없이 홀로 싸운 전위대는 격파되었고, 백성들의 초조감은 커져갔다. 그동안 번번이 터져 나왔던 백성들의 불만과, 아론과 미리암까지 관여했던 여러 차례의 반란은 더욱 드세게 되풀이되었는데, 이는 모세가 자신의 위대한 소명을 감당할 능력이 거의 없음을 다시 한번 입증하는 것이었다. 더 이상 의문의 여지도 없거니와, 칼렙의 증언에 의해 다음과 같은 사실은 반론의 여지 없이 분명하다. 그 위치에서 가나안 땅으로 공격해 들어가 헤브론이나 맘레 숲을 차지하고, 아브라함의 묘지를 정복함으로써 전체 과업을 위한 목표 지점과 근거지와 중심점을 마련한다는 계획은 불가능하고, 또 허용될 수도 없는 일이었다. 하지만 지금까지 따랐던, 이드로가 제안한 계획, 즉 그의 사심이 조금도 개입되어 있지 않다고는 할 수 없으나 그렇다고 완전한 배신이라고도 할 수 없는 그런 계획을 가차 없이 단번에 포기하기로 결정한다면 그 불행한 민족이 입을 손실은 얼마나 크겠는가!

이집트를 출발한 지 두 번째 해가 지나기 전에, 사람들은 비록 늦기는 했어도 그해가 끝나기 전에 소망해 마지않던 나라의 가장 아름다운 지역을 소유하게 되기를 얼마나 바랐던가. 하지만 그곳 주민들이 용의주도하게 빗장을 걸어 두었으니, 이제 어디로 가야 하는가? 지금까지 북쪽으로 충분히 멀리 왔고, 이제는 처음부터 택했어야 했던 길로 다시 들어서기 위해 동쪽으로 행군해야 했다. 그런데 바로 그 동쪽에는 산으로 둘러싸인 나라 에돔[120]이 있었다. 사람들이 그 나라를 지나가게 해 달라고 간청했으나 에돔의 영리한 주민들은 단호하게 거절했다. 다시 전투를 벌이기는 무리여서, 그들은 우회로를 택할 수밖에 없었다.

---

120 Edom. 고대의 팔레스타인 지역.

에돔산을 왼편으로 끼고 돌며 행군은 별다른 어려움 없이 이어졌는데, 그들은 오보트, 이임 등 몇 안 되는 지점을 통과했고, 사해로 흘러 들어가는 첫 번째 개울인 세렛 천(川)을 건너고, 더 나아가 아르논강에 도달했다. 그동안 모세한테 반기를 든 직후에 미리암은 저세상으로 갔고, 아론은 자취를 감추었다.

아르논강에서부터 모든 것이 지금까지보다 더 나아졌다. 백성들은 두 번째로 자신들에게 대항하는 세력이 거의 없는 지역, 그들이 소망했던 곳에 가까이 왔다고 느꼈다. 그들은 여기서 떼를 지어 진군했고, 길을 막아서는 종족들을 무찌르고 몰살하고 몰아냈다. 그렇게 하여 미디안족, 모아브족, 아모리족의 가장 훌륭한 소유지들이 공격당했다. 이드로가 그토록 용의주도하게 지키려 했던 미디안족은 멸족되고 말았다. 요르단강의 왼쪽 강안을 차지한 후 몇몇 성미 급한 종족들은 그곳에 정착했으며, 다시 한번 전래의 방식대로 법률을 제정하고 규정을 만들었다. 요르단강을 건너는 일은 나중으로 미루었다. 이런 일이 벌어지는 동안 아론이 그랬듯이 모세 자신도 세상을 떠났다. 여호수아와 칼렙이 몇 년 전부터 참아 오던 답답한 남자[121]의 섭정을 끝내고, 그가 먼저 보낸 수많은 사람들한테로 그를 뒤따라 보내 버리는 것이 좋겠다고 생각하지 않았더라면, 우리는 몹시 헷갈렸을 것이다. 그렇게 하여 그들은 요르단강 기슭의 오른쪽 전체와 그 안에 있는 땅을 소유함으로써 마침내 과업을 마쳤다.

---

121 모세를 가리킨다.

지금까지의 서술이 어떤 중대한 과업의 전개 과정을 신속하고 일관되게 보여 주기 위해서라는 점은 인정받고도 남음이 있다. 하지만 사람들이 거기에 곧장 신뢰와 박수를 보내지는 않을 것이다. 왜냐하면 성서에서 아주 오랜 세월이 걸린 것으로 묘사한 저 대이동을 여기서는 짧은 시간 내에 완수된 것으로 그리고 있기 때문이다. 그러므로 우리는 어떻게 해서 그러한 커다란 편차가 생길 수밖에 없는지 근거들을 제시해야 하고, 그러기 위해서는 저 백성의 무리가 통과해야 했던 곳의 지형에 대해, 그리고 모든 대열이 그러한 행진에 필요로 했던 시간을 고찰하는 것보다 더 나은 해결책은 없을 것이다. 또한 이 특별한 경우와 관련하여 우리에게 전해져 내려온 자료들을 서로 비교하며 심사숙고해 보아야 할 것이다.

일단 홍해로부터 시나이까지의 행군은 건너뛰고, 산악 지대에서 일어난 일들도 그대로 놔둔 채, 다만 수많은 백성의 무리가 이집트를 출발한 후 두 번째 해의 둘째 달 스무날에 시나이 산자락에서 출발했다는 사실에 주목하기로 한다. 그곳에서 파란 광야까지는 채 40마일(약 60킬로미터)이 되지 않으며, 짐을 실은 카라반이 닷새 만에 느긋하게 갈 수 있는 거리이다. 전체 대열이 차례대로 도착할 충분한 시간을 주고, 휴식일도 넉넉하게 잡고, 또 다른 체류 시간을 더한다 해도, 그들은 그 모든 경우에 목표 지점에 열이틀 안에 도착할 수 있었다. 그것은 성서는 물론이고 그 밖의 일반적인 견해와도 일치한다. 여기에서 그들은 사신들을 보냈고, 전체 백성은 조금만 더 나아가 가데스까지 이르렀는데, 사신들은 40일 후에 이곳으로 되돌아왔다. 그리고 곧 바람직하지 못한 결과를 가져온 전쟁을 시도했다가, 에돔족과의 협상에 돌입했던 것이다. 이 협상에 아무리 많은 시간을 할당한다 하더라도 30일을 넘을 수는 없다. 에돔족은 자신들의 땅을 그들이 통과하도록 허락하지 않았으며, 이스라엘 민족으로서도 그런 위험하기 짝이 없는 상황에서 오래 지체한다는 것은 결코 바람직하지 않았다. 가나안족이 에돔족과 협상을 맺고, 가나안족은 북쪽 산악 지대에서, 에돔족은 동쪽 산악 지대에서 각각 밀고 내려온다면 이스라엘은 불리한 상황에 놓일 것이기 때문이다.

하지만 역사 서술은 여기서도 쉬지 않고 이루어진다. 이스라엘 민족은 에돔산을 우회해 가기로 결정을 내린다. 이제 에돔산을 우회하며 처음에는 남쪽으로 향하다가 다시 북쪽으로 방향을 틀어 아르논강까지 가는 길은 40마일이 채 안 되며 닷새면 갈 수 있는 거리이다. 그들이 아론의 죽음을 애도했던 40일을 포함하고, 온갖 이유로 머뭇거리며 지체했던 시간, 그리고 이스라엘의 자손들을 무사히 요르단까지 데려간 행진의 시간을 다 합하더라도, 두 번째 해에서 6개월은 남는다. 그렇다면 나머지 38년은 어디로 갔단 말인가?

이 점과 아울러 마흔한 곳의 체류지를 제대로 밝히기 위해 성서 해석자들은 많은 노력을 기울였다. 체류지 가운데 열다섯 곳은 역사 서술의 기록이 남아 있지 않고, 목록에만 삽입되어 있어 지리학자들에게 커다란 어려움을 주었다. 그러므로 이제 삽입된 체류지들과 지나치게 남는 시간은 다행스럽게도 환상적인 관계를 맺는다. 아무것도 알려지지 않은 열여섯 군데의 체류지와 사람들이 들어 보지 못한 38년이라는 세월은 이스라엘의 자손들과 함께 황야를 헤맬 최상의 기회를 제공하는 셈이다.[122]

우리가 사건들을 통해 주목한, 역사 서술에 등장하는 체류지들을 목록의 체류지들과 대조해 보면, 이름뿐인 체류지와 역사적 내용을 담은 체류지를 아주 잘 구분할 수 있다.

사막의 이스라엘 자손들의 체류지

괴테가 열거하고 있는 지명에는 오류가 많다. [ ] 안이 올바른 형태이다.

모세 제2, 3, 4, 5경에 따른 역사 서술	모세 제4경 33장에 따른 체류지 목록
	라엠세스[람세스]
	수코트
	에탐
하히로트	하히로트, 미그돌[미그달]
	홍해 통과
마라, 수르 사막	마라, 에탐 사막
엘림	엘림, 12개의 샘

---

122 통념적 역사 해석에 대한 조롱 섞인 서술.

	바닷가
신(Sin) 사막	신 사막
	다프카[도프카]
	알루스
라피딤	라피딤
시나이 사막	시나이 사막
음욕의 묘지	음욕의 묘지
하체로트	하체로트
	리트마
파란 사막의 가데스	리몬 파레스
	리브나
	리사
	케헬라타
	사페르산(山)
	하라다
	마케헬로트
	타하트
	타라
	미트카
	하스모나
	모세로트
	브네에콘[브네야칸]
	호르기드가트[호르-하기다드]
	야트바타[요르바타]
	아브로나
	에체온-가버[에체온-게버]
가데스, 친(Zin) 사막	가데스, 친 사막
호르산(山), 에돔 국경	호르산, 에돔 국경
	찰모나
	푸논
오보트	오보트

	이짐[이임]
	디본가트[디본 가드]
	알몬 디브라타임[알몬 디블라타이마]
아바림산맥	아바림산맥, 네보
사레드강	
아르논강 이쪽	
마타나	
나할리엘	
바모트	
피스가산(山)	
야흐차	
헤스본	
시온	
바산	
요르단강 가의 모아브 광야	요르단강 가의 모아브 광야

　이제 우리가 무엇보다 주목해야 할 것은 역사가 우리를 하체로트로부터 곧장 가데스로 이끌고 가는 반면에, 목록에서는 하체로트 뒤의 가데스를 빼고 이런저런 지명들을 삽입한 후 에체온-가버 뒤에 가데스를 위치시킨다. 그렇게 함으로써 친 사막이 아라비아만(灣)으로 흘러드는 강의 지류와 만나게 된다는 점이다. 여기서 성서 해석자들은 극심한 혼란에 빠지고, 일부 해석자들은 두 개의 가데스를 가정하기도 한다. 하지만 대부분은 하나의 가데스만을 받아들이는데, 이 견해가 의문의 여지가 없는 것이다.

　우리가 삽입된 모든 지명들을 조심스럽게 가려낸 후의 역사 서술은 파란 사막에 있는 하나의 가데스를 언급한 후에 즉시 친 사막에 있는 가데스를 다시 언급한다. 첫 번째 가데스에서는 사신들이 파견되었고, 두 번째 가데스에서는 에돔족이 자기 나라를 통과하는 것을 거부한 후, 이스라엘 백성 전체가 거기서 길을 떠난다. 이로써 그 둘이 같은 장소라는 것은 자명해진다. 왜냐하면 에돔을 지나가려 했던 행군은 바로 그 자리에서 가나안 땅으로 들어가려던 시도가 실패한 결과이기 때문이다. 또 다른 구절들에서도 보다시피, 자주 언급되는 두 사막은 서로 맞닿아 있고, 친 사막은 북쪽에, 파란 사막은 남쪽에 위치하며, 가데스는 두 사막 사이의 휴식처로 하나의 오아시스 안에 있었던 것이 분명하다.

이스라엘의 자손들을 사막에서 질릴 정도로 오랫동안 방황하게 만듦으로써 스스로 곤경에 빠질 생각이 아니라면 그 누가 두 개의 가데스를 상상이나 하겠는가. 그러나 하나의 가데스를 가정하고 아울러 40년간의 행군과 삽입된 체류지들을 설명하려는 해석자들도, 특히 이 행군을 지도상에 표시하며 도저히 설명 안 되는 부분을 구체적으로 보여 주려 하다 보면 참으로 이상한 태도를 취하지 않을 수 없게 된다. 마음속으로 그려 보는 것보다 눈앞에 실제로 드러난 것에서 부적절한 것을 더 옳게 판단할 수 있으니까 말이다. 상송[123]은 시나이와 가데스 사이에 40개의 가짜 체류지를 기입한다. 그러다 보니 자신의 지도 위에 지그재그 모양의 이동 경로를 잔뜩 그려 넣어도 불충분했다. 게다

---

123 니콜라 상송(Nicolas Sanson, 1600~1667). 프랑스의 유명한 지리학자. 1652년 『성서 지도 (Geographia sacra)』를 발간했는데, 18세기에 이르기까지 증판을 거듭했다.

가 모든 체류지는 서로 2마일(약 3킬로미터)밖에 떨어져 있지 않은데, 그것은 엄청난 규모의 군대가 벌레처럼 꿈틀거리며 움직이기에도 모자라는 짧은 간격이다.

이 사막에 사람과 집이 얼마나 없기에, 2마일마다 도시도 촌락도 아닌 이름이 붙은 휴식처가 표시돼 있단 말인가! 그것은 군사령관과 그 백성에게 얼마나 유리했겠는가! 그러나 사막 안의 이러한 수많은 지명은 지리학자를 금방 헷갈리게 한다. 그는 가데스로부터 에체온-가버에 이르기까지 다섯 개의 체류지만을 발견하며, 이들을 이끌고 가데스로 돌아오는 길에서는 불행하게 단 하나의 체류지도 찾지 못한다. 그러므로 그는 저 목록에도 오르지 않은 몇 개의 도시를 백성들의 이동 경로 중간중간에 그려 넣는다. 한때 지도상에 비어 있는 곳을 코끼리들로 메꾸었듯이 말이다. 칼메[124]는 종횡으로 이상한 행로들을 그려 넣음으로써 곤경에서 벗어나려 한다. 그는 남아 있는 장소들 일부를 지중해 쪽으로 갖다 붙이고 하체로트와 모세로트를 하나의 장소로 합친다. 그러고는 너무나 기이하게 비약하여 사람들을 마침내 아르논강에 이르게 한다. 두 개의 가데스를 가정하는 웰스[125]는 땅의 위치를 지나치게 왜곡한다. 놀랭[126]은 카라반으로 하여금 폴로네즈라도 추는 듯 움직이게 하여, 행렬은 다시 홍해

---

124 오귀스탱 칼메(Augustin Calmet, 1672~1757). 프랑스의 성서 해석가. 괴테는 아버지의 서재에서 이 책을 처음 보았다.

125 에드워드 웰스(Edward Wells, 1662~1727). 영국의 수학자, 성서 출판자. 1706~1719년에 신약 성서의 그리스 원문판을 발행하였다. 괴테는 「사막에서의 이스라엘」을 집필하면서 『구약과 신약의 역사적 지리』(1765)를 도서관에서 대출하였다.

126 장 밥티스트 놀랭(Jean Baptiste Nolin, 1686~1762). 프랑스의 동판 화가, 지도 제작자.

에 도달했다가 시나이를 등 뒤로 북쪽으로 둔다. 경건하고 늘 선한 생각에 잠겨 있는 이런 사람들보다 상상력과 직관과 엄밀함을 더 적게 보여 준다는 것은 불가능하다.

그러나 사실을 아주 엄밀하게 고찰하자면 남아도는 체류지들의 목록은 문제의 40년을 제대로 해명하기 위해 삽입된 것이 거의 확실하다. 우리의 이야기에서 있는 그대로 정확하게 따르는 텍스트에도 이렇게 쓰여 있기 때문이다. "이스라엘 민족은 가나안족에게 패하고 에돔 땅의 통과를 거절당했기 때문에 홍해로 향하면서 에체온-가버로 가는 길에 에돔 땅을 돌아갔다." 거기에서 그들이 당시에는 아직 존재하지도 않았을 에체온-가버에 도달하기 위해 홍해 쪽으로 갔다는 오류가 생긴 것이다. 텍스트에는 세이르 길을 따라 세이르 산악 지대를 돌아갔다고 쓰여 있음에도 불구하고 말이다. 그것은 마부가 이미 라이프치히 거리를 달리면서 라이프치히로 꼭 갈 필요는 없다고 말하는 것과 같다. 우리가 이렇게 불필요한 체류지들을 제쳐 버린다면, 마찬가지로 불필요한 나머지 세월도 그렇게 할 수 있을 것이다. 우리는 구약의 연대기가 인위적이고, 그 전체 연대는 49년의 범위 안에 들어갈 수 있으며, 이 신비한 시대의 수수께끼를 풀기 위해서는 이런저런 역사상의 숫자들이 수정되어야 한다는 사실을 알고 있다. 이렇듯 어둠 속에 놓여 있는 미지의 좁고 거친 땅에서 보낸 시대가 아니라면, 그 어느 시대에 일정한 시간의 과정[127]에서 빠져 있는, 36년에서 38년에 이르는 세월을 별일 아닌 듯 집어넣을 수 있겠는가.

그러므로 모든 연구 가운데 가장 난해한 연대기를 어설프게 건드리지 말고, 우리의 가정에 도움이 되도록 시적인 부분의 연구를 간략히 고찰해 보기로 하자.

성서에는 다른 고대 문헌들에서처럼 신성하고, 상징적이고, 시적이라 부를 수 있는 정수들이 여럿 나온다. 7이라는 수는 창조와 활동과 행동에, 반면에 40이라는 수는 관조와 기대 그리고 특히 격리에 바쳐진 것처럼 보인다. 노아와 그 가족을 모든 세상 사람과 격리시킬 홍수는 40일 동안 이어진다. 물이 충분히 불어난 다음에는 40일 동안 물이 빠지고, 그동안에 노아는 방주의 빗장을 걸어 둔다. 모세는 시나이에서 같은 시간만큼 백성들로부터 두 차례 격리되어 지낸다. 첩자들도 같은 시간 동안 가나안에 머문다. 그렇게 함으로써 이스라엘 민족 전체가 다른 종족들로부터 격리된 채 고난의 세월을 지내며 그 시간을 증거하고 신성하게 했다는 것이다. 이 수의 의미는 온전한 가치를 그대로 지닌 채 신약 성서 안으로도 건너간다. 그리스도가 황야에서 40일 동안 머무는 것이다.

이제 우리가 시나이에서 요르단에 이르는 이스라엘 자손들의 방랑을 더 짧은 시간 내에 이루어진 것으로 만들 수만 있다면, 그 때문에 불확실하고 실제로 있지도 않았을 것 같은 지체를 너무 지나치게 고려하기는 했지만 그 오랫동안의 보람 없는

---

127 이스라엘 민족이 이집트에서 탈출하여 가나안 땅에 이르는 40년간의 시간을 가리킨다. 괴테는 이 40년이 너무 길고, 실제로는 2년에서 4년밖에 걸리지 않았음을 입증하기 위해 이렇듯 장황하게 논증하고 있는 것이다.

세월과 그 많은 불모의 체류지들이 허구임을 입증할 수만 있다면 그 위대한 사령관의 온전한 가치는 우리가 기억해야 했던 것과는 다른 모습으로 즉시 회복될 것이다. 또한 '모세 5경'에 나타난 신은 지금까지처럼 잔인하거나 무시무시하지 않고, 더 이상 억압적인 모습도 아니었을 것이다. 모세의 신은 한동안 우리를 공포와 혐오로 가득 채워 주었지만, 이미 「여호수아서」에서 그리고 그 뒤를 이어 계속해서 더욱 순수한 가부장적 본질이 다시 등장하며, 아브라함의 신은 이전과 마찬가지로 자기 민족에게 친근한 모습으로 나타난다. 이를 해명하기 위해 한마디 하자면, 그의 신은 바로 그의 모습과 같다. 이제 모세의 성격에 대해 마지막으로 몇 마디 더 보태고자 한다!

사람들은 큰 소리로 우리를 꾸짖을 수도 있다. "당신들은 특별한 한 남자에게서 지금까지 엄청난 경탄을 불러일으켰던 특징을, 즉 지도자로서 그리고 사령관으로서의 특징을 함부로 박탈하는 커다란 잘못을 저지른 거요. 도대체 그를 두드러지게 한 것은 무엇이었던가? 그는 안팎의 불리한 상황에도 불구하고 무엇을 통해 그러한 과업에 몰두할 수 있는 대담함을 보였던가? 당신들은 듣도 보도 못할 정도로 무례하게 그의 저 중요한 자질, 저 필수적인 재능을 부인하지 않았는가?" 그에 대해서는 이렇게 대답할 수 있으리라. "이런저런 사람을 '행동의 남자'로 만드는 것은 재능도 아니고, 운명도 아니다. 그러한 경우에 모든 것을 좌우하는 것은 바로 개성이다. 성격은 재능이 아닌 개성에 의해 결정된다. 재능은 성격에 합류할 수 있지만, 성격이 재능에 합류하는 것은 아니다. 성격은 그것을 제외하고 다른 모든 것이 없어도 되기 때문이다. 그래서 우리는 기꺼이 고백한다. 모세의 개성은 첫 번째 암살 행위에서 시작하여 모든 잔인한 행동을 거쳐 그 자신이 사라질 때까지 아주 중요하고도 위엄에 찬 형상을 부여했으며, 그것은 자신의 본성에 의해 가장 위대한 행동으로 떠밀려 간 남자의 모습이다. 하지만 그러한 형상은 완전히 뒤틀려 버릴 것이다. 만일 우리가 굳세고 무뚝뚝하면서도 민첩한 행동의 남자로 하여금 40년 동안 아무 의미나 긴요함도 없이 엄청난 백성의 무리와 함께 위대한 목표를 목전에 두고도 그렇게 좁은 공간에서 헤매 다니도록 내버려둔다면 말이다. 오로지 길과 그 길 위에서 모세가 보낸 시간을 단축함으로써, 우리가 그에 대해 함부로 내뱉었던 모든 나쁜 점들을 우리는 해소했고, 그를 다시 올바른 위치에 올려놓을 수 있었던 것이다.

이제 우리에게 남겨진 일은 이 고찰을 시작하면서 했던 말을 되풀이하는 것뿐이다. 다른 모든 전승된 문서와 마찬가지로 성서의 경우에도, 우리가 그것을 비판적 관점에서 다루어 모순점을 찾아내고, 또 원래의 것, 보다 나은 것이 나중의 첨가와 삽입과 동화(同化)로 인해 자주 덮이고, 심지어 왜곡된다는 사실을 발견하더라도 별다른 손상을 입지는 않는다. 오히려 그럴수록 내면의, 본래의 시원적 가치, 근본 가치는 더욱더 생생하고 순수하게 드러날 뿐이다. 그리고 이런 가치야말로 모든 사람이 의식적이든 무의식적이든 그쪽을 바라보고 손을 내밀어 잡으려 하며, 누구든 그것을 보고 즐거워한다. 반면에 다른 모든 것은 내팽개쳐지지는 않는다 하더라도 배제되거나 아니면 그 자리에 의미 없이 홀로 서 있게 되는 것이다.

요약 반복. 두 번째 해의 행군

시나이 체류	1개월	20일
가데스까지의 여행	-	5일
휴식일	-	5일
미리암의 병으로 인한 체류	-	7일
첩자들의 부재	-	40일
에돔족과의 협상	-	30일
아르논강으로 여행	-	5일
휴식일	-	5일
아론에 대한 애도	-	40일
		157일

다 합쳐서 6개월이다. 그러므로 여기서 분명해지는 것은 머뭇거림과 막힘과 저항을 충분히 고려하더라도, 행렬은 두 번째 해의 연말 이전에 요르단에 도달할 수 있었다는 사실이다.

더 자세한 보충 자료

성서가 한 민족의 시원적 상태와 이후의 점진적 발전을 눈앞에서 생생하게 보여 준다면, 미하엘리스, 아이히호른, 파울루스, 헤렌 등과 같은 사람들은 성서라는 전승 기록에서 우리 스스로가 발견할 수 있는 것보다 더 많은 본성과 구체적인 현상들을 일깨워 준다. 그럼으로써 근세 및 최근세와 관련해, 동방으로 진출했던 몇몇 서양인들이 힘들기는 했으나 즐거움과 위험을 겪으면서 고향으로 가져와 멋진 가르침을 주었던 여행 기록이나 그와 비슷한 다른 기록들에서 우리는 최상의 장점들을 이끌어 낸다. 여기서는 오래전부터 그들의 눈을 통해 저 멀리 떨어진 아주 낯선 대상들을 관찰할 수 있게 도와준 몇몇 사람만 잠시 언급하고자 한다.

성지 순례와 십자군 원정

이에 관한 무수한 기록들은 나름대로 유익하다. 하지만 그 기록들은 동방의 본래 모습에 대한 우리의 상상을 도와주기보다는 오히려 혼란스럽게 한다. 기독교에 치우친 이슬람 적대적인 견해의 일면성은 우리의 인식을 제한하는데, 그런 인식의 한계는 근래 들어 우리가 동방의 작가들을 통해 십자군 전쟁 때 사건들의 본래 모습을 점차로 알게 되면서 어느 정도 극복되고 있다. 그럼에도 불구하고 우리는 격정에 타올랐던 성지 순례와 십자군 원정에 참여했던 모든 이에게 고마움을 표할 의무가 있다. 실은 그들의 종교적 열광과, 동방의 침입에 대한 불굴의 저항 덕에 교양을 갖춘 유럽의 상태를 지키고 유지할 수 있었기 때문이다.

마르코 폴로

이 뛰어난 남자를 누구보다 먼저 소개하고 싶다. 그의 여행 시기는 13세기 후반이다. 그는 극동까지 다다랐고, 우리를 아주 낯선 상황 속으로 데려간다. 그런 상황들은 대부분 꾸며 낸 것처럼 보여서 우리의 경탄과 놀라움을 자아낸다. 그러나 개별적인 사항들이 즉시에 선명하게 이해되지는 않기에, 광대한 영역을 돌아다닌 이 여행자의 간결한 설명은 너무나 솜씨 있게 우리의 내면에서 무한한 것, 엄청난 것에 대한 느낌을 불러일으킨다. 칭기즈 칸의 후계자로 끝없이 넓은 영토를 지배했던 쿠빌라이 칸의 궁정을 서술하는 부분을 보자. "페르시아는 아홉 개의 왕국으로 이루어진 하나의 거대한 지방이다"라고 되어 있으니, 그 제국과 그 영토의 넓이에 대해 어떻게 상상할 수 있겠는가. 그리고 다른 모든 것도 이런 척도로 재고 있다. 중국 북부에 위치한 수도 역시 상상을 초월한다. 칸의 궁성은 도시 안에 있는 또 하나의 도시다. 그곳에 쌓인 보물과 무기들, 헤아릴 수 없이 많은 관리와 병사와 궁신(宮臣)들. 반복되는 잔치에는 누구나 아내와 함께 초대받는다. 시골에 거주해도 마찬가지다. 온갖 오락 시설, 특히 사냥꾼의 무리가 있었고, 놀이로서의 사냥이 널리 유행했다. 길들인 표범들, 훈련된 매들, 부지런한 사냥 조수들이 있으며, 수없이 많은 노획물들이 쌓였다. 연중 내내 선물을 내리고 또 받아들인다. 금과 은, 보석, 진주 등 온갖 종류의 귀중품은 제후와 그 총신들의 소유였다. 반면에 수백만의 신민들은 가짜 주화를 주고받으며 만족해야 했다.

수도를 벗어나 여행길에 오르면, 교외들이 수도 없이 많아 도시가 어디에서 끝나는지 도무지 알 수 없다. 우리는 곧바로 집과 집, 마을과 마을이 이어져 있는 것을 보게 되고, 장대한 강줄기를 따라 늘어선 유원지들을 발견한다. 모든 것이 하루의 여행 단위로 계산되어 있고, 그보다 짧은 경우는 없다.

이제 여행자는 황제의 명을 받들어 다른 지역으로 간다. 그는 우리를 끝 모를 광활한 사막으로 데려가고, 수많은 가축 떼를 방목하는 평지와 산들을 지나 기이한 모습과 풍습을 가진 사람들에게로 데려간다. 그리고 마침내 얼음과 눈의 지대를 넘어 북극의 영원한 밤을 눈앞에 펼쳐 준다. 그런 후 그는 갑자기 우리를 마법 양탄자에 태우기라도 한 듯 인도반도로 건너가서는 그곳에 내려놓는다. 우리 밑으로는 실론과 마다가스카르 그리고 자바가 보인다. 우리의 눈길은 기이하기만 한 이름을 가진 섬들 위로 헤매어 다닌다. 하지만 그는 우리에게 어느 곳에서든 사람들의 모습과 풍습, 풍경과 나무, 식물과 동물에 관한 아주 많은 특이한 것들을 알게 해 준다. 그중에서 많은 것들이 동화처럼 보일 수 있지만, 그것은 오히려 그의 관찰의 진실성을 보증해 준다. 물론 이 지역에 밝은 지리학자만이 이 모든 것을 정리하고 입증할 수 있을 것이다. 우리는 그저 두루뭉술한 인상 정도로 만족해야 한다. 왜냐하면 간단한 메모와 설명 정도로는 이 지역에 관한 우리의 기초적 연구에 아무 도움도 되지 않았기 때문이다.

요하네스 폰 몬테빌라[128]

이 사람의 여행은 1320년에 시작되었다. 그 여행기는 민담집으로 전해져 오는데, 유감스럽게도 매우 변형된 모습이다. 저자가 대단한 여행을 했고, 많은 것을 보고 관찰했으며 또한 올바르게 기술했다는 사실은 인정할 수 있다. 하지만 그는 낯선 송아지로 밭을 갈았을[129] 뿐만 아니라 오래되거나 새로 만들어진 허구들을 삽입했기 때문에 진실한 내용조차도 신빙성을 상실한다. 라틴어로 된 원서가 처음에는 저지 독일어로, 그다음에는 고지 독일어로 번역되면서 이 작은 책자의 이름은 다시 여럿으로 변조된다. 번역자[130]도 일부를 빼먹거나 끼워 넣기도 했는데, 괴레스[131]가 독일 민담집들을 다룬 뛰어난 글에서 지적하듯이, 이런 방식으로는 이 중요한 책을 제대로 즐기고 이용하기가 어렵다.

---

128 Johannes von Montevilla. 존 맨더빌 경(Sir John Mandeville, 1300년경~1372)의 독일식 표기. 『바다 건너로의 여행(*Voyage d'outre mer*)』이라는 공상적 기행문을 쓴 것으로 알려졌다. 여러 나라 말로 번역되었으며, 독일에서는 오토 폰 디메링겐(Otto von Diemeringen)이 처음으로 번역하여 소개했다.

129 몬테빌라의 아전인수식 해석을 비꼬는 말.

130 오토 폰 디메링겐을 가리킨다. 그의 첫 번역본은 1482년에 간행되었다.

131 요제프 폰 괴레스(Josepf von Görres, 1776~1848). 『독일 민담집』(1807)을 펴낸 민속학자.

피에트로 델라 발레

피에트로 델라 발레는 고대 로마 공화정의 귀족 가문까지 거슬러 올라가는 명문가 출신으로 1586년에 태어났다. 이 시기는 유럽의 모든 나라가 드높은 정신적 교양을 한껏 누리던 때였다. 이탈리아에는 아직도 타소[132]가 살고 있었는데, 그가 처한 비극적 상황에도 불구하고, 그의 시는 모든 탁월한 인물들에게 영향을 미쳤다. 시 예술이 널리 퍼져 있어서 즉흥시인들이 등장했고, 자유로운 영혼의 재능 있는 젊은이라면 운에 맞춰 자신을 표현하는 일이 필수 교양이었다. 언어와 문법 습득, 웅변술과 문체 훈련이 철저하게 이루어졌고, 우리의 젊은이도 이러한 모든 장점들 한가운데서 착실하게 성장했다.

땅 위와 마상(馬上)에서의 무술 연마, 품위 있는 검술과 기마술은 날마다 그의 체력을 단련시키고 그것과 내적으로 연결된 강인한 성격을 기르는 데 도움이 되었다. 십자군 원정에서의 거친 단련을 통해 전투 기술과 기사로서의 자질을 길렀고, 또한 여성을 대하는 정중한 예법도 익혔다. 우리는 이 젊은이가 이런저런 미인들에게, 특히 시를 통해 구혼하는 모습들을 본다. 하지만 그는 진지하게 자기 사람으로 만들려 했던 한 여인이 그를 내버려두고 보잘것없는 다른 남자에게 가 버림으로써 마침내 불행에 빠지고 만다. 한없는 고통을 잊기 위해 그는 순례자 복

---

132 토르콰토 타소(Torquato Tasso, 1544~1595). 이탈리아의 시인으로 신분 차이가 있는 레오노레 공주를 사랑했던 인물. 괴테의 희곡 『토르콰토 타소』는 이 인물을 소재로 쓴 것이다.

장을 하고 신성한 나라를 향해 떠나기로 결심한다.

1614년 콘스탄티노플에 도착한 그는 귀족적이고 매혹적인 인품 덕분에 최고의 대접을 받는다. 그는 이전에 공부하던 방식대로 곧장 동방의 언어에 집중했고, 무엇보다 튀르키예 문학과 풍속과 풍습에 대한 개관을 얻은 다음에는 새로 사귄 친구들의 아쉬움을 뒤로하고 이집트로 간다.

그곳에 머무는 동안에도 마찬가지로 그는 고대 세계와 그것이 이후 근대 세계에 남긴 흔적을 진지하게 찾으며 추적한다. 그는 카이로를 떠나 시나이산으로 가서 성 카타리나의 묘지를 참배한 뒤, 유람 여행에서 돌아오기라도 하듯 다시 이집트의 수도로 돌아온다. 그곳에서 두 번째로 여행을 떠나 16일 만에 예루살렘에 도착하는데, 이로써 그는 두 도시 사이의 실제 거리에 대한 우리의 상상력을 한껏 자극한다. 그곳에서 성묘(聖墓)를 참배하며 그는, 이전에 성 카타리나에게 그랬듯이, 구세주에게 자신의 정열로부터 자신을 해방시켜 줄 것을 간청한다. 그리하여 마치 눈에서 비늘이 떨어지듯, 자기가 지금까지 한 여인만을 유일하게 숭배했던 멍청이라는 사실을 깨닫는다. 다른 여성들에 대한 혐오감은 사라지고, 이제 새로운 신부를 찾는다. 그는 곧 돌아가서 만날 친구들에게 적당한 여성을 찾아 달라는 편지를 쓴다.

콘스탄티노플의 친구들이 추천한 대로, 그리고 그를 안내하기 위해 동행하고 카피지[133]로부터 최고의 서비스를 받으며 모든 성지를 순례한 다음, 이런저런 상황들을 아주 완벽하게 이해하고 그는 여행을 계속한다. 다마스쿠스를 경유하여 알레포로 가서는 시리아인의 복장을 하고 수염도 기른다. 그곳에서 그는 자신의 운명을 결정지을 중요한 모험을 겪는다. 어떤 여행자와 어울리게 되었는데, 이 사람은 가족과 함께 바그다드에 머물고 있는 그루지야 출신의 젊은 여성인 그리스도교 신자의 아름다움과 사랑스러움에 대해 밑도 끝도 없이 수다를 떨었고, 발레는 정말이지 동방의 방식대로 말만 듣고는 사랑에 빠졌고, 그 미지의 여성을 만나려는 열망으로 길을 떠난다. 그녀를 직접 만나고 나니 그의 애정과 갈망은 더욱더 커진다. 그는 그녀 어머니의 마음을 얻을 수 있었고, 그녀의 아버지도 설득한다. 이 두 사람은 그의 성급한 열정이 미덥지 못했지만 마지못해 허락한다. 사랑스럽고 귀여운 딸을 떠나보내는 것이 너무 큰 희생으로 보였던 것이다. 마침내 그녀는 그의 아내가 되고, 이로써 그는 자신의 인생과 여행에서 더없이 큰 보물을 얻는다. 그가 비록 귀족으로 많은 종류의 지식과 식견을 갖춘 채 순례의 길을 떠났고, 인간과 직접 연관된 것들을 주의 깊게 그리고 성공적으로 관찰했으며, 어떤 경우든 모든 사람에게 모범적으로 처신할 줄 알았지만, 유감스럽게도 자연에 대한 지식은 부족했다. 당시만 해도 자연에 대한 학문은 진지하고 사려 깊은 연구자들의 좁은 범위에 국한되어 있었다. 그러므로 그는 식물과 목재, 향료와 약품에 대한 지식을 요구하는 친구들의 부탁을 부분적으로 만족시

---

133 kapıcı. 튀르키예어로 '문지기'라는 뜻.

킬 수밖에 없었다. 하지만 그의 아름다운 아내 마니는 사랑스러운 가정의(家庭醫)로서 뿌리와 약초와 꽃들의 성장에 대해, 그리고 무역을 통해 들어오는 송진, 향유, 유약, 씨 그리고 목재들에 대해 충분히 설명할 수 있었고, 남편의 관찰을 그 나라의 특수성에 맞추어 더욱 풍성하게 해 주었다.

그러나 이 둘의 결합은 일상생활과 여행에 보다 큰 도움이 되었다. 마니는 전적으로 여성적이지만 어떤 일에도 과감하게 대응하는 당찬 성격이었다. 그녀는 위험을 두려워하기는커녕 오히려 위험을 추구했고, 그러면서도 어디서든 고상하고 차분하게 처신했다. 그녀는 남자처럼 말에 올라타고, 말을 길들이고 몰 줄 알았으며, 항상 자극을 주는 유쾌한 동반자였다. 마찬가지로 중요한 것은 그녀가 여행 중에 만나는 모든 여성과 잘 지냄으로써, 자신의 남편이 그녀들의 남자들로부터 환영받고 제대로 대접받도록 했다는 사실이다. 그녀도 물론 사근사근한 처신으로 그곳 여성들과 잘 어울렸다.

젊은 부부는 지금까지 튀르키예 제국 안에서 돌아다닐 때는 몰랐던 행운을 누린다. 그들은 표트르 대제나 프리드리히 대왕처럼 대제의 이름을 얻은 압바스 2세[134]가 30년째 통치하던 페르시아에 발을 들여놓았던 것이다. 그는 위험천만하고 불안한 소년 시절을 보낸 후 통치권을 잡자마자 자신의 제국을 지키기 위해 어떻게 국경을 확대해야 할지를, 그리고 국내 통치권을 확

---

134 괴테는 압바스 1세(1587~1628)와 2세를 착각하고 있다.

보하는 수단으로 어떤 것이 있는지를 아주 명료하게 알았다. 그와 동시에 그는 외국인들을 통해 백성이 줄어든 제국을 재건하고, 공공 도로 및 공공 숙박 시설을 통해 백성들의 왕래를 원활하고 수월하게 하기 위해 온갖 노력을 기울였다. 그는 막대한 수입과 후원금을 수많은 건축물을 짓는 데 사용하였다. 그는 수도로 승격된 이스파한을 왕실 손님들을 위한 궁전과 정원, 카라반의 숙소와 집들로 가득 뒤덮었고, 교외에는 아르메니아인들을 위한 도시를 건설했다. 이들은 고마움을 표할 기회를 끊임없이 찾아내고, 자신의 이익과 왕의 이익을 고려하여, 왕으로부터 이익을 얻어 내는 동시에 공물을 바칠 줄 알 정도로 충분히 영리했다. 그루지야인들을 위해 만든 교외 도시와, 배화교도의 후예들을 위해 만든 또 다른 교외 도시는 이스파한을 확장시켰고, 마침내 이 도시는 제국의 새로운 중심지들 중 하나로 끝없이 뻗어 나갔다. 로마-가톨릭교회의 신부들, 특히 카르멜 교단의 신부들이 잘 대접받고 보호받았다. 튀르키예의 보호 아래 있던 그리스 정교는 유럽과 아시아의 공동 적(敵)인 것처럼 보였기 때문에 별다른 대접을 받지 못했다.

델라 발레는 1년 이상 이스파한에 머무르며 모든 상황과 형편들에 대한 정확한 정보를 얻느라 여념이 없었다. 그런 노력 덕분에 그의 서술은 그토록 생생하다! 또한 그의 정보는 얼마나 정확한가! 마침내 모든 것을 맛본 후 이제 그에게 남은 것은 모든 상황의 정점, 다시 말해 그가 너무도 경탄했던 황제를 개인적으로 사귀는 일, 그리고 궁정과 전투와 군대의 상황에 대한 지식이었다.

카스피해 남쪽 해변에 자리한 마첸데란은 늪이 많고 비위생적인 지대인데, 쉬지 않고 활동하는 왕은 이곳에도 대도시를 건설하여 페르하바트라 이름 짓고, 주민들을 강제로 이주시켜 살게 했다. 그러고는 가까이 있는 원형 극장처럼 생긴 분지 꼭대기에 곧장 여러 개의 산악 궁전을 지었다. 산이 배후를 빙 둘러싸 보호받고 있는 그곳 궁전들은 적국인 러시아와 튀르키예에서 그리 멀지 않은 곳에 위치하고 있었다. 대개는 그곳에 머무는 왕을 델라 발레가 찾아간다. 그는 마니와 함께 궁전에 도착해 영접을 받는다. 동방식의 현명하고 조심스러운 망설임 끝에 그는 왕에게 소개되어 총애를 얻고 식사와 주연에 초대받는다. 이 자리에서 그는 이미 모든 것을 잘 알고 있는, 지식욕이 왕성한 왕에게 유럽의 제도와 풍습과 종교를 유창하게 설명했던 것이다.

동방에서는, 특히 페르시아에서는 황제의 측근에 이르기까지 모든 계층이 천진난만하고 익살스러운 놀이나 행사를 즐기는 게 다반사다. 상류층 사람들은 접견이나 식사나 이런저런 행사에서 아주 까다롭게 격식을 지킨다. 하지만 오히려 황제 주변에서는 카니발 같은 자유로운 분위기에서 아주 익살스러운 장면이 연출되기도 한다. 예컨대 황제가 정원이나 정자(亭子)에서 즐기고 있을 때면, 궁정 사람들이 서 있는 양탄자 위를 누구도 장화를 신은 채 밟아서는 안 된다. 타타르족의 왕이라 할지라도 그곳에 도착하면 사람들이 그의 장화를 벗긴다. 하지만 그는 한쪽 발로 서는 것에 익숙하지 않아 비틀대기 시작한다. 그러면 황제가 몸소 다가가 환영 절차가 끝날 때까지 그를 부축해 준다. 저녁이 되면 황제는 술을 가득 채운 황금 사발을 차례대로 돌리고 있는 궁정 사람들과 함께 서서 놀이를 즐긴다. 대부분의 사발은 무게가 적당하지만, 그중 몇 개는 바닥을 두껍게 만들어 아주 무겁다. 이 때문에 아무것도 모르는 손님은 술잔까지는 아니어도 술을 엎지르기 일쑤고, 그러면 군주와 신하들은 깔깔대며 즐거워하는 것이다. 그런 식으로 빙 둘러서서 술을 마시다가 더 이상 견디지 못하는 자는 끌려 나가거나 혹은 적당한 시간에 슬그머니 자리를 뜬다. 작별하면서 황제에게 예를 표할 필요는 없다. 그렇게 한 사람 한 사람 사라지고, 군주는 마지막으로 혼자 남아 한동안 멜랑콜리한 음악에 귀를 기울이다 마침내 쉬러 간다. 하렘에 대한 이야기는 더욱 기묘하다. 그곳에서 여인들은 군주를 간지럽히고, 그와 함께 드잡이를 하며, 그를 양탄자 위로 쓰러뜨리려고도 한다. 그러면 그는 큰 소리로 웃으며 욕을 하거나 복수를 시도한다.

황제의 하렘 내부에서 벌어지는 이러한 오락 이야기들이 전해진다고 해서, 황제와 궁정의 관청이 한가롭고 게으르다고 생각하면 오산이다. 압바스 대왕의 끊임없이 활동하는 정신만이 카스피해 인근에 제2의 수도를 세우도록 그를 몰아댄 것은 아니다. 페르하바트는 사냥과 궁정 오락을 즐기기에 매우 유리한 곳에 위치하기도 했지만, 연이어 솟은 산들의 보호를 받고 또 국경에 아주 가까이 있었기 때문에 황제는 그의 숙적인 러시아와 튀르키예의 모든 움직임을 제때에 알아차리고 그에 맞는 대응책을 마련할 수 있었다. 게다가 러시아는 당시에 조금도 두려워할 필요가 없었다. 왕위 찬탈자와 가짜 왕에 의해 혼란에 빠진 제국의 내부는 그 자체가 안정적이지 못했다. 반면에 튀르키예의 경우에는 페르시아의 황제가 이미 12년 전에 그들을 전쟁에서 이겼기 때문에 더 이상 두려워할 것이 없었고, 오히려 그들에게서 방대한 영토를 빼앗았다. 하지만 그런 이웃 나라들 사이에서 참된 평화는 결코 확립될 수 없었으며, 이따금 벌어지는 야유나 공개적인 시위는 양쪽 당사자의 주의를 끊임없이 불러일으켰다.

그러나 당시 압바스 대제는 군비를 더 철저하게 갖출 필요가 있다고 보았다. 그는 완전히 옛날 옛적 방식으로 군대 전체를 아제르바이잔 평원으로 소집했다. 각각의 부대가 말을 타거나 걸어서 다양하기 그지없는 무기들을 들고 모여들었다. 그 뒤를 따르는 행렬도 끝이 없었다. 모두 이민이라도 떠나듯 아내와 자식을 대동한 채 짐을 싸 들고 왔다. 델라 발레도 아름다운 마니와 그녀의 하녀들을 말과 가마에 태워 군대와 궁정 사람들 뒤를 따랐는데, 황제도 그를 칭찬해 마지않았다. 왜냐하면 델라 발레가 그렇게 함으로써 스스로 신망 있는 남자임을 증명했다는 것이다.

그렇게 대규모로 이동하는 민족에게는 그들이 집에서 필요로 하는 것들 중 어떤 것도 없어서는 안 된다. 온갖 유형의 상인과 무역상이 함께 따르며 임시 시장을 열고 좋은 매출을 기대하는 것은 그 때문이다. 그러므로 황제의 진영은 언제나 하나의 도시와 비교할 수 있다. 그곳에서는 치안과 질서가 잘 유지되고, 누구라도 강제로 징발하거나 징수할 경우에는 엄한 벌을 받는다. 약탈은 더더욱 안 되며, 신분의 높고 낮음을 막론하고 모든 것은 현금으로 대가를 치러야 한다. 따라서 행군 길에 위치한 모든 도시는 재고품을 충분히 갖추고 있을 뿐만 아니라, 가까운 지방과 먼 지방으로부터 식료품과 생필품이 고갈되지 않고 끊임없이 흘러든다.

하지만 그런 식으로 조직된 무질서로부터 어떤 전략이나 전술을 기대할 수 있을까? 더군다나 온갖 민족과 종족과 무기가 뒤섞이고, 전열·중열·후열의 구분도 없이 뒤죽박죽 우연에 따라 전투가 벌어질 때에 말이다. 그러므로 운 좋게 얻은 승리도 쉽게 뒤집히고, 단 한 번 패한 전투가 오랜 세월 동안 한 나라의 운명을 결정할 수도 있는 것이다.

그러나 이번처럼 끔찍하게 주먹과 무기가 뒤섞이면서 아수라장을 이룬 적은 없었다. 사람들은 상상조차 어려운 고난 속에 산을 통과하지만, 때로는 머뭇거리며 뒤로 물러서기도 한다. 폐허가 된 땅에서 적군을 죽이려고 자기들의 도시까지 파괴할 준비도 한다. 공포에 사로잡혀 벌이는 소동과 가짜 승전보가 마구 뒤섞인다. 강화 조건을 무례하게 또는 오만하게 거부하고, 전투 의욕을 꺾어 버리며, 기만적인 지연작전을 쓰는 것이 처음에는 평화를 지체시켰으나 결국에는 평화를 이끌어 내는 데 유리한 쪽으로 작용한다. 그래서 이제 모든 이가 황제의 명령과 처벌 명령에 따라, 물밀듯 나아가는 행군 중에 겪기 마련인 고난과 위험 말고는 다른 고통에 시달리지 않기 위해 곧장 고향으로 돌아간다.

우리는 델라 발레가 궁정과 멀지 않은 카즈빈에서, 튀르키예인들을 향한 원정이 그처럼 빨리 끝난 것에 불만을 품는 모습을 다시 본다. 그를 단순히 호기심 많은 여행객으로, 우연에 몸을 맡기고 이리저리 방랑하는 모험가로만 보아서는 안 된다. 오히려 그는 끊임없이 추구해 온 자신의 목적을 가슴에 품고 있다. 당시의 페르시아는 외국인들을 위한 나라였다. 압바스의 오랜 세월에 걸친 자유주의적 관용이 수많은 활달한 인물들을 끌어들였던 것이다. 아직 공식적인 외교 사절이 없던 때여서 대담하고 노련한 여행객들이 한몫을 했다. 이전에 영국인 셜리[135]가 대리인을 자처하여 동양과 서양의 중재자 역할을 한 적이 있었다. 마찬가지로 독립적이고 부유하며, 품위와 교양을 갖추어 사람들의 추천을 받은 델라 발레는 궁정 출입을 할 수 있었으며, 튀르키예인들에 대한 반감을 불러일으키려고 시도했다. 최초의 십자군을 자극했던 것과 똑같은 그리스도교적 공감도 그를 움직였다. 그는 성묘에서 경건한 순례자들이 학대당하는 것을 보았으며, 부분적으로는 그것을 함께 겪기도 했다. 게다가 콘스탄티노플이 동방인들에 의해 불안한 상태에 빠지는 것은 모든 서양 민족의 커다란 관심사였다. 그러나 압바스는 그리스도교도들을 믿지 않았다. 그들이 자기들 이익만 지키면서, 필요할 때

---

135 앤서니 셜리 경(Sir Anthony Shirley, 1565~1635). 1599년 페르시아에서 영국 공사로 근무했다.

자청해서 도와준 적이 단 한 번도 없다고 생각했던 것이다. 이제 그는 튀르키예인들과 같은 입장에서 행동했다. 하지만 델라발레는 뜻을 굽히지 않고, 페르시아와 흑해 연안의 카자흐족을 연결시키려고 시도한다. 그러고는 이제 정착하여 로마 가톨릭교를 장려하려는 생각을 품고 이스파한으로 돌아온다. 그는 처음에는 아내의 친척들을, 그다음엔 그루지야 출신의 그리스도교도들을 자기 쪽으로 끌어들이고, 그루지야의 고아 하나를 양녀로 삼으며, 카르멜 교도들과 교제한다. 그는 새로운 로마 건설에 필요한 땅을 구하려는 계획을 황제 못지않게 가슴에 품고 있었다.

이제 황제가 이스파한에 다시 나타나고, 세계의 모든 지방에서 사절들이 몰려온다. 군주는 말에 올라탄 채 드넓은 광장에서 그의 병사들과 신망 있는 시종들, 그리고 역시 말을 타고 수행원들과 함께 도착한 최고위급 외국인들이 참석한 자리에서 변덕스러운 알현을 베푼다. 화려함을 뽐내며 선물들이 올라오지만, 그것들은 교만하게 업신여김을 당하거나 유대인처럼 쩨쩨한 흥정의 대상이 되게 함으로써 황제의 위엄은 가장 높은 곳과 가장 낮은 곳 사이를 오락가락한다. 그런가 하면 황제는 때로는 은밀하게 하렘에 칩거하기도 하고, 때로는 모든 사람이 보는 앞에서 공무(公務)에 일일이 개입하며 지칠 줄 모르는 독특한 활동을 보인다.

또한 종교 쪽에서도 황제의 특별히 자유로운 사고방식을 볼 수 있다. 다만 마호메트교도를 그리스도교도로 개종시키는 것은 허락하지 않았다. 이슬람교로의 개종도 이전에는 권장했으나, 이제는 그것을 더 이상 기뻐하지 않았다. 그 밖에도 사람들은 자신이 원하는 대로 믿고 행동할 수 있었다. 예컨대 아르메니아인들은 젠더루트강이 흐르는 화려한 교외 도시에서 십자가 세례 축제를 성대하게 치렀다. 황제는 이 행사에 다수의 수행원을 거느리고 참석했을 뿐만 아니라 여기서도 명령하고 지시를 내렸다. 우선 그는 성직자들과 이야기를 나누면서 그들이 무슨 일을 할 것인지 묻는다. 그러고는 말에 올라타 이리저리 달리며 행렬을 향해 마치 병사들을 다루기라도 하는 것처럼 엄격하게 질서와 안정을 명령한다. 축제가 끝나면 황제는 성직자와 다른 주요 인사들을 불러 모으고, 그들과 함께 이런저런 종교적 견해와 관습에 대해 담화를 나눈다. 하지만 다른 종파 사람에게 허락하는 이와 같은 신앙의 자유는 황제의 개인적 신념일 뿐만 아니라 시아파의 실천 원칙이기도 하다. 처음에는 칼리프의 박해를 받다가 마침내 칼리프가 되었지만 이내 살해당한 알리[136]를 추종하는 이 종파는 여러 가지 점에서 억압받는 마호메트 종파로 간주될 수 있다. 따라서 그들의 증오는 주로 마호메트와 알리 사이에 끼어든 칼리프들을 존중하고 숭배하는 수니파를 향한다. 튀르키예인들은 이 신앙에 호의를 갖고 있었는데, 그로 인해 정치적·종교적 분열이 두 민족을 갈라놓았던 것이다. 이제 시아파는 같은 종교를 믿지만 그들과는 생각이 다른

---

136 알리 이븐 아비 탈리브(Ali ibn Abi Talib, 600~661). 예언자 마호메트의 조카이자 사위.

종파를 극도로 증오하게 되었고, 그 결과 다른 종교를 믿는 사람들에게 무관심해졌으며, 그들을 자신의 적[137]보다 훨씬 더 호의적으로 받아들였다.

하지만 나쁜 게 또 있다! 이러한 종교의 자유가 황제의 변덕스러운 기분에 따라 수난을 당한다! 한 나라에 백성을 거주시키거나 몰아내는 게 전부 폭군의 의지에 달려 있는 것이다. 압바스는 변장을 하고 지방을 돌아다니다 몇몇 아르메니아 여인들의 악담에 모욕감을 느껴, 그 마을의 모든 남자들에게 가혹한 형벌을 내렸다. 젠더루트강 변에 공포와 근심이 퍼져 나갔고, 처음에는 황제가 그들의 축제에 직접 참가하는 행운을 누렸던 외곽 도시 칼파는 깊은 슬픔에 빠졌다.

이런 식으로 우리는 폭정에 의해 드높여지기도 하고 수모를 당하기도 하는 위대한 민족들의 감정을 언제나 함께 나눈다. 우리는 압바스왕이 일인 독재자로 자기 나라의 안전과 복지를 얼마나 높은 수준으로 끌어올렸는지를 보고 경탄해 마지않는다. 또 그의 나약한 후손들이 어리석고 실속 없는 행동으로 90년 만에 나라를 완전히 멸망으로 이끌 때까지 이러한 상태가 지속되었다는 것도 놀라운 일이다. 그러나 이러한 감탄을 자아내는 모습의 뒷면을 들추어 보는 것 또한 당연하다.

모든 전제 정치는 어떤 영향도 거부하고 통치자의 신변을 극도로 안전하게 보호해야 하므로, 전제 군주는 언제나 반역을 의

---

137 수니파를 가리킨다.

심하고, 도처에 도사린 위험을 예상하며, 그 자신이 폭력을 통해 지존의 지위를 지키기 때문에 어느 쪽에서 올지도 모를 모든 폭력을 두려워하는 법이다. 그러므로 전제 군주는 자기 이외에 커다란 명성을 누리거나, 신뢰를 불러일으키거나, 눈부신 솜씨를 보여 주거나, 보물을 수집하고 활동력에 있어 그와 맞먹는 것처럼 보이는 자라면 누구나 질투했다. 하지만 모든 의미에서 가장 커다란 의심을 불러일으키는 자는 바로 후계자다. 그런 까닭에 왕인 아버지가 아들을 시기심 없이 바라본다면 그것만으로도 위대한 정신을 입증하는 것이다. 강력한 의지를 가진 자의 동의 없이도 그의 모든 재산과 소득을 조만간 아들에게 넘겨주는 것은 자연의 순리 아니던가. 다른 한편 아들의 바람직한 태도는 고결한 마음과 교양과 고상한 취미이며, 희망을 절제하고, 소망을 감추고, 부왕의 운명을 겉모습만 보고 예측하지 않는 것이다. 물론 말은 쉽다! 그런 상황에서 아버지가 아들을, 아들이 아버지를 원망하지 않을 정도로 순수하고 위대하게, 필연적인 조건 아래 기쁜 마음으로 느긋하게 기다리며 행동할 수 있는 인간이 얼마나 되겠는가? 설혹 두 사람이 천사처럼 순수하다 해도 그 사이에 중상모략하는 자들이 끼어들어 부주의함을 범죄 행위로, 겉모습에 지나지 않는 것을 증거로 만들어 버린다. 역사는 얼마나 많은 예들을 우리에게 전해 주는가? 그중에서도 우리는 헤롯왕[138]을 가두어 두었던, 가족이라는 애통한 미궁(迷

---

138 헤롯왕은 다섯 번의 혼인을 통하여 매우 복잡한 가족 관계에 얽혀 있었다.

宮)을 기억한다. 그를 일상적인 위험에 처해 있게 한 것은 물론 가족만이 아니었다. 예언을 통해 주목받은 아이도 왕의 근심을 불러일으켰고, 그 때문에 왕은 죽기 바로 직전에 광범위한 지역에 걸쳐 잔혹한 학살을 일으켰던 것이다.

압바스 대제의 경우에도 그런 일이 일어났다. 사람들이 그의 아들들과 손자들을 중상모략했고, 그들도 의심받을 만한 행동을 했다. 그리하여 한 명은 죄도 없이 처형당했고, 또 다른 한 명은 반쯤 벌을 받아 장님이 되었다. 눈이 먼 그는 이렇게 말했다. "너는 내게서 빛을 빼앗은 게 아니라 나라를 빼앗았다."

전제 군주는 이와 같은 불행한 결함 말고 또 다른 불가피한 결함도 초래한다. 그러한 결함으로부터 폭력과 범죄 행위가 더욱 우연적으로 그리고 예측할 수 없이 전개된다. 모든 사람은 습관의 지배를 받는다. 다만 외적인 조건의 제약을 받아 절제 있게 행동하고, 그러면 절제가 습관이 되는 것이다. 하지만 전제 군주의 경우는 정반대다. 제한받지 않는 전제 군주의 의지는 점점 상승하고, 외부로부터 아무 경고도 받지 않은 채 계속해서 무한을 향해 나아가려고 한다. 우리는 여기서 칭송받던 한 젊은 군주가 어떻게 하여 초기의 통치 기간 동안엔 축복을 받다가 점차 폭군이 되어 세상의 저주를 받고 가족의 파멸을 초래하게 되는지에 대한 수수께끼가 풀리는 것을 본다. 그리하여 그의 가족은 종종 그러한 고통을 폭력적으로 치유할 수밖에 없는 처지에 놓이게 되는 것이다.

불행히도 인간이 타고난, 모든 미덕을 장려하는 저 무한을 향한 욕망에 생리적 자극이 더해지면 그 영향은 더욱 끔찍해진다. 여기서 최고도의 상승이 생겨나지만 다행스럽게도 그것은 마침내 완전한 마비 상태로 해소된다. 우리가 여기서 말하는 것은 과도한 음주인데, 술은 전제 군주 자신도 인간인 이상 완전히 부정할 수 없는 사려 깊은 정의감과 공정함이라는 좁은 한계를 순간적으로 파괴하고 한없는 재앙을 불러온다. 이것을 압바스 대왕의 경우에 비추어 생각해 보자. 그는 50년간의 통치 기간 동안에 광범위한 영토와 인구를 가진 제국의 유일하고 절대적인 의지를 행사하는 자의 위치로 자신을 끌어올리지 않았던가. 천성이 관대하고, 사교적이며, 착한 기질을 가졌던 그는 의심과 불쾌감 그리고 가장 안 좋은, 악의적으로 이해한 정의감에 의해 잘못된 길로 빠지고, 광적인 음주로 흥분하고, 그리고 마침내 사람을 초라하게 만드는 치유 불가능한 신체적 질병으로 괴로워하며 절망에 빠진다. 그러므로 그와 같은 지상에서의 무시무시한 고통에 종지부를 찍어 준 사람들은 칭찬까지는 아니어도 용서받을 수는 있다고 말할 수 있을 것이다. 또한 고귀한 윤리 의식으로 스스로를 다스리는 군주를 가진 교양 있는 민족은 행복하다고 말해도 무방하리라. 통치자에게 부여된 과도한 책임을 면해 주고 후회할 일들을 덜어 주기 때문에 통치자 스스로가 믿고 의지하고 싶어 하는, 절제되고 제약된 정부는 행복하기 마련이다.

그러나 군주뿐만 아니라 신뢰와 총애 또는 월권을 통해 최고의 권력에 참여하는 자는 누구든 법과 풍습, 인간적 감정, 양심,

종교와 관습이 인류의 행복과 평안을 위해 그어 놓은 선을 넘어가는 위험에 빠지곤 한다. 그러므로 견제받지 않는 의지의 소용돌이에 빠져 있는 와중에도 자신과 다른 사람들을 돌이킬 수 없는 파멸의 구렁텅이로 끌어내리지 않는 장관들과 총신들 그리고 민족의 대표들과 그 민족은 주목받을 만하다.

이제 다시 우리의 여행자에게 돌아가자. 그는 여러모로 불편한 상황에 처해 있다. 동방을 너무도 좋아하지만 델라 발레는 마침내 자기가 어떤 유익한 결과도 바랄 수 없고, 순수하기 그지없는 의지와 엄청난 활동으로도 새로운 로마를 건설할 수 없는 그런 나라에 살고 있다는 느낌을 갖게 된다. 아내의 친척들은 가족이라는 유대를 통해서도 결코 붙들어 둘 수 없었다. 그들은 한동안 이스파한에 오순도순 모여 살기는 했으나, 끝내는 유프라테스강 가로 다시 돌아가 그곳에서 원래대로 익숙한 생활 방식을 이어 나가는 게 더 바람직하겠다고 생각한다. 다른 그루지야 사람들도 별다른 열정을 보이지 않았고, 누구보다도 더 위대한 포부를 가슴에 품었을 카르멜 교도들조차 로마로부터 어떤 관심이나 지원도 받지 못했던 것이다.

델라 발레도 열정이 식고 지친 나머지, 이제 유럽으로 되돌아가려고 결심한다. 하지만 바로 그때의 시기가 그에게는 아주 불리했다. 사막을 통과하는 일이 힘들어 보였기 때문에 그는 인도를 경유해 가기로 결정한다. 하지만 바로 그때 포르투갈, 스페인, 그리고 영국 사이에 아주 중요한 무역 거점인 오르무스를 둘러싸고 전투가 벌어졌고, 압바스도 전투에 참여하는 것이 자기에게 이익이 된다고 판단한다. 황제는 이 기회에 포르투갈이라는 불편한 이웃을 제거하고, 마침내는 우방인 영국마저 계략과 지연작전으로 그들의 의도를 무산시켜, 모든 이득을 차지하기로 결정한다.

이처럼 뒤숭숭한 시국에 사람을 커다란 갈등 속에 빠뜨리는 불가해한 감정이 우리의 여행자를 엄습한다. 그것은 조국으로부터 멀리 떨어져 있다는 감정이고, 우리가 낯선 곳에서 안절부절못하며 보내는 순간에 불현듯 집으로 돌아가고 싶은, 아니 그곳에 벌써 도착해 있다면 좋으련만 하고 바라는 그런 감정이다. 그런 경우에 마음이 초조해지는 것을 막기란 거의 불가능하다. 우리의 친구도 그런 초조함에 사로잡혔던 것이다. 활달한 성격, 고귀하고 유능한 자신감 때문에 그는 길 앞에 놓인 어려움들을 보지 못했다. 기꺼이 모험을 감수하는 그의 대담함은 지금까지 모든 장애를 극복하고 모든 계획을 관철하게 하지 않았던가. 그리하여 그는 앞으로도 똑같은 행운이 따를 것이라며 스스로를 위안했고, 사막을 통과하는 귀향길이 힘들 것으로 보였기에 아름다운 아내 마니와 양녀 마리우치아를 데리고 인도를 경유하여 가려고 결심한다.

앞으로의 위험을 알리는 예고편으로 이런저런 불편한 사건들이 발생한다. 하지만 그는 페르세폴리스와 시라즈를 지나가는 동안, 늘 그랬던 것처럼 주의 깊게 관찰하며 그곳의 사물들과 윤리 그리고 풍속을 정확히 묘사하고 기록한다. 그러면서 그는 페르시아만에 도착했는데, 예상했던 대로 그곳의 모든 항구는 폐쇄되어 있고 모든 배는 전시 관례(戰時慣例)에 따라 억류되어 있었다. 그는 아주 비위생적인 그곳 해안에 주둔해 있는 영국인들을 만났고, 그들의 대상(隊商)도 유리한 순간을 기다리며 그곳에 머물고 있었다. 친절하게 환영받은 그는 그들과 합류하여, 그들의 천막 옆에 자신의 천막을 치고 안락하게 지내기 위해 야자수 잎으로 오두막도 지었다. 그리고 여기서 그를 위해 다정한 별 하나가 빛나는 것처럼 보였다! 그는 결혼 이후 자식이 없었는데, 마니가 좋은 소식을 알림으로써 내외는 기뻐해 마지않았다. 하지만 그는 병에 걸리고 말았다. 좋지 않은 음식과 나쁜 공기가 그에게, 그리고 유감스럽게 마니에게도 아주 나쁜 영향을 미쳐, 마니는 조산(早産)을 했고, 열이 그녀를 떠나지 않았다. 그녀는 굳센 성격 덕분에 한동안 의사의 도움 없이도 견딘다. 하지만 자신의 종말이 다가오는 것을 느끼고는 경건하고 침착하게 몸을 내맡긴다. 그녀는 자신을 야자수 오두막에서 데리고 나와 천막 아래로 옮겨 달라고 말한다. 그곳에서 그녀는 마리우치아가 경건하게 촛불을 들고 있고, 델라 발레가 전래의 기도를 올리는 가운데 그의 팔에 안겨 세상을 떠난다. 그녀의 나이 스물셋이었다.

걷잡을 수 없는 상실감을 달래기 위해 델라 발레는 번복의 여지 없이 단호하게 아내의 시신을 선조의 선산(先山)이 있는 로마로 가져가기로 결정한다. 송진과 향유와 값비싼 향료는 없었으나 다행스럽게도 최상급의 장뇌(樟腦)가 든 화물을 발견한다. 경험 많은 사람이 장뇌를 기술적으로 잘 사용하면 시신을 온전히 보존할 수 있다는 것이었다.

하지만 이로써 그는 커다란 시련을 떠안게 된다. 이후 여행 도중에 낙타몰이꾼들의 미신과 관리들의 탐욕스러운 편견, 그리고 세관원들의 관심을 계속해서 달래거나 매수해야 했다.

이제 우리는 그를 따라서 라리스탄의 수도인 라르로 간다. 그곳에서 그는 더 나은 공기를 호흡하고 좋은 대접을 받으며, 페르시아인들이 오르무스를 점령하기를 기다린다. 하지만 그들의 승리도 그에겐 아무 도움이 되지 않는다. 그는 다시 시라즈로 쫓겨 가야 했고 마침내 영국 배를 타고 인도로 간다. 여기에서도 우리는 이전과 변함없는 그의 행동을 본다. 굳센 용기와 학식과 귀족적인 풍모 덕분에 그는 어디서나 쉽게 환영받고, 명예롭게 머문다. 그러나 결국에는 페르시아만으로 되돌아가 사막을 건너 고향으로 가야만 한다.

여기서 그는 우려하던 대로 온갖 험한 꼴을 당한다. 부족장들에게 십일조를 징수당하고, 세관원들에게 세금을 뜯기고, 아랍인들에게 강도를 당하며, 그리스도교도들이 사는 곳에서조차 도처에서 조롱당하고 제지당하면서도 그는 마침내 진기한 것과 값비싼 것들을 로마로 가져온다. 그중에서도 가장 귀하고 소중한 것은 사랑하는 아내 마니의 시신이었다. 그곳 아라코엘리 교회에서 그는 성대한 장례식을 치른다. 그녀에게 마지막으로 예를 표하려고 무덤 안으로 내려갈 때 그의 옆을 두 처녀가 따른다. 한 명은 그가 없는 동안 우아하게 성장한 그의 딸 실비아이고, 또 다른 한 명은 우리가 지금까지 마리우치아라는 이름으로 알고 있던 티나틴 디 치바인데, 둘 다 열다섯 살쯤 되었다. 그는 이제 아내가 저세상 사람이 된 후 충실한 여행 동반자이자 유일한 위안이었던 티나틴과 결혼하기로 결심하는데, 이것은 신분이 더 높고 더 부유한 여성과 짝지어 주려는 친척들은 물론이고, 특히 교황의 뜻에 반하는 일이었다. 하지만 그는 또다시 몇 년 동안 열정적이고 대담하며, 용기 있는 그의 성격을 행동으로 눈부시게 보여 준다. 그 과정에서 분규와 불쾌함 그리고 위험도 없지 않았다. 66세 되던 해에 저세상으로 간 그는 수많은 후손을 남겼다.

변명

누구든 자기 자신이 어떤 인식과 통찰에 이르게 된 방법을 다른 모든 방법보다 선호하고, 또 그의 후계자들에게도 동일한 방법을 안내하면서 그 길로 이끌고 싶어 할 것임은 당연하다고 하겠다. 이런 맥락에서 나는 페터 델라 발레[139]에 관하여 세세하게 서술했다. 이 여행가는 나의 머릿속에 동방의 독특한 점들을 처음으로 가장 명료하게 떠오르게 했으며, 나의 선입견인지는 몰라도, 이러한 서술을 통해 비로소 나의 『서동시집』이 고유한 토대와 기반을 얻었다고 생각한다. 요즘처럼 간행물과 소책자들

---

139 괴테는 이 부분에서 그리고 이후 '피에트로'를 독일어식으로 '페터'라고 부른다.

이 넘쳐 나는 시대에 다른 이들도 나의 이러한 경험에 자극받아, 어떤 의미심장한 세계로 확실하게 안내하는 두툼한 서적을 통독할 수 있기를 바란다. 그런 책에서 만나는 세계는 최근의 여행기들에서 보면 피상적으로는 변화된 것처럼 보이지만, 근본적으로는 이 뛰어난 남자가 그의 시대에 보았던 세계와 동일한 세계라는 사실을 깨닫게 될 것이다.

> 시인을 이해하려는 자는
> 시인의 나라로 가야 하리라.
> 동방의 시인이여, 기뻐하라,
> 옛것은 곧 새것이 아닌가.

올레아리우스[140]

여기까지 인쇄한 원고의 분량을 헤아려 보니 이제부터는 이리저리 에둘러 표현하지 않고 좀 더 신중하게 써 나가는 게 좋을 것 같다. 그래서 바로 위에 언급한 뛰어난 여행가에 대해서는 지나가는 김에 조금만 소개하기로 한다. 여행가의 입장에서 여러 나라를 관찰하다 보면 아주 기묘한 느낌이 든다. 영국의 여

---

140 아담 올레아리우스(Adam Olearius, 1599~1671). 라이프치히에서 문헌학과 신학을 공부했다. 1633년부터 1639년까지 슐레스비히 홀슈타인 고트오르프 공국(公國)의 프리드리히 3세의 외교 사절단의 일원이 되어 러시아와 페르시아를 다녀온 후 1647년에 방대한 여행기를 출간하였다.

행가들 가운데 셜리와 허버트를 그냥 지나친다면 섭섭한 일이다. 이어서 이탈리아의 여행가들 그리고 프랑스의 여행가들도 마찬가지다. 이제 여기에 능력도 있고 품위도 갖춘 독일 여행가 한 명을 등장시키고자 한다. 유감스럽게도 그는 페르시아 궁정으로 여행하면서, 외교 사절이라기보다는 모험가처럼 보이는 한 남자와 얽히고 말았는데, 그 남자는 완고하고 미숙한 데다 분별력마저 없는 자[141]였다. 하지만 뛰어난 인품의 소유자인 올레아리우스의 올곧은 생각이 그 남자 때문에 갈피를 못 잡게 된 것은 아니었다. 그가 우리에게 선사한, 정말 즐겁고 유익한 여행기가 그 증거다. 이 여행기가 더욱 소중한 것은 저자가 델라 발레보다 불과 몇 년 후에, 그리고 압바스 대제가 사망한 직후에 페르시아로 갔기 때문이며, 또한 페르시아에서 돌아오는 길에 페르시아의 뛰어난 시인 사디의 작품을 성실하고 멋지게 번역하여[142] 소개함으로써 우리 독일인을 기쁘게 했기 때문이다. 아쉽지만 올레아리우스에 대해서는 이 정도로 소개할까 한다. 물론 우리는 이 사람이 우리에게 선사한 것에 대해 진심 어린 고마움을 표하는 바이다. 바로 이어서 등장할 두 사람의 공적에 대해서도 그저 피상적으로 다룰 수밖에 없다.

---

141 올레아리우스가 동행한 외교 사절단의 대표였던 오토 브뤼게만(Otto Brüggemann)을 가리키는데, 부정직하고 악의적인 인물로 평이 났다.

142 1654년에 번역 출판된 이 시집은 페르시아 시인의 전 작품을 최초로 독일어로 옮긴 것으로 평가받는다.

타베르니에와 샤르댕

첫 번째 사람은 금 세공사에 보석상이었던 타베르니에[143]이다. 그는 명석한 분별력과 현명한 처신으로 정교하고 값비싼 보석 가공품들을 선보이며 자신을 소개하였고, 동방의 궁정들을 누비고 다니며 어디에서든 능숙하게 적응할 줄 알았다. 그는 인도의 다이아몬드 광갱(鑛坑)까지 갔고, 위험천만한 여행길을 뒤로하고 서방으로 돌아왔지만 우호적인 대접을 받지는 못했다. 하지만 그가 남긴 여행기들은 대단히 유익하다. 그러나 조국에서는 그의 후계자이자 경쟁자인 샤르댕[144]에 의해 그의 인생 경력이 방해받았을 뿐만 아니라, 나중에는 거의 잊힌 존재가 되고 말았다. 샤르댕은 여행을 시작하자마자 커다란 난관을 헤쳐 나가야 했지만, 그 또한 동방의 권력자들과 부자들의 사고방식을 잘 간파하여 이용할 줄 알았다. 아량과 사리사욕 사이를 오락가락하는 그들은 엄청난 재화를 소유하고 있었음에도 신기한 보석과 이국의 금 세공품들에 대한 탐욕을 진정시킬 수 없었고, 이에 샤르댕은 그들의 욕망을 다양하게 충족시켜 주었던 것이다. 그리하여 샤르댕도 어느 정도 행운을 누리며 상당한 재물을 얻어 조국으로 돌아왔다.

이 두 인물이 보여 준 분별력과 침착함, 노련함과 끈질김 그리고 매력적인 처세와 강건함은 찬탄을 금치 못하게 하므로, 누구

---

143 장 밥티스트 타베르니에(Jean Baptiste Tavernier, 1605~1689). 프랑스의 탐험가.
144 장 샤르댕(Jean Chardin, 1643~1713). 프랑스의 탐험가.

든 세속의 출세를 바라는 자라면 자신의 인생 여정에서 이들을 모범으로 삼을 만하다. 하지만 이들은 누구에게나 주어지지는 않은 두 가지 이점을 가지고 있었으니, 그들은 프로테스탄트 교도인 동시에 프랑스인이었던 것이다 ─ 그러니까 이 두 가지는 그것이 하나로 결합된다면 대단히 유능한 개인이 태어날 수 있는 여건인 셈이다.

근래의 여행가들과 가장 최근의 여행가들

우리가 18세기의 여행가들, 더군다나 19세기의 여행가들 덕분에 알게 된 사실들을 여기서 일일이 언급한다는 것은 어림없는 일이다. 최근에 영국인들은 지금까지 전혀 알려져 있지 않던 지역들에 대해 우리에게 알려 주었다. 카불 왕국,[145] 옛 게드로시아, 카라마니아 등이 그것이다. 인더스강 너머까지 두루 돌아다니며 그곳에서도 날마다 활동 범위를 넓혀 나간다면 누군들 주목하지 않겠는가. 그리고 이런 일을 계기로 서방 세계에서도 동방의 언어에 대한 지식을 더 넓게, 더 깊이 알고자 하는 의욕이 갈수록 확산될 것이다. 히브리어-랍비어의 좁은 영역에서부터 산스크리트어의 심원하고 광대한 영역까지 도달하기 위해 정신과 노력이 얼마나 보조를 잘 맞추어야 하는가를 생각

---

145 지금의 아프가니스탄을 말함.

해 보면, 그렇게 오랜 세월 동안 이러한 진보의 증인이 될 수 있다는 것은 기쁜 일이다. 많은 것을 저지하고 파괴해 버린 전쟁조차도 이러한 깊은 통찰에 큰 도움을 주었다. 지금까지는 동화 속에만 머물렀던 인더스강 양쪽의 지역들을 히말라야산맥에서 굽어보며, 다른 세계와 연관 지어 명료하게 파악할 수 있게 되었다. 우리는 인도반도를 지나 자바섬에 대해서까지도 마음만 내킨다면, 능력과 기회에 따라 시야를 넓혀 아주 특별한 지식을 얻을 수도 있다. 그리하여 동방을 탐구하는 젊은이들에게는 동방의 세계로 통하는 문이 활짝 열려, 저 시원적 세계의 신비를, 그리고 기이한 제도와 불행한 종교의 결함을, 그리고 장엄한 시 문학의 영역을 알 수 있게 된 것이다. 동방의 시 문학은 순수한 인간성과 고귀한 윤리, 명랑함과 사랑의 도피처가 아니던가. 그 시 문학에서 우리는 카스트 제도의 갈등, 환상적이고 기괴한 종교, 그리고 불가사의한 신비주의를 만나지만, 그것들을 통해 동방의 시 문학에는 결국 인류의 구원이 간직되어 있다는 위로와 확신을 얻게 되는 것이다.

돌아가신 스승과 살아 있는 스승

우리가 인생 여정과 수업 과정에서 누구한테 이런저런 것을 배웠는지, 그리고 어떻게 우리가 친구와 동료뿐만 아니라 반대자와 적대자에게서도 배우게 되었는지를 우리 스스로 정확하게 평가한다는 것은 거의 해결하기 어려운 일이다. 하지만 내가 특별히 감사드리고 싶은 몇몇 인물은 소개하지 않을 수 없다.

존스. 이 사람의 공적은 세계적으로 알려져 있고, 몇몇 나라에서는 그의 업적을 세밀하게 기리기도 한다. 그러므로 나는 이전부터 그의 노력의 산물로부터 가능한 한 최대의 장점을 취하려 했다는 사실을 개괄적으로 인정할 수밖에 없다. 하지만 그가 특별히 나의 관심을 끌었던 점이 무엇이었던가에 대해서는 밝혀 두고자 한다.

존스는 진정한 영국식 교육 방식에 따라 고대 그리스 문학과 라틴 문학을 철저히 교육받았기에, 그 문학 작품들을 제대로 평가할 수 있었을 뿐만 아니라 그리스어와 라틴어로도 글을 쓸 수 있었다. 유럽의 다른 문학에도 정통했던 그는 동방 문학도 두루 섭렵하여, 곱으로 멋진 재능을 발휘하였다. 그는 우선 여러 민족의 가장 고유한 성과를 평가할 줄 알았고, 그와 동시에 각각의 민족 문학이 필연적으로 서로 접근하여 전체적인 조화를 이룰 때의 아름다움과 장점을 어디서나 찾아낼 수 있었다.

하지만 존스는 자신의 통찰을 전달하는 과정에서 여러 가지 어려움에 직면한다. 무엇보다도 그의 민족[146]이 고대의 고전 문학을 선호한다는 점이 장애가 되었다. 그의 저작을 자세히 관찰해 보면, 영민한 사람인 그가 미지의 것을 이미 알려진 것에, 그리고 새롭게 평가되어야 할 것을 이미 평가된 것에 결부시키려

---

146 영국을 가리킨다.

한다는 사실을 쉽사리 알 수 있다. 그는 동양 문학에 대한 자신의 애정을 베일로 가리고, 노련한 겸손함을 발휘하여 대개는 동양 시 문학 가운데 라틴 문학과 그리스 문학에서 드높이 칭송되는 시편들과 견줄 만한 사례들을 제시한다. 예컨대 그는 동방 시 문학의 우아하고 섬세한 특성을 서양 고전 문학을 애호하는 사람들도 이해하기 쉽게 고대의 시 형식을 이용한다. 하지만 존스는 서양 고전 문학을 선호하는 성향 때문만이 아니라 애국주의적 풍토 때문에도 숱한 환멸을 겪어야 했다. 동방의 시 문학을 과소평가하는 풍조가 그를 고통스럽게 했던 것이다. 「동양의 시 문학에 대하여」라는, 자신의 저서 마지막 부분 두 쪽밖에 안 되는 글을 통해 그가 대단히 반어적인 어조로 다음처럼 말하는 데서 그 점은 분명히 드러난다. 그는 참담한 심경을 있는 그대로 보여 준다. "영국인이 시에 대해 아랍인과 대화를 나누는 가운데" 밀턴과 포프에게 동방의 의상을 입힌다면 얼마나 어처구니없겠는가. 우리가 거듭 말한 바대로, 어떤 시인이든 그 시인의 언어와 그가 살아가던 시대와 풍습이라는 독특한 환경 안에서 시인의 모습을 찾고 알아내고 평가해야 하는 것이다.

아이히호른. 뛰어난 업적을 남긴 아이히호른은 22년 전에 자신이 가지고 있던 존스의 책을 높이 평가한 적이 있으며, 그 당시 아직 살아 있던 아이히호른으로부터 나는 유익하고 교훈적인 이야기를 직접 듣기도 했다. 지금 이 작품[147]을 쓰면서도 그의 것과 동일한 판본을 이용한다는 점만 보아도 내가 이 책을 얼마나 높게 평가하는지는 확인된 셈이다. 그리고 이후로도 나는 말없이 그의 가르침을 따랐으며, 최근 들어 다시 한번 그의 손에 의해, 선지자들과 그들이 처한 상황을 해명하는 대단히 중요한 저작[148]이 완성된 것을 보게 되어 참으로 기쁘다. 차분하고 이해심 많은 저자 자신에게도 또한 흥분해 마지않는 시인에게도 이보다 더 기쁜 일이 어디 있겠는가. 신적인 재능을 지닌 저 선지자들이 격동의 시대를 고귀한 정신으로 관찰하며, 놀랍고도 염려스러운 사건들을 때로는 처벌하고 때로는 경고하고, 또한 스스로를 위로하고 가슴 벅차 하며 해석하는 것을 지켜볼 수 있게 되었으니 말이다.

이 짧은 글로 나는 이 멋진 남자의 존재를 증언하며, 진심 어린 감사를 표하고자 한다.

로르스바흐.[149] 정직한 정신의 소유자인 로르스바흐에게도 우리는 빚을 지고 있다. 그는 나이가 지긋해서야 우리 동아리를 알게 되었는데, 그는 여기서 어떤 의미에서도 마음이 편치 않았던 것 같다. 그럼에도 불구하고 그는 내가 문의하는 모든 문제에 대해 자신이 아는 한도 내의 것이라면 즉시 성실한 답변을 해주었다. 다만 그는 자신이 가진 지식의 한계를 너무 엄격하게 제한했다.

---

147 『서동시집』을 가리킨다.

148 1816년부터 3년에 걸쳐 괴팅겐에서 3권으로 간행된 『히브리의 선지자들』을 가리킨다.

149 게오르크 빌헬름 로르스바흐(Georg Wilhelm Lorsbach, 1752~1816). 괴테 당대의 동방학자. 1826년 이후 예나 대학에서 재직했다. 괴테는 일기와 편지에서 그를 자주 언급한다.

동방 문학의 특별한 애호가로서의 그를 알아보지 못한 것이 처음에는 기이하게 보였다. 하지만 누구든 어떤 일에 열성으로 시간과 힘을 쏟아부어도 끝내 원하던 성과가 나오지 않았다는 생각이 든다면 그와 비슷한 입장이 될 것이다. 그러고 나선 나이가 더 들어 즐거움 같은 건 없어도 되는 때가 온다. 하지만 나이가 들었을 때야말로 가장 큰 즐거움을 누려야 마땅하지 않겠는가. 그의 지성과 정직함은 언제나 주변 사람을 유쾌하게 해주고, 그와 함께 보낸 시간들을 나는 언제나 즐거운 마음으로 돌이켜 본다.

폰 디츠 주교[150]

폰 디츠 주교는 내 연구에 커다란 영향을 주었고, 그 사실을 나는 감사한 마음으로 받아들인다. 내가 동방 문학을 더 자세히 알려고 애쓰던 때에 『카부의 서』를 손에 넣게 되었는데, 이 책이 대단히 중요하게 보여 많은 시간을 들여 읽었고, 몇몇 친구에게는 그 책을 읽어 보라며 권하기까지 했다. 나는 한 여행객을 통해 내가 그토록 많은 가르침을 빚진 그분에게 정중한 감사의 말씀을 드리게 했다. 그분은 이에 대한 보답으로 친절하게도 튤립

---

150 하인리히 프리드리히 폰 디츠(Heinrich Friedrich von Diez, 1751~1817). 1784년부터 콘스탄티노플 주재 공사를 지냈으며, 그때부터 동방학 연구에 몰두했다. 1790년 이후로는 베를린에 살았다. 괴테는 1815년 5월 그와 편지를 주고받기 시작해 죽을 때까지 관계를 유지했다.

에 관한 작은 책자를 보내 주셨다. 나는 비단 종이 위의 작은 공
간에 화려한 금빛 꽃들로 테두리를 장식하고, 다음과 같이 시
한 수를 적어 넣었다.

산으로 올라가든, 왕좌에서 내려오든,
사람이 지상에서 어떻게 조심조심 살아야 하는지,
그리고 사람을, 또 말을 어떻게 다루어야 할지,
이 모든 것을 왕이 그 아들에게 가르치시네.
우리는 당신을 통해 이 가르침을 알게 되니, 이것은 당신
이 우리에게 주신 선물.
이제 거기에다 당신은 만발한 튤립 꽃들까지 더해 주시니,
황금빛 테두리가 나를 가로막지 않는다면,
당신이 우리를 위해 베푸신 일이 어디까지 이어질지 누가
알리오!

이리하여 저 귀한 분과의 편지 왕래가 시작되었다. 병고와 고
통으로 글씨는 거의 알아보기 힘들 정도였지만, 그분이 돌아가
실 때까지 우리의 소통은 충실하게 지속되었다.

나는 지금까지 동방의 풍습과 역사에 대해 대략적으로만 알
고 있었고, 그 언어는 거의 모르는 것과 마찬가지였기에, 그분
의 친절은 내게 아주 중요한 의미가 있었다. 왜냐하면 어떤 정
해진 방법론적 절차를 따라 즉시 해명할 필요가 있는 경우, 그
것을 책에서 찾으려면 노력과 시간이 들 수밖에 없지만, 의문

나는 부분을 그분에게 물어보면 바로 질문을 만족시키면서 또한 앞으로 더 나아가게 하는 대답을 얻을 수 있었기 때문이다. 그분의 편지들은 내용상으로도 출판될 만하며, 그분의 지식과 좋은 뜻을 기릴 기념비로 남겨질 만한 가치가 있다. 나는 그분의 엄격하면서도 독특한 기질을 잘 알고 있었기에 그분의 어떤 면은 건드리지 않으려고 조심했다. 하지만 그분은 내가 세계 정복자인 티무르의 여행 동반자이자 천막 동무인 익살맞은 누스레딘 초드샤의 성격을 궁금해하자, 자신의 사고방식에는 완전히 거슬리지만, 이와 관련된 몇 가지 일화를 번역해 주는 친절을 베풀었다. 여기서 다시 한번 드러나는 사실은, 서양인들이 그들의 방식대로 다룬 상당한 수의 음란한 동화가 실은 동방에서 유래한 것이며, 전달과 변형 과정에서 본래의 색채, 다시 말해 참되고 균형 잡힌 음조가 대부분 상실되었다는 점이다.

현재 이 책의 필사본 원고가 베를린 왕립 도서관에 있으므로, 이 분야의 대가가 번역해 준다면 정말 바람직할 것이다. 그리고 라틴어로 번역하는 게 가장 적절해 보인다. 그렇게 된다면 우선 학자들이 이와 관련하여 완전한 지식을 얻을 수 있으니까. 그러고 나서 독일 독자들을 위해 일부를 발췌해서 번역한다면 안성맞춤이지 않겠는가.

내가 그분의 또 다른 저작인 『동방 회상록』 등을 읽고 거기서 유익한 것을 얻었다는 사실은 지금 내가 쓰고 있는 이 작품이 그 증거다. 보다 흥미로운 점은, 언제나 너그럽게 받아들일 수만은 없었던 그의 논쟁적 성향조차 내겐 많은 도움이 되었다는 사실이다. 하지만 대학생 시절에 몇몇 대가나 선배들이 힘과 기술을 겨루는 검도장으로 급히 달려갔던 일을 회상해 보면, 풋내기 학생 혼자서는 영원히 깨닫지 못할 강점과 약점을 바로 그런 기회에 배우게 된다는 사실을 부정할 사람은 아무도 없을 것이다.

『카부의 서』의 저자이며, 흑해 남쪽까지 이어지는 길란 산악지대에 사는 딜레미트인의 왕 케캬부스는 우리가 그를 더 자세히 알고 나면 곱절로 정을 주게 될 것이다. 왕세자로서 최고로 자유롭고 활동적인 삶을 살도록 용의주도한 교육을 받은 그는 저 먼 동방에서 자신을 수련하고 성찰하기 위해 고향을 떠났다.

칭송받을 많은 공적을 세웠노라고 우리가 전해야 했던 마흐무드가 죽은 지 얼마 지나지 않아 케캬부스는 가즈니로 갔고, 거기서 마흐무드의 아들 메수드로부터 대단히 우호적인 대접을 받는다. 그는 전쟁 동안에, 그리고 평화 시에 세운 공적의 대가로 메수드의 누이와 결혼한다. 몇 년 전 피르다우시가 『샤나메』를 지었고, 시인과 재능 넘치는 이들의 커다란 무리가 아직 사라지지 않았으며, 자신의 아버지와 마찬가지로 대담하고 전투적인 새로운 군주가 재기 발랄한 모임을 존중할 줄 아는 그런 궁정에서, 케캬부스는 방랑자로서 더 폭넓은 교양을 쌓을 더없이 소중한 장소를 발견한 것이다.

우선은 그가 받은 교육에 대해 알아보자. 그의 아버지는 육체적 단련을 최고조로 높이기 위해 그를 유능한 교육자에게 맡겼다. 이 스승이 기사로서의 온갖 재능을 익히도록 왕자에게 활쏘기, 말타기, 말 달리며 활쏘기, 창던지기, 곤봉을 휘둘러 공을 정확하게 맞추기 등을 교육시킨 뒤 그를 아버지에게 데려다주었다. 이 모든 것이 완벽하게 갖추어진 것을 보고 왕도 만족해하는 듯했다. 왕은 왕자의 스승을 높이 칭송하고는 다음의 말을 덧붙였다. "하지만 한 가지 상기시킬 일이 있소. 그대는 내 아들에게 모든 걸 가르쳤지만, 그것들은 내 아들이 다른 도구를 써야 하는 것들이오. 말인즉슨 말[馬] 없이는 달릴 수 없고, 활 없이는 쏠 수 없으며, 창이 없다면 그의 팔이 무슨 소용이겠소. 그리고 또 곤봉과 공이 없다면 그게 무슨 놀이가 될 수 있겠소? 그러니까 그대가 단 하나 가르치지 않은 것은, 그가 오직 자기 자신만을 가장 다급하게 필요로 하지만, 아무도 그를 도와줄 수 없을 때 어떻게 할 것인가를 말이오." 스승은 부끄러워하며 서 있었고, 왕자가 수영을 익히지 못했다는 사실을 알게 되었다. 그리하여 왕자는 조금 싫기는 했지만 수영도 배우게 되었고, 바로 이 덕분에 나중에 목숨을 건질 수 있었다. 커다란 무리의 순례자들 사이에 섞여 메카로 여행하던 길에 유프라테스강에서 배가 난파했을 때 그는 몇 안 되는 순례자와 함께 위기를 벗어날 수 있었던 것이다.

그가 정신적으로도 높은 교양을 쌓았다는 사실은 가즈니 궁정에서 그가 받은 환대가 말해 준다. 그는 군주의 동반자로 임명되었는데, 이는 당시에 대단한 일이었다. 그렇게 되려면 일어나는 모든 일에 대해 현명하고 기분 좋게, 그리고 충분히 설명할 수 있을 만큼 노련해야 했기 때문이다.

길란에서의 왕위 세습은 불확실했다. 정복욕에 넘치는 강력한 이웃 나라들 때문에 왕국의 존립 자체도 불확실했다. 처음에는 쫓겨났다 나중에 다시 왕좌에 오른 아버지가 세상을 뜨자 뛰어난 지혜를 가진 케캬부스는 사건들의 결과를 서슴없이 받아들이겠다는 단호한 자세로 마침내 왕위에 올랐다. 그리고 노경에 들어 아들 길란 샤가 자기보다 더 위험한 상황에 처할 수 있음을 내다보고는, 이 주목할 만한 책을 써서 주며 아들에게 다음과 같이 말했던 것이다. "내가 너에게 기술과 학문을 익히라고 한 것은 두 가지 이유 때문이다. 네가 운명의 장난으로 곤경에 빠지더라도 기술을 배워 생계를 유지해야 하고, 또는 생계를 위해 기술을 사용할 필요가 없더라도 왕위에 계속 머물러 있으려면, 최소한 모든 일의 근본은 잘 배워 두어야 하기 때문이다."

오늘날 이따금 모범적으로 헌신하며 자기 손으로 밥벌이를 하는 지체 높은 망명자들의 손에 그런 책이 주어졌더라면, 그들은 얼마나 큰 위로를 받았을 것인가.

그토록 뛰어나고, 헤아릴 수 없이 귀한 책이 널리 알려지지 않은 주요 원인은 저자[151]가 자비로 책을 출간하고 니콜라이사(社)는 위탁 판매만 맡았기 때문일 것이다. 그래서 애초부터 책의 판매는 부진할 수밖에 없었다. 하지만 독일 독자들에게 이 책에 어떤 보물이 들어 있는지 알리기 위해, 우리는 여기에 장

---

151 편자인 폰 디츠가 『카부의 서』를 번역 소개한 것으로 보인다.

(章)별로 책의 내용을 소개한다. 그리고 '모르겐블라트'와 '게젤샤프터' 같은 이름 높은 신문사들이 유익하면서도 흥미로운 일화들과 이야기들을, 또한 이 책이 담고 있는 위대하고 비길 데 없는 경구들을 우선 널리 알려 줄 것을 부탁드리는 바이다.

『카부의 서』의 장별 내용

1) 하느님에 대한 인식.

2) 선지자에 대한 칭송.

3) 하느님을 경배함.

4) 신심 충만한 예배는 필수적이고 유익하다.

5) 부모에 대한 의무.

6) 덕을 통해 출생 신분을 고귀하게 만들기.

7) 어떤 규칙에 따라 말을 해야 하는가.

8) 누시르반의 마지막 규칙들.

9) 노년과 청년의 정신적 상태.

10) 식사 때의 예의와 규칙.

11) 포도주 마실 때의 태도.

12) 손님을 초대하고 대접하는 법.

13) 어떤 식으로 농담을 하고 장기를 두어야 하는가.

14) 사랑하는 사람들의 상태.

15) 동침의 유익함과 해로움.

16) 어떻게 목욕하고 세수할 것인가.

17) 수면과 휴식의 상태.

18) 사냥의 질서.

19) 구기 놀이를 어떻게 할 것인가.

20) 적대자를 어떻게 대할 것인가.

21) 재산을 증식하는 수단.

22) 위탁받은 재산을 어떻게 보관하며 반환할 것인가.

23) 남자 종과 여자 종의 구입.

24) 어디서 토지를 구입할 것인가.

25) 말의 구입과 최상급 말의 특징.

26) 남자는 여자를 어떻게 얻어야 하는가.

27) 자녀 교육에 있어서의 질서.

28) 친구를 사귀고 선택하는 것의 장점.

29) 적의 공격과 음모에 대하여 대비 없이 지내지 않기.

30) 용서는 공로를 쌓는 것.

31) 지식을 어떻게 탐구할 것인가.

32) 상거래에 대하여.

33) 의사들의 규칙 그리고 사람은 어떻게 살아야 하는가.

34) 점성술의 규칙.

35) 시인과 시 창작의 특성들.

36) 음악가의 규칙.

37) 황제를 모시는 방식.

38) 황제의 총애를 받는 자와 동반자의 위치.

39) 각료들의 업무 규칙.

40) 총독직의 규정.

41) 장수(將帥)의 규칙.

42) 황제의 규칙.

43) 농사와 농업의 규칙.

44) 덕의 장점들.

우리가 이러한 내용의 책으로부터 의문의 여지 없이 동방의
여러 상황들에 대한 폭넓은 지식을 얻으리라 기대할 수 있는 것
처럼, 이 책에서 유럽 상황에 맞는 가르침을 얻고 자신을 판단
할 수 있는 유사한 지혜를 얼마든지 발견하리라는 것 또한 분명
하다.

마지막으로 짤막한 연대기를 다시 반복한다. 케캬부스왕
은 헤지라 450년(=1058년)경에 왕위에 올라, 헤지라 473년
(=1080년)까지 다스렸고, 가즈니의 마흐무드 술탄의 딸과 결혼
한다. 그가 책을 써 주었던 아들 길란 샤는 그의 왕국을 잃는다.
길란 샤의 삶에 대해서는 거의 알려져 있지 않으며, 그의 죽음
에 대해서는 아무것도 알려진 것이 없다. 베를린에서 1811년에
간행된 디츠의 번역서를 참조하라.

앞에 소개한 책을 출판하거나 위탁 판매를 해 줄 서점은 이러
한 사실을 널리 알려 주기를 청한다. 책 가격을 낮게 매긴다면
판매가 더욱 용이해질 것이다.

폰 하머[152]

존경하는 이분에게 내가 얼마나 많은 것을 힘입었는지는 나의 작은 책자[153]의 모든 부분이 말해 준다. 내가 하피스와 그의 시에 관심을 가진 것은 오래전 일이다. 하지만 책이나 여행기, 신문과 여타의 것을 통해서는 이 특별한 사람의 가치나 공적에 대해 어떤 개념이나 개관도 얻지 못했다. 그러나 1813년 봄에 그의 모든 작품을 옮긴 완역본을 손에 넣었을 때, 나는 특별한 호감으로 그의 내면의 본질을 이해하였고, 나 자신도 글을 써서 그와 관계를 맺으려 했다. 이렇게 즐거운 일을 하며 나는 어려운 시기를 보낼 수 있었고, 마침내 얻어 낸 평화의 열매[154]를 여유롭게 누릴 수 있었다.

나는 몇 년 전부터 『보물 창고』[155]의 활기찬 영향을 대략 알고 있었으나, 이제 내가 거기서 유익한 것을 이끌어 낼 때가 온 것 같았다. 이 작품은 다방면으로 영향을 미쳐 시대의 욕구를 자극하고 또한 만족시키기도 했다. 그리고 어느 분야에서든 동시대인의 장점을 고마워하며 우호적으로 이용하기만 한다면, 이들

---

152 요제프 폰 하머푸르크슈탈 남작(Joseph Freiherr v. Hammer-Purgstall, 1774~1856). 1788년에서 1797년까지 빈에서 동방학을 연구하였고, 1799년에 콘스탄티노플의 독일 대사관에서 근무했으며, 1807년에 다시 빈으로 돌아왔다. 번역가로서 그리고 동방 문학의 저자로서 그의 활발한 활동은 동방에 대한 독일인들의 지식에 커다란 도움을 주었다. 괴테도 하머가 번역한 하피스 번역본을 소장하여 자주 읽곤 했다.

153 『서동시집』을 가리킨다.

154 1814년에서 1815년에 열린 빈 강화 회의의 결과를 말한다.

155 폰 하머가 펴낸 『동방의 보물 창고』(1809~1818)를 가리킨다.

로부터 최선의 방법으로 도움받을 수 있다는 경험이 다시 한번 진실로 입증되었다. 지식이 풍부한 사람들은 과거에 대해 가르쳐 주고, 현재의 활동이 이루어지는 관점을 말해 주며, 우리가 앞으로 가야 할 길을 지시해 준다. 다행스럽게도 앞에서 언급한 훌륭한 작품의 완성은 이와 동일한 열정으로 계속 이어지고 있다.[156] 그리고 우리가 이 분야에서 과거의 여러 문헌을 연구한다 하더라도, 우리는 언제나 새로운 관심으로 여기서 그토록 신선하게 즐길 수 있고 또 사용할 수 있도록 제공된 책의 많은 부분들로 되돌아온다.

다만 한 가지 환기시켜 둘 것이 있다. 만일 이 책의 편집자들이 전문가적 식견을 가진 사람들뿐 아니라 평범한 사람들과 애호가들까지 염두에 둔 채 집필하고 작업했더라면, 그리고 모든 글은 아닐지라도 몇몇 글에서 과거의 시대 상황이나 인물들, 그리고 지리적 특성들을 짤막하게 소개해 주었더라면, 이 중요한 전집은 나의 이해의 폭을 좀 더 신속하게 넓혀 주었을 것이다. 그랬더라면 배움을 갈망하는 이 사람이 힘겹게, 그리고 산만하게 조사하는 노고를 덜어 주었을 것이다.

하지만 당시에 우리가 아쉬워했던 모든 것을 페르시아 문학의 역사를 전해 주는 그 소중한 책[157]이 이제는 아주 풍부하게 제공해 준다. 즐거운 마음으로 고백하건대, 나는 이미 1814년 『괴팅겐 안차이게(*Göttingen Anzeige*)』지가 그 책의 내용을 임시

---

156 괴테가 이 글을 쓸 당시, 폰 하머의 『동방의 보물창고』는 간행되지 않았다.
157 1818년 빈에서 간행된 폰 하머의 저서 『페르시아 문학의 역사-페르시아 시인 200선』을 말함.

로 알려 주었을 때 나의 연구 내용을 신문에 게재된 표제에 따라 곧바로 정리했는데, 이것이 내게 상당한 도움이 되었다. 그리하여 초조하게 기다리던 전체가 마침내 모습을 드러냈을 때, 나는 그 세세한 사정까지 명료하게 잘 알 수 있고 또 주목할 수 있는 어떤 친숙한 세계의 한가운데에 있다는 느낌을 받았다. 그것은 그때까지만 해도 아주 두루뭉술하게, 그것도 오락가락하는 안개를 통해서만 들여다볼 수 있던 그런 세계였다.

독자 여러분은 내가 이 작품을 이런 식으로 이용한 것에 조금은 만족해 주셨으면 한다. 그리고 인생길에서 눈앞에 쌓인 이 보물을 멀찌감치 옆으로 치워 버렸을지도 모를 분들의 이목을 끌려는 나의 의도도 알아주시기를.

우리는 이제 페르시아 문학을 멋지게 개관할 수 있는 토대를 가지게 된 셈이다. 물론 다른 문학들도 이런 모범에 따라 정리한다면 적절히 평가받고 또 문학 진흥에도 유익할 것이다. 하지만 언제나 연대기적 순서를 지키되, 다양한 문학 종류에 따라 체계적으로 정리하려는 시도는 하지 않는 것이 바람직하다. 동방의 시인들에게는 모든 것이 뒤섞여 있어 개별적으로 하나하나를 분리하기가 곤란하다. 한 시대의 성격과 그 시대를 사는 시인의 성격만이 교훈적이며, 이것이 모든 사람에게 생생하게 작용한다. 여기서 지금까지 동방 시인들을 다루었듯이 앞으로도 이런 방식이 지속되기를 바란다.

빛나는 **시린**[158]의 공적, 그리고 우리의 작업이 막 끝날 무렵에 우리를 즐겁게 해 주는, 사랑스럽고 진지하면서도 교훈을 주는

'클로버 잎'[159]의 공로가 널리 알려졌으면 한다.

번역에 대해

이제 독일인들도 온갖 종류의 번역물[160]을 통해 동방에 점점 더 접근하고 있으니, 비록 잘 알려진 사실이긴 하지만 아무리 되풀이해도 지나치지 않은 생각을 여기서 덧붙이고자 한다.

번역에는 세 종류가 있다. 첫 번째 것은 외국을 우리의 고유한 의미 안에서 우리에게 알려 준다. 이런 목적을 위해서는 소박하고 산문적인 번역이 가장 좋다. 왜냐하면 산문은 문학의 모든 특성을 완전히 없애고, 시적인 열광마저도 보통의 평범한 수준으로 낮춤으로써, 시작 단계에서는 가장 큰 봉사를 하기 때문이다. 말하자면 이런 번역은 민족이라는 협소한 테두리, 평범한 일상에 빠져 있는 우리에게 이방 세계의 뛰어난 것을 알려 줌으로써 놀라움을 주고, 우리도 모르는 사이에 정서적 고양을 경험케 함으로써 우리로 하여금 진정한 교양을 갖추게 한다. 예컨대 루터의 성서 번역은 언제나 그런 식으로 영향을 미친다.

---

158 1809년에 발간된 폰 하머의 『시린-페르시아의 낭만적 서정시』를 말한다. 이 시집은 페르시아의 여러 작품들을 함께 모은 것이다.

159 1819년에 발간된 폰 하머의 『동양의 클로버 잎-배화교 찬미가, 아라비아 비가, 튀르키예 장송가로 구성됨』을 말한다.

160 외국 문헌의 번역에 대해 괴테는 세계 문학의 이념에 따라 『시와 진실』 등 여러 곳에서 그 중요성을 반복해서 언급하고 있다.

만일 니벨룽겐의 서사시[161]를 옹골찬 산문으로 옮겨 민중본
(民衆本)으로 널리 알렸더라면 크게 유익했을 것이다. 기이하
고, 진지하고, 어둠침침하고 섬뜩한 기사(騎士)의 정서가 우리
를 완벽한 감동으로 사로잡았을 것이다. 물론 이런 작업이 아직
도 권장할 만하고 실행에 옮길 만한지는 이러한 고대 문헌 연구
에 적극적으로 헌신했던 사람들이 가장 잘 판단할 것이다.

다음은 두 번째 단계의 번역이다. 이것은 일단 이국적 상황에
빠지기는 하지만, 이방의 낯선 경험을 얻은 뒤에 자신의 생각으
로 다시 서술하려고 노력하는 단계이다. 나는 이 시기를 가장
본래적인 의미에서 패러디[162]의 시기라 부르고 싶다. 대개의 경
우 이런 일에 소명받았다고 느끼는 이들은 지적 능력이 뛰어난
사람들이다. 프랑스인들은 모든 시(詩) 작품을 옮길 때 이런 식
으로 번역한다. 이러한 사례는 들리유[163]의 번역에서 무수히 찾
아볼 수 있다. 프랑스인들은 외국어를 자기 나라 말에 맞게 변
형시키는 것은 물론이고, 외국의 감정이나 생각, 심지어 외국의
사물들도 그런 식으로 변형시킨다. 그들은 철저하게 모든 이방

---

161 니벨룽겐 서사시는 1782년 크리스토프 하인리히 뮐러(Christoph Heinrich Müller)에 의해 편
   찬되었는데, 그것은 1757년에 보드머(Bodmer)가 '크림힐트의 복수' 한 장(章)만을 출간한 이
   후였다. 이 판본은 거의 성공을 거두지 못했다. 왜냐하면 계몽주의 정신이 그 이해에 우호적인
   토대를 마련해 주지 않았기 때문이다. 그러나 1807년에는 달랐다. 낭만주의가 그 작품에 관심
   을 쏟았고, 프리드리히 하겐(Friedrich Hagen)이 원본 텍스트와 번역본을 혼합하여 출간했는
   데, 대중들은 그것을 쉽게 이해할 수 있었던 것이다.
162 Parodie는 그리스어로 'para(병렬)'와 'ode(노래)'의 합성어인 parodia에서 파생하였다. 그러니
   까 '옆에서 같이 부르는 노래'라는 뜻이 된다.
163 자크 들리유(Jacques Delille, 1738~1813). 당대에 높이 평가받던 프랑스의 작가이자 번역
   가. 베르길리우스와 밀턴의 작품을 번역했다.

의 열매가 자기 나라 토양에서 성장할 수 있는 대체물이 되기를 요구한다.

빌란트[164]의 번역이 이러한 종류와 방식에 속한다. 그 또한 개성적인 지성과 취향의 소유자여서 자신이 필요하다고 판단할 때에만 고대 문헌이나 외국에 접근한다. 이 뛰어난 남자는 그 시대의 대표자라 할 수 있으며, 특별한 영향을 끼쳤다. 그는 자기 마음에 드는 작품만 자기 것으로 만들어 다시 대중에게 전달했는데, 동시대인들은 바로 이 점을 편안하게 받아들이며 즐겼던 것이다.

그러나 사람들은 완전한 것에도 불완전한 것에도 오래 머물러 있을 수 없고, 새로운 변형은 계속 이어져야 하기 때문에, 우리는 최고이자 최후라고 부르는 세 번째 시기를 경험하게 되었다. 말하자면 그것은 번역을 원문과 완전히 동일한 것으로 만들고 싶어 하는 단계, 즉 번역이 원문을 대신하는 것이 아니라, 번역이 원문을 완전히 대체하는 단계를 의미한다.

이러한 번역은 처음에는 아주 커다란 저항에 부닥쳤다. 왜냐하면 원문을 충실히 따르는 번역자는 다소간 자기 민족의 독창성을 포기하게 되고, 따라서 제3의 것이 생겨나는데, 여기에 적응하기 위해서는 대중의 취향이 새롭게 형성되어야 하기 때문이다.

아무리 높게 평가해도 충분치 않은 번역자 포스[165]도 처음에

---

164 크리스토프 마르틴 빌란트(Christoph Martin Wieland, 1733~1813). 독일의 문인, 소설가, 다수의 셰익스피어 작품을 독일어로 번역하였다.

165 요한 하인리히 포스(Johann Heinrich Voß, 1751~1826). 그리스와 로마 작품을 번역하고 개작한 독일의 작가. 괴테가 여기에서 염두에 두고 있는 것은 주로 호메로스의 번역이다.

는 청중이 이 새로운 방식에 귀를 기울이는 데 조금씩 익숙해져 편안하게 적응할 때까지는 그들을 만족시킬 수 없었다. 하지만 이제는 이런 번역으로 말미암아 무슨 일이 일어났는지를 조망하는 이라면, 문학사에서 누가 그 많은 어려움을 극복하고 처음으로 이런 길로 들어섰는지 터놓고 말할 수 있는 날이 오기를 희망할 것이다. 그동안 독일인들의 감수성은 참으로 예민해졌고, 재기 발랄하고 유능한 젊은이들은 얼마나 많은 수사학과 리듬과 운율의 장점들을 사용할 수 있게 되었으며, 아리오스토와 타소, 셰익스피어와 칼데론은 말하자면 독일에 귀화한 외국인으로서 우리의 무대에 이중 삼중으로 올려지지 않았던가.

폰 하머가 번역한 동방의 대작들도 대부분 이와 비슷한 방식으로 다루어졌음을 알 수 있다. 여기서는 무엇보다 외적인 형식에 접근한 방식을 주목할 필요가 있다. 우리의 친구 폰 하머가 번역한 피르다우시의 구절들은 『동방의 보물 창고』에서 그 일부를 읽을 수 있는 다른 변형된 번역들과는 비교할 수도 없이 뛰어나지 않는가. 이런 식으로 시인을 변형시킨다는 것은 그 일을 맡은 부지런한 번역자가 저지를 수 있는 아주 슬픈 실책이 아닐 수 없다.

하지만 모든 문학 작품의 번역에 있어 앞서 말한 세 가지 단계는 반복되거나, 역으로 진행되거나, 심지어 세 가지 번역 방식이 동시에 적용될 수 있으므로, 지금은 『샤나메』와 니자미의 작품들을 산문적으로 번역하는 것이 여전히 적당할 듯싶다. 산문적인 번역은 빠르게 읽어 나가면서 중심 의미를 이해하는 독서에 적합하다. 우리는 일반적으로 역사적인 사실, 우화적인 이야기 그리고 윤리적인 내용을 즐기는 가운데, 그들의 정서와 사고 방식에 좀 더 익숙해졌고, 마침내 그것들에 대해 완전한 형제애를 느낄 수 있지 않았던가.

우리 독일인이 『샤쿤탈라』[166]를 그런 방식으로 번역한 작품에 보냈던 극찬을 기억해 보시기 바란다. 우리는 그 작품이 누렸던 행운의 원인이 시를 풀어서 번역한 저 일반적인 산문에 있음을 알 수 있다.

하지만 이제는 제3단계의 번역을 할 때가 아닌가 싶다. 원문에 쓰인 다양한 방언과 리듬과 운율 및 산문적 어법에 상응하고, 이 시의 온전한 특성을 새롭게 즐기면서 우리 것으로 만들어 줄 수 있는 번역 말이다. 지금 파리에 이 작품의 필사본 하나가 소장되어 있으므로, 그곳에 거주하는 독일인이 그런 작업을 해낸다면 우리를 위해 불멸의 업적을 이루는 것이다.

『구름 사자(使者) 메가 두타』를 번역한 영국의 번역자[167] 또한 모든 영예를 받을 만하다. 그런 작품을 접한다는 것은 우리 삶에서 언제나 기념비적 사건이기 때문이다. 하지만 실은 그의 번역은 두 번째 단계의 것이다. 이 번역은 의역하고 보충하는 방식으로 5운보 약강격(弱强格)[168]을 사용하여 북동 유럽인의 귀

---

166 Sakuntala. 산스크리트어로 쓰인 칼리다사(Kalidasa)의 희곡. 괴테는 1791년에 게오르크 포르스터(Georg Forster)가 독일어로 번역한 이 작품을 읽고 주인공인 샤쿤탈라를 칭송하는 찬가를 지었다.

167 호러스 헤이먼 윌슨(Horace Hayman Wilson, 1786~1860). 인도 시인 칼리다사의 시를 번역한 영국의 문인.

168 Jambus. 운보 다섯 개의 시행 형식을 가리킨다.

와 정서에 비위를 맞춘다. 이에 반해 나는 우리의 번역가 코제가르텐[169] 덕분에 원어와 가깝게 번역한 약간의 시구들을 알게 되었는데, 이것은 물론 전혀 다른 해석의 지평을 열어 준다. 이 밖에도 그 영국 번역자는 작품의 모티프를 살짝 변형시켰는데, 이것은 노련한 미학적 시선에 곧 눈에 띄는 것으로 마음에 들지 않는다.

우리가 왜 세 번째 단계를 동시에 마지막 단계라고 보는지에 대해 몇 마디 덧붙이고자 한다. 원문과 일치하려 애쓰는 번역은 마침내 행간 번역에 근접하며, 원문의 이해를 아주 쉽게 해 준다. 이로써 우리는 원전 가까이로 이끌려 간다. 아니, 떠밀려 간다. 그리하여 마침내 낯선 것과 고유한 것, 알려진 것과 미지의 것 사이의 접근이 이루어지는 완전한 원환(圓環)이 완결되는 것이다.

마지막 결론!

사라진 태곳적 동방을 최근의 활발하기 그지없는 동방과 연결시키는 일에 얼마나 성공했는가 하는 문제는 전문가와 우호적인 친구들이 판단할 것이다. 하지만 오늘 우리 시대에 속하는 몇 가지를 다시 손에 넣게 되었는데, 그것을 소개하면서 기꺼이

---

169 요한 고트프리트 루트비히 코제가르텐(Johann Gottfried Ludwig Kosegarten, 1792~1860). 신학자이자 시인인 테오불 코제가르텐(Theobul Kosegarten)의 아들. 파리의 실베스트르 드 사시 곁에서 동방학을 연구하였고, 1817년 독일 예나 대학의 동방학 교수가 되었다. 그는 괴테의 『서동시집』 집필에 수시로 도움을 주었고, 『서동시집』에 대해 최초로 서평을 썼다.

이 작품 전체의 즐겁고 생동감 넘치는 결론을 맺으려 한다.

대략 4년 전 페테르부르크로 부임할 예정인 페르시아 대사[170]가 황제의 위임장을 받았을 때, 페르시아 군주의 왕비는 이 기회를 놓치지 않고 러시아 황제의 모후에게 귀중한 선물을 보내면서, 한 통의 편지를 동봉하였다. 우리가 그 편지를 번역하여 독자 여러분에게 알려 줄 수 있는 것은 행운이라 할 수 있다.

페르시아 군주의 왕비가 러시아 황제의 모후에게 보낸 편지

"이 세상을 이루는 기본 원소들이 지속되는 한, 위대한 궁정의 존엄한 모후이시며, 제국의 진주 같은 보물 상자이시며, 대제국의 번쩍이는 태양을 떠받치는 최상층 별자리 같으신 분이며, 높고 높은 최고 귀인들의 중심이시자, 최고 권력의 야자나무 열매를 이루는 분이시여, 영원토록 행복하옵시고, 모든 불행으로부터 보호받으시길 앙망하옵나이다.

솔직한 저의 소망에 따라, 이렇게 아뢸 수 있어 영광스럽기 그지없나이다. 전능하신 존재의 위대한 자비로 말미암아 우리의 이 행복한 시절에, 고귀한 두 나라의 정원에서는 싱싱한 장미꽃이 새롭게 피어나고, 위풍당당한 두 궁정 사이로 몰래 기어들어 온 모든 것이 솔직하기 이를 데 없는 우정과 하나 된 마음으로 제거된 이후, 이 궁정 또는 저 궁정

170 미르자 아불 하산 칸을 가리킨다.

과 연합한 모든 이들은 이 위대한 덕행을 알아보고 끊임없이 우정 어린 관계와 서신 교환을 나누고 있사옵니다.

대러시아 궁정에 파견할 대사 미르자 아불 하산 칸 대공이 그곳 수도로 떠나는 이 순간에 솔직한 마음을 담은 편지라는 열쇠로 우정의 문을 활짝 열 필요가 있다고 생각하였나이다. 친구 사이에 선물을 주고받는 것은 우정과 충심의 원칙에 따른 오랜 관습이기에, 아주 사랑스럽게 만든 우리나라의 장신구를 보내 드리오니 기꺼운 마음으로 받아 주옵소서. 바라옵건대 몇 방울의 잉크로 우호에 넘치는 답신을 주시어, 황후께옵서 그처럼 어여삐 여겨 주시는 제 심장의 정원에 생기를 불어넣어 주옵소서. 바라옵건대 분부를 내려 주신다면 성심을 다해 수행하겠사옵니다.

신께서 모후의 나날을 정결하고 행복하게, 그리고 영광스럽게 지켜 주시기를 기원하옵니다."

선물

진주 목걸이, 무게 498캐럿.
인도산 목도리 5개.
이스파한에서 만든 종이 상자.
펜을 보관하는 작은 함.
긴요할 때 필요한 도구들을 담는 용기.
금실로 수놓은 비단 다섯 필.

더 나아가 페테르부르크에 체류하는 대사가 양국 관계에 대해 얼마나 현명하게 그리고 겸손하게 표현하는지를, 우리는 이미 앞에서 페르시아 문학과 시 문학의 역사를 따라가며 제시할 수 있었다.

최근에 우리는 자기 역할에 너무나 충실한 이 대사가 영국으로 여행하는 도중에 빈에서 자기 황제로부터 성은의 선물을 받았음을 안다. 군주 자신이 직접 시를 써서 이 선물의 의미와 영광을 완전하게 하려 했던 것이다. 비록 몇 가지 자료를 사용하기는 했지만, 꾸준히 작업해 온, 신께서 내려 준, 둥근 천장을 마무리하는 최종 완공석으로 이 시를 덧붙인다.

깃발에 부쳐[171]

튀르키예인 페트호 알리 샤는 젬시트와 마찬가지로,
세상의 빛이요, 이란의 지배자이며, 대지의 태양이라.
그의 양산은 세상의 들판에 드넓은 그늘을 드리우고
그의 허리띠는 토성의 머릿속까지 사향 냄새를 풍긴다.
이란은 사자들의 계곡, 그 군주는 태양.
그리하여 다라의 깃발 아래 사자와 태양이 번쩍이노라.
대사인 아불 하산 칸의 머리는
비단 깃발을 하늘의 둥근 지붕으로 드높이 들어 올린다.

---

171 코제가르텐의 번역을 가져온 것이다.

그는 짐의 총애를 받아 런던으로 파견되었으니,
그리스도교의 주님께 행운과 평안을 가져다주리라.

태양과 황제의 모습이 그려진 훈장의 띠에 부쳐

신이시여, 거룩하게 빛나는 이 띠에 축복을 내리소서.
태양이 황제 앞에 드리운 베일을 벗겨 버리나이다.
이 장식은 제2대 마니의 붓으로 그린 것으로,
태양의 왕관을 쓴 페트흐 알리 샤의 모습.
천상의 궁정을 거느리는 위대한 군주의 사자(使者),
그 이름은 아불 하산 칸으로, 학식이 높고 지혜롭도다.
머리에서 발까지 군주가 내린 진주들을 두른 채,
처음부터 끝까지 그는 뚜벅뚜벅 봉사의 길을 가노라.
사람들이 그의 머리를 태양 쪽으로 들어 올리려고,
그에게 하늘의 태양을 함께할 종으로 주었노라.
이처럼 기쁜 전갈엔 커다란 의미가 있으니
대사의 지위를 고귀하게 하는 칭송이로다.
그러므로 그의 약속은 천하를 호령하는 다라의 약속이고
그의 말은 하늘의 영광을 지닌 군주의 말이로다.

동방의 궁정들은 아이들처럼 순진무구한 척하면서, 실은 매우 영민하고 노련한 태도와 절차를 따르고 있는데, 방금 소개한 시들이 그 증거다.

러시아가 최근에 페르시아로 파견한 대사는 궁정에서 미르자 아불 하산 칸을 만났지만, 썩 호의적인 태도는 아니었다. 그러나 미르자 아불 하산 칸은 러시아 대사를 공손히 대하고 여러 가지 편의를 제공하여 고마운 마음을 갖게 하기는 했다. 몇 년 후 이 사람은 당당한 부하들을 이끌고 영국으로 파견된다. 그를 돋보이게 하려고, 그들은 자신들만의 독특한 방식을 사용한다. 길을 떠날 때 그들은 그에게 마땅히 돌아갈 모든 특권을 다 부여하지는 않고 신용장과 다른 필요한 것만 가지고 가게 한다. 하지만 빈에 도착하자마자, 그는 자신의 직분을 빛나게 하는 증서, 즉 자신의 중요성을 말해 주는, 이목을 끄는 증서를 전달받는다. 제국을 상징하는 깃발, 황제 자신이나 마찬가지인 태양의 상징이 그려진 훈장 띠를 전달받는다. 이 모든 것은 그를 최고 권력의 대리자로 격상시키며, 황제의 권위가 그 안에 그리고 그와 함께 있음을 말해 주는 것이다. 그리고 여기서 그치는 게 아니라 시도 몇 편 첨부된다. 이 시들은 동방의 방식대로 빛나는 은유와 과장법을 사용하여 깃발과 태양과 황제의 상징을 찬연하게 장식한다.

각각의 시를 더 잘 이해하기 위해 몇 가지 주석을 덧붙이기로 한다. 황제는 자신을 튀르키예어를 모국어로 가진 카차르 종족 출신의 튀르키예인으로 칭한다. 전투 부대를 구성하는 페르시아의 주요 종족은 언어와 출신에 따라 튀르키예 어족, 쿠르드 어족, 루리 어족 그리고 아랍 어족으로 나뉜다.

황제는 자신을 젬시트와 비교하는데, 그것은 페르시아인들이 자신들의 막강한 황제들을 옛 선왕들의 개성과 결부시키곤 하기 때문이다. 예컨대 페리둔은 품위의 황제로, 젬시트는 광명의 황제로, 알렉산드로스는 힘의 황제로, 그리고 다리우스는 방어의 황제로 칭송된다.

양산(陽傘)은 황제 자신을 의미하며, 지상에서의 신의 그림자이다. 황제는 뜨거운 여름날에만 양산을 필요로 한다. 그러나 양산은 황제뿐 아니라 온 세상에 그늘을 드리워 준다. 아주 섬세하고 지속적이며, 아주 은은하게 풍기는 사향의 향기는 황제의 허리띠로부터 토성의 머릿속까지 올라간다. 토성은 그들에게 여전히 행성들 가운데 최고로 상위의 것이다. 토성의 궤도는 하부 세계 전체를 포괄하며, 이곳이 머리이고, 만유의 두뇌이다. 그리고 머리가 있는 곳에 감각이 있으므로, 토성은 황제의 허리띠에서 풍겨 나오는 사향 냄새를 맡을 수 있는 것이다. 다라(Dara)는 다리우스의 이름으로, 지배자를 의미한다. 그들은 선조에 대한 기억을 결코 떨쳐 버리지 않는다. 이란을 '사자들의 계곡'으로 부르는 이유는, 현재 궁정이 위치한 페르시아 지역은 대부분 험준한 산속에 있고, 또 이란 제국을 사자와 같이 용감한 전사들이 살고 있는 계곡으로 여기기 때문이다. 비단 깃발은 이제 대사의 지위를 공공연히 최고로 드높이며, 이로써 마침내 영국과의 우호적이고 친밀한 관계를 분명하게 선언하는 셈이다.

두 번째 시에 일반적인 주석을 미리 달자면, 단어들의 연관성이 페르시아 시 문학에 내면적인 우아한 생명력을 준다는 것이다. 단어들의 연관성은 종종 모습을 드러내면서, 감각적인 울림을 통해 우리를 즐겁게 해 준다.

이러한 훈장 띠는, 출입구가 있고 따라서 문지기가 필요한 어떤 지역에서도 통용되는데, 그것은 원문이 명백히 표현하는 바 그대로다. 원문에는 이렇게 되어 있다. "태양이 커튼(혹은 문)을 들어 올린다(연다)." 동방의 수많은 거실들의 문은 대개 커튼으로 되어 있기 때문이다. 그리고 커튼 앞에 서서 이것을 들어 올리는 사람이 문지기다. 마니는 마네스, 즉 마니교파의 우두머리를 뜻한다. 그는 원래 솜씨가 뛰어난 화가이며, 그 이단적 가르침은 주로 그림을 통해 전파된다고 한다. 그는 여기서는 우리가 아펠레스나 라파엘이라고 부르는 화가에 해당하는 셈이다. 군주의 진주들이라는 단어에서는 독특한 상상력이 작동함을 느낄 수 있다. 진주는 또한 물방울과 통하므로, 진주의 바다를 연상케 하고, 자비로운 황제 폐하는 총신을 바닷속에 빠뜨리는 것이다. 그러고 나서 그를 다시 끄집어내면, 그의 몸에는 온통 물방울이 맺힌다. 머리에서 발끝까지 귀중한 장신구로 장식된다. 복무의 길에서도 머리와 다리, 시작과 끝, 출발과 목적이 있다. 이러한 복무의 길을 충실히 수행하기에, 관리들은 칭송받고 또 보상받는다. 이어지는 시행들도 파견되는 대사의 지위를 열광적으로 드높이며, 파견된 궁정에서 마치 황제 자신이 오기라도 한 것처럼 대사가 최고의 신뢰를 보장받게 하려는 의도를 담고 있다. 여기서 우리는 영국으로 대사를 파견하는 것이 엄청나게 중요한 일이라는 사실을 유추할 수 있다.

페르시아 시 문학이 확장과 수축을 영원히 반복한다고 말하는데, 이는 진실이다. 앞서 소개한 두 시는 이러한 견해의 정당함을 입증한다. 이 시들은 언제나 무한한 것 속으로 갔다가 곧장 다시 유한한 것으로 되돌아온다. 지배자는 세상의 빛이며 또한 제국의 주인이다. 태양으로부터 그를 보호하는 양산은 세상의 들판에 그림자를 넓게 드리우고 그의 허리띠에서 풍기는 향기는 토성에서도 맡을 수 있다. 모든 것이 저 멀리 밖으로 퍼져 나갔다가 안으로 다시 돌아온다. 가장 광대한 시간으로부터 순간적인 궁정의 나날로 되돌아온다. 이 시들에 등장하는 비유와 은유와 과장법은 결코 개별적으로가 아니라 전체의 의미와 연관속에서 받아들일 수 있다는 것을 우리는 여기서 다시 배운다.

재검토

우리가 태곳적부터 최근까지 전승된 문헌에 관심을 기울이다 보면, 대개의 경우 양피지와 종이책들에는 언제나 변경하고 개선할 부분이 있음을 알게 되고, 그 때문에 관심은 더욱 생생해진다. 어떤 옛 작가의, 누구나 인정할 만큼 오류가 없는 필사본을 손에 넣을 수만 있다면, 그러한 관심은 금방 시들해질 것이다.

또한 부인할 수 없는 사실은, 우리가 어떤 책에서 직접 인쇄상의 오류를 여러 군데 발견하는 경우, 득의의 미소를 지으며 이를 용서할 수 있다는 점이다. 이러한 인간적 특성은 우리의 인쇄된 문서에 유리하게 작용할 것으로 보이는데, 그것은 다양한 결점을 시정하고, 여러 가지 오류를 개선하는 것이 장차 우리 혹은 다른 사람의 몫으로 남기 때문이다. 그러므로 이를 위한 작은 기여를 불쾌하게 거절하는 일은 없어야 할 것이다.

무엇보다 먼저 언급되어야 할 것은 동방의 이름을 올바로 표기하는 일이다. 그와 관련하여 일관된 원칙에 도달한다는 것이 거의 불가능하더라도 말이다. 동방의 언어와 서방의 언어는 너무나 달라서, 동방 언어의 알파벳에 순수하게 상응하는 우리의 알파벳을 찾아낸다는 것은 어려운 일이다. 더 나아가 유럽 언어들도 서로의 기원이 다르고 또 방언들도 많아 고유한 알파벳에 다양한 가치와 의미가 부여되므로, 일치점을 찾아내기란 더더욱 어렵다.

우리는 주로 프랑스에서 그런 지역들을 발견한다. 무엇보다도 데르블로[172]의 사전이 우리의 소망을 충족시키는 데 도움을 주었다. 이 프랑스 학자는 동방의 단어와 이름을 자기 민족의 발음과 청취 방식에 동화시켜 친근하게 만들었으며, 이러한 방식이 독일 문화에도 점차로 받아들여졌던 것이다. 그래서 우리는 헤지라보다는 차라리 헤지르라고 발음하는데, 이것이 듣기에 편안하고 또 옛날부터 익숙하기 때문이다.

하지만 영국인들은 그 점에서 별다른 성과를 보이지 못했다! 영국인들은 고유의 관용어를 발음하는 것에도 의견 일치를 보지 못하고, 이름들도 제멋대로 규정을 정해 발음하고 쓰는 바람

---

172 바르텔레미 데르블로 드 몰랭빌(Barthélémy d'Herbelot de Molainville, 1625~1695). 1697년 동방어 사전을 간행한 프랑스의 학자.

에 우리는 다시 혼란에 빠지고, 의심조차 갖게 되는 것이다.

독일인들은 너무도 쉽사리 자기들이 말하는 대로 쓰고, 외국어의 소리와 음량과 강세에 스스로를 맞추기를 마다하지 않으면서, 진지하게 작업에 임했다. 게다가 외국과 이방의 것에 자신을 점점 더 동화시키려 애썼기 때문에, 독일어에서는 옛 문자와 근래의 문자 사이에 커다란 차이가 생기고 말았다. 그러므로 확실한 권위에 순종해야 한다는 확신을 거의 가질 수 없게 된 것이다.

통찰력의 소유자이자 호감을 주는 친구인 코제가르텐이 나의 이런 근심을 덜어 주었는데, 앞에서 소개한 황제의 시를 번역한 것도 이 사람이다. 비록 인쇄상의 오류가 일부 있기는 해도, 뒤에 덧붙인 색인에 포함되어 있는 것과 같은 오류를 정정하도록 내게 알려 주는 친절까지 베풀어 주었다. 이 믿음직한 사람이 내가 앞으로 쓰게 될 『서동시집』을 준비하는 데도 마찬가지로 애정 어린 도움을 주기 바란다.

색인

아론(Aaron) 해당 쪽, 압바스(Abbas), 아브락사스(Abraxas), 아부헤리라(Abuherrira), 아불 하산 칸(Abul Hassan Khan), 아헤스테기(Achestegi), 알라(Allah), 암랄카이(Amralkai), Amru(암루), 안사리(Ansari), 안타라(Antara), 아라파트

(Arafat), 아스라(Asra), 아타르(Attâr).

바다크샨(Badakschan), 발흐(Balch), 바미안(Bamian), 바르메키드(Barmekid), 바소라(Bassora), 바스탄 나메(Bastan Nameh), 바사르(Basar), 베람구르(Behramgur), 비다마그 부덴(Bidamag buden), 비드파이(Bidpai), 보카라(Bochara), 보타이나(Boteinah), 브라만(Braman), 불불(Bullbul).

카차르(Catschar), 차카니(Chakani), 샤르댕(Chardin), 차타이(Chattaj), 키저(Chiser), 코스루 파르비스(Chosru Parvis), 쿠아레슴(Chuaresm).

다르나벤드(Darnawend), 데르비시(Derwisch), 디츠(폰)[Dietz(von)], 딜라람(Dilaram), 자미(Dschami), 잘랄-에딘 루미(Dschelâl-Eddîn Rumi), 제밀(Dschemil), 젬시트(Dschemschid), 칭기즈 칸(Dschengis Chan).

에부수드(Ebusuud), 아이히호른(Eichhorn), 엘로힘(Elohim), 엔코미아스트(Encomiast), 엔베리(Enweri), 에세디(Essedi).

팔(Fal), 파티마(Fatima), 페르두지(Ferdusi), 페르하드(Ferhad), 페리데딘 아타르(Ferideddin Attar), 페트히 알리 샤

(Fetch Ali Schah), 페트바(Fetwa), 피르다우지(Firdawsi).

가스네비덴(Gasnewiden), 겐제(Gendsche), 길란 샤(Ghilan Schah), 깅고 빌로바(Gingo biloba), 구에베른(Gueberrn).

하피스(Hafis), 하머(폰)[Hammer(von)], 하레즈(Harez), 하템(Hatem), 하템 타이(Hatem Thai), 하템 초가리(Hatem Zogari), 헤지르(Hegire), 후투티(Hudhud), 훗사일리테 (Hudseilite), 후리(Huri).

인코니움(Inconium), 이란(Iran), 이스펜디아르(Isfendiar), 이슬람(Islam), 이스라엘(Israel).

얌블리카(Jamblika), 예멘(Jemen), 예스데쥐르드(Jesded-schird), 존스(Jones), 유수프(Jussuph).

칼리프와 칼리파트(Kalif und Kalifat), 카시커(Kaschker), 케 캬부스(Kjekjawus), 클리투스(Klitus), 코제가르텐(Kosegarten), 쿠빌라이 칸(Kublai Khan).

레비드(Lebid), 라일라(Leila), 로크만(Lokman), 로르스바흐 (Lorsbach).

마니(Maani), 마흐무드 폰 가스나(Mahmud von Gasna), 만수르 1세(Mansur 1.), 마르코 폴로(Marco Polo), 마보르스 (Mavors), 메쥐눈(Medschnun), 메가 두타(Mega Dhuta), 메스 네비(Mesnewi), 메수드(Messud), 미디안족(Midianiten), 미르 자(Mirza), 미르자 아불 하산 칸(Mirza Abul Hassan Khan), 미 스리(Misri), 모알라카트(Moallakat), 모베덴(Mobeden), 모타 나비(Motanabbi), 몬테빌라(Montevilla), 모사퍼(Mosaffer), 모 세(Moses), 물라이(Muley).

니자미(Nisami), 누시르반(Nuschirwan), 누스레딘 초드샤 (Nussreddin Chodscha).

오아시스(Oasen), 올레아리우스(Olearius), 오마르 에븐 압드 엘 아시스(Omar ebn abd el asis), 오르무스(Ormus).

팜베흐(Pambeh), 파르제(Parse), 펠레비(Pehlewi) 폴로 [Polo(Marco)].

로다부(Rodawu), 루스탄(Rustan).

사디(Saadi), 사시(실베스트르 드)[Sacy(Silvestre de)], 사히르 파랴비(Sahir Farjabi), 사키(Saki), 샤쿤탈라(Sakuntala), 사마니 덴(Samaniden), 사마르칸트(Samarkand), 사나지스(Sanajis), 사

포르 1세(Sapor der Erste), 사산족(Sassaniden), 사바드 벤 암레(Sawad Ben Amre), 샤나메(Schach-Nameh), 샤흐 세잔(Schach Sedschan), 셰자이(Schedschaai), 셰합-에딘(Schehâb-eddin), 시아파(Schiiten), 시라즈(Schiras), 시린(Schirin), 셀주크족(Seldschugiden), 센데루드(Senderud), 실비아(Silvia), 스메르디스(Smerdis), 조피(Sofi), 수멜푸르(Soumelpour), 줄라이카(Suleika), 수니파(Sunniten), 수레(Sure).

타라파(Tarafa), 타베르니에(Tavernier), 테리악(Theriak), 티무르(Timur), 티나틴 디 치바(Tinatin di Ziba), 트란스옥사넨(Transoxanen), 툴벤드(Tulbend), 투스(Tus).

우즈베키스탄(Usbeken).

발레(피에트로 델라)[Valle(Pietro della)], 베지르(Vesir), 포스(Voß).

바미크(Wamik).

조하이르(Zoheir), 조로아스터(Zoroaster).

이제 우리는 좋은 말은 다했고,

많은 날을 거기에 바쳤다.

사람들의 귀에 조금은 거슬릴지 모르나 –

어쨌든, 전령으로서의 의무는 다한 것이다. 이로써 족하다.

실베스트르 드 사시[173]

우리의 스승님께 가거라! 그분에게 너를 맡겨라.

아아, 작은 책자여, 슬프면서도 기쁘구나.

여기가 시작이요. 여기가 끝이로다.

동방이요, 서방이며, 알파요 오메가다.

---

173 실베스트르 드 사시(Silvester de Sacy, 1758~1838). 파리에서 활동했던 당대의 동방학자. 폰
하머가 펴낸 『동방의 보물 창고』의 공동 편집자. 괴테는 이 작품을 아주 꼼꼼하게 읽었다. 괴
테는 예나의 동방학자인 로르스바흐를 통해, 그리고 무엇보다도 코제가르텐을 통해 실베스트
르 드 사시를 알게 되었다. 코제가르텐은 실베스트르 드 사시의 제자였다.

괴테가 『서동시집』에 대해
1826년 『모르겐블라트』지에 게재한 공지

『서동시집』 또는 동방과의 지속적인 연관 속에 쓴
독일 시 모음집.

'헤지르'라고 이름 붙인 첫 번째 시는 우리에게 시집 전체의
의미와 의도에 대해 즉시 만족할 만한 지식을 준다.

> 북쪽과 서쪽 그리고 남쪽이 산산이 분열되고
> 왕좌들은 파괴되고, 왕국들은 떨고 있으니
> 달아나라 그대여, 순수한 동방에서
> 그 옛날 족장들의 숨결을 맛보라.
> 사랑하고 술 마시고 노래하는 가운데
> 키저의 샘물은 그대를 젊게 만들어 주리라.

시인은 자신을 여행자로 간주한다. 그는 이미 동방에 와 있

다. 그는 그곳의 윤리와 관습, 사물들, 종교적 신념과 견해를 보고 즐거워하며, 자신이 무슬림이 되었다는 혐의조차 애써 부정하지 않는다. 그런 일반적인 상황 속에서 그 자신만의 개성적인 시들이 생겨났으며, 이런 종류의 시들이 모가니 나메, 즉 '가인 시편'이라는 제목의 첫 번째 시편을 이룬다. 그다음에 하피스 나메, 즉 '하피스 시편'이 이어진다. 여기서 시인은 이 특별한 사람의 특징을 묘사하고 평가하고 존경한다. 여기서도 독일인이 페르시아인에게서 느끼는 점을 묘사하며, 시인 자신이 그 사람에게 열정적으로 이끌려 그를 따라 해 보려 하지만 불가능하다고 토로한다.

'사랑 시편'은 은밀한, 미지의 대상에 대한 정열을 공공연히 드러낸다. 이러한 시들의 일부는 관능적인 것을 부정하지 않지만, 다른 일부는 또한 동방의 방식에 따라 정신적으로 해석될 수도 있다.

'우정 시편'[1]은 사랑과 애정의 시어들을 담고 있는데, 그것들은 다양한 기회에 대개는 페르시아 방식에 따라 금색 꽃들로 테두리를 장식하여 사랑하고 존경하는 사람들에게 바쳐지며, 시들 자체가 바로 그 점을 암시한다. '명상 시편'은 동방적인 윤리와 어법에 따라 실제적인 도덕과 생의 지혜를 묘사한 시들이다. '불만 시편'은 서술 방식과 음조가 동방인들에게 낯설지 않은 시들을 담고 있다. 후견자와 보호자에게 최고의 찬사를 바치

---

1 인쇄할 때 이 제목은 삭제되었다.

는 시인들 자신이 무시당하거나 충분히 보상받지 못한다고 느낄 경우 곧바로 절제를 상실하기 때문이다. 더 나아가 시인들은 성직자나 위선자 같은 자들과 갈등을 일으키고, 세상과도 불협화음을 내기 일쑤다. 신과는 거의 별개로 진행되는, 세상사의 혼란스러운 과정을 시인들이 그것을 어떻게 부르든 상관없이 그들로 하여금 언제나 투쟁 속에 있게 한다. 마찬가지로 독일의 시인[2]은 자신에게 혐오감을 불러일으키는 것들을 격렬하게 그리고 단호하게 거부한다. 이러한 시들 중 몇몇은 후일에 가서야 인쇄될 것이다. 티무르 나메, 즉 '티무르 시편'은 무시무시한 세계의 사건들을 하나의 거울 속에서 보는 듯 포착하며, 우리는 거기서 위로를 받든 아니든 상관없이 자기 자신의 운명을 비추어 본다. '잠언 시편'은 보다 많은 즐거움을 주는 시들을 모은 것이다. 이 시편은 대부분 동방의 감각적 언어들에서 실마리를 얻은 짧은 시들로 이루어져 있다. '비유 시편'은 인간적인 상황들을 생생한 형상으로 묘사하고 있다. 열정적인 시들을 포함하고 있는 '줄라이카 시편'은 사랑하는 여인의 이름이 구체적으로 언급되고, 그 여성이 분명한 개성을 가지며, 심지어 시인으로 등장한다는 점에서 '사랑 시편'과 구분된다. 꽃피는 청춘의 나이인 이 여성 시인은 자신의 나이를 굳이 부정하지 않는 시인[3]과 경쟁이라도 하듯 타오르는 열정을 구가하는 것처럼 보인다. 이 이중의 드라마가 펼쳐지는 공간은 전적으로 페르시아

---

2 괴테 자신을 가리킨다.
3 괴테 자신을 가리킨다.

적이다. 여기서도 종종 정신적인 의미가 솟구쳐 오르는 것은 물론이고, 지상에서의 사랑이라는 베일은 드높은 연관을 가리는 것처럼 보인다. 사키 나메, 즉 '술집 소년 시편'에서 시인은 술집 종업원과 불화를 일으켜 귀여운 소년으로 하여금 술 시중을 들게 하고, 소년은 상냥한 태도로 포도주를 따라 주어 시인의 마음을 즐겁게 해 준다. 소년은 그의 믿음직한 제자가 되고, 시인은 소년에게 고귀한 생각들을 전해 준다. 둘 사이에 오가는 고상한 애정이 시편 전체를 생동감 넘치게 한다. '배화교도 시편'은 배화교도들의 모습을 최대한 묘사하는데, 이들의 이런 초기 상태에 대한 분명한 개념 없이는 이후 동방의 변화 과정은 언제나 암흑 속에 머물 것이기 때문이다. '천국 시편'은 이슬람교도들이 말하는 천국의 기묘함과 아울러 경건한 신앙심의 고귀한 특징들을 묘사하는데, 그것들은 미래에 약속된, 유쾌한 행복과 연관된 것들이다. 우리는 여기서 동방의 전승들에 따른 일곱 명의 잠든 자에 관한 전설을, 그리고 같은 의미에서 지상의 행복을 천상의 행복과 기쁘게 교환하는 것을 묘사한 또 다른 전설을 발견한다. 시인이 독자에게 작별 인사를 하는 것으로 이 작품은 끝나며, 『서동시집』도 이로써 대단원의 막을 내린다.

　우리는 이 공고를 미리 내보낼 필요가 있다고 보았다. 숙녀들을 위한 1817년의 달력을 통해 이 시 모음집의 여러 부분이 독일 독자들에게 선을 보일 것이라고 예상하기 때문이다.

폰 괴테

괴테의 『서동시집』과 세계 시민주의의 전망

장희창(번역가)

1. 서론

동서양의 만남을 노래하고 있는 『서동시집』에서 괴테는 이렇게 말한다. "낯선 이의 인사를 존중하라! 오랜 친구의 인사만큼 값진 것이니." 하이네도 괴테의 『서동시집』을 "동양에 대한 서양의 인사"¹라고 평가한다. 그러나 서구 근대 자본주의의 들끓어 오르는 욕망 한가운데서 낯선 타자인 동양을 향해 보내는 이 시인들의 다정한 인사는 우리를 당혹스럽게 한다. 이들의 예의 바른 인사에도 불구하고 당대 서구인들의 동양에 대한 평균적인 인식이 매우 일방적이었음은 역사가 입증하기 때문이다.

서구인들의 기준에 의해 구획되고 굴절된 동양관을 분석한 『오리엔탈리즘』의 저자인 에드워드 사이드의 문제의식은 여기

---

1   아닐 바티(Anil Bhatti), 「두 세계 사이에서 흔들거리며-'서동시집'에 나타난 괴테의 이국 경험」, 『괴테-새로운 견해와 새로운 통찰』, 한스-외르크 크노프로흐와 헬무트 코프만 편집(2007), 108쪽에서 인용.

에서 출발한다. 그는 자기 저서의 서두에 카를 마르크스와 벤저민 디즈레일리(1804~1881)의 말을 인용함으로써 서구 지식인의 동양에 대한 뿌리 깊은 편견을 예시한다. 마르크스의 눈에 비친 동양은 이렇다. "그들은 스스로를 잘 대변할 수 없고, 다른 누군가에 의해 대변되어야 한다."[2] 민족과 국가의 경계를 넘어 만국 프롤레타리아의 단결을 호소하고, 계급 해방을 주창했던 마르크스의 동양관은 이처럼 일방적이다. 동양 세계 전체를 거칠게 타자화하는 이러한 발언은 오리엔탈리즘의 전형적인 사례이다.

대영 제국의 총리였던 벤저민 디즈레일리도 동양의 식민화에 대한 포부를 이렇게 밝힌다. "동양이라고 하는 것은 평생을 바쳐야 하는 사업이다."[3] 에드워드 사이드는 서구의 학문과 정치의 상징적 인물인 마르크스와 디즈레일리의 말을 첫머리에 인용함으로써 서구인들의 동양에 대한 인식의 정곡을 찌른다. 이스라엘과 그 지원 세력인 서구 사회로부터 자기 민족이 당하고 있는 수난을 뼈저리게 체험한 팔레스타인 출신의 학자로서 사이드는 과연 이 시대에 동과 서의 화해가 정말로 가능하기나 한 일인지를 묻고 있는 것이다.

그런 그에게 공감하며 동지로서 협력의 손을 내민 것은 현존 세계 최고의 지휘자 중 한 사람이자 피아니스트인 유대인 출신의 다니엘 바렌보임이었다. 그는 캘리포니아 대학의 영문학 교

---

2   에드워드 사이드, 『오리엔탈리즘』, 박홍규 옮김(교보문고, 1999), 11쪽.

3   같은 책, 11쪽.

수인 에드워드 사이드와 함께 재단을 설립하고 이스라엘과 팔레스타인 사이의 평화를 모색하려는 프로젝트에 참여했던 것이다. 그렇게 해서 1999년 탄생한 것이 이스라엘과 아랍의 젊은 음악도들로 이루어진 '서동시집 오케스트라'이다. 『서동시집』은 괴테가 페르시아 시인 하피스에게서 영감을 받아 쓴 시집의 제목으로, 바렌보임과 사이드는 이 오케스트라와 함께 매년 음악 캠프를 여는 한편 두 문화의 차이에 대한 평화적 공존을 다룬 인문학 강의도 함으로써 두 민족의 젊은이들 마음에 맺힌 적대감과 원한을 씻어 내려 시도했던 것이다. 특히 2005년 무장 군인들이 공연장을 에워싼 채 진행된 팔레스타인 자치 지구 라말라(Ramallah)에서의 연주는 정치와 예술의 모순 대립과 화해의 관계를 극명하게 보여 주는 장면이었다.

이스라엘 출신의 음악가와 팔레스타인 출신의 학자가 『서동시집』을 그들의 평화 추구의 상징으로 내세운 것은 무엇 때문이었을까? 1999년 당시 '유럽의 문화 도시 바이마르'라는 구호 아래 바렌보임과 사이드가 이스라엘과 아랍 국가들 사이의 평화의지의 상징으로 서동시집 프로젝트를 가동한 것에 대해 작곡가이자 지휘자인 피에르 불레즈(Pierre Boulez)는 이렇게 말한다. "이것은 순수한 박애의 결과물이라기보다는 모든 혈통과 국가를 하나로 융합하는 앙상블을 지향한다."[4] 그렇다면 그들은 괴테의 『서동시집』에서 혈통과 국가를 넘어서는 그 어떤 보편

---

4   아닐 바티, 같은 책 103~122쪽에서 재인용.

성, 세계 문학의 이념, 동과 서의 화해와 같은 가능성을 보았던 것일까? 우선 괴테의 동양 체험이 작품 속에서 어떤 방식으로 형상화되어 있는가를 검토하고, 이어 괴테의 그러한 시도가 서구 지식인들의 오리엔탈리즘을 어느 정도 극복하고 있는지 그 한계와 전망을 추적해 보기로 한다. 동과 서의 공존 및 화해를 그렸던『서동시집』에서 민족과 민족, 국가와 국가, 동양과 서양의 이분법적 갈등을 극복하고 우리 시대의 평화를 위해 절실히 요구되는 세계 시민주의의 전망을 읽어 내려는 것이 이 글의 목표이다.

2.『서동시집』의 창작 배경

1819년에 출간된 괴테의『서동시집』은 1814~1815년의 두 해 동안에 창작된 시들이 그 중심을 이룬다. 이 시기는 전 유럽이 전쟁의 소용돌이에서 막 벗어나고 있던 때였다. 1814년 5월 파리 조약⁵의 체결로 나폴레옹 시대는 종말을 고하고 있었고, 전 대륙에는 다시 평화의 기운이 감돌고 있었다. 민족 사이의 경계를 허물고 범유럽주의를 전파하려 했던 나폴레옹의 시도에 공감했던 괴테로서는 복잡한 심경이 아닐 수 없었다. 당시 기승을 부리던 민족주의적 감정에 대해 괴테는『서동시집』의

---

5 나폴레옹 전쟁을 종식시킨 동맹국과 프랑스 사이에 체결된 조약. 프랑스 국경을 1792년 당시로 복귀시키고 관계 제국의 영토를 조정했다.

'불만 시편'에서 이렇게 토로한다.

> 프랑스인이라고 뽐내든, 영국인이라고 뽐내든
> 이탈리아식으로 굴든, 독일식으로 굴든
> 누구나 한결같이 원하는 건
> 허영심의 요구에 지나지 않는 것.

　민족주의에서 허영심을 읽어 내는 괴테가 당대의 애국 시민들로부터 비난을 받았으리라는 것은 불을 보듯 뻔한 일이다. 하지만 괴테는 자신의 세계 시민주의 사상과 세계 문학론을 일관되게 견지한다. "이 시대에 중요한 것은 '인류'라는 저울 위에 자신을 달아 보는 거네"[6]라고 에커만에게 고백하듯이 나폴레옹으로부터의 해방 전쟁 이후 독일 사회에 만연해 있던 과도한 민족주의적 경향을 괴테는 비판적 관점에서 보았던 것이다.

　어쨌든 전쟁이 지나고 평화가 찾아오자, 괴테는 그러한 시대 분위기에 휩싸여 다시 자신을 가다듬어 볼 의욕에 넘쳐 있었다. 그리하여 1814년 7월 25일 괴테는 고향 프랑크푸르트를 향하여 서쪽으로 떠난다. 하이델베르크에서는 예술품 수집가인 부아세르(Boisseree) 형제와 동양학자인 파울루스(Paulus)를 방문하고, 비스바덴에서는 『서동시집』 창작의 결정적인 계기가 된 마리아네 융과 처음으로 만난다.

6　요한 페터 에커만, 『괴테와의 대화』 2, 장희창 옮김(민음사, 2008), 266쪽.

그런데 이 여행길에 그와 동반했던 것이 페르시아 시인 하피스(1326~1389)의 시집이었다. 출판업자인 코타(Cotta)가 여행 중 읽을거리로 그에게 선사했는데, 오스트리아의 동양 어문학자인 하머(Hammer)가 새로 번역한 것이었다. 괴테는 이전에도 그 시인의 번역된 시들을 조금씩 접할 수 있었지만 본격적으로 그 전체를 본 것은 이 번역본을 통해서였다. 『서동시집』 창작은 이 페르시아 시인과의 만남이라는 문학 체험에서 비롯된 것으로, 그의 세계 문학에 대한 지속적 탐구의 일환이었다. 하피스 이외에도 피르다우시의 시 그리고 아담 올레아리우스가 번역한 사디의 『장미의 정원』과 『과수원』 그리고 그 시대 동양학의 주요 문헌인 윌리엄 존스의 『동방 시 전집』 등을 읽으면서 괴테는 그 시인들의 농담과 진지함을 흉내 내어 시를 짓고, 하피스의 고향인 시라즈를 자기 시의 중심으로 삼았다고 말한다[슐로서(Schlosser)에게 보낸 편지, 1815년 1월 23일].

다음 해 5월 괴테는 다시 라인강, 마인강, 네카어강을 거쳐 프랑크푸르트를 방문하여 마리아네와 재회한다. 그리고 프랑크푸르트의 교외인 게르버뮐러에서 마리아네와 많은 시간을 같이 보낸 후 9월 말에 이별하고, 이후 『서동시집』의 중심을 이루는 사랑의 시들이 완성된다. 마리아네는 오스트리아 태생으로, 어머니를 따라 단역 배우로 프랑크푸르트에 머물다가 1800년 이후, 홀아비인 은행가 야코프 폰 빌레머의 집에서 수양딸로 지냈고, 30세 되던 해인 1814년에 빌레머의 아내가 된 여자였다. 이 마리아네가 『서동시집』에서 줄라이카라는 이름으로 나타나며, 괴테 자신은 하템이라는 이름을 빌린다. 그리하여 이 두 해 동안 동방 시인과의 만남, 그리고 마리아네와 나눈 사랑의 경험을 통해 집중적으로 창작된 시들을 중심으로 『서동시집』의 골격이 완성되었다.

'줄라이카 시편'의 줄라이카가 마리아네라는 사실은 1869년에야 밝혀졌다. 마리아네가 게르만 어문학자인 헤르만 그림 (Hermann Grimm)에게 괴테와의 관계를 고백했고, 그녀가 죽은 후에야 그림이 이를 밝힘으로써 사실이 알려졌다. 괴테는 그녀에 대한 사랑의 심경을 숨기기 위해 마리아네에게 직접 편지한 일은 거의 없었고, 빌레머와 그의 딸 로지네 슈테델에게 편지를 쓰곤 했다. 그러므로 괴테는 작품을 통해 마리아네에게 자신의 심경을 고백한 셈이다. 시인은 그의 사랑에 동양의 가면을 씌워 놓았던 것이다.

3. 『서동시집』의 창작 원리

괴테는 『서동시집』의 창작 방식과 관련하여 코타에게 보낸 편지(1815년 5월 16일)에서 다음과 같이 말한다. "나의 의도는 유쾌한 방식으로 서양과 동양, 과거와 현재, 페르시아적인 것과 독일적인 것을 서로 연결하고 양쪽의 풍속과 사고방식을 서로 겹치게 하려는 것입니다." 여기에서 특히 주목할 것은 유쾌한 (heiter)이라는 형용사이다. 명랑함, 쾌활함 등으로 옮길 수 있는 이 말에 괴테의 삶의 태도와 창작 방식이 녹아 있기 때문이다.

『서동시집』을 괴테 자신이 직접 해설하여 시집 뒷부분에 붙인 「주석과 해설」의 '가장 보편적인 것'이라는 단원에서 우리는 괴테가 '유쾌한'으로 표현했던 창작 방식의 윤곽을 짐작할 수 있다. "동방 시 문학의 가장 고귀한 특징은 우리 독일인이 정신(Geist)이라고 부르는, 위에서 이끌어 가며 지배하는 힘이다. (…) 정신은 무엇보다도 노령이나 쇠퇴해 가는 시대에 속한다. 세계의 본질에 대한 조망, 아이러니, 재능의 자유로운 사용을 우리는 동방의 모든 시인들에게서 발견한다." 여기에서 조망, 아이러니, 재능의 자유로운 사용 등이 위에서 '유쾌한'이라는 형용사로 표현한 창작 방식임을 알 수 있다. "파우스트의 무한을 향한 열정과 그것으로부터 간격을 유지하려는 아이러니의 이중성이 창조적 생산력의 토대의 비밀"[7]이라는 토마스 만의 설명은 괴테 창작의 핵심을 같은 맥락에서 짚고 있는 것이다. 브레히트가 『파우스트』 속의 놀랄 만한 유머들에 주목하면서, "위엄과 유머 사이에는 어떠한 대립도 없다. 위대한 시대에는 올림푸스산으로부터 웃음이 울려 나왔다"[8]라고 지적한 것도 같은 맥락이다. 대립적인 것들의 독자적인 가치를 인정하면서 그 상호 연관성을 기꺼이 받아들이려는 개방적이고 세계 시민적인 감각을 보여 주는 말이다. 괴테는 그 점을 동방 시인들의 주요한 특징의 하나로 이해하였고, 또한 그 때문에 하피스에게

---

7 토마스 만, 『작가로서의 괴테의 생애』(1982), 226쪽에서 인용.

8 K. R. 만델코프, 『독일에서의 괴테』 2권(1989), 210쪽에서 재인용.

서 자신의 쌍둥이를 발견했던 것이다.

메카에서 메디나로의 천도(遷都)에 빗대어 자신의 동방으로의 여행을 노래하고 있는 「헤지르」에서 시인이 가고자 하는 곳은 천상의 가르침을 골머리 썩이는 일 없이 지상의 언어로 받아들이는 사람들이 사는 곳이었다. 유쾌함, 골머리 썩이지 않음, 청명함, 양극적인 대립을 기꺼이 받아들이는 유유자적함, 이런 것들이 괴테가 동방의 시인들에게서 배우고자 한 점이었다. 65세의 노시인과 30세의 젊은 여인이 시구절로 서로 사랑을 고백하며 나눈 내용들을 아무도 눈치채지 못하게 시집 속에 포함시키고, 마리아네가 직접 쓴 시들도 거기에 끼워 넣는 유희적인 태도를 생각해 보라. 『서동시집』 마지막 부분에서 성자들이 천국에 들어간 후 강아지도 뒤따라가는 장면도 마찬가지다. 창작 방식과 관련한 괴테 자신의 고백, 토마스 만과 브레히트의 언급을 종합해 볼 때 유쾌한 창작 방식이란 결국 진지함(Ernst)과 아이러니(Ironie)를 하나로 통합하는 창작 원리임을 알 수 있다.

괴테로서도 경탄하지 않을 수 없었던 것은 시대적으로 그리고 문화적으로 그토록 멀리 떨어져 있음에도 불구하고 이 동방 시인에게서 자신의 모습을 다시 발견한 점이었다. 동방 시인들은 낙천적(lebensfreudig)이고 현세 지향적이긴 하지만 궁극적으로는 깊은 동경심으로 가득 차 있으며, 지상의 것에서 영원한 것을 이끌어 내고 있다. 사랑과 술, 나이팅게일을 노래하는 시들은 열정에 가득 차 있다. 그러면서도 시인의 의식은 명료하게 깨어 있다. 따라서 이러한 시들의 특징은 대상이나 정취가 아니라 정신이다. 이들 시에 있어 모든 것은 감각적이면서 동시에 정신적인 것이 된다. 1820년 5월 11일 첼터에게 보낸 편지는 동방의 시에 대한 괴테의 생각을 잘 요약하고 있다. "이슬람의 종교, 신화, 풍속은 나의 시대에 어울리는 시 문학에 공간을 제공하고 있습니다. 헤아릴 수 없는 신의 의지에 대한 조건 없는 헌신, 유동적인 것에 대한 청명한 조망, 언제나 원을 그리며 제자리로 돌아오는 유희적인 지상의 삶, 사랑과 애정, 두 세계 사이에서 부유함, 모든 현실적인 것을 정화시키고, 상징적으로 용해시키는 것이 그것들입니다."

4. 문화 매개자로서 시인의 존재

동서양을 넘어 시적 상상력의 보편성과 시인의 공통점을 이루는 것은 무엇인가? 괴테가 동방 시인들을 처음 접하고 공감할 수 있었던 것은 무엇 때문이었던가? 『서동시집』의 창작 원리를 보충하고 동방의 세계를 독자에게 보다 친근하게 만들어주기 위해 쓴 「주석과 해설」에서 괴테는 이 점을 보다 명시적으로 밝히고 있다. 괴테는 '보편적인 것'이라는 단원에서 가장 고상하고 가장 비천한 것을 거리낌 없이 연결하는 페르시아 시인들의 특성을 페르시아 시인 니자미의 시를 들어 설명하고 있다. 썩어 가는 개의 사체를 보고 시장 사람들이 냄새가 지독하네, 저걸 어디다 쓰나, 하고 욕하는 걸 보고, 지나가던 예언자는 이

렇게 말한다. "이빨이 진주처럼 희구나." 세속의 관점에서 비난
과 저주의 대상에 불과했던 것을 구원하고, 편협한 판단을 돌이
켜 생각하게 하는 이러한 시선을 동방 시인에게서 배워야 한다
는 것이다. 썩어 가는 개의 사체도 그 몸에 남아 있는 완전한 이
빨에 의해 경탄과 경건한 숙고의 대상이 되게 하는 것, 양극적
인 대립을 '유쾌한' 방식으로 연결한다는 것은 바로 이런 맥락
이다. 이질적이고 상호 대립적인 것을 이처럼 친숙하게 만드는
것이 시인 존재의 보편적 특성이라는 것이다.

일상에서의 극단적 대립과 차별을 극복하는 시인의 이러한
시선은 그러므로 타 문화에 대해서도 개방적일 수밖에 없다. 동
서양을 거침없이 가로지르는 열린 시선 앞에 체제의 안팎을 구
획하는 경계는 해체되기 때문이다. '가장 보편적인 것'이라는
단원에서도 괴테는 동방 시인의 특성을 모든 대상을 눈앞에 두
며, 아주 멀리 떨어져 있는 것들을 쉽게 서로 연관시키는 것이
라고 규정한다. 시인의 쾌활한 눈길 앞에 소외된 것, 타자로서
배제될 것은 없다는 것이다. 그러므로 괴테가 말하는 '유쾌한'
태도는 창작 원리일 뿐만 아니라 일상 속의 이분법적 대립을 넘
어서는 삶의 태도이기도 하다. '잠언 시편'에서 괴테는 유유자
적하게 말한다.

모여 있는 사람들은 얼마나 다양한가!
신의 식탁에는 친구도 원수도 나란히 앉아 있다.

타자와의 대립과 만남, 그리고 화해로 연결되는 열린 시선, 열린 삶의 모습이 괴테가 동방에서 찾고자 했던 것이다. 시인은 이제 동방 시인에게서 동지를 발견하고, 동방 시인을 통해 자신의 모습을 확인하고자 한다. 그러므로 시인은 문화의 매개자일 수밖에 없다. 괴테는 '잠언 시편'에서 이렇게 노래한다.

> 동방이 지중해를 건너
> 장엄하게 밀려든다.
> 하피스를 사랑하고 아는 자,
> 그자만이 또한 칼데론이 부른 노래를 알 수 있다.

페르시아의 시인 하피스와 스페인의 시인 칼데론을 통해 비로소 페르시아와 스페인이 서로 만난다는 것이다. 그러므로 시인이라는 존재는 동서양 문화의 매개자이며 문화의 전령이다. 동방을 모르는 자는 서방도 모를 수밖에 없으며, 문화의 본질은 공존일 수밖에 없다는 고백이다. 일방적인 것은 타자를 배제하는 폭력의 속성일 뿐이며, 결코 문화의 본질이 될 수 없는 것이다. "결국에는 모든 것이 영향으로 이루어지며, 사실 우리 자신만의 것이라고 할 수 있는 건 없네"[9](1829년 4월 2일). 이는 괴테가 주창하는 세계 문학 또는 세계 시민주의의 핵심을 간명하게 보여 주는 발언이다. 자기 안에서 타자의 모습을 보고, 타자

---

9   에커만, 『괴테와의 대화』 1, 장희창 옮김(민음사, 2008), 475쪽.

안에서 자신을 보라는 말이다.

'가인 시편'은 무엇보다도 시인의 존재와, 그의 동양과의 친근한 관계를 노래한다. 코타 발행의 『모르겐블라트』지 1816년 2월 24일 자에 의하면, 이 시편에서 "시인은 자신을 여행자로 간주한다. 그는 이미 동방에 와 있다. 그는 그곳의 윤리와 관습, 사물들, 종교적 신념과 견해를 보고 즐거워하며, 자신이 무슬림이 되었다는 혐의조차 애써 부정하지 않는다"라고 창작에 임했던 심경을 밝히고 있다. 동방의 입장에서 볼 때 타자인 자신이, 자신의 타자인 동양과 전면적으로 만나는 것, 그것이 여행의 목적이다.

'하피스 시편'은 동방 시인과의 친근성을 보다 구체적으로 형상화하고 있다. 이 시편은 시인의 제2의 자아라고 할 수 있는 페르시아 시인 하피스에 대한 시인의 고백이 중심 내용을 이룬다. 시에 들어가기 전의 모토가 이 시편의 전체 윤곽을 미리 보여 준다. "언어가 신부라면 / 정신은 신랑. / 하피스를 칭송하는 자라면 / 이 혼인을 이미 알고 있다." 시인에게서 언어와 정신이 하나가 되듯이, 하피스와 자신은 부부처럼 하나로 연결되어 있다는 것이다. 괴테는 무엇보다도 하피스가 처한 현실 상황이 자신의 그것과 놀라우리만치 유사할 뿐만 아니라, 그 정신적인 독립성에 있어서도 자신과 공통됨을 발견한다. "독실하지 않으면서도 신심 가득한 당신이여! / 사람들은 그것을 인정하려 들지 않는다오"라고 말하면서 세속 종교의 가식적인 경건함과 도그마에 얽매이지 않고 천진난만하고 청명한 눈길로 노래하는 시인 존재의 순수함에 공감을 표한다. 그리고 타자의 존재를 가장 편견 없이 받아들이는 시인으로서 괴테는 하피스에게 동지애적 사랑을 고백한다. "그리움이란, 먼지부터 왕좌에 이르기까지 / 우리 모두를 단단한 끈으로 묶어 놓으니까요." 정서적으로 정신적으로 공감하는 동지가 있는 곳이라면 괴테에게도 친숙한 나라일 수밖에 없다. 시인이라는 존재가 문화의 매개자가 되는 것은 이러한 맥락에서다.

5. 타자 체험과 그 한계

열두 개의 시편으로 이루어진 『서동시집』은 다양한 차원에서의 타자 체험, 다시 말해 양극 대립과 화해의 원리를 실험적이고 유희적으로 형상화하고 있다. 그중에서 가장 중요한 것은 사랑의 모티프이다. 사랑은 무엇보다도 타자 속에서의 자기 확인이기 때문이다. 마리아네와 괴테, 다시 말해 작품 속의 줄라이카와 하템. 두 연인 사이에 나누는 진정한 사랑의 본질은 상대의 존재 속에서 자신의 존재를 보는 데 있다. 그러나 줄라이카를 제외한 아가씨들은 이를 깨닫지 못한다. 아가씨들은 노래하면서도 자신만을 사랑하지만, 줄라이카가 노래하는 목적은 시인을 기쁘게 하려는 데 있다. 이 점이 아가씨들과 줄라이카의 결정적인 차이이다. 사랑하는 사람에게는 황제의 재물도 눈이나 미혹시킬 뿐 아무 소용이 없다. 하지만 진실로 사랑하는 사

람은 서로의 존재 가운데서 행복을 느끼는 것이다. "참된 삶이
란 자기 자신 이외에는 / 누구도 해치지 않는 / 영원히 순진무구
한 행동이라오"라는 고백도 마찬가지 맥락이다.

그러므로 사랑의 운명은 고통이다. 타자를 위해, 사랑하는 이
를 위해 자신을 온통 비워야 하므로 사랑은 고통의 연속일 뿐이
다. "책 중에 가장 이상한 책은 / 사랑의 책이라. / 내 그 책 꼼꼼
히 읽어 보았더니 / 기쁨일랑 몇 쪽 안 되고, / 책 전체가 고통이
로다."

술 취함도 또한 일시적인 도취 속에서 대립적인 가치들을 벗
어나 세계 혼(世界魂)과의 일치를 체험하게 한다. 청춘은 회복
되고 정신은 고양된다. 무엇보다도 술은 술꾼에게 신의 얼굴을
뚜렷이 보여 준다. "어쨌거나 술 마시는 자는 / 신의 얼굴을 더
욱 생생하게 본다네." 그런데 알고 보면 이러한 술 취함은 사랑
의 또 다른 얼굴이다. 술 취함도 사랑도 자기 자신을 던져 버린
다는 점에서 동일하기 때문이다. "술 마실 줄 모르는 자는 / 사
랑하지 말아야 한다" 또한 "사랑할 줄 모르면 / 술도 마시지 말
아야 하니까". 하피스에게서와 마찬가지로 괴테에게서도 사랑
과 술과 노래는 언제나 함께한다. 이 시집의 첫 번째 시인 「헤지
르」에서부터 시인은 사랑과 술과 노래 가운데 키저의 샘이 우리
를 젊게 한다고 노래한다. 또한 시인이 술에 취해 한밤중을 헤
매고 다니는 것도 실은 사랑에 취해 있기 때문이다.

'배화교도 시편'도 일상에서의 성속 일치를 노래한다. 이 시편
은 고대 페르시아 종교의 외견상 매우 추상적으로 보이면서도

실은 아주 실제적인 의미를 가지는 태양과 불의 숭배라는 종교 문제를 그 중심 테마로 삼고 있다. 예컨대 배화교도들의 성스러운 의식이라는 것도 하루하루 고된 의무를 수행하기 위해서다. 일상과 연결되어 있지 않다면 계시조차도 아무런 필요가 없는 것이다. 죽은 자들은 독수리에게 맡겨 정결하게 만들고, 들판도 가지런히 경작하며, 운하의 물도 잘 흐르게 하는 실생활에서의 유용성이 종교적 의식의 본래적 내용을 이루고 있으며, 이 점에서 시인은 자신에게 친근한 동방 종교 의식의 세속성을 확인한다.

나무를 나를 때도 즐거운 마음으로, 목화를 딸 때도 믿는 마음으로, 이런 것들이 심지(心地)가 되어 신성에 도달하게 된다는 말들은 지상의 삶에 충실한 자에게 신성이 얼굴을 드러낸다는 괴테의 현세 지향적인 종교관을 보여 준다. 피안과 차안, 기쁨과 고통, 증오와 사랑이라는 구분을 뛰어넘어 지상의 삶 속에서 천상의 삶을 사는 배화교도들에게 감각적인 영역과 초감각적인 영역은 현실 생활을 매개로 하여 자연스럽게 결합되는 것이다. 그리하여 이러한 통일적인 인식을 소유한 자, 신성을 체득한 자의 기쁨은 술 취함으로 나타난다. 이 시편의 마지막 구절이 술 취한 자에 대한 서술인 것도 같은 맥락이다. 사랑과 술과 노래가 하나 되는 도취의 상태야말로 우리가 신성에 근접하는 순간임을 말하는 것이리라. "취한 자는 흥얼거리며 비틀비틀 걸어가고, / 적당히 마신 자는 노래 부르며 흥겨워하리라." 조금 더 마시고 조금 덜 마신다고 무슨 차이가 있겠는가.

그러나 도취는 도취일 뿐이다. 식민화된 세계의 주민 입장에서는 더욱더 그렇다. 식민주의의 뼈아픈 현실 앞에서 동방이 괴테의 변덕스러운 기분의 안식처 내지 도피처가 된다는 것은 난센스이다. 당대 제국주의의 현실에서 동방을 대등한 파트너로 본다는 것은 힘든 일이고, 서구의 무력이 피억압 민족의 목덜미를 죄고 있는 상황에서 동방을 향한 서방 시인들의 인사를 문자 그대로 받아들이기는 어렵다. 『서동시집』 전체를 통틀어 제국주의 현실에 대해 직접적으로 언급한 곳이 어디에도 없다는 점은 이 시집의 비정치적 성격을 명백히 보여 준다. 다만 '불만 시편'에서 "사람들이 무어라 하든 / 그 비열한 자가 힘센 자니까" 정도로 힘과 권력의 야비한 속성을 슬쩍 지적하고 넘어갈 뿐이다. 그러나 텍스트의 안과 밖이 천국과 지옥처럼 판이하다는 것을 괴테가 모를 리는 없다.

괴테의 처음 계획에 따르면 『서동시집』은 13권으로 구성할 예정이었다. '티무르 시편'을 중심에 놓고 나머지 12권을 대칭적으로 배열하려고 했다. 그러나 괴테는 1818년 초에 이러한 구상을 포기한다. 시집 전체의 중심에 놓으려 했던 '티무르 시편'이 짤막한 단편으로 그쳤기 때문이다. 하지만 그가 애초에 이 시집을 건축 공학적으로 배열하려고 한 의도에 주목할 필요가 있다. 각 시편의 내용을 이루는 시들이 완성되지도 않은 터에 전체적인 구성부터 미리 계획해 놓은 데서 괴테가 『서동시집』을 창작한 방식을 짐작할 수 있기 때문이다. 말하자면 어떤 이념을 미리 앞세우고 거기에 따라 각 시편에 포함될 시들을 썼던 것이다. 어쨌거나 당대 정치 현실을 가장 잘 반영한 것처럼 보이는 '티무르 시편'은 왜 미완성에 그치고 말았을까?

'티무르 시편'은 괴테 자신의 말을 따르면, "무시무시한 세계의 사건들을 하나의 거울 속에서 보는 듯" 포착하고, "거기서 위로를 받든 아니든 상관없이 자기 자신의 운명을 비추어" 보려고 했던 의도에서 창작된 것이다(1816년 2월 24일, 『모르겐블라트』). 이 시편은 1370년에서 1404년까지 통치하며 무자비한 원정으로 중부 아시아를 정복했던 몽골의 지배자 티무르에게 바친 것으로, 괴테는 그를 나폴레옹과 평행선상의 인물로 본다. '티무르 시편'이 1814/1815년에 쓰인 「겨울과 티무르」, 「줄라이카에게」의 단 두 편만으로 이루어진 것에 대해 괴테는 「주석과 해설」에서 체념적으로 말한다. 원래는 무시무시한 세계사적 사건에 대하여 더 높은 위치에서 조망하려 했고, 구성상으로 이 시집의 중앙에 놓으려 했지만 성공하지 못했다는 고백이다. 권력의 화신을 이 시집의 중심, 다시 말해 세계의 중심에 놓으려 했던 데서 우리는 현실 권력을 바라보는 괴테의 의중을 미루어 짐작할 수 있다.

인도 네루 대학의 독문학자인 아닐 바티는 인도의 시인 이크발을 예로 들며, 텍스트 안과 밖의 괴리를 도외시하고, 식민주의 현실에서 동방 시인과 서방 시인의 동등한 권리를 주장한다는 것이 어떤 의미인가를 되묻는다.[10] 대등한 관계일 때는 자신

10 아닐 바티, 같은 책 109쪽 이하.

을 낮추고 개방할 여유가 있지만, 억압받는 자, 발견된 자의 입장일 때는 그러한 언어유희를 기대하기 어렵고, 그 점에서 우리는 괴테의 동방에 대한 인사의 정치적 함의를 확인해 볼 필요가 있다는 것이다. 아닐 바티의 문제의식은 이렇다. 인도의 시인 무함마드 이크발(Muhammad Iqbal, 1877~1938)이 『동양 소식』으로 괴테의 『서동시집』에 응답했지만, 그 정치적 맥락을 고려할 때 괴테의 입장과 다를 수밖에 없다는 것이다. 이크발은 식민화된 세계의 주민이라는 한계 때문에, 괴테가 이크발에게, 하피스가 괴테에게 영향을 준 것처럼 생산적인 영향을 주기는 어렵다는 고백이다. 발견된 자, 억압받은 자의 시각을 벗어나지 못하고 있는 이크발은 괴테를 이렇게 칭송한다.

> 서양의 대가, 저 독일의 시인,
> 페르시아의 시인들에게 반한 사람,
> 그가 매혹적이고 대담하고 날렵한 모습을 하고서
> 동양에 프랑크족의 인사를 건넸다.
> (…)
> 그는 정원에서 태어나 성장했다.
> 그러나 나는 죽은 먼지로부터 자라났다.
> 그는 수풀 속에서 나이팅게일처럼 노래하지만,
> 나는 사막에서 비탄의 종을 울린다.[11]

---

11 아닐 바티, 같은 책 110쪽.

시인 이크발이 자신은 갠지스강, 인더스강 유역에서 태어났다, 배화교도 혹은 힌두교도 혹은 불교도로 살았다, 라고 당당하게 선언하지 못한 것은 충분히 이해가 간다. 괴테가 살았던 정원과 수풀과 나이팅게일을 보는 시인의 눈길은 칭송이라기보다는 부러움과 비탄의 눈길이다. 헤르만 헤세도 이크발의 『동양 소식』을 '동서 시집'이라고 칭했지만, 이크발이 처한 열악한 입장과 괴테의 유쾌한 창작 방식 사이에 가로놓인 역사의 심연을 통찰하지는 못한다.

괴테에게 있어 동양은 유럽의 상상력에 비친 수동적 타자일 뿐이다. 그러므로 괴테가 하피스의 동방으로 도주할 수 있었고, 1813년에도 중국이 괴테의 지적 도피의 목적지였다. 말하자면 괴테는 필요할 때면 언제나 이탈리아로, 동방으로 도피할 수 있었다. 괴테의 도주에는 이처럼 유희적 성격이 있지만, 이크발은 그럴 수 없었던 것이다. 제국주의, 식민주의의 엄연한 현실 앞에서는 언어 실험도, 유희적 성격의 창작도 난센스일 뿐이다. 괴테는 오리엔트를 상상할 수 있지만, 이크발에게 서양의 존재는 자신의 조국에 커다란 고통을 안겨 준 고통스러운 현실이기 때문이다. 두 시인의 작품 속에는 다 같이 다문화적 의식이 자리 잡고 있지만, 이크발은 자신이 처했던 현실과 괴테가 건네는 인사 사이의 괴리를 건너뛸 수 없었던 것이다. 결국 대화의 전제 조건으로서의 역사적 입지의 동등성이 결여되어 있으므로, 그 동등성은 미래로 투사될 수밖에 없다는 것이다. 괴테가 피신하려 했던 동방은 진공 상태도 아니고 파라다이스도 아니었다.

제국주의 침탈 아래 놓였던 동방의 현실은 생지옥이었다. 그러므로 지옥을 향해 안녕! 하고 건네는 인사를 곧이곧대로 받아들이기는 어렵다. 대화는 필요한 것이지만 양자 간 힘의 균형이 깨어진 상태에서는 거의 불가능한 일이다. 괴테는 눈앞의 현실을 멀리 원경으로 둔 채, 5백 년 전의 페르시아 시인과 대화를 나누고 있는 것이다.

괴테도, 훔볼트도 결국은 그리스의 세계로 돌아간다. 후일에 괴테는 『서동시집』에 대한 낯선 느낌을 이렇게 고백한다. "오늘밤 나는 『서동시집』의 노래들이 나와는 아무 관계도 없다는 점을 밝혔네. 그 안의 동양적 요소라든지 열정적인 요소는 내 마음속에 더 이상 살아 있지 않아. 마치 허물을 벗은 뱀의 껍질이 길에 내버려져 있는 것과 같네."[12] 동방의 문물과 동방 시인에 대한 공감의 산물이었던 자신의 작품을 뱀 껍질에 비유하고 있다! 동방으로 떠난 여행자도 결국은 고향으로 돌아간다. 요컨대 괴테는 학문적 호기심과 더불어 동방에 대한 문화적, 문학적 실험을 한 것이었다. 희랍 숭배자가 일정 기간 동안 동방의 순례자가 되었던 문화적 실험인 셈이다. 「주석과 해설」에서도 괴테는 유대교, 마호메트교, 인도의 종교에 대한 편견을 드러내며 그리스도교에 최고의 찬사를 보내는 한계를 보여 준다. 타자를 이해하는 것은 참으로 어렵다. 그러므로 타자를 참아 내는 능력이라도 길러야 한다, 라고 괴테가 거듭 진술하고 있는 것도 타

---

12 요한 페터 에커만, 『괴테와의 대화』 1, 282쪽.

자 망각을 극복하는 것이 얼마나 어려운 일인가를 고백하는 것이리라.

6. 세계 시민주의의 모색

그러므로 『서동시집』을 동방과 서방, 별개의 두 문화를 연결하는 고정된 관점으로 해석하면 단순화의 오류에 빠지게 된다. 마리아네의 개입, 시와 산문의 결합, 방대한 분량의 산문을 통한 타자에 대한 전방위적인 접근 시도에서 보듯이 열린 형식, 실험적 성격을 통해 괴테는 동서양의 공존과 이해를 모색하고 있는 것이다. 괴테가 1819년의 초판을 미완성 작품으로 보았듯이 우리는 작품의 과격한 개방성에 주목할 필요가 있다. 저명한 문예학자인 아돌프 무슈크(Adolf Muschg)도 '미완성의 작품'이란 관점에서 접근하며, 『서동시집』에서 문화를 단자나 완결된 실체로 보는 관점에 대한 반대 모델을 보고 있다.[13] 이는 문화적 차이를 인정하지만, 그것을 실체화하지는 않으려는 시도이다. 다시 말해 문화적 차이를 실체화하지 않고, 동양과 서양의 교차 순간을 전면에 내세우려 한다. 타자를 이해하는 것은 어렵고, 동서양 사이를 오가는 것은 지난한 일이므로 괴테는 이론의 영역이 아니라 체험의 영역, 창작의 영역에서 동양에 접근하려 한

13 아닐 바티, 같은 책 111쪽 참조.

다. 그리하여 『서동시집』은 타자 체험의 실험 무대가 된다. 언어를 가지고 실험에 실험을 거듭한다. "행위 속에서는 오류가 언제나 반복된다. 그러므로 우리는 언어로써 참된 것을 끊임없이 반복해야 한다"(『잠언과 성찰』 319)라는 발언은 현실과 행위의 오류에도 불구하고 창작 행위를 통해, 언어를 통해 점진적으로 진실에 접근해 가려는 괴테 창작 행위의 지향점을 압축적으로 보여 주는 것이다.

> 자신을 알고 타인을 아는 사람은
> 여기서도 알게 되리라.
> 동방과 서방은
> 더 이상 떨어질 수 없다는 것을.
>
> 두 세계 사이에서 곰곰이
> 생각하고 재어 보는 것이 중요하다.
> 그러므로 동방과 서방 사이를
> 오가는 것이 가장 좋으리라![14]

여기서 '오간다'는 것은 타자를 향한 열린 시선, 언어를 통해 참된 것을 반복하는 실험 정신을 말한다. 시인은 동서양을 오가는 여행자이고 노마드이며, 동서양을 매개하는 문화의 전령이

---

14 『서동시집』의 '유고 중에서'.

다. 시인은 자신을 타자의 시선으로 보아야 하고, 익숙함과 낯섦을 평등하게 보아야 한다. 그러므로『서동시집』은 서방과 동방, 익숙함과 낯섦 사이를 끊임없이 넘나드는 방랑자, 노마드의 증언이라고 할 수 있다.

오늘의 관점에서 볼 때 실험의 틈새는 너무도 명백하다. 그러나 우리는 그 실험 정신에 주목할 필요가 있다. 타자의 실존을 자신의 사적인 관념 체계에 종속시키는 것은 오리엔탈리즘의 전형이며, 타자와 자신의 차이를 단순 나열하는 것도 아무런 의미가 없다. 그러므로 그 차이들에 접근하려는 끈질긴 노력이 필요한 것이다.

7. 맺는말

바이마르에 세워진 괴테-하피스 기념비는 하나의 화강암으로 빚은, 마주 보는 두 의자의 형상을 하고 있다. 두 세계의 융합까지는 아니어도 공존이 현실적 대안임을 웅변하고 있는 것이다. 힘의 우열이 명백히 드러난 상황에서 타자를 대등한 파트너로 끌어안기는 힘들다. 괴테와 하이네의 동양을 향한 인사, 바렌보임과 사이드의 '서동시집 오케스트라'의 정신이 지향하는 지점은 결국 대립의 화해적 공존 없이 문화는 성립할 수 없다는 것이다.「황홀경의 그리움」에서 시인은 불꽃을 향하여 뛰어드는 나방의 형상을 빌려 더 이상 어두운 그림자에 갇혀 있지 말고 모든 대립을 과감하게 극복하는 더 높은 결합을 이루라고 말한다. 그렇지 못하면 어두운 대지 위에서 우리 인생은 한낱 흐릿한 객(客)에 지나지 않는다는 것이다. 여기서 죽음이란 자신을 완전히 타자 속으로 몰입시킴, 자기희생이라는 사랑의 원리이다. 그러므로 "죽어서 되어라!"라는 시구는 타자 체험과 수용의 궁극적 원리이다. 텍스트의 안과 밖을 가로지르고, 너와 나의 경계를 해체하는 것, 그것이 "죽어서 되어라!"라는 시구의 의미이다. 그리고 이러한 해체와 탈경계의 지점을 가장 민감하게 포착하고 언어로 표현하는 것이 시인이다.

사랑을 온전히 실현하기는 어렵다. 타자를 이해하기도 어렵다. 그러나 사랑이야말로 인간 구원의 길이라는 것이 『서동시집』의 최종 결론이다. 지금 온전하게 이루지 못한다 하더라도 목표는 명백하다. 『파우스트』에서 보듯이 인간은 어두운 욕망 한가운데서도 올바른 길을 알고, 떠돌다 사라질지라도 영원한 사랑을 직관하는 존재이기 때문이다. 고통과 기쁨을 하나로 껴안고 있는 이러한 사랑의 원리는 『서동시집』의 끓어오르는 에너지의 정점을 장식한다. "뜨거운 열정으로 거침없이 나아가면 / 그 어떤 종말도 없을 것이다. / 영원한 사랑을 직관하며 / 우리가 두둥실 떠돌며 사라질 때까지."

『서동시집』은 약육강식 제국주의의 현실 앞에서 다양한 문화의 공존만이 인류 구원의 길이며, 문화의 본질임을 증언하는 텍스트이다. 괴테의 보편주의, 세계 문학의 이념은 서양 문화의 독점적 우월성의 세계적 전파가 아니라, 동양 문화를 향해 자신

을 개방하고 공존을 모색하는 상대적 보편주의라는 메시지를
던지고 있다. 요컨대 다양한 문화들의 공존을 열린 시선으로 받
아들이는 관용의 정신, 이것이 괴테가 말하는 세계 문학론, 세
계 시민주의의 핵심이다.

판본 소개

　이 책은 함부르크 판본(Hamburger Ausgabe) 괴테 전집(1982년 뮌헨의 도이처 타셴부흐 출판사에서 14권으로 발행) 중 두 번째 권에 실린 『서동시집(West-östlicher Divan)』을 대본으로 번역하였다. 괴테 전집에는 여러 판본이 있으나, 함부르크 판본은 독일의 저명한 문예학자인 에리히 트룬츠(Erich Trunz)가 주도적으로 편집한 것으로 일반 독자들에게 인기가 높다. 이 판본의 특징은 주석과 해설 등을 상세하게 달아 놓았다는 점이다. 이 번역본에서는 원문의 주석과 해설을 압축 요약하여 각주로 소개하고 또 번역자의 견해를 덧붙임으로써 독자들이 작품에 쉽게 접근하는 데 주안점을 두었다.

요한 볼프강 폰 괴테 연보

1749 8월 28일 프랑크푸르트암마인에서 요한 카스파르 괴테와 그의 아내 카타리나 엘리자베트(친정의 성은 텍스토르)의 아들로 태어남.

1750 12월 7일 괴테의 여동생 코르넬리아 출생.

1755 부친의 감독 하에 가정교사에게 교육을 받음. 11월 1일 리스본 대지진.

1764 요셉 2세가 신성로마제국의 황제로 대관식을 올림.

1765 라이프치히 대학에서 법학, 철학, 의학을 수강함.

1768 무절제한 생활로 병약해져 프랑크푸르트로 돌아옴.

1770 슈트라스부르크 대학에서 의학과 역사학 수강. 헤르더의 영향을 받음. 프리데리케 브리온을 알게 됨.

1771 법학 학위를 받고 프랑크푸르트로 돌아와 배심재판소에서 변호사 활동을 시작함.

1772 베츨라의 제국대법원에서 법관 시보 생활. 샬로테 부프를 알게 됨. '독일 건축술에 관해서' 탈고.

1773~1775 '초고 파우스트', '프로메테우스', '마호멧' 완성.

1774 7~8월 라바터 및 바제도우와 함께 라인 지방 여행. 12월 작센 바이마르 아이제나흐 공국의 황태자 카를 아우구스트를 만남.『젊은 베

르터의 고통』발표.

1775 4월 릴리 쇠네만과 약혼. 5~7월 슈톨베르크 형제와 함께 스위스 여행. 9월~10월에 카를 아우구스트 공작이 괴테를 바이마르로 초대. 가을에 릴리 쇠네만과 파혼.

1776 1월~2월 바이마르에 장기간 체류하기로 결심. 6월 바이마르 공사관의 추밀참사관으로 임명됨.

1777 아이제나흐 바르트부르크 방문(첫 번째 하르츠 여행).

1778 카를 아우구스트 대공과 함께 베를린, 포츠담 여행.

1779 전쟁 및 도로 건설 위원회 위원장으로 임명됨과 동시에 추밀고문관이 됨. 대공과 함께 스위스 여행.

1780 광물학 연구를 시작함.

1782 요셉 2세로부터 귀족 작위를 받음. 5월 괴테의 부친 사망. 6월 프라우엔플란에 있는 집으로 이사.

1783 두 번째 하르츠 여행.

1784 악간골(顎間骨) 발견. 세 번째 하르츠 여행.

1785 식물학 연구 시작. 카를스바트에 체류.『빌헬름 마이스터의 연극적 사명』완성.

1786 카를스바트로부터 이탈리아로 은밀하게 여행을 떠남. 9~10월 베네치아를 거쳐 10월 29일 로마에 도착. 화가 요한 하인리히 빌헬름 티쉬바인의 집에서 지냄.

1787 2~6월 티쉬바인과 함께 나폴리 여행. 크니프와 함께 시칠리아 여행. 팔레르모의 식물원에서 원형식물(原形植物)의 원리를 포함한 자연 형태학 연구.『에그몬트』,『공범자』발표.

1788 4월 로마를 떠남. 공무에서 해방됨. 루돌슈타트에서 처음으로 실러를 만남.『토르콰토 타소』발표.

1790 3~6월 베네치아 여행. 색채론 연구 시작.

1791 바이마르 궁정극장의 감독을 맡음.

1792 8~10월 대공을 수행하여 프랑스로 종군.

1793 　마인츠 공위(攻圍)에 참전.

1794 　실러와의 친교 시작.『여우 라이네케』발표.

1795 　실러가 발행하는 잡지『호렌』지에 관여함.『빌헬름 마이스터의 수
　　　업시대』,『로마비가』발표.

1797 　세 번째 스위스 여행. 8월 프랑크푸르트에서 마지막으로 모친을 만
　　　남.『헤르만과 도로테아』발표.

1798 　잡지『프로필렌』발행.『코린트의 신부』발표.

1799 　실러가 바이마르로 이사를 옴.

1801 　안면 단독(丹毒)을 앓음.

1803 　아들 아우구스트의 가정교사로 프리드리히 빌헬름 리머를 채용. 예
　　　나 대학의 자연과학연구소 감독관에 임명.

1804 　추밀고문관에 임명.『친딸』발표.

1805 　신장 산통을 심하게 앓음.

1806 　크리스티아네 불피우스와 결혼.『연인의 변덕』발표.

1807 　카를 아우구스트 공의 모친 안나 아말리아 사망.

1808 　에어푸르트와 바이마르에서 나폴레옹을 여러 차례 접견함.『파우스
　　　트』(제1부) 발표.

1809 　학문 및 예술 총감독관에 임명.『선택적 친화력』발표.

1810 　『색채론』발표.

1811 　『시와 진실』제1부 발표. 괴테 부부와 베티나 폰 아르님의 절교.

1812 　『시와 진실』제2부 발표.

1814 　『시와 진실』제3부 발표.『서동시집』발표. 첫 번째 라인-마인 강 지
　　　역 방문. 하이델베르크에서 부아세르 형제를 방문.

1815 　두 번째 라인-마인 강 지역 여행.

1816 　『이탈리아 기행』발표.

1817 　궁정극장의 운영 책임을 맡음. 형태론에 관한 잡지 발행(1824년까
　　　지 지속됨).

1819 　『서동시집』완결.

1821	『빌헬름 마이스터의 편력시대』 발표.
1822	『프랑스 종군기』, 『마인츠 공위』 발표.
1823	심낭염에 걸림. 6월 요한 페터 에커만이 찾아옴. 11월 심한 천식을 앓음.
1827	『중국-독일 계절시』 발표.
1828	'노벨레' 완성. 카를 아우구스트 대공 사망.
1830	11월 10일 아들 아우구스트의 사망(10월 28일) 소식을 들음. 11월 말경 각혈.
1831	『파우스트』 제2부 완성.
1832	3월 16일 마지막으로 발병. 3월 22일 11시 30분경 자택 침실의 안락의자에 기댄 채 영면. 3월 26일 왕실 묘지의 실러의 관 옆에 안치됨.

새롭게 을유세계문학전집을 펴내며

을유문화사는 이미 지난 1959년부터 국내 최초로 세계문학전집을 출간한 바 있습니다. 이번에 을유세계문학전집을 완전히 새롭게 마련하게 된 것은 우리가 직면한 문화적 상황에 적극적으로 대응하기 위해서입니다. 새로운 을유세계문학전집은 세계문학의 역할이 그 어느 때보다 중요해졌다는 인식에서 출발했습니다. 오늘날 세계에서 타자에 대한 이해는 우리의 안전과 행복에 직결되고 있습니다. 세계문학은 지구상의 다양한 문화들이 평등하게 소통하고, 이질적인 구성원들이 평화롭게 공존할 수 있는 문화적인 힘을 길러 줍니다.

을유세계문학전집은 세계문학을 통해 우리가 이런 힘을 길러 나가야 한다는 믿음으로 만들어졌습니다. 지난 5년간 이를 준비하기 위해 많은 노력을 기울였습니다. 세계 각국의 다양한 삶의 방식과 문화적 성취가 살아 있는 작품들, 새로운 번역이 필요한 고전들과 새롭게 소개해야 할 우리 시대의 작품들을 선정했습니다. 우리나라 최고의 역자들이 이들 작품 속 한 문장 한 문장의 숨결을 생생히 전하기 위해 심혈을 기울였습니다. 또한 역자들은 단순히 번역만 한 것이 아니라 다른 작품의 번역을 꼼꼼히 검토해 주었습니다. 을유세계문학전집은 번역된 작품 하나하나가 정본(定本)으로 인정받고 대우받을 수 있도록 최선을 다했습니다. 세계문학이 여러 경계를 넘어 우리 사회 안에서 주어진 소임을 하게 되기를 바라며 을유세계문학전집을 내놓습니다.

을유세계문학전집 편집위원단(가나다 순)
김월회(서울대 중문과 교수)
김헌(서울대 인문학연구원 교수)
박종소(서울대 노문과 교수)
손영주(서울대 영문과 교수)
신정환(한국외대 스페인어통번역학과 교수)
정지용(성균관대 프랑스어문학과 교수)
최윤영(서울대 독문과 교수)

을유세계문학전집

을유세계문학전집은 계속 출간됩니다.

을유세계문학전집 연표